本文の表記は新字・新仮名とし、難読語には振り仮名を付した。また代名詞・副詞・接続詞の漢字表記や送り仮名の不統一については原文を尊重し、振り仮名を補うのみとした。底本には岩波書店版『定本 漱石全集』（二〇一七年）を使用し、必要に応じて他の版本を参照した。

文豪怪奇コレクション

幻想と怪奇の夏目漱石

文豪怪奇コレクション

幻想と怪奇の夏目漱石

東雅夫 編

双葉文庫

文豪怪奇コレクション　目次　幻想と怪奇の夏目漱石

鬼哭寺《きこくじ》の一夜

百里に迷ふ旅心《たびごころ》、
古《ふ》りし伽藍《がらん》に夜を明かす。
甍漏《いらかも》る音《ね》の雨《あま》さびて
憂《う》きわれのみに世《よ》死したり。
風なく揺らぐ法幢《ほふどう》の、
暗き方へと靡《なび》くとき、
佛も寒く御座《ござ》すらん。
黄金《こがね》と光る蜘蛛《くも》の眼の、
闇を縫ふべき計《ばかり》、
銀糸《しろがねいと》に引く見れば
冥府《よみ》の色より物凄し。

折しもあれや枕辺《まくらべ》に、
物の寄り来る気合《きあひ》して、
圓《まど》かならざる夢冴《さ》えつ、
夜半《よは》の燈《ともし》に鬼気青し、
吾を呼ぶなる心地して、
石を抱《いだ》くと思ふ間に、
佛眼颯《ぶつがんさつ》と血走れり。
立つは女か有耶無耶《うやむや》の
白きを透かす軽羅《うすもの》に
空しく眉の緑《みど》りなる
佛と見しは女にて、
女と見しは物の化《け》か
細き咽頭《のんど》に呪ひけん
世を隔てたる聲立てて
われに語るは歌か詩か

『昔し思へば珠《たま》となる
睫《まつげ》の露に君の影
写ると見れば砕けたり
人つれなくて月を恋ひ
月かなしくて吾願《わがねがひ》
果敢《はか》なくなりぬ二十年
ある夜私《ひそ》かに念ずれば
天に迷へる星落ちて
闇をつらぬく光り疾《と》く
古井の底に響《ひびき》あり
陽炎《かげろふ》燃ゆる黒髪《か》の
長き乱れの化しもせば
土に蘭麝《らんじや》の香《か》もあらん
露乾《ひ》て菫《すみれ》枯れしより
愛、紫に溶けがたく

恨《うらみ》、碧《みど》りと凝《こ》るを見よ
未了の縁に纏《まつ》はれば
生死《しやうじ》に渡る誓《ちかひ》だに
塚も動けと泣くを聴け』

……………………

塚も動けと泣く聲に
塚も動きて秋の風
夜すがら吹いて暁《あかつき》の
茫々《ばうばう》として明《あけ》にけり
宵見し夢の迹《あと》見れば
草茫々と明にけり

——明治三十七年頃——

水底の感

藤村操女子

水の底、水の底。住まば水の底。深き契り、深く沈めて、
永く住まん、君と我。
黒髪の、長き乱れ。藻屑もつれて、ゆるく漾《ただよ》ふ。夢なら
ぬ夢の命か。暗からぬ暗きあたり。
うれしの水底。清き吾等に、譏《そし》り遠く憂透《うきとお》らず。有耶無耶《うやむや》
の心ゆらぎて、愛の影ほの見ゆ。

——明治三十七年二月八日寺田寅彦宛の端書に——

夢十夜

第一夜

こんな夢を見た。

腕組《うでぐみ》をして枕元に坐って居《い》ると、仰向《あおむき》に寝た女が、静かな声でもう死にますと云う。女は長い髪を枕に敷いて、輪廓の柔らかな瓜実顔《うりざねがお》を其《そ》の中に横たえている。真白《まっしろ》な頬の底に温かい血の色が程《ほど》よく差して、唇の色は無論赤い。到底死にそうには見えない。然《しか》し女は静かな声で、もう死にますと判然《はっきり》云った。自分も確《たしか》に是《こ》れは死ぬなと思った。そこで、そうかね、もう死ぬのかね、と上から覗《のぞ》き込む様にして聞いて見た。死にますとも、と云いながら、女はぱっちりと眼を開けた。大きな潤《うるおい》のある眼で、長い睫《まつげ》に包まれた中は、只一面に真黒《まっくろ》であった。其《そ》の真黒な眸《ひとみ》の奥に、自分の姿が鮮《あざやか》に浮かんでいる。

自分は透《す》き徹《とお》る程深く見える此《こ》の黒眼《くろめ》の色沢《つや》を眺めて、是《これ》でも死ぬのかと思った。それで、ねんごろに枕の傍《そば》へ口を附けて、死ぬんじゃなかろうね、大丈夫だろうね、と又聞き返した。すると女は黒い眼を眠そうに睜《みは》った儘《まま》、矢張《やっぱ》り静かな声で、でも、死ぬんですもの、仕方がないわと云った。

じゃ、私《わたし》の顔が見えるかいと一心に聞くと、見えるかいって、そら、そこに、写ってるじゃありませんかと、にこりと笑って見せた。自分は黙って、顔を枕から離した。腕組をしながら、どうしても死ぬのかなと思った。

しばらくして、女が又こう云った。

「死んだら、埋《う》めて下さい。大きな真珠貝で穴を掘って。そうして天から落ちて来る星の破片《かけ》を墓標《はかじるし》に置いて下さい。そうして墓の傍《そば》に待っていて下さい。又逢《あ》いに来ますから」

自分は、何時《いつ》逢いに来るかねと聞いた。

「日が出るでしょう。それから日が沈むでしょう。それから又出るでしょう、そうして又沈むでしょう。――赤い日が東から西へ、東から西へと落ちて行くうちに、――あなた、待っていられますか」

自分は黙って首肯《うなずい》た。女は静かな調子を一段張り上げて、

「百年待っていて下さい」と思い切った声で云った。「百年、私《わたくし》の墓の傍《そば》に坐って待っていて下さい。屹度《きっと》逢《あ》いに来《き》ますから」

自分は、只待っていると答えた。すると、黒い眸《ひとみ》のなかに鮮《あざやか》に見えた自分の姿が、ぼうっと崩れて来た。静かな水が動いて写る影を乱した様に、流れ出したと思ったら、女の眼

がぱちりと閉《と》じた。長い睫《まつげ》の間《あいだ》から涙が頰へ垂れた。——もう死んで居た。

自分は夫《そ》れから庭へ下りて、真珠貝で穴を掘った。真珠貝は大きな滑《なめら》かな縁《ふち》の鋭どい貝であった。土をすくう度《たび》に、貝の裏に月の光が差《さ》してきらきらした。湿った土の匂《におい》もした。穴はしばらくして掘れた。女を其《そ》の中へ入れた。そうして柔らかい土を、上からそっと掛けた。掛ける毎《たび》に真珠貝の裏に月の光が差した。

それから星の破片《かけ》の落ちたのを拾って来て、かろく土の上へ乗せた。星の破片《かけ》は丸《まる》かった。長い間大空を落ちている間に、角《かど》が取れて滑《なめ》らかになったんだろうと思った。抱き上げて土の上へ置くうちに、自分の胸と手が少し暖かくなった。

自分は苔《こけ》の上に坐った。是《こ》れから百年の間《あいだ》こうして待っているんだなと考えながら、腕組をして、丸い墓石を眺めていた。そのうちに、女の云った通り日が東から出た。大きな赤い日であった。それが又女の云った通り、やがて西へ落ちた。赤いまんまでのっと落ちて行った。一つと自分は勘定した。

しばらくすると又唐紅《からくれない》の天道《てんとう》がのそりと上《のぼ》って来た。そうして黙って沈んで仕舞《しま》った。二《ふた》つと又勘定をした。

自分はこう云う風に一つ二つと勘定して行くうちに、赤い日をいくつ見たか分らない。勘定しても、勘定しても、しつくせない程赤い日が頭の上を通り越して行った。それでも百年がまだ来ない。仕舞《しまい》には、苔《こけ》の生えた丸い石を眺めて、自分は女に欺《だま》されたのではなかろうかと思い出した。

すると石の下から斜に自分の方へ向いて青い茎《くき》が伸びて来《き》た。見る間に長くなって、丁度《ちょうど》自分の胸のあたり迄《まで》来て留《と》まった。と思うと、すらりと、揺《ゆら》ぐ茎の頂《いただき》に、心持《こころもち》首を傾《かたぶ》けていた細長い一輪の蕾《つぼみ》が、ふっくらと弁《はなびら》を開いた。真白《まっしろ》な百合が鼻の先で骨に徹《こた》える程匂った。そこへ遥《はるか》の上から、ほたりと露《つゆ》が落ちたので、花は自分の重みでふらふらと動いた。自分は首を前へ出して冷たい露の滴《したた》る、白い花弁《はなびら》に接吻した。自分が百合から顔を離す拍子に思わず、遠い空を見たら、暁《あかつき》の星がたった一つ瞬《またた》いていた。

「百年はもう来ていたんだな」と此《こ》の時始めて気が附いた。

第二夜

こんな夢を見た。

和尚《おしょう》の室《しつ》を退《さ》がって、廊下伝いに自分の部屋へ帰ると行灯《あんどう》がぼんやり点《とも》っている。片膝《かたひざ》を座蒲団《ざぶとん》の上に突いて、灯心を掻《か》き立てたとき、花の様な丁子《ちょうじ》がぽたりと朱塗《しゅぬり》の台に落ちた。同時に部屋がぱっと明かるくなった。

襖《ふすま》の画《え》は蕪村《ぶそん》の筆《ふで》である。黒い柳を濃く薄く、遠近《おちこち》とかいて、寒《さ》むそうな漁夫が笠を傾《かたぶ》けて土手《どて》の上を通る。床《とこ》には海中文珠《かいちゅうもんじゅ》の軸が懸《かか》っている。焚《た》き残した線香が暗い方でいまだに臭《にお》っている。広い寺だから森閑《しんかん》として、人気《ひとけ》がない。黒い天井に差す丸行灯《まるあんどう》の丸い影が、仰向《あおむ》く途端《とたん》に生きてる様に見えた。

立膝《たてひざ》をした儘《まま》、左の手で座蒲団《ざぶとん》を捲《めく》って、右を差し込んで見ると、思った所に、ちゃんとあった。あれば安心だから、蒲団《ふとん》をもとの如く直して、其《そ》の上にどっかり坐った。

御前《おまえ》は侍である。侍なら悟れぬ筈はなかろうと和尚が云った。そう何日《いつ》迄も悟れぬ所を以《もっ》て見ると、御前は侍ではあるまいと云った。人間の屑《くず》じゃと云った。ははあ怒ったなと云って笑った。口惜《くや》しければ悟った証拠を持って来いと云ってぷいと向《むこ》うをむいた。怪《け》しからん。

隣の広間の床《とこ》に据えてある置時計が次の刻《とき》を打つ迄には、屹度《きっと》悟って見せる。悟った上で、今夜又入室する。そうして和尚の首と悟りと引替《ひきかえ》にしてやる。悟らなければ、和尚の命が取れない。どうしても悟らなければならない。自分は侍である。

もし悟れなければ自刃《じじん》する。侍が辱《はずか》しめられて、生きている訳《わけ》には行かない。奇麗《きれい》に死んで仕舞《しま》う。

こう考えた時、自分の手は又思わず蒲団《ふとん》の下へ這入《はい》った。そうして朱鞘《しゅざや》の短刀を引き摺《ず》り出した。ぐっと束《つか》を握って、赤い鞘《さや》を向《むこう》へ払ったら、冷たい刃《は》が、一度に暗い部屋で光った。凄いものが手元から、すうすうと逃げて行く様に思われる。そうして、悉《ことごと》く切先《きっさき》へ集まって、殺気を一点に籠《こ》めている。自分は此《こ》の鋭い刃が、無念にも針の頭の様に縮められて、九寸五分《くすんごぶ》の先へ来て已《やむ》を得ず尖《とが》ってるのを見て、忽《たちま》ちぐさりと遣《や》り度《たく》なつた。身体《からだ》の血が右の手首の方へ流れて来て、握っている束《つか》がにちゃにちゃする。唇が顫《ふる》えた。

短刀を鞘へ収めて右脇へ引きつけて置いて、それから全跏《ぜんが》を組んだ。——趙州曰《じょうしゅういわ》く無《む》と。無とは何だ。糞坊主《くそぼうず》めと歯噛《はがみ》をした。

奥歯を強く咬《か》み締《し》めたので、鼻から熱い息が荒く出る。米嚙《こめかみ》が釣って痛い。眼は普通の倍も大きく開けてやった。

懸物《かけもの》が見える。行灯《あんどう》が見える。畳《たたみ》が見える。和尚の薬缶頭《やかんあたま》がありありと見える。鰐口《わにぐち》を開いて嘲笑《あざわら》った声まで聞える。怪《け》しからん坊主だ。どうしてもあの薬缶《やかん》を首にしなくてはならん。悟ってやる。無だ、無だと舌の根で念じた。無だと云うのに矢《や》っ張《ぱ》り線香の香《におい》がした。何だ線香の癖に。

自分はいきなり拳骨《げんこつ》を固めて自分の頭をいやと云う程擲《なぐ》った。そうして奥歯をぎりぎりと嚙んだ。両腋《りようわき》から汗が出る。脊中《せなか》が棒の様になった。膝の接目《つぎめ》が急に痛くなった。膝が折れたってどうあるものかと思った。けれども痛い。苦しい。無は中々《なかなか》出て来ない。出て来ると思うとすぐ痛くなる。腹が立つ。無念になる。非常に口惜《くや》しくなる。涙がぽろぽろ出る。一《ひ》と思《おもい》に身を巨巌《おおいわ》の上に打《ぶ》つけて、骨も肉も滅茶滅茶に砕いて仕舞《しま》いたくなる。

それでも我慢して凝《じっ》と坐っていた。堪《た》えがたい程切ないものを胸に盛《い》れて忍んでいた。其《その》切ないものが身体《からだ》中の筋肉を下《した》から持上《もちあ》げて、毛穴から外へ吹き出よう吹き出ようと焦《あせ》るけれども、何処《どこ》も一面に塞《ふさが》って、丸《まる》で出口がない様な残刻《ざんこく》極まる状態であった。

其《そ》の内に頭が変になった。行灯《あんどう》も蕪村《ぶそん》の画《え》も、畳《たたみ》も、違棚《ちがいだな》も有って無い様な、無くって有る様に見えた。と云って無はちっとも現前しない。ただ好加減《いいかげん》に坐っていた様である。所《ところ》へ忽然《こつぜん》隣座敷の時計がチーンと鳴り始めた。

はっと思った。右の手をすぐ短刀に掛《か》けた。時計が二つ目をチーンと打った。

第三夜

こんな夢を見た。

六つになる子供を負《おぶ》ってる。慥《たしか》に自分の子である。只《ただ》不思議な事には何時《いっ》の間にか眼が潰れて、青坊主《あおぼうず》になっている。自分が、御前《おまえ》の眼は何時《いっ》潰れたのかいと聞《き》くと、なに昔からさと答えた。声は子供の声に相違ないが、言葉つきは丸《まる》で大人である。しかも対等だ。

左右は青田《あおた》である。路《みち》は細い。鷺《さぎ》の影が時々闇に差す。

「田圃《たんぼ》へ掛《かか》ったね」と脊中《せなか》で云《い》った。

「どうして解《わか》る」と顔を後ろへ振り向ける様にして聞いたら、

「だって鷺が鳴くじゃないか」と答えた。

すると鷺が果《はた》して二声《ふたこえ》程鳴いた。

自分は我子《わがこ》ながら少し怖くなった。こんなものを脊負《しょ》っていては、此《この》先どうなるか分らない。どこか打遣《うっち》ゃる所はなかろうかと向うを見ると闇の中に大きな森が見えた。あすこならばと考え出す途端に、脊中《せなか》で、

「ふふん」と云う声がした。

「何を笑うんだ」

子供は返事をしなかった。只《ただ》
「御父《おとっ》さん、重いかい」と聞いた。

「重かあない」と答《こた》えると
「今に重くなるよ」と云った。

自分は黙って森を目標《めじるし》にあるいて行った。田の中の路《みち》が不規則にうねって中々《なかなか》思う様に出られない。しばらくすると二股《ふたまた》になった。自分は股の根に立って、一寸《ちょっと》休んだ。

「石が立ってる筈だがな」と小僧が云った。

成程《なるほど》八寸角《すんかく》の石が腰《こし》程の高さに立っている。表には左り日《ひだ》ケ窪《ひがくぼ》、右堀田原《みぎほったはら》とある。闇だのに赤い字が明《あきら》かに見えた。赤い字は井守《いもり》の腹の様な色であった。

「左が好《い》いだろう」と小僧が命令した。左を見ると最先《さっき》の森が闇の影を、高い空から自分等《ら》の頭の上へ抛《な》げかけていた。自分は一寸躊躇《ちょっとちゅうちょ》した。

「遠慮しないでもいい」と小僧が又云った。自分は仕方なしに森の方へ歩き出した。腹の中では、よく盲目《めくら》の癖《くせ》に何でも知ってるなと考えながら一筋道《ひとすじみち》を森へ近づいてくると、脊《せ》中《なか》で、「どうも盲目は不自由で不可《いけな》いね」と云った。

「だから負《おぶ》ってやるから可《い》いじゃないか」

「負《お》ぶって貰って済まないが、どうも人に馬鹿《ばか》にされて不可《いけな》い。親に迄《まで》馬鹿にされるから不可い」

何だか厭《いや》になつた。早く森へ行って捨てて仕舞《しま》おうと思って急いだ。

「もう少し行くと解《わか》る。——丁度《ちょうど》こんな晩だったな」と脊中で独言《ひとりごと》の様に云っている。

「何が」と際《きわ》どい声を出して聞いた。

「何がって、知ってるじゃないか」と子供は嘲《あざ》ける様に答えた。すると何だか知ってる様な気がし出した。けれども判然《はっきり》とは分らない。只こんな晩であった様に思える。そうしてもう少し行けば分る様に思える。分っては大変だから、分らないうちに早く捨てて仕舞《しま》って、安心しなくってはならない様に思える。自分は益《ますます》足を早めた。

雨は最先《さっき》から降っている。路《みち》はだんだん暗くなる。殆《ほと》んど夢中である。只脊中に小さい小僧が食附《くっつ》いていて、其《その》小僧が自分の過去、現在、未来を悉《ことごと》く照《てら》して、寸分《すんぶん》の事実も洩らさない鏡の様に光っている。しかもそれが自分の子である。そうして盲目である。自分は堪《たま》らなくなった。

「此所《ここ》だ、此所だ。丁度《ちょうど》其《そ》の杉の根の所だ」

雨の中で小僧の声は判然《はっきり》聞えた。自分は覚えず留《とま》った。何時《いつ》しか森の中へ這入《はい》っていた。一間《いっけん》ばかり先にある黒いものは慥《たしか》に小僧の云う通り杉の木と見えた。

「御父《おとっ》さん、其《そ》の杉の根の処だったね」

「うん、そうだ」と思わず答えて仕舞《しま》った。

「文化五年辰年《たつどし》だろう」

成程《なるほど》文化五年辰年らしく思われた。

「御前《おまえ》がおれを殺したのは今から丁度百年前だね」

自分は此《こ》の言葉を聞くや否や、今から百年前文化五年の辰年のこんな闇の晩に、此《こ》の杉の根で、一人の盲目を殺したと云う自覚が、忽然《こつぜん》として頭の中に起《おこ》った。おれは人殺《ひとごろし》であったんだなと始《はじ》めて気が附いた途端《とたん》に、脊中の子が急に石地蔵の様に重くなった。

第四夜

広い土間《どま》の真中《まんなか》に涼《すず》み台の様なものを据《す》えて、其周囲《そのまわり》に小さい床几《しょうぎ》が並べてある。台は黒光りに光っている。片隅《かたすみ》には四角な膳《ぜん》を前に置いて爺さんが一人で酒を飲んでいる。肴《さかな》は煮《に》しめらしい。

爺さんは酒の加減《かげん》で中々《なかなか》赤くなっている。其《そ》の上顔中沢々《つやつや》して皺《しわ》と云う程のものはどこにも見当らない。只《ただ》白い髯《ひげ》をありたけ生やしているから年寄と云う事丈《だけ》は判《わか》る。自分は子供ながら、此《こ》の爺さんの年は幾何《いくつ》なんだろうと思《おも》った。所《ところ》へ裏の筧《かけい》から手桶《ておけ》に水を汲んで来た神《かみ》さんが、前垂《まえだれ》で手を拭《ふ》きながら、

「御爺さんは幾年《いくつ》かね」と聞《き》いた。爺さんは頬張《ほおば》った煮〆《にしめ》を呑み込んで、

「幾年《いくつ》か忘れたよ」と澄《す》ましていた。神さんは拭いた手を、細《ほそ》い帯《おび》の間《あいだ》に挟んで横から爺さんの顔を見て立っていた。爺さんは茶碗《ちゃわん》の様な大きなもので酒をぐいと飲んで、そうして、ふうと長い息を白い髯《ひげ》の間《あいだ》から吹き出した。すると神さんが、

「御爺さんの家《うち》は何処《どこ》かね」と聞いた。爺さんは長い息を途中で切って、

「臍《へそ》の奥だよ」と云った。神さんは手を細い帯の間に突込《つっこ》んだ儘《まま》、

「どこへ行くかね」と又聞《またき》いた。すると爺さんが、又茶碗の様な大きなもので熱い酒をぐいと飲んで前の様な息をふうと吹いて、

「あっちへ行くよ」と云った。

「真直《まっすぐ》かい」と神さんが聞いた時、ふうと吹いた息が、障子《しょうじ》を通り越して柳の下を抜けて、河原の方へ真直に行った。

爺さんが表へ出た。自分も後から出た。爺さんの腰に小さい瓢簞《ひょうたん》がぶら下がっている。肩から四角な箱を腋《わき》の下へ釣るしている。浅黄《あさぎ》の股引《ももひき》を穿《は》いて、浅黄の袖無《そでな》しを着ている。足袋丈《たびだけ》が黄色い。何だか皮で作った足袋の様に見えた。

爺さんが真直《まっすぐ》に柳の下迄《まで》来た。柳の下に子供が三四人居た。爺さんは笑いながら腰から浅黄の手拭《てぬぐい》を出した。それを肝心綯《かんじんより》の様に細長く綯《よ》った。そうして地面《じびた》の真中《まんなか》に置いた。それから手拭の周囲《まわり》に、大きな丸い輪を描《か》いた。しまいに肩にかけた箱の中から真鍮《しんちゅう》で製《こし》らえた飴屋《あめや》の笛を出した。

「今に其《そ》の手拭が蛇《へび》になるから、見て居《お》ろう。見て居ろう」と繰返して云った。

子供は一生懸命に手拭を見て居た。自分も見て居た。

「見て居《お》ろう、見て居ろう。好《よ》いか」と云いながら爺さんが笛を吹いて、輪の上をぐるぐ

る廻り出した。自分は手拭許《ばか》り見て居た。けれども手拭は一向動かなかった。

　爺さんは笛をぴいぴい吹いた。そうして輪の上を何遍《なんべん》も廻った。草鞋《わらじ》を爪立《つまだ》てる様に、抜足《ぬきあし》をする様に、手拭に遠慮をする様に、廻った。怖《こわ》そうにも見えた。面白そうにもあった。

　やがて爺さんは笛をぴたりと已《や》めた。そうして、肩に掛けた箱の口を開けて、手拭の首を、ちよいと撮《つま》んで、ぽっと放り込んだ。

「こうして置くと、箱の中で蛇になる。今に見せてやる。今に見せてやる」と云いながら、爺さんが真直《まっすぐ》に歩き出した。柳の下を抜けて、細い路《みち》を真直に下《おり》て行った。自分は蛇が見たいから、細い道を何処迄《どこまで》も追《つ》いて行った。爺さんは時々「今になる」と云ったり、「蛇になる」と云ったりして歩いて行く。仕舞《しまい》には、

「今になる、蛇《へび》になる、
　屹度《きっと》なる、笛が鳴る、」

と唄いながら、とうとう河の岸へ出た。橋も舟もないから、此処《ここ》で休んで箱の中の蛇を見せるだろうと思っていると、爺さんはざぶざぶ河の中へ這入《はい》り出した。始めは膝位《ひざ》の深さであったが、段々腰から、胸《むね》の方迄《ほうまで》水に浸《つか》って見えなくなる。それでも爺さんは
「深くなる、夜《よる》になる、

「真直《まっすぐ》になる」

と唄いながら、どこ迄も真直に歩いて行った。そうして髯《ひげ》も顔も頭も頭巾《ずきん》も丸《まる》で見えなくなって仕舞《しま》った。

自分は爺さんが向岸《むこうぎし》へ上がった時に、蛇を見せるだろうと思って、葦《あし》の鳴る所に立って、たった一人何時《いつ》迄も待っていた。けれども爺さんは、とうとう上がって来なかった。

第五夜

こんな夢を見た。

何でも余程古い事で、神代《かみよ》に近い昔と思われるが、自分が軍《いくさ》をして運悪く敗北《まけ》た為に、生擒《いけどり》になって、敵の大将の前に引き据《す》えられた。

其《そ》の頃の人はみんな脊《せい》が高かった。そうして、みんな長い髯《ひげ》を生やしていた。革の帯を締めて、それへ棒の様な剣《つるぎ》を釣るしていた。弓は藤蔓《ふじづる》の太いのを其《そ》の儘《まま》用いた様に見えた。漆《うるし》も塗ってなければ磨きも掛けてない。極めて素樸《そぼく》なものであった。

敵の大将は、弓の真中《まんなか》を右の手で握って、其《その》弓を草の上へ突いて、酒甕《さかがめ》を伏せた様なものの上に腰を掛けていた。其《その》顔を見ると、鼻の上で、左右の眉が太く接続《つなが》っている。其《その》頃髪剃《かみそり》と云うものは無論なかった。

自分は虜《とりこ》だから、腰を掛ける訳《わけ》に行かない。草の上に胡坐《あぐら》をかいていた。足には大きな藁沓《わらぐつ》を穿《は》いていた。此《こ》の時代の藁沓は深いものであった。立つと膝頭《ひざがしらまで》迄来た。其《そ》の端《はし》の所は藁《わら》を少し編残《あみのこ》して、房《ふさ》の様に下げて、歩くとばらばら動く様にして、飾りとしていた。

大将は篝火《かがりび》で自分の顔を見て、死ぬか生きるかと聞いた。是《こ》れは其《そ》の頃の習慣で、捕虜《とりこ》にはだれでも一応はこう聞いたものである。生きると答えると降参した意味で、死ぬと云うと屈服しないと云う事になる。自分は一言《ひとこと》死ぬと答えた。大将は草の上に突いていた弓を向うへ抛《な》げて、腰に釣るした棒の様な剣《つるぎ》をするりと抜き掛けた。それへ風に靡《なび》いた篝火《かがりび》が横から吹きつけた。自分は右の手を楓《かえで》の様に開いて、掌《たなごころ》を大将の方へ向けて、眼の上へ差し上げた。待てと云う相図《あいず》である。大将は太い剣をかちゃりと鞘《さや》に収めた。

其《そ》の頃でも恋はあった。自分は死ぬ前に一目《ひとめ》思う女に逢《あ》いたいと云った。大将は夜が明けて鶏《とり》が鳴く迄なら待つと云った。鶏が鳴く迄に女を此所《ここ》へ呼ばなければならない。鶏が鳴いても女が来なければ、自分は逢わずに殺されて仕舞《しま》う。

大将は腰を掛けた儘《まま》、篝火《かがりび》を眺めている。自分は大きな藁沓《わらぐつ》を組み合わした儘《まま》、草の上で女を待っている。夜《よ》は段々更《ふ》ける。

時々篝火が崩れる音がする。崩れる度《たび》に狼狽《うろたえ》た様に焔《ほのほ》が大将になだれかかる。真黒《まっくろ》な眉の下で、大将の眼がぴかぴかと光っている。すると誰《たれ》やら来て、新しい枝を沢山火の中へ抛《な》げ込んで行く。しばらくすると、火がぱちぱちと鳴る。暗闇を弾《はじ》き返す様な勇ましい音であった。

此《この》時女は、裏の楢《なら》の木に繋《つな》いである、白い馬を引き出した。鬣《たてがみ》を三度撫《な》でて高い脊《せ》にひらりと飛び乗った。鞍《くら》もない鐙《あぶみ》もない裸馬《はだかうま》であった。長く白い足で、太腹《ふとばら》を蹴ると、馬は一散《いっさん》に駆け出した。誰《たれ》かが篝《かが》りを継《つ》ぎ足したので、遠くの空が薄明るく見える。馬は此《こ》の明るいものを目懸《めが》けて闇の中を飛んで来る。鼻から火の柱の様な息を二本出して飛んで来る。それでも女は細い足でしきりなしに馬の腹を蹴《けっ》ている。馬は蹄《ひづめ》の音が宙で鳴る程早く飛んで来る。女の髪は吹流《ふきなが》しの様に闇の中に尾を曳《ひ》いた。それでもまだ篝《かがり》のある所迄来られない。

すると真闇《まっくら》な道の傍《はた》で、忽《たちま》ちこけこっこうと云う鶏《とり》の声がした。女は身を空様《そらざま》に、両手に握った手綱《たづな》をうんと控えた。馬は前足の蹄《ひづめ》を堅《かた》い岩の上に発矢《はっし》と刻み込んだ。

こけこっこうと鶏《にわとり》がまた一声《ひとこえ》鳴いた。

女はあっと云って、緊《し》めた手綱《たづな》を一度に緩《ゆる》めた。馬は諸膝《もろひざ》を折る。乗った人と共に真向《まとも》に前へのめった。岩の下は深い淵《ふち》であった。

蹄《ひづめ》の跡はいまだに岩の上に残って居る。鶏《とり》の鳴く真似《まね》をしたものは天探女《あまのじゃく》である。此《こ》の蹄の痕《あと》の岩に刻みつけられている間《あいだ》、天探女は自分の敵《かたき》である。

第六夜

運慶《うんけい》が護国寺《ごこくじ》の山門で仁王《におう》を刻んでいると云う評判だから、散歩ながら行って見ると、自分より先にもう大勢集まって、しきりに下馬評《げばひょう》をやっていた。

山門の前五六間《けん》の所には、大きな赤松があって、其幹《そのみき》が斜めに山門の甍《いらか》を隠して、遠い青空迄《まで》伸びて居る。松の緑と朱塗《しゅぬり》の門が互《たが》いに照《うつ》り合って美事《みごと》に見える。其《そ》の上松の位地《いち》が好《い》い。門の左の端《はし》を眼障《めざわり》にならない様に、斜《はす》に切って行って、上になる程幅を広く屋根迄突出《つきだ》しているのが何となく古風である。鎌倉時代とも思われる。

所《ところ》が見て居るものは、みんな自分と同じく、明治の人間である。其《そ》の中《うち》でも車夫《しゃふ》が一番多い。辻待《つじまち》をして退屈だから立っているに相違ない。

「大きなもんだなあ」と云っている。

「人間を拵《こしら》えるよりも余《よ》っ程《ほど》骨が折れるだろう」とも云っている。

そうかと思うと、「へえ仁王だね。今でも仁王を彫るのかね。へえそうかね。私《わっし》ゃ又仁王はみんな古いのばかりかと思ってた」と云った男がある。

「どうも強そうですね。なんだってえますぜ。昔から誰が強いって、仁王程強い人あ無いって云いますぜ。何でも日本武尊《やまとだけのみこと》よりも強いんだってえからね」と話しかけた男もある。

此《こ》の男は尻を端折《はしょ》って、帽子を被《かぶ》らずにいた。余程《よほど》無教育な男と見える。

運慶は見物人の評判には委細頓着《とんじゃく》なく鑿《のみ》と槌《つち》を動かしている。一向振り向きもしない。高い所に乗って、仁王の顔の辺《あたり》をしきりに彫り抜いて行く。

運慶は頭に小さい烏帽子《えぼし》の様なものを乗せて、素袍《すおう》だか何だか別《わか》らない大きな袖《そで》を脊中《せなか》で括《くく》っている。其様子《そのようす》が如何《いか》にも古くさい。わいわい云ってる見物人とは丸《まる》で釣《つ》り合《あい》が取れない様である。自分はどうして今時分迄運慶が生きているのかなと思った。どうも不思議な事があるものだと考えながら、矢張《やは》り立って見ていた。

然《しか》し運慶の方では不思議とも奇体《きたい》とも頓《とん》と感じ得ない様子で一生懸命に彫《ほっ》ている。仰向《あおむ》いて此《こ》の態度を眺めて居た一人の若い男が、自分の方を振り向いて、

「流石《さすが》は運慶だな。眼中に我々なしだ。天下の英雄はただ仁王と我《わ》れとあるのみと云う態度だ。天晴《あっぱ》れだ」と云って賞《ほ》め出した。

自分は此《こ》の言葉を面白いと思った。それで一寸《ちょっと》若い男の方を見ると、若い男は、すかさず、

「あの鑿《のみ》と槌《つち》の使い方を見給え。大自在《だいじざい》の妙境《みょうきょう》に達している」と云った。

運慶は今太い眉を一寸《すん》の高さに横へ彫り抜いて、鑿《のみ》の歯を竪《たて》に返すや否や斜《は》すに、上から槌を打ち下《おろ》した。堅《かた》い木を一と刻《ひ》みに削って、厚い木屑《きくず》が槌の声に応じて飛んだと思ったら、小鼻のおっ開《ぴら》いた怒《いか》り鼻《ばな》の側面が忽《たちま》ち浮き上がって来た。其《そ》の刀《とう》の入れ方が如何《いか》にも無遠慮であった。そうして少しも疑念を挟《さしはさ》んで居《お》らん様に見えた。

「能《よ》くああ無造作《むぞうさ》に鑿を使って、思う様な眉や鼻が出来るものだな」と自分はあんまり感心したから独言《ひとりごと》の様に言った。するとさっきの若い男が、

「なに、あれは眉《まみえ》や鼻を鑿で作るんじゃない。あの通りの眉《まみえ》や鼻が木の中に埋《うま》っているのを、鑿《のみ》と槌《つち》の力で掘り出す迄だ。丸《まる》で土の中から石を掘り出す様なものだから決して間違う筈《はず》はない」と云った。

自分は此《こ》の時始めて彫刻とはそんなものかと思い出した。果《はた》してそうなら誰にでも出来る事だと思い出した。それで急に自分も仁王が彫って見たくなったから見物をやめて早速家《うち》へ帰った。

道具箱から鑿《のみ》と金槌《かなづち》を持ち出して、裏へ出て見ると、先達《せんだつ》ての暴風《あらし》で倒れた樫《かし》を、薪《まき》にする積《つも》りで、木挽《こびき》に挽《ひ》かせた手頃な奴が、沢山積んであった。

自分は一番大きいのを選んで、勢《いきお》いよく彫り始めて見たが、不幸にして、仁王は見当らなかった。其《そ》の次のにも運悪く掘り当《あて》る事が出来なかった。三番目のにも仁王は居なかっ

た。自分は積《つ》んである薪を片《かた》っ端《ぱし》から彫って見たが、どれもこれも仁王を蔵《かく》しているのはなかった。遂《つい》に明治の木には到底仁王は埋《うま》っていないものだと悟った。それで運慶が今日《きょう》迄生きている理由も略解《ほぼわか》った。

第七夜

何でも大きな船に乗っている。

此《こ》の船が毎日毎夜すこしの絶間《たえま》なく黒い煙《けぶり》を吐いて浪《なみ》を切って進んで行く。凄じい音である。けれども何処《どこ》へ行くんだか分らない。只波の底から焼火箸《やけひばし》の様な太陽が出る。それが高い帆柱《ほばしら》の真上迄《まで》来てしばらく挂《かか》っているかと思《おも》うと、何時《いつ》の間にか大きな船を追い越して、先へ行って仕舞《しま》う。そうして、仕舞《しまい》には焼火箸の様にじゅっといって又波の底に沈んで行く。其《そ》の度《たんび》に蒼《あお》い波が遠くの向うで、蘇枋《すおう》の色に沸き返る。すると船は凄じい音を立てて其《そ》の跡を追掛《おっか》けて行く。けれども決して追附《おっつ》かない。

ある時自分は、船の男を捕《つら》まえて聞いて見た。

「此《こ》の船は西へ行くんですか」

船の男は怪訝《けげん》な顔をして、しばらく自分を見て居たが、やがて、

「何故《なぜ》」と問い返した。

「落ちて行く日を追懸《おっかけ》る様だから」

船の男は呵々《からから》と笑った。そうして向うの方へ行って仕舞《しま》った。

「西へ行く日の、果《はて》は東か。それは本真《ほんま》か。東出る日の、御里《おさと》は西か。それも本真《ほんま》か。身は波の上。檝枕《かじまくら》。流せ流せ」と囃《はや》している。舳《へさき》へ行って見たら、水夫が大勢寄って、太い帆綱《ほづな》を手繰《たぐ》っていた。

自分は大変心細くなった。何時《いつ》陸《おか》へ上がれる事か分らない。そうして何所《どこ》へ行くのだか知れない。只黒い煙《けぶり》を吐いて波を切って行く事丈《だけ》は慥《たし》かである。其《そ》の波は頗《すこぶ》る広いものであった。際限《さいげん》もなく蒼《あお》く見える。時には紫にもなった。只船の動く周囲丈《まわりだけ》は何時《いつ》でも真白《まっしろ》に泡を吹いていた。自分は大変心細かった。こんな船にいるより一層《いっそ》身を投《なげ》て死んで仕舞《しま》おうかと思った。

乗合《のりあい》は沢山居た。大抵は異人《いじん》の様であった。然《しか》し色々な顔をしていた。空が曇って船が揺れた時、一人の女が欄《てすり》に倚《よ》りかかって、しきりに泣いて居た。眼を拭《ふ》く手巾《ハンケチ》の色が白く見えた。然《しか》し身体には更紗《さらさ》の様な洋服を着ていた。此《この》女を見た時に、悲しいのは自分ばかりではないのだなと気が附いた。

ある晩甲板《かんぱん》の上に出て、一人で星を眺めていたら、一人の異人が来て、天文学を知ってるかと尋ねた。自分は詰《つま》らないから死のうとさえ思っている。天文学抔《など》を知る必要がない。黙っていた。すると其《そ》の異人が金牛宮《きんぎうきゆう》の頂《いただき》にある七星《しちせい》の話をして聞かせた。そうして星も海もみんな神の作ったものだと云った。最後に自分に神を信仰するかと尋ねた。自分は空を見て黙って居た。

或時《あるとき》サローンに這入《はい》ったら派手《はで》な衣裳《いしよう》を着た若い女が向うむきになって、洋琴《ピアノ》を弾《ひ》いていた。其《そ》の傍《そば》に脊《せい》の高い立派な男が立って、唱歌を唄っている。其《その》口が大変大きく見えた。けれども二人は二人以外の事には丸《まる》で頓着《とんじやく》していない様子であった。船に乗っている事さえ忘れている様であった。

自分は益《ますます》詰《つま》らなくなった。とうとう死ぬ事に決心した。それである晩、あたりに人の居ない時分、思い切って海の中へ飛び込んだ。所《ところ》が――自分の足が甲板《かんぱん》を離れて、船と縁が切れた其《そ》の刹那《せつな》に、急に命が惜《おし》くなった。心の底からよせばよかったと思った。けれども、もう遅い。自分は厭《いや》でも応《おう》でも海の中へ這入《はい》らなければならない。只大変高く出来ていた船と見えて、身体《からだ》は船を離れたけれども、足は容易に水に着かない。然《しか》し捕《つか》まえるものがないから、次第次第に水に近附いて来る。いくら足を縮めても近附いて来る。水の色は黒かった。

そのうち船は例の通り黒い煙《けぶり》を吐いて、通り過ぎて仕舞《しま》った。自分は何処《どこ》へ行くんだか判《わか》らない船《ふね》でも、矢《や》っ張《ぱ》り乗って居る方がよかったと始めて悟りながら、しかも其《そ》の悟りを利用する事が出来ずに、無限の後悔と恐怖とを抱《いだ》いて黒い波の方へ静かに落ちて行った。

第八夜

床屋の敷居《しきい》を跨《また》いだら、白い着物を着てかたまって居た三四人が、一度に入《い》らっしゃいと云った。

真中《まんなか》に立って見廻すと、四角な部屋である。窓が二方《はう》に開《あ》いて、残る二方に鏡が懸《かか》っている。鏡の数を勘定したら六つあった。

自分は其《その》一つの前へ来て腰を卸《おろ》した。すると御尻《おしり》がぶくりと云った。余程《よほど》坐り心地が好《よ》く出来た椅子である。鏡には自分の顔が立派に映った。顔の後《うしろ》には窓が見えた。それから帳場格子《ちょうばごうし》が斜《はす》に見えた。格子《こうし》の中には人がいなかった。窓の外を通る往来《おうらい》の人の腰から上がよく見えた。

庄太郎《しょうたろう》が女を連れて通る。庄太郎は何時《いつ》の間にかパナマの帽子《ぼうし》を買《かっ》て被《かぶ》っている。女も何時《いつ》の間に拵《こし》らえたものやら。一寸解《ちょっとわか》らない。双方共得意の様《よう》であった。よく女の顔を見ようと思ううちに通り過ぎて仕舞《しま》った。

豆腐屋が喇叭《らっぱ》を吹いて通った。喇叭を口へ宛《あて》がっているんで、頰ぺた《ほっ》が蜂《はち》に螫《さ》された様に膨《ふく》れていた。膨れたまんまで通り越したものだから、気掛《きがか》りで堪《たま》らない。生涯《しょうがい》蜂に螫されている様に思う。

芸者が出た。まだ御化装《おつくり》をしていない。島《しま》田の根が緩《ゆる》んで、何だか頭に締りがない。顔も寝ぼけている。色沢《いろつや》が気の毒な程悪い。それで御辞儀《おじぎ》をして、どうも何とかですと云ったが、相手はどうしても鏡の中へ出て来ない。

すると白い着物を着た大きな男が、自分の後ろへ来て、鋏《はさみ》と櫛《くし》を持って自分の頭を眺め出した。自分は薄い髭《ひげ》を捩《ねじ》って、どうだろう物になるだろうかと尋ねた。白い男は、何《な》にも云わずに、手に持った琥珀色《こはくいろ》の櫛《くし》で軽く自分の頭を叩いた。

「さあ、頭もだが、どうだろう、物になるだろうか」と自分は白い男に聞いた。白い男は矢張《やは》り何にも答えずに、ちゃきちゃきと鋏《はさみ》を鳴らし始めた。

鏡に映る影を一つ残らず見る積《つも》りで眼を睜《みは》っていたが、鋏の鳴るたんびに黒い毛が飛んで来るので、恐ろしくなって、やがて眼を閉じた。すると白い男が、こう云った。

「旦那《だんな》は表の金魚売《きんぎょうり》を御覧なすったか」

自分は見ないと云った。白い男はそれぎりで、頻《しきり》と鋏を鳴らしていた。すると突然大きな声で危険《あぶねえ》と云ったものがある。はっと眼を開けると、白い男の袖《そで》の下に自転車の輪が見

の方を振返って見た。けれども格子の中には女も札も何にも見えなかった。

で「洗いましょう」と云った。丁度《ちょうど》うまい折だから、椅子から立上がるや否や、帳場格子

自分は茫然《ばうぜん》として此《この》女の顔と十円札を見詰めて居た。すると耳の元で白い男が大きな声

高々《たかだか》百枚位だが、其《そ》の百枚がいつ迄勘定しても百枚である。

かにも早い。しかも札の数はどこ迄《まで》行っても尽きる様子がない。膝の上に乗っているのは

女は長い睫《まつげ》を伏せて薄い唇を結んで一生懸命に、札の数を読んでいるが、其《そ》の読み方がい

って、黒繻子《くろじゅす》の半襟《はんえり》の掛《かか》った素袷《すあわせ》で、立膝《たてひざ》の儘《まま》、札《さつ》の勘定をしている。札は十円札らしい。

つの間にか一人の女が坐っている。色の浅黒い眉毛《まみえ》の濃い大柄な女で、髪を銀杏返《いちょうがえ》しに結《ゆ》

自分はあるたけの視力で鏡の角《かど》を覗《のぞ》き込む様にして見た。すると帳場格子《ちょうばごうし》のうちに、い

音丈《だけ》する。

りだから、一寸《ちょっと》様子が見たい。けれども粟餅屋は決して鏡の中に出て来ない。只《ただ》餅を搗《つ》く

さい杵《きね》をわざと臼《うす》へ中《あ》てて、拍子を取って餅を搗《つ》いている。粟餅屋は子供の時に見たばか

たから、安心して眼を開けた。粟餅《あわもち》や、餅やあ、餅や、と云う声がすぐ、そこでする。小

やがて、白い男は自分の横へ廻って、耳の所を刈り始めた。毛が前の方へ飛ばなくなっ

けた。自転車と人力車は丸《まる》で見えなくなった。鋏の音がちゃきちゃきする。

えた。人力《じんりき》の梶棒《かじぼう》が見えた。と思うと、白い男が両手で自分の頭を押《おさ》えてうんと横へ向

代《だい》を払って表へ出ると、門口《かどぐち》の左側に、小判《こばん》なりの桶《おけ》が五つ許《ばか》り並べてあって、其《そ》の中に赤い金魚や、斑入《ふいり》の金魚や、痩《や》せた金魚や、肥《ふと》った金魚が沢山入れてあった。そうして金魚売《きんぎょうり》が其《そ》の後《うしろ》にいた。金魚売は自分の前に並べた金魚を見詰めた儘《まま》、頬杖《ほおづえ》を突いて、じっとして居る。騒がしい往来《おうらい》の活動には殆《ほとん》ど心を留《と》めていない。自分はしばらく立って、此《こ》の金魚売を眺めて居た。けれども自分が眺めている間《あいだ》、金魚売はちっとも動かなかった。

第九夜

世の中が何となくざわつき始めた。今にも戦争《いくさ》が起《おこ》りそうに見える。焼け出された裸馬《はだかうま》が、夜昼《よるひる》となく、屋敷の周囲《まわり》を暴《あ》れ廻ると、それを夜昼となく足軽《あしがる》共が犇《ひしめ》きながら追掛《おっか》けている様な心持がする。それでいて家のうちは森《しん》として静かである。

家には若い母と三つになる子供がいる。父は何処《どこ》かへ行った。父が何処かへ行ったのは、月の出ていない夜中であった。床《とこ》の上で草鞋《わらじ》を穿《は》いて、黒い頭巾《ずきん》を被《かぶ》って、勝手口から出て行った。其《そ》の時母の持っていた雪洞《ぼんぼり》の灯《ひ》が暗い闇に細長く射して、生垣《いけがき》の手前にある古い檜《ひのき》を照《てら》した。

父はそれ限《ぎり》帰って来なかった。母は毎日三つになる子供に「御父様《おとう》は」と聞いている。

子供は何とも云わなかった。しばらくしてから「あっち」と答える様になった。母が「何時《いつ》御帰り」と聞いても矢張《やは》り「あっち」と答えて笑っていた。其時《そのとき》は母も笑った。そうして「今に御帰り」と云う言葉を何遍《なんべん》となく繰返して教えた。けれども子供は「今に」丈《だけ》を覚えたのみである。時々は「御父様は何処《どこ》」と聞かれて「今に」と答える事もあった。

夜になって、四隣《あたり》が静まると、母は帯を締め直して、鮫鞘《さめざや》の短刀を帯の間《あいだ》へ差して、子供を細帯《ほそおび》で脊中《せなか》へ脊負《しょ》って、そっと潜《くぐ》りから出て行く。母はいつでも草履《ぞうり》を穿《は》いていた。子供は此《こ》の草履の音を聞きながら母の脊中で寝て仕舞《しま》う事もあった。

土塀《どべい》の続いている屋敷町を西へ下《くだ》って、だらだら坂を降り尽《つく》すと、大きな銀杏《いちょう》がある。此《こ》の銀杏を目標《めじるし》に右に切れると、一丁許《いっちょうばか》り奥に石の鳥居《とりい》がある。片側は田圃《たんぼ》で、片側は熊笹ばかりの中を鳥居迄来て、それを潜《くぐ》り抜けると、暗い杉の木立になる。それから二十間許《けんばか》り敷石《しきいし》伝いに突き当ると、古い拝殿《はいでん》の階段の下に出る。鼠色《ねずみいろ》に洗い出された賽銭箱《さいせんばこ》の上に、大きな鈴の紐《ひも》がぶら下って昼間見ると、其《そ》の鈴の傍《そば》に八幡宮《はちまんぐう》と云う額《がく》が懸《かか》っている。八の字が、鳩《はと》が二羽向いあった様な書体に出来ているのが面白い。其《そ》の外《ほか》にも色々の額がある。大抵は家中《かちゅう》のものの射抜いた金的《きんてき》を、射抜いたものの名前に添えたのが多い。偶《たま》には太刀《たち》を納めたのもある。

鳥居を潜《くぐ》ると杉の梢《こずえ》で何時《いつ》でも梟《ふくろう》が鳴いている。そうして、冷飯草履《ひやめしぞうり》の音がぴちゃぴちやする。それが拝殿《はいでん》の前で已《や》むと、母は先《ま》ず鈴を鳴らして置いて、直《すぐ》にしゃがんで拍手《かしわで》を打つ。大抵は此《この》時梟が急に鳴かなくなる。それから母は一心不乱に夫《おっと》の無事を祈る。母の考えでは、夫が侍であるから、弓矢の神の八幡《はちまん》へ、こうやって是非《ぜひ》ない願《がん》を掛けたら、よもや聴かれぬ道理はなかろうと一図《いちず》に思い詰めて居る。

子供は能《よ》く此《こ》の鈴の音で眼を覚まして、四辺《あたり》を見ると真暗《まっくら》だものだから、急に脊中《せなか》で泣き出す事がある。其《そ》の時母は口の内で何か祈りながら、脊《せ》を振ってあやそうとする。すると旨《うま》く泣《な》き已《や》む事《こと》もある。又益《ますます》烈《はげ》しく泣き立てる事もある。いずれにしても母は容易に立たない。

一通《ひととお》り夫の身の上を祈って仕舞《しま》うと、今度は細帯を解いて、脊中の子を摺《ず》り卸《お》ろすように、脊中から前へ廻して、両手に抱きながら拝殿を上《のぼ》って行って、「好《い》い子だから、少しの間《ま》、待って卸出《おいで》よ」と屹度《きっと》自分の頬を子供の頬へ擦《す》り附ける。そうして細帯を長くして、子供を縛《しば》って置いて、其《そ》の片端《かたはし》を拝殿の欄干《らんかん》に括《くく》り附ける。それから段々を下りて来て二十間《けん》の敷石を往《い》ったり来たり御百度《おひゃくど》を踏む。

拝殿に括《くく》りつけられた子は、暗闇の中で、細帯の丈《たけ》のゆるす限り、広縁《ひろえん》の上を這《は》い廻っている。そう云う時は母に取って、甚《はなは》だ楽な夜である。けれども縛《しば》った子にひいひい泣かれると、母は気が気でない。御百度《おひゃくど》の足が非常に早くなる。大変息が切れる。仕方のない時は、中途で拝殿へ上《あが》って来て、色々すかして置いて、又御百度を踏み直す事もある。

こう云う風に、幾晩となく母が気を揉《も》んで、夜《よ》の目も寝ずに心配していた父は、とくの昔に浪士《ろうし》の為に殺されていたのである。

こんな悲《かな》しい話を、夢の中で母から聞《き》いた。

第十夜

庄太郎《しょうたろう》が女に攫《さら》われてから七日目の晩にふらりと帰って来て、急に熱が出てどっと、床《とこ》に就《つ》いていると云って健《けん》さんが知らせに来た。

庄太郎は町内一の好男子《こうだんし》で、至極《しごく》善良な正直者である。ただ一つの道楽がある。パナマの帽子を被《かぶ》って、夕方になると水菓子屋《みずがしや》の店先へ腰をかけて、往来《おうらい》の女の顔を眺めている。そうして頻《しきり》に感心している。其《そ》の外《ほか》には是《これ》と云う程の特色もない。

あまり女が通らない時は、往来を見ないで水菓子を見ている。水菓子には色々ある。水《すい》蜜桃《みつとう》や、林檎《りんご》や、枇杷《びわ》や、バナナを奇麗《きれい》に籠《かご》に盛って、すぐ見舞物《みやげもの》に持って行ける様に二列に並べてある。庄太郎は此《こ》の籠《かご》を見ては奇麗だと云っている。商売をするなら水菓子屋に限ると云っている。其《そ》の癖《くせ》自分はパナマの帽子を被《かぶ》ってぶらぶら遊んでいる。

此《こ》の色がいいと云って、夏蜜柑《なつみかん》抔《など》を品評する事もある。けれども、曾《かつ》て銭《ぜに》を出して水菓子を買った事がない。只《ただ》では無論食わない。色許《ばか》り賞《ほ》めて居る。

ある夕方一人の女が、不意に店先に立った。身分のある人と見えて立派な服装をしている。其《そ》の着物の色がひどく庄太郎の気に入った。其《そ》の上庄太郎は大変女の顔に感心して仕《し》舞《ま》った。そこで大事なパナマの帽子を脱《と》って丁寧《ていねい》に挨拶《あいさつ》をしたら、女は籠詰《かごづめ》の一番大きいのを指して、是《これ》を下さいと云うんで、庄太郎はすぐ其《そ》の籠を取って渡した。すると女はそれを一寸《ちょっと》提《さ》げて見て、大変重い事と云った。

庄太郎は元来閑人《ひまじん》の上に、頗《すこぶ》る気作《きさく》な男だから、ではお宅迄《まで》持って参りましょうと云って、女と一所に水菓子屋を出た。それぎり帰って来なかった。

如何《いか》な庄太郎でも、余《あん》まり呑気《のんき》過ぎる。只事《ただごと》じゃ無かろうと云って、親類や友達が騒ぎ出して居ると、七日目の晩になって、ふらりと帰って来た。そこで大勢《おおぜい》寄ってたかって、庄さん何処《どこ》へ行っていたんだいと聞くと、庄太郎は電車へ乗って山へ行ったんだと答えた。

何でも余程《よほど》長い電車に違いない。庄太郎の云う所によると、電車を下りるとすぐと原へ出たそうである。非常に広い原で、何処《どこ》を見廻しても青い草ばかり生えていた。女と一所に草の上を歩いて行くと、急に絶壁《きりぎし》の天辺《てっぺん》へ出た、其《そ》の時女が庄太郎に、此処《ここ》から飛び込んで御覧なさいと云った。底を覗《のぞ》いて見ると、切岸《きりぎし》は見えるが底は見えない。庄太郎は又パナマの帽子を脱《ぬ》いで再三辞退した。すると女が、もし思い切って飛び込まなければ、豚に舐《な》められますが好《よ》う御座《ござ》んすかと聞いた。庄太郎は豚と雲《くも》右衛《え》門《もん》が大嫌《だいきらい》だった。けれども命には易《か》えられないと思って、矢《や》っ張《ぱ》り飛び込むのを見合せていた。所《ところ》へ豚が一匹鼻を鳴らして来た。庄太郎は仕方なしに、持って居た細い檳榔樹《びんろうじゅ》の洋杖《ステツキ》で、豚の鼻頭《はなづら》を打《ぶ》った。豚はぐうと云いながら、ころりと引っ繰り返って、絶壁《きりぎし》の下へ落ちて行った。庄太郎はほっと一《ひ》と息接《いきつ》いでいると又一匹の豚が大きな鼻を庄太郎に擦《す》り附けに来た。庄太郎は已《やむ》を得ず又洋杖《ステツキ》を振り上げた。豚はぐうと鳴いて又真逆様《まつさかさま》に穴の底へ転げ込んだ。すると又一匹あらわれた。此《こ》の時庄太郎は不図《ふと》気が附いて、向うを見ると、遥《はるか》の青草原《あおくさばら》の尽きる辺《あたり》から幾万匹か数え切れぬ豚が、群《むれ》をなして一直線に、此絶壁《このきりぎし》の上に立っている庄太郎を見懸《めが》けて鼻を鳴らしてくる。庄太郎は心《しん》から恐縮した。けれども仕方がないから、近寄ってくる豚の鼻頭《はなづ》を、一つ一つ丁寧《ていねい》に檳榔樹の洋杖《ステツキ》で打《ぶ》っていた。不思議な事に洋杖が鼻へ触《さわ》りさえすれば豚はころりと谷の底へ落ちて行く。覗《のぞ》いて見ると底の見えない絶壁《きりぎし》を、逆《さか》さになった豚が行列して落ちて行く。自分が此《こ》の位多くの豚を谷へ落したかと思うと、庄太郎は我ながら怖くなった。けれども豚は続々くる。黒雲《くろくも》に足が生えて、青草を踏み分ける様な勢《いきお》いで無尽蔵《むじんぞう》に鼻を鳴らしてくる。

庄太郎は必死の勇《ゆう》を振《ふる》って、豚の鼻頭《はなづら》を七日《なのか》六晩《むばん》叩《たた》いた。けれども、とうとう精根《せいこん》が尽きて、手が蒟蒻《こんにやく》の様に弱って、仕舞《しまい》に豚に舐《な》められてしまった。そうして絶壁《きりぎし》の上へ倒れた。

健さんは、庄太郎の話を此処《ここ》迄して、だから余《あん》り女を見るのは善《よ》くないよと云った。自分も尤《もっと》もだと思った。けれども健さんは庄太郎のパナマの帽子が貰いたいと云っていた。

庄太郎は助かるまい。パナマは健さんのものだろう。

（「朝日新聞」明治四十一年七月〜八月）

永日小品（抄）

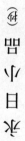

蛇

　木戸を開けて表へ出ると、大きな馬の足迹《あしあと》の中に雨が一杯湛《たま》っていた。土を踏むと泥の音が蹠裏《あしのうら》へ飛び附いて来る。踵《かかと》を上げるのが痛い位に思われた。手桶《ておけ》を右の手に提《さ》げているので、足の抜き差《さし》に都合が悪い。際《きわ》どく踏み応《こた》える時には、腰から上で調子を取る為に、手に持ったものを放り出したくなる。やがて手桶《ておけ》の尻をどっさと泥の底に据えて仕舞《しま》った。危《あや》うく倒れる所を、手桶の柄《え》に乗《の》し懸《かか》って向《むこう》を見ると、叔父さんは一間許《けんばかり》前にいた。蓑《みの》を着た肩の後《うしろ》から、三角に張った網の底がぶら下がっている。此《こ》の時被《かぶ》った笠が少し動いた。笠のなかから非常《ひど》い路《みち》だと云った様に聞えた。蓑の影はやがて雨に吹かれた。

　石橋の上に立って下を見ると、黒い水が草の間《あいだ》から推《お》されて来る。不断《ふだん》は黒節《くろぶし》の上を三寸《ずん》とは超えない底に、長い藻《も》が、うつらうつらと揺《うご》いて、見ても奇麗《きれい》な流れであるのに、今日《きょう》は底から濁った。下から泥を吹き上げる、上から雨が叩く、真中《まんなか》を渦が重なり合って通る。しばらく此《こ》の渦を見守って居た叔父さんは、口の内で、

「獲《と》れる」と云った。

二人は橋を渡って、すぐ左へ切れた。渦は青田の中を蜿蜒《うねうね》と延びて行く。どこ迄《まで》押して行くか分らない流れの迹《あと》を跟《つ》けて一町程《いっちょうほど》来た。そうして広い田の中にたった二人淋《さび》しく立った。雨許《ばか》り見える。叔父さんは笠の中から空を仰《あお》いだ。空は茶壺《ちゃつぼ》の蓋《ふた》の様に暗く封じられている。その何処《どこ》からか、隙間《すきま》なく雨が落ちる。立っていると、ざあっと云う音がする。是《こ》れは身に着けた笠と蓑に中《あた》る音である。夫《そ》れから四方《しほう》の田に中《あた》る音である。向うに見える貴王《きおう》の森に中《あた》る音も遠くから交《まじ》って来るらしい。

森の上には、黒い雲が杉の梢《こずえ》に呼び寄せられて奥深く重なり合っている。夫《そ》れが自然《じねん》の重みでだらりと上の方から下《さが》って来る。雲の足は今杉の頭に絡み附いた。もう少しすると、森の中へ落ちそうだ。

気が附いて足元を見ると、渦は限《かぎ》りなく水上《みなかみ》から流れて来る。貴王様の裏の池の水が、あの雲に襲われたものだろう、渦の形が急に勢《いきお》づいた様に見える。叔父さんは又捲《ま》く渦を見守って、

「獲《と》れる」と左《さ》も何物をか取った様に云った。やがて蓑を着た儘《まま》水の中に下りた。勢《いきお》いの凄《すさま》じい割には、左程《さほど》深くもない。立って腰迄浸《つか》る位である。叔父さんは河の真中《まんなか》に腰を据えて、貴王《きおう》の森を正面に、川上に向って、肩に担《かつ》いだ網を卸《おろ》した。

二人は雨の音の中に凝《じっ》として、まともに押して来る渦の恰好《かっこう》を眺めていた。魚《さかな》が此《こ》の渦の下を、貴王の池から流されて通るに違いない。うまく懸《かか》れば大きなのが獲《と》れると、一心《いっしん》に凄《すご》い水の色を見詰めていた。水は固《もと》より濁っている。上皮《うわかわ》の動く具合丈《だけ》で、どんなものが、水の底を流れるか全く分りかねる。夫《それ》でも瞬《まばたき》もせずに、水際《みずぎわ》迄浸った叔父さんの手首の動くのを待っていた。けれどもそれが中々《なかなか》に動かない。

雨脚《あめあし》は次第に黒くなる。河の色は段々重くなる。渦の紋は劇《はげ》しく水上《みなかみ》から回《めぐ》って来る。此《こ》の時どす黒い波が鋭く眼の前を通り過《すご》そうとする中に、ちらりと色の変った模様が見えた。瞬《またたき》を容《ゆる》さぬ咄嗟《とっさ》の光を受けた其《そ》の模様には長さの感じがあった。是《これ》は大きな鰻《うなぎ》だなと思った。

途端に流れに逆《さか》らって、網の柄《え》を握っていた叔父さんの右の手首が、蓑《みの》の下から肩の上まで弾《は》ね返る様に動いた。続いて長いものが叔父さんの手を離れた。それが暗い雨のふりしきる中に、重たい縄の様な曲線を描いて、向うの土手《どて》の上に落ちた。と思うと、草の中からむくりと鎌首《かまくび》を一尺許《しゃくばか》り持上げた。そうして持上げた儘屹《ままきつ》と二人を見た。

「覚えていろ」

声は慥《たし》かに叔父さんの声であった。同時に鎌首は草の中に消えた。叔父さんは蒼《あお》い顔をして、蛇を投げた所を見ている。

「叔父さん、今、覚えていろと云ったのは貴方《あなた》ですか」

叔父さんは漸《ようや》く此方《こっち》を向いた。そうして低い声で、誰《たれ》だか能《よ》く分らないと答えた。今でも叔父に此《こ》の話をする度に、誰《たれ》だか能《よ》く分らないと答えては妙な顔をする。

猫の墓

早稲田《わせだ》へ移ってから、猫が段々瘠《や》せて来た。一向に小供《こども》と遊ぶ気色《けしき》がない。日が当ると縁側に寝ている。前足を揃えた上に、四角な顎《あご》を載せて、じっと庭の植込《うえこみ》を眺めた儘《まま》、いつ迄も動く様子が見えない。小供がいくら其《そ》の傍《そば》で騒いでも、知らぬ顔をしている。小供の方でも、初めから相手にしなくなった。此《この》猫はとても遊び仲間に出来ないと云わん許《ばか》りに、旧友を他人扱いにしている。小供のみではない、下女はただ三度の食《めし》を、台所の隅《すみ》に置いてやる丈《だけ》で其《そ》の外《ほか》には、殆《ほと》んど構い附けなかった。しかも其《そ》の食《めし》は大抵近所にいる大きな三毛猫《みけねこ》が来て食って仕舞《しま》った。猫は別に怒る様子もなかった、喧嘩をする所を見た試《ため》しもない。ただ、じっとして寝ていた。然《しか》し其《そ》の寝方《かた》に何所《どこ》となく余裕《ゆとり》がない。伸《の》んびり楽々と身を横に、日光を領《りょう》しているのと違って、動くべきせきがないために——是《こ》れでは、まだ形容し足りない。懶《ものう》さの度をある所迄通り越して、動かなければ淋《さび》しいが、動くと猶《なお》淋《さみ》しいので、我慢して、じっと辛抱している様に見えた。其《そ》の眼附《めつき》は、何時《いつ》でも庭の植込を見ているが、彼《か》れは恐らく木の葉も、幹の形も意識していなかったのだろう。青味がかった黄色い瞳子《ひとみ》を、ぼんやり一《ひ》と所《ところ》に落ち附けているのみである。彼《か》れが家《うち》の小供から存在を認められぬ様に、自分でも、世の中の存在を判然《はっきり》と認めていなかったらしい。

夫《そ》れでも時々は用があると見えて、外へ出て行く事がある。すると何時《いつ》でも近所の三毛猫から追懸《おっか》けられる。そうして、怖いものだから、縁側を飛び上がって、立て切ってある障子《しょうじ》を突き破って、囲炉裏《いろり》の傍《そば》迄逃げ込んで来る。家《うち》のものが、彼《か》れの存在に気が附くのは此《こ》の時丈《だけ》である。彼《か》れも此《こ》の時《とき》に限って、自分が生きている事実を、満足に自覚するのだろう。

是《こ》れが度重《たびかさ》なるにつれて、猫の長い尻尾《しっぽ》の毛が段々抜けて来た。始めは所々がぽくぽく穴の様に落ち込んで見えたが、後には赤肌に脱《ぬ》け広がって、見るも気の毒な程にだらりと垂れていた。彼《か》れは万事に疲れ果てた、体軀《からだ》を圧《お》し曲げて、しきりに痛い局部を舐《な》め出した。

おい猫がどうかしたようだなと云うと、そうですね、矢《や》っ張《ぱ》り年を取った所為《せい》でしょうと、妻《さい》は至極《しごく》冷淡である。自分も其《そ》の儘《まま》にして放って置いた。すると、しばらくしてから、今度は三度のものを時々吐く様になった。咽喉《のど》の所に大きな波を打たして、嚔《くしゃみ》とも、しゃくりとも附かない苦しそうな音をさせる。苦しそうだけれども、已《やむ》を得ないから、気が附くと表へ追い出す。でなければ畳の上でも、蒲団《ふとん》の上でも容赦なく汚《よご》す。来客の用意に拵《こしら》えた八反《はったん》の座蒲団《ざぶとん》は、大方彼《おおかたか》れの為に汚されて仕舞《しま》った。

「どうも仕様《しよう》がないな。腸胃《ちょうい》が悪いんだろう、宝丹《ほうたん》でも水に溶いて飲まして遣《や》れ」

妻《さい》は何とも云わなかった。二三日してから、宝丹を飲ましたかと聞いたら、飲ましても駄目です、口を開《あ》きませんという答《こたえ》をした後で、魚の骨を食べさせると吐くんですと説明するから、じゃ食わせんが好《い》いじゃないかと、少し嶮《けん》どんに叱《しか》りながら書見《しょけん》をしていた。

猫は吐気《はきけ》がなくなりさえすれば、依然として、大人《おとな》しく寝ている。此《こ》の頃では、じっと身を竦《すく》める様にして、自分の身を支える縁側丈《だけ》が便《たより》であるという風に、如何《いか》にも切り詰めた蹲踞《うずく》まり方《かた》をする。眼附《めつき》も少し変って来た。始めは近い視線に、遠くのものが映る如く、悄然《しょうぜん》たるうちに、どこか落附《おちつき》が有ったが、それが次第に怪しく動いて来た。けれども眼の色は段々沈んで行く。日が落ちて微《かす》かな稲妻があらわれる様な気がした。けれども放って置いた。妻《さい》も気にも掛けなかったらしい。小供《こども》は無論猫のいる事さえ忘れている。

ある晩、彼は小供の寝る夜具の裾《すそ》に腹這《はらばい》になっていたが、やがて、自分の捕《と》った魚《さかな》を取り上げられる時に出す様な唸声《うなりごえ》を挙げた。此《こ》の時変だなと気が附いたのは自分丈《だけ》である。小供はよく寝ている。妻《さい》は針仕事に余念がなかった。しばらくすると猫が又唸《うな》った。妻《さい》は漸《ようや》く針の手を已《や》めた。自分は、どうしたんだ、夜中に小供の頭でも噛《かじ》られちゃ大変だと云った。まさかと妻《さい》は又繻袢《じゅばん》の袖を縫い出した。猫は折々唸っていた。

明《あ》くる日は囲炉裏《いろり》の縁《ふち》に乗ったなり、一日唸っていた。茶を注《つ》いだり、薬缶《やかん》を取ったりするのが気味が悪い様であった。が、夜になると猫の事は自分も妻《さい》も丸《まる》で忘れて仕舞《しま》った。猫の死んだのは実に其《そ》の晩である。朝になって、下女が裏の物置に薪《まき》を出しに行った時は、もう硬くなって、古い竈《へっつい》の上に倒れて居た。

妻《さい》はわざわざ其《そ》の死態《しにざま》を見に行った。夫《そ》れから今迄の冷淡に引き更《か》えて急に騒ぎ出した。出入《でいり》の車夫《しゃふ》を頼んで、四角な墓標を買って来て、何か書いて遣《や》って下さいと云う。自分は表に猫の墓と書いて、裏に此《こ》の下《した》に稲妻起《おこ》る宵あらんと認《したた》めた。車夫は此《こ》の儘《まま》、埋《う》めても好《い》いんですかと聞いている。まさか火葬にも出来ないじゃないかと下女が冷《ひや》かした。

小供も急に猫を可愛《かわい》がり出した。墓標の左右に硝子《ガラス》の罎《びん》を二つ活《い》けて、萩の花を沢山挿《さ》した。茶碗に水を汲《く》んで、墓の前に置いた。花も水も毎日取り替えられた。三日目の夕方に四つになる女の子が——自分は此《こ》の時書斎の窓から見ていた。——たった一人墓の前へ来て、しばらく白木《しらき》の棒を見ていたが、やがて手に持った、おもちゃの杓子《しゃくし》を卸《おろ》して、猫に供えた茶碗の水をしゃくって飲んだ。それも一度ではない。萩《はぎ》の花の落ちこぼれた水の瀝《したた》りは、静かな夕暮の中に、幾度《いくたび》か愛子《あいこ》の小さい咽喉《のど》を潤《うる》おした。

猫の命日には、妻《さい》が屹度《きっと》一切《ひとき》れの鮭と、鰹節《かつぶし》を掛けた一杯の飯を墓の前に供える。今でも忘れた事がない。ただ此《こ》の頃では、庭迄持って出ずに、大抵は茶の間の箪笥《たんす》の上へ載せて置くようである。

暖かい夢

風が高い建物に当って、思う如く真直《ますぐ》に抜けられないので、急に稲妻に折れて、頭の上から、斜《はす》に鋪石迄《しきいしまで》吹き卸《おろ》して来る。自分は歩きながら被《かぶ》っていた山高帽《やまたかぼう》を右の手で抑えた。前に客待《きやくまち》の御者《ぎよしや》が一人いる。御車台《ぎよしやだい》から、此有様《このありさま》を眺めて居たと見えて、自分が帽子から手を離して、姿勢を正すや否や、人指指《ひとさしゆび》を竪《たて》に立てた。乗らないかと云う符徴《ふちよう》である。自分は乗らなかった。すると御者は右の手に拳骨《げんこつ》を固めて、烈《はげ》しく胸の辺《あたり》を打ち出した。二三間《げん》離れて聞いていても、とんとん音がする。倫敦《ロンドン》の御者はこうして、己《おの》れとわが手を暖めるのである。自分は振り返って一寸此《ちよつとこ》の御者を見た。剝《は》げ懸《かか》った堅《かた》い帽子の下から、霜《しも》に侵された厚い髪の毛が食《は》み出している。毛布《ケツト》を継《つ》ぎ合せた様な粗《あら》い茶の外套《がいとう》の脊中《せなか》の右に其《そ》の肱《ひじ》を張って、肩と平行になる迄怒《いか》らしつつ、とんとん胸を敲《たた》いている。まるで一種の器械の活動する様である。自分は再び歩き出した。

道を行くものは皆追い越して行く。女でさえ後《おく》れてはいない。腰の後部《うしろ》でスカートを軽く撮《つま》んで、踵《かかと》の高い靴が曲るかと思う位烈《はげ》しく舗石《しきいし》を鳴らして急いで行く。よく見《み》ると、何《ど》の顔も何《ど》の顔も切歯詰《せっぱつま》っている。男は正面を見たなり、女は傍目《わきめ》も触《ふ》らず、ひたすらにわが志《こころざ》す方《かた》へと一直線に走る丈《だけ》である。其《そ》の時の口は堅く結んでいる。眉は深く鎖《とざ》している。鼻は険《けわ》しく聳《そび》えている。顔は奥行許《おくゆきばか》り延びている。そうして、足は一文字《いちもんじ》に用のある方へ運んで行く。恰《あたか》も往来《おうらい》は歩くに堪《た》えん、戸外は居るに忍びん、一刻も早く屋根の下へ身を隠さなければ、生涯の恥辱《ちじょく》である、かの如き態度である。

自分はのその歩きながら、何となく此《こ》の都に居づらい感じがした。上を見ると、大きな空は、何時《いつ》の世からか、仕切られて、切岸《きりぎし》の如く聳《そび》える左右の棟《むね》に余《あま》された細い帯丈《だけ》が東から西へかけて長く渡っている。其《そ》の帯の色は朝から鼠色《ねずみいろ》であるが、次第次第に鳶色《とびいろ》に変じて来た。建物は固《もと》より灰色である。それが暖かい日の光に倦《う》み果てた様に、遠慮なく両側を塞《ふさ》いでいる。広い土地を狭苦しい谷底の日影にして、高い太陽が届く事の出来ない様に、二階の上に三階を重ねて、三階の上に四階を積《そ》んで仕舞《しま》った。小さい人は其《そ》の底の一部分を、黒くなって、寒そうに往来《おうらい》する。自分は其《そ》の黒く動くもののうちで、尤《もっと》も緩漫《かんまん》なる一分子である。谷へ挟まって、出端《では》を失った風が、此《こ》の底を掬《すく》う様にして通り抜ける。黒いものは網の目を洩れた雑魚《ざこ》の如く四方《しほう》にぱっと散って行く。鈍《のろ》い自分も遂《つい》に此《こ》の風に吹き散らされて、家のなかへ逃げ込んだ。

　長い廻廊をぐるぐる廻って、二つ三つ階子段《はしごだん》を上《のぼ》ると、弾力仕掛《ばねじかけ》の大きな戸がある。身躯《からだ》の重みをちょっと寄せ掛けるや否や、音もなく、自然《じねん》と身は大きなガレリーの中に滑《すべ》り込んだ。眼の下は眩《まばゆ》い程明《あきら》かである。後《うしろ》を振り返ると、戸は何時《いつ》の間にか締《しま》って、居る所は春の様に暖かい。自分はしばらくの間《あいだ》、瞳を慣らす為に、眼をぱちぱちさせた。そうして、左右を見た。左右には人が沢山いる。けれども、みんな静かに落ち附《つ》いている。そうして顔の筋肉が残らず緩《ゆる》んで見える。沢山の人がこう肩を並べているのに、いくら沢山いても、一向苦にならない。悉《ことごと》く互いと互いを和《やわら》げている。自分は上を見た。上は大穹窿《おほまるがた》の天井で極彩色《ごくさいしき》の濃く眼に応《こた》える中に、鮮かな金箔《きんぱく》が、胸を躍らす程に、燦《さん》として輝いた。自分は前を見た。前は手欄《てすり》で尽きている。手欄の外《そと》には何にもない。大きな穴である。自分は手欄の傍《そば》迄近寄って、短い首を伸《のば》して穴の中を覗《のぞ》いた。すると遥《はるか》の下は、絵にかいた様な小さな人で埋《うま》っていた。其《そ》の数の多い割に鮮《あざやか》に見えた事。人の海とはこの事である。白、黒、黄、青、紫、赤、あらゆる明かな色が、大海原《おおうなばら》に起《おこ》る波紋の如く、簇然《そうぜん》として、遠くの底に、五色《ごしき》の鱗《うろこ》を幷《なら》べた程、小さく且奇麗《かつきれい》に、蠢《うごめ》いていた。

　其《そ》の時此《こ》の蠢くものが、ぱっと消えて、大きな天井から、遥《はる》かの谷底迄一度に暗くなった。今迄何千となくいならんでいたものは闇の中に葬られたぎり、誰《たれ》あって声を立てるものがない。恰《あたか》も此《こ》の大きな闇に、一人残らず其《そ》の存在を打ち消されて、影も形もなくなったかの如くに寂《しん》としている。と、思《おも》うと、遥《はる》かの底の、正面の一部分が四角に切り抜かれて、闇の中から浮き出した様に、ぼうっと何時《いつ》の間にやら薄明るくなって来た。始めは、ただ闇の段取《だんどり》が違う丈《だけ》の事と思っていると、それが次第次第に暗がりを離れてくる。慥《たし》かに柔かな光を受けて居《お》るなと意識出来る位になった時、自分は霧の様な光線の奥に、不透明な色を見出《みいだ》す事が出来た。其《そ》の色は黄と紫と藍《あい》であった。やがて、そのうちの黄と紫が動き出した。自分は両眼《りようがん》の視神経を疲れる迄緊張して、此《こ》の動くものを瞬《また》きもせず凝視《みつめ》て居た。靄《もや》は眼の底から忽《たちま》ち晴れ渡った。遠くの向うに、明《あきら》かな日光の暖かに照り輝く海を控えて、黄《き》な上衣《うわぎ》を着た美しい男と、紫の袖《そで》を長く牽《ひ》いた美しい女が、青草の上に、判然《はっきり》あらわれて来た。女が橄欖《かんらん》の樹の下に据えてある大理石の長椅子に腰を掛けた時に、男は椅子の横手に立って、上から女を見下《みおろ》した。其《その》時南から吹く温かい風に誘われて、閑和《のどか》な楽《がく》の音《ね》が、細く長く、遠くの波の上を渡って来た。

　穴の上も、穴の下も、一度にざわつき出した。彼等は闇の中に消えたのではなかった。闇の中で暖かな希臘《ギリシヤ》を夢みていたのである。

印象

表へ出ると、広い通りが真直《まっすぐ》に家の前を貫《つらぬ》いている。試みに其中央《そのちゅうおう》に立って見廻して見たら、眼に入《い》る家は悉《ことごと》く四階で、又悉《ことごと》く同じ色であった。隣も向うも、区別のつきかねる位似《によ》寄った構造なので、今自分が出て来たのは果《はた》してどの家であるか、二三間行過《げんゆき》ぎて、後戻《あともど》りをすると、もう分らない。不思議な町である。

昨夕《ゆうべ》は汽車の音に包《くる》まって寝た。十時過ぎには、馬の蹄《ひづめ》と鈴の響《ひびき》に送られて、暗いなかを夢の様に馳けた。其《そ》の時美しい灯《ともしび》の影が、点々《てんてん》として、何百となく眸《ひとみ》の上を往来《おうらい》した。其《そ》の外には何も見なかった。見るのは今が始めてである。

二三度此《こ》の不思議な町を立ちながら、見上《みあげ》、見下《みおろ》した後《のち》、遂《つい》に左へ向いて、一町程《いっちょう》来ると、四ツ角へ出た。能《よ》く覚えをして置いて、右へ曲ったら、今度は前よりも広い往来《おうらい》へ出た。其《そ》の往来《おうらい》の中を馬車が幾輛《いくりょう》となく通る。何《いず》れも屋根に人を載せている。其《そ》の馬車の色が赤であったり黄であったり、青や茶や紺《こん》であったり、仕切《しき》りなしに自分の横を追い越して向うへ行く。遠くの方を透《す》かして見ると、何処《どこ》迄五色《ごしき》が続いているのか分らない。振り返れば、五色《ごしき》は雲の様に動いて来る。何処《どこ》から何処へ人を載せて行くものかしらんと立ち止まって考えていると、後《うしろ》から脊《せ》の高い人が追い被《かぶ》さる様に、肩のあたりを押した。避《よ》け様《よう》とする右にも脊《せ》の高い人がいた。左《ひだ》りにもいた。肩を押した後《うしろ》の人は、其《そ》の又後《うしろ》の人から肩を押されている。そうしてみんな黙っている。そうして自然のうちに前へ動いて行く。

自分は此《こ》の時始めて、人の海に溺《おぼ》れた事を自覚した。此《こ》の海は何処《どこ》迄広がっているか分らない。然《しか》し広い割には極めて静かな海である。ただ出る事が出来ない。右を向いても痞《つか》えている、左を見ても塞《ふさ》がっている。後《うしろ》を振り返っても一杯である。それで静かに前の方へ動いて行く。只一筋《ひとすじ》の運命より外《ほか》に、自分を支配するものがないかの如く、幾万の黒い頭が申し合せた様に歩調を揃えて一歩宛《ずつ》前へ進んで行く。

自分は歩きながら、今出て来た家の事を想い浮べた。一様《いちよう》の四階建《だて》の、一様の色の、不思議な町は、何でも遠くにあるらしい。何処《どこ》をどう曲って、何処《どこ》をどう歩いたら帰れるか、殆《ほとん》ど覚束《おぼつか》ない気がする。よし帰れても、自分の家は見出《みいだ》せそうもない。その家は昨夕《ゆうべ》暗い中に暗く立っていた。

自分は心細く考えながら、脊《せ》の高い群集に押されて、仕方なしに大通《おおどおり》を二つ三つ曲がった。曲るたんびに、昨夕《ゆうべ》の暗い家とは反対の方角に遠ざかって行く様な心持がした。そうして眼の疲れる程人間の沢山いるなかに、云うべからざる孤独を感じた。すると、だらだら坂へ出た。此処《ここ》は大きな道路が五つ六つ落ち合う広場の様に思われた。今迄一筋に動いて来た波は、坂の下で、色々な方角から寄せるのと集まって、静かに廻転し始めた。

坂の下には、大きな石刻《いしぼり》の獅子《しし》がある。全身灰色をして居《お》った。尾の細い割に、鬣《たてがみ》に渦を捲《ま》いた深い頭は四斗樽《しとだる》程もあった。前足を揃えて、波を打つ群集の中に眠っていた。獅子は二ついた。下は舗石《しきいし》で敷き詰めてある。其《そ》の真中《まんなか》に太い銅の柱があった。自分は、静かに動く人の海の間《あいだ》に立って、眼を挙げて、柱の上を見た。柱は眼の届く限り高く真直《まっすぐ》に立《た》っている。其《そ》の上には大きな空が一面に見えた。高い柱は此《こ》の空を真中《まんなか》で突き抜いている様に聳《そび》えていた。此《こ》の柱の先には何があるか分らなかった。自分は又人の波に押されて広場から、右の方の通りを何所《いずく》ともなく下《さが》って行った。しばらくして、振返《ふりかえ》ったら、竿《さお》の様な細い柱の上に、小さい人間がたった一人立っていた。

モナリサ

井深《いぶか》は日曜になると、襟巻《えりまき》に懐手《ふところで》で、其所等《そこいら》の古道具屋を覗《のぞ》き込んで歩《あ》るく。そのうちで尤《もっと》も汚ならしい、前代の廃物許《ばか》り並んでいそうな見世《みせ》を撰《よ》っては、あれの、これのと捻《ひね》くり廻す。固《もと》より茶人《ちゃじん》でないから、好《い》いの悪いのが解《わか》る次第ではないが、安くて面白そうなものを、ちょいちょい買って帰るうちには、一年に一度位掘り出し物に、あたるだろうとひそかに考えている。

　井深は一箇月程前に十五銭で鉄瓶《てつびん》の蓋丈《ふただけ》を買って文鎮《ぶんちん》にした。此《こ》の間《あいだ》の日曜には二十五銭で鉄の鍔《つば》を買って、是亦《これまた》文鎮にした。今日《きょう》はもう少し大きい物を目懸《めが》けている。懸物《かけもの》でも額《がく》でも、すぐ人の眼に附《つ》く様な、書斎の装飾が一つ欲しいと思って、見廻していると、色摺《いろずり》の西洋の女の画《え》が、埃《ほこり》だらけになって、横に立て懸けてあった。溝《みぞ》の磨《す》れた井戸車《いどぐるま》の上に、何とも知れぬ花瓶が載っていて、其《そ》の中から黄色い尺八の歌口《うたぐち》が此《こ》の画《え》の邪魔をしている。

　西洋の画は此《こ》の古道具屋に似合わない。ただ其《そ》の色具合が、とくに現代を超越して、上《その》昔《かみ》の空気の中に黒く埋《うま》っている。如何《いか》にも此《こ》の古道具屋にあって然《しか》るべき調子である。井深は屹度《きっと》安いものだと鑑定した。聞いて見ると一円と云うのに、少し首を捻《ひね》ったが、硝子《ガラス》も割れていないし、額縁も慥《たしか》だから、爺さんに談判して、八十銭迄《まで》に負けさせた。

　井深が此《こ》の半身《はんしん》の画像を抱《いだ》いて、家《うち》へ帰ったのは、寒い日の暮方《くれがた》であった。薄暗い部屋へ入って、早速額《がく》を裸にして、壁へ立て懸けて、じっと其《そ》の前へ坐り込んでいると、洋灯《ランプ》を持って細君が遣《や》って来た。井深は細君に灯《ひ》を画《え》の傍《そば》へ翳《かざ》して、もう一遍とっくりと八十銭の額《がく》を眺めた。総体に渋く黒ずんでいる中に、顔だけが黄ばんで見える。是《こ》れも時代の所為《せい》だろう。井深は坐った儘《まま》細君を顧《かえり》みて、どうだと聞いた。細君は洋灯《ランプ》を翳《かざ》した片手を少し上に上げて、しばらく物も言わずに黄ばんだ女の顔を眺めていたが、やがて、気味の悪い顔です事ねえと云った。井深は只《ただ》笑って、八十銭だよと答えた限《ぎ》りである。

飯を食ってから、踏台《ふみだい》をして欄間《らんま》に釘《くぎ》を打って、買って来た額《がく》を頭の上へ掛けた。其《そ》の時細君は、此《こ》の女は何をするか分らない人相だ。見ていると変な心持になるから、掛けるのは廃《よ》すが好《よ》いと云って頻《しき》りに止めたけれども、井深はなあに御前《おまえ》の神経だと云って聞かなかった。

細君は茶の間へ下《さが》る。井深は机に向って調べものを始めた。十分許《ばかり》すると、不図《ふと》首を上げて、額《がく》の中が見たくなった。筆を休めて、眼を転ずると、黄色い女が、額《がく》の中で薄笑いをしている。井深はじっと其《そ》の口元を見詰めた。全く画工《えかき》の光線の附《つ》け方である。薄い唇が両方の端《はじ》で少し反《そ》り返って、其《そ》の反《そ》り返った所に一寸凹《ちょつとくぼみ》を見せている。結んだ口を是《これ》から開《あ》けようとする様にも取れる。又は開いた口をわざと、閉じた様にも取れる。但《ただ》し何故《なぜ》だか分らない。井深は変な心持がしたが、又机に向った。

調べものとは云い条《じょう》、半分は写しものである。大して注意を払う必要もないので、少し経ったら、又首を挙げて画《え》の方を見た。矢張《やは》り口元に何か曰《いわ》くがある。けれども非常に落ち附《つ》いている。切れ長の一重瞼《ひとえまぶた》の中から静かな眸《ひとみ》が座敷の下に落ちた。井深は又机の方に向き直った。

其《そ》の晩井深は何遍となく此《こ》の画《え》を見た。そうして、何処《どこ》となく細君の評が当っている様な気がし出した。けれども明《あく》る日になったら、左《そ》うでもない様な顔をして役所へ出勤した。四時頃家《うち》へ帰って見ると、昨夕《ゆうべ》の額《がく》は仰向《あおむ》けに机の上に乗せてある。午《ひる》少し過《すぎ》に、欄間《らんま》の上から突然落ちたのだという。道理で硝子《ガラス》が滅茶滅茶に破《こわ》れている。井深は額の裏を返して見た。昨夕紐《ゆうべひも》を通した環《かん》が、どうした具合か抜けている。井深は其《そ》の序《ついで》に額の裏を開けて見た。すると画《え》と脊中《せなか》合せに、四つ折の西洋紙が出た。開けて見ると、印気《いんき》で妙な事が書いてある。

「モナリサの唇には女性《にょしょう》の謎がある。原始以降此《この》謎を描き得たものはダ ヴィンチ丈《だけ》である。此《こ》の謎を解き得たものは一人《ひとり》もない。」

翌日《あくるひ》井深は役所へ行って、モナリサとは何だと云って、皆《みんな》に聞いた。然《しか》し誰《たれ》も分らなかった。じゃダ ヴィンチとは何だと尋ねたが、矢《や》っ張《ば》り誰《たれ》も分らなかった。井深は細君の勧《すすめ》に任せて此《こ》の縁喜《えんぎ》の悪い画《え》を、五銭で屑屋《くずや》に売り払った。

火事

息が切れたから、立ち留《ど》まって仰向《あおむ》くと、火の粉《こ》がもう頭の上を通る。霜《しも》を置く空の澄み切って深い中に、数を尽《つく》して飛んで来ては卒然《そつぜん》と消えて仕舞《しま》う。かと思うと、すぐあとから鮮《あざや》なやつが、一面に吹かれながら、追掛《おつか》けながら、ちらちらしながら、熾《さかん》にあらわれる。そうして不意に消えて行く。其《そ》の飛んでくる方角を見ると、大きな噴水を集めた様に、根が一本になって、隙間《すきま》なく寒い空を染めている。二三間《げん》先に大きな寺がある。長い石段の途中に太い樅《もみ》が静かな枝を夜《よ》に張って、土手《どて》から高く聳《そび》えている。火は其《そ》の後《うしろ》から起《おこ》る。黒い幹と動かぬ枝を殊更《ことさら》に残して、余る所は真赤《まつか》である。火元《ひもと》は此《こ》の高い土手の上に違《ちがい》ない。もう一町《いつちよう》程行って左へ坂を上《あが》れば、現場へ出られる。

又急ぎ足に歩き出した。後《うしろ》から来るものは皆追越《おいこ》して行く。中には擦《す》れ違《ちがい》に大きな声を掛けるものがある。暗い路《みち》は自《おの》ずと神経的に活《い》きて来た。坂の下迄《まで》歩いて、愈上《いよいよのぼ》ろうとすると、胸を突く程《ほど》急である。其《そ》の急な傾斜を、人の頭が一杯に埋めて、上から下迄犇《ひしめ》いている。焔《ほのお》は坂の真上《まうえ》から容赦なく舞い上《あが》る。此《こ》の人の渦《うず》に捲《ま》かれて、坂の上迄押し出げられたら、踵《くびす》を回《めぐ》らすうちに焦《こ》げて仕舞《しまい》そうである。

もう半町《はんちょう》程行くと、同じく左へ折れる大きな坂がある。上《のぼ》るなら此方《こちら》が楽で安全であると思い直して、出合頭《であいがしら》の人を煩《わずら》わしく避《よ》けて、漸《よう》く曲り角迄出ると、向うから劇《はげ》しく号鈴《ベル》を鳴らして蒸汽喞筒《ポンプ》が来た。退《の》かぬものは悉《ことごと》く敷き殺すぞと云わぬ許《ばかり》に人込《ひとごみ》の中を全速力で駆り立てながら、高い蹄《ひづめ》の音と共に、馬の鼻面《はなづら》を坂の方へ一捻《ひとひねり》に向直《むけなお》した。馬は泡を吹いた口を咽喉《のど》に摺《す》り附けて、尖《とが》った耳を前に立てたが、いきなり前足を揃えてもろに飛び出した。其《そ》の時栗毛の胴が、袢天《はんてん》を着た男の提灯《ちょうちん》を掠《かす》めて、天鵞絨《びろうど》の如く光った。紅《べに》色《いろ》に塗った太い車の輪が自分の足に触れたかと思う程際《きわ》どく回った。と思うと、喞筒《ポンプ》は一直線に坂を馳け上がった。

坂の中途へ来たら、前は正面にあった焔《ほのお》が今度は筋違《すじかい》に後《うしろ》の方に見え出した。坂の上から又左へ取って返さなければならない。横丁を見附けていると、細い路次《ろじ》の様なのが一つあった。人に押されて入り込むと真暗《まっくら》である。ただ一寸《ちょっと》のセキもない程詰《つ》んでいる。そうして互《たがい》に懸命な声を揚げる。火は明かに向うに燃えている。

十分の後漸《のちようや》く路次《ろじ》を抜けて通りへ出た。其《そ》の通りも又組屋敷《くみやしき》位な幅で、既に人で一杯になっている。路次《ろじ》を出るや否や、先《さっ》き地《じ》を蹴って、馳け上がった蒸汽喞筒《ポンプ》が眼の前にじっとしていた。喞筒は漸《よう》く此所《ここ》迄馬を動かしたが、二三間先《げんさき》の曲り角に妨《さま》たげられて、何《ど》う する事も出来ずに、焔《ほのお》を見物している。焔《ほのお》は鼻の先から燃え上がる。

傍《そば》に押し詰められているものは口々に何処《どこ》だ、何処《どこ》だと号《さけ》ぶ。聞かれるものは、其処《そこ》だ其処《そこ》だと云う。けれども両方共に焔《ほのお》の起《おこ》る所迄は行かれない。焔《ほのお》は勢いを得て、静かな空を煽《あお》る様に、凄まじく上《のぼ》る。……

翌日午過《ひるすぎ》散歩の序《ついで》に、火元を見届《みとどけ》様と思う好奇心から、例の坂を上《のぼ》って、昨夕《ゆうべ》の路次《ろじ》を抜けて、蒸汽喞筒《ポンプ》の留《と》まっていた組屋敷へ出て、二三間先《げんさき》の曲角《まがりかど》をまがって、ぶらぶら歩いて見たが、冬籠《ふゆごも》りと見える家が軒を並べてひそりと静まっている許《ばかり》である。焼け跡は何処《どこ》にも見当らない。火の揚《あ》がったのは此辺《このへん》だと思われる所は、奇麗《きれい》な杉垣ばかり続いて、其《そ》のうちの一軒からは微《かす》かに琴の音《ね》が洩れた。

霧

昨宵《ゆうべ》は夜中《よじゅう》枕の上で、ぱちぱち云う響《ひびき》を聞いた。是《これ》は近所にクラパム・ジャンクションと云う大停車場《おおステーション》のある御蔭《おかげ》である。此《こ》のジャンクションには一日のうちに、汽車が千いくつか集まってくる。それを細かに割付けて見ると、一分に一と列車位宛出入《ずっでいり》をする訳《わけ》になる。その各列車が霧の深い時には、何かの仕掛で、停車場間際《ステーションまぎわ》へ来ると、爆竹の様な音を立てて相図《あいず》をする。信号の灯光《とうこう》は青でも赤でも全く役に立たない程暗くなるからである。

寝台《ねだい》を這《は》い下りて、北窓の日蔽《ブラインド》を捲《ま》き上げて外面《そと》を見卸《みおろ》すと、外面《そと》は一面に茫《ぼう》としている。下は芝生の底から、三方共煉瓦《れんが》の塀に囲われた一間余《いっけんよ》の高さに至る迄、何も見えない。ただ空しいものが一杯詰《つま》っている。そうして、それが寂《しん》として凍《こお》っている。隣の庭も其通《その》りである。此庭《この》には奇麗《きれい》なローンがあって、春先の暖かい時分になると、白い髯《ひげ》を生《はや》した御爺《おじい》さんが日向《ひなた》ぼっこをしに出て来る。其時《その》此《この》御爺さんは、何時《いつ》でも右の手に鸚鵡《おうむ》を留《と》まらしている。そうして自分の眼を鸚鵡の嘴《くちばし》で突つかれそうに近く、鳥の傍《そば》へ持って行く。鸚鵡は羽搏《はばた》きをして、しきりに鳴き立てる。御爺さんの出ないときは、娘が長い裾《すそ》を引いて、断え間なく芝刈《しばかり》器械をローンの上に転がしている。此《こ》の記憶に富んだ庭も、今は全く霧《きり》に埋《うま》って、荒果《あれは》てた自分の下宿のそれと、何の境もなくのべつに続いている。

裏通りを隔てて向う側に高いゴシック式の教会の塔がある。其《そ》の塔の灰色に空を刺す天辺《てっぺん》で何時《いつ》でも鐘が鳴る。日曜は殊《こと》に甚《はなは》だしい。今日《きょう》は鋭《とが》く尖った頂きは無論の事、切石《きりいし》を不揃《ふぞろい》に畳《たた》み上げた胴中《どうなか》さえ所在《ありか》が丸《まる》で分らない。それかと思う所が、心持黒いようでもあるが、鐘の音《ね》は丸《まる》で響かない。鐘の形の見えない濃い影の奥に深く鎖《とざ》された。

表へ出ると、二間許《けんばか》り先は見える。其《そ》の二間《けん》を行き尽《つく》すと又二間許《けんばか》り先が見えて来る。世の中が二間《けん》四方《ほう》に縮まったかと思うと、歩《あ》けば歩るく程新らしい二間四方が露《あら》われる。其《そ》の代り今通って来た過去の世界は通るに任せて消えて行く。

四つ角でバスを待ち合せていると、鼠色《ねずみいろ》の空気が切り抜かれて急に眼の前へ馬の首が出た。それだのにバスの屋根に居る人は、まだ霧を出切らずにいる。此方《こっち》から霧を冒《おか》して、飛び乗って下を見ると、馬の首はもう薄ぼんやりしている。バスが行き逢《あ》うときは、行き逢った時丈《だけ》奇麗だなと思う。思う間もなく色のあるものは、濁った空《くう》の中に消えて仕舞《しま》う。漠々《ばくばく》として無色の裡《うち》に包まれて行った。ウェストミンスター橋《きょう》を通るとき、白いものが一二度眼を掠《かす》めて翻《ひる》がえった。眸《ひとみ》を凝《こ》らして、其《そ》の行方《ゆくえ》を見詰めていると、封じ込められた大気の裡《うち》に、鷗《かもめ》が夢の様に微《かす》かに飛んでいた。其《そ》の時頭の上でビッグベンが厳《おごそか》に十時を打ち出した。仰《あお》ぐと空の中でただ音丈《おとだけ》がする。

ヴィクトリヤで用を足して、テート画館《がかん》の傍《はた》を河沿《かわぞい》にバタシー迄《まで》来ると、今迄鼠色《ねずみいろ》に見えた世界が、突然と四方《しほう》からばったり暮れた。泥炭《ピート》を溶いて濃く、身の周囲《まわり》に流した様に、黒い色に染められた重たい霧が、目と口と鼻とに逼《せま》って来た。外套《がいとう》は抑えられたかと思う程湿っている。軽い葛湯《くずゆ》を呼吸する許《ばか》りに氣息《いき》が詰《つま》る。足元は無論穴蔵《あなぐら》の底を踏むと同然である。

自分は此《こ》の重苦しい茶褐色の中に、しばらく茫然《ぼうぜん》と佇立《たたず》んだ。自分の傍《そば》を人が大勢通る様な心持がする。けれども肩が触れ合わない限りは果して、人が通っているのか何《ど》うだか疑わしい。其《そ》の時此《こ》の濛々《もうもう》たる大海《たいかい》の一点が、豆位の大きさにどんよりと黄色く流れた。

自分は夫《それ》を目標《めあて》に、四歩許《ほばか》りを動かした。するとある店先の窓硝子《まどガラス》の前へ顔が出た。店の中では瓦斯《ガス》を点《つ》けている。中は比較的明かである。人は常の如く振舞って居る。自分はやっと安心した。

バタシーを通り越して、手探りをしない許《ばか》りに向うの岡へ足を向けたが、岡の上は仕舞《しもた》屋許《やばか》りである。同じ様な横町が幾筋も並行して、青天の下《もと》でも紛れ易《やす》い。自分は向って左の二つ目を曲った様な気がした。夫《それ》から二町《ちょう》程真直《まっすぐ》に歩いた様な心持がした。夫《それ》から先は丸《まる》で分らなくなった。暗い中にたった一人立って首を傾けていた。右の方から靴の音が近寄って来た。と思うと、それが四五間《けん》手前迄来て留《と》まった。夫《それ》から段々遠退《とおの》いて行く。仕舞《しまい》には、全く聞えなくなった。あとは寂《しん》としている。自分は又暗い中にたった一人立って考えた。どうしたら下宿へ帰れるかしらん。

声

豊三郎《とよさぶろう》が此《こ》の下宿へ越して来てから三日になる。始めの日は、薄暗い夕暮の中を、一《いっ》生懸命《しょうけんめい》に荷物の片附《かたづけ》やら、書物の整理やらで、忙しい影の如く動いていた。それから町の湯に入って、帰るや否や寝て仕舞《しま》った。明《あく》る日は、学校から戻ると、机の前へ坐って、しばらく書見をして見たが、急に居所《いどころ》が変った所為《せい》か、全く気が乗らない。窓の外でしきりに鋸《のこぎり》の音がする。

豊三郎は坐った儘《まま》手を延《のば》して障子《しょうじ》を明けた。すると、つい鼻の先で植木屋がせっせと梧《あお》桐《ぎり》の枝を卸《おろ》している。可《か》なり大きく延びた奴を、惜気《おしげ》もなく股《また》の根から、ごしごし引いては、下へ落《おと》して行く内に、切口の白い所が目立つ位夥《おびただ》しくなった。同時に空しい空が遠くから窓にあつまる様に広く見え出した。豊三郎は机に頬杖《ほおづえ》を突いて、何気《なにげ》なく、梧桐《ごとう》の上を高く離れた秋晴《あきばれ》を眺めていた。

豊三郎が眼を梧桐《あおぎり》から空へ移した時は、急に大きな心持がした。其《そ》の大きな心持が、しばらくして落附《おちつ》いて来るうちに、懐かしい故郷《ふるさと》の記憶が、点を打った様に、其《そ》の一角にあらわれた。点は遥《はる》かの向《むこう》にあるけれども、机の上に乗せた程明らかに見えた。

山の裾《すそ》に大きな藁葺《わらぶき》があって、村から二町《にちょう》程上《のぼ》ると、路《みち》は自分の門の前で尽きている。門を這入《はい》る馬がある。鞍《くら》の横に一叢《ひとむら》の菊を結附《ゆわいつ》けて、鈴を鳴らして、白壁の中へ隠れて仕《し》舞《ま》った。日は高く屋《や》の棟《むね》を照している。後《うしろ》の山を、こんもり隠す松の幹が悉《ことごと》く光って見える。茸《たけ》の時節である。豊三郎は机の上で今採った許《ばかり》の茸《たけ》の香を嗅《か》いだ。そうして、豊《とよ》、豊という母の声を聞いた。其《そ》の声が非常に遠くにある。それで手に取る様に明らかに聞える。

——母は五年前に死んで仕舞《しま》った。

豊三郎は不図《ふと》驚いて、わが眼を動かした。すると先刻《さっき》見た梧桐《ごとう》の先が又眸《ひとみ》に映った。延びようとする枝が、一所《ひとところ》で伐《き》り詰められているので、股《また》の根は、瘤《こぶ》で埋《うず》まって、見悪《みにく》い程窮屈《きゅうくつ》に力が入《い》っている。豊三郎は又急に、机の前に押し附《つ》けられた様な気がした。梧桐《ごとう》を隔てて、垣根の外を見下《みおろ》すと、汚《きた》ない長屋が三四軒ある。綿《わた》の出た蒲団《ふとん》が遠慮《えんりょ》なく秋の日に照り附《つ》けられている、傍《そば》に五十余りの婆《ばあ》さんが立って、梧桐《ごとう》の先を見ていた。

所々縞《しま》の消えかかった着物の上に、細帯を一筋《ひとすじ》巻いたなりで、乏《とも》しい髪を、大きな櫛《くし》のまわりに巻きつけて、茫然《ぼんやり》と、枝を透《す》かした梧桐《ごとう》の頂辺《てっぺん》を見た儘《まま》立っている。豊三郎は婆さんの顔を見た。其《そ》の顔は蒼《あお》くむくんでいる。婆さんは腫《は》れぼったい瞼《まぶた》の奥から細い眼を出して、眩《まぼ》しそうに豊三郎を見上げた。豊三郎は急に自分の眼を机の上に落した。

三日目に豊三郎は花屋へ行って菊を買って来た。国の庭に咲く様なのをと思って、探して見たが見当らないので、已《やむ》を得ず花屋のあてがったのを、其《そ》の儘《まま》三本程藁《わら》で括《くく》って貰って、徳利《とくり》の様な花瓶へ活《い》けた。行李《こうり》の底から、帆足万里《ほあしばんり》の書いた小さい軸《じく》を出して、壁へ掛けた。是《こ》れは先年帰省した時、装飾用の為にわざわざ持って来たものである。それから豊三郎は座蒲団《ざぶとん》の上へ坐って、しばらく軸と花を眺めていた。其《そ》の時窓の前の長屋の方で、豊々《とよとよ》と云う声がした。其《そ》の声が調子と云い、音色《ねいろ》といい、優しい故郷《ふるさと》の母に少しも違わない。豊三郎は忽《たちま》ち窓の障子《しょうじ》をがらりと開《あ》けた。すると昨日《きのう》見た蒼《あお》ぶくれの婆さんが、落ちかかる秋の日を額《ひたい》に受けて、十二三になる鼻垂《はなたれ》小僧を手招きして居た。がらりと云う音がすると同時に、婆さんは例のむくんだ眼を翻《ひるが》えして下から豊三郎を見上げた。

心

二階の手摺《てすり》に湯上《ゆあが》りの手拭《てぬぐい》を懸《か》けて、日の目の多い春の町を見下《みおろ》すと、頭巾《ずきん》を被《かむ》って、白い髭《ひげ》を疎《まば》らに生《は》やした下駄《げた》の歯入《はいれ》が垣の外を通る。古い鼓《つづみ》を天秤棒《てんびんぼう》に括《くく》り附《つ》けて、鋭いくせに、へらでかんかんと敲《たた》くのだが、其《そ》の音は頭の中で不図《ふと》思い出した記憶の様に、竹の何処《どこ》か気が抜けている。爺《じい》さんが筋向《すじむこう》の医者の門の傍《わき》へ来て、例の冴《さ》え損《そこ》なった春の鼓をかんと打つと、頭の上に真白《まっしろ》に咲いた梅の中から、一羽の小鳥が飛び出した。歯入《はいれ》は気が附かずに、青い竹垣をなぞえに向《むこう》の方へ廻り込んで見えなくなった。鳥は一搏《ひとはばたき》に手摺《てすり》の下迄《まで》飛んで来た。しばらくは柘榴《ざくろ》の細枝に留《とま》っていたが、落ち附かぬと見えて、二三度身《み》振《ぶり》を易《か》える拍子《ひょうし》に、不図《ふと》欄干《らんかん》に倚《よ》り掛《かか》っている自分の方を見上げるや否や、ぱっと立った。枝の上が煙《けむ》る如くに動いたと思ったら、小鳥はもう奇麗《きれい》な足で手摺《てすり》の桟《さん》を踏まえている。まだ見た事のない鳥だから、名前を知ろう筈《はず》はないが、其色合《そのいろあい》が著《いちじ》るしく自分の心を動かした。鶯《うぐいす》に似て少し渋味の勝《か》った翼に、胸は燻《くす》んだ、煉瓦《れんが》の色に似て、吹けば飛びそうに、ふわついている。其《そ》の辺《あたり》には柔かな波を時々打たして、凝《じっ》と大人《おとな》しくしている。怖《おど》すのは罪だと思って、自分もしばらく、手摺に倚《よ》った儘《まま》、指一本も動かさずに辛抱《しんぼう》していたが、存外《ぞんがい》鳥の方は平気なようなので、やがて思い切って、そっと身を後《うしろ》へ引いた。同時に鳥はひらりと手摺の上に飛び上がって、すぐと眼の前に来た。自分と鳥の間《あいだ》は僅《わず》か一尺《いっしゃく》程に過ぎない。自分は半ば無意識に右手《めて》を美しい鳥の方に出した。鳥は柔《やわら》かな翼と、華奢《きゃしゃ》な足と、漣《さざなみ》の打つ胸の凡《すべ》てを挙げて、其《そ》の運命を自分に託するものの如く、向うからわが手の中《うち》に、安らかに飛び移った。自分は其《そ》の時丸味のある頭を上から眺めて、此《こ》の鳥は……と思った。然《しか》し此《こ》の鳥は……の後《あと》はどうしても思い出せなかった。ただ心の底の方に其《そ》の後《あと》が潜んでいて、総体を薄く暈《ぼか》す様に見えた。此《こ》の心の底一面に煮染《にじ》んだものを、ある不可思議《ふかしぎ》の力で、一所《ひとところ》に集めて判然《はっきり》と熟視したら、其《そ》の形は、——矢《や》っ張《ぱ》り此《こ》の時、此《こ》の場に、自分の手のうちにある鳥と同じ色の同じ物であったろうと思う。自分は直《ただち》に籠《かご》の中に鳥を入れて、春の日影の傾く迄眺めていた。そうして此《こ》の鳥はどんな心持で自分を見ているだろうかと考えた。

やがて散歩に出た。欣々然《きんきんぜん》として、あてもないのに、町の数《かず》をいくつも通り越して、賑《にぎや》かな往来《おうらい》を行ける所迄行ったら、往来《おうらい》は右へ折れたり左へ曲ったりして、知らない人の後《あと》から、知らない人がいくらでも出て来る。いくら歩いても賑《にぎや》かで、陽気《ようき》で、楽々《らくらく》しているから、自分は何処《どこ》の点《てん》で世界と接触して、其《その》接触するところに一種の窮屈《きゆうくつ》を感ずるのか、殆《ほとん》ど想像も及ばない。知らない人に幾千人となく出逢《であ》うのは嬉しいが、ただ嬉しい丈《だけ》で、その嬉しい人の眼附《めつき》も鼻附《はなつき》も頓《とん》と頭に映らなかった。すると何処《どこ》かで、宝鈴《はうれい》が落ちて廂《ひさし》瓦《がわら》に当る様な音がしたので、はっと思って向うを見ると、五六間《けん》先の小路《こうじ》の入口に一人の女が立っていた。何を着ていたか、どんな髷《まげ》に結っていたか、殆《ほと》んど分らなかった。ただ眼に映ったのは其《そ》の顔である。其《そ》の顔は、眼と云い、口と云い、鼻と云って、離れ離れに叙述する事の六《む》ずかしい——否、眼と口と鼻と眉と額と一所《いつしよ》になって、たった一つ自分の為に作り上げられた顔である。百年の昔から此処《ここ》に立って、眼も鼻も口もひとしく自分を待っていた顔である。百年の後《のち》迄自分を従えて何処《どこ》迄も行く顔である。黙って物を云う顔である。女は黙って後《うしろ》を向いた。追附《おいつ》いて見ると、小路《こうじ》と思ったのは露次《ろじ》で、不断の自分なら躊躇《ちゆうちよ》する位に細くて薄暗い。けれども女は黙って其《そ》の中へ這入《はい》って行く。黙っている。けれども自分に後《あと》を跟《つ》けて来いと云う。自分は身を窄《すぼ》める様にして、露次《ろじ》の中に這入った。黒い暖簾《のれん》がふわふわして居る。白い字が染抜《そめぬ》いてある。其《そ》の次には頭を掠《かす》める位に軒灯《けんとう》が出ていた。真中《まんなか》に三階松《さんがいまつ》が書いて下に本《もと》とあった。其《そ》の次には硝子《ガラス》の箱に軽焼《かるやき》の霰《あられ》が詰《つま》っていた。其《そ》の次には軒の下に、更紗《さらさ》の小片《こぎれ》を五つ六つ四角な枠の中に並べたのが懸《か》けてあった。それから香水の瓶が見えた。すると露次《ろじ》は真黒《まつくろ》な土蔵の壁で行き留《どま》った。女は二《に》尺程《しゃくほど》前に居た。と思うと、急に自分の方を振り返った。そうして急に右へ曲った。其《そ》の時自分の頭は突然先刻《さっき》の鳥の心持に変化した。そうして女に尾《つ》いて、すぐ右へ曲った。右へ曲ると、前よりも長い露次《ろじ》が、細く薄暗く、ずっと続いている。自分は女の黙って思惟《しい》する儘《まま》に、此《こ》の細く薄暗く、しかもずっと続いている露次《ろじ》の中を鳥の様にどこ迄も跟《つ》いて行った。

（「朝日新聞」明治四十二年一月〜二月）

一夜

「美くしき多くの人の、美くしき多くの夢を……」と髯《ひげ》ある人が二たび三たび微吟《びぎん》して、あとは思案の体《てい》である。灯《ひ》に写る床柱《とこばしら》にもたれたる直《なお》き脊《せ》の、此時《このとき》少《すこ》しく前にかがんで、両手に抱く膝頭《ひざがしら》に険しき山が出来る。佳句《かく》を得て佳句を続《つ》ぎ能《あた》わざるを恨《うら》みてか、黒くゆるやかに引ける眉の下より安からぬ眼の色が光る。

「描《えが》けども成らず、描けども成らず」と椽《えん》に端居《はしい》して天下晴れて胡坐《あぐら》かけるが繰り返す。兼ねて覚えたる禅語《ぜんご》にて即興なれば間に合わす積《つも》りか。剛《こわ》き髪を五分《ぶ》に刈りて髯貯《ひげたくわ》えぬ丸顔を傾けて「描けども、描けども、夢なれば、描けども、成りがたし」と高らかに誦《じゅ》し了《おわ》って、からからと笑いながら、室《へや》の中なる女を顧《かえり》みる。

竹籠《たけかご》に熱き光りを避けて、微《かす》かにともすランプを隔てて、右手に違い棚、前は緑《みど》り深き庭に向えるが女である。

「画家ならば絵にもしましょ。女ならば絹を枠に張って、縫いにとりましょ」と云いながら、白地の浴衣《ゆかた》に片足をそと崩せば、小豆皮《あずきがわ》の座蒲団《ざぶとん》を白き甲が滑り落ちて、なまめかしからぬ程は艶《えん》なる居ずまいとなる。

「美しき多くの人の、美しき多くの夢を……」と膝抱《ひざいだ》く男が再び吟じ出すあとにつけて「縫いにやとらん。縫いとらば誰《たれ》に贈らん。贈らん誰に」と女は態《わざ》とらしからぬ様《さま》ながら一寸《ちょっと》笑う。やがて朱塗の団扇《うちわ》の柄《え》にて、乱れかかる頬の黒髪をうるさしと許《ばか》り払えば、柄の先につけたる紫のふさが波を打って、緑《みど》り濃き香油《こうゆ》の薫《かお》りの中に躍り入る。

「我に贈れ」と髯《ひげ》なき人が、すぐ言い添えて又からからと笑う。女の頬には乳色の底から捕え難き笑の渦《うず》が浮き上って、瞼《まぶた》にはさっと薄き紅《くれない》を溶《と》く。

「縫えば如何《どん》な色で」と髯《ひげ》あるは真面目《まじめ》にきく。

「絹買えば白き絹、糸買えば銀の糸、金の糸、消えなんとする虹の糸、夜と昼との界《さかい》なる夕暮の糸、恋の色、恨《うら》みの色は無論ありましょ」と女は眼をあげて床柱《とこばしら》の方を見る。愁《うれい》を溶《と》いて錬り上げし珠《たま》の、烈《はげ》しき火には堪《た》えぬ程に涼しい。愁の色は昔《むか》しから黒である。

隣へ通う路次《ろじ》を境に植え付けたる四五本の檜《ひのき》に雲を呼んで、今やんだ五月雨《さみだれ》が又ふり出す。丸顔の人はいつか蒲団《ふとん》を捨てて椽《えん》より両足をぶら下げて居る。「あの木立《こだち》は枝を卸《おろ》した事がないと見える。梅雨《つゆ》も大分続いた。よう飽きもせずに降るの」と独《ひと》り言《ごと》の様に言いながら、ふと思い出した体《てい》にて、吾が膝頭を丁々《ちょうちょう》と平手をたてに切って敲《たた》く。「脚気《かっけ》かな、脚気かな」

残る二人は夢の詩か、詩の歌か、ちょと解し難き話しの緒《いとぐち》をたぐる。「女の夢は男の夢よりも美くしかろ」と男が云えば「せめて夢にでも美くしき国へ行かねば」と此世《この》は汚れたりと云える顔付である。「世の中が古くなって、よごれたか」と聞けば「よごれました」と紈扇《がんせん》に軽《かろ》く玉肌《ぎょつき》を吹く。「古き壺《つぼ》には古き酒がある筈、味い給え」と男も鵞鳥《がちょう》の翼《はね》を畳《たた》んで紫檀《したん》の柄《え》をつけたる羽団扇《はねうちわ》で膝のあたりを払う。「古き世に酔えるものなら嬉《うれ》しかろ」と女はどこ迄《まで》もすねた体《てい》である。

此時《この》「脚気かな、脚気かな」と頻《しき》りにわが足を玩《もてあそ》べる人、急に膝頭をうつ手を挙《あ》げて、叱《しっ》と二人を制する。三人の声が一度に途切れる間をククーと鋭き鳥が、檜の上枝《うわえだ》を掠《かす》めて裏の禅寺の方へ抜ける。ククー。

「あの声がほととぎすか」と羽団扇を棄《す》てて是《これ》も椽側《えんがわ》へ這《は》い出す。見上げる軒端《のきば》を斜めに黒い雨が顔にあたる。脚気を気にする男は、指を立てて坤《ひつじさる》の方《かた》をさして「あちらだ」と云う。鉄牛寺《てつぎゅうじ》の本堂の上あたりでククー、ククー。

「一声《ひとこえ》でほととぎすだと覚《さと》る。二声で好い声だと思うた」と再び床柱《とこばしら》に倚《よ》りながら嬉しそうに云う。此髯男《このひげ》は杜鵑《ほととぎす》を生れて始めて聞いたと見える。「ひと目見てすぐ惚《ほ》れるのも、そんな事でしょか」と女が問をかける。別に耻《は》づかしと云う気色《けしき》も見えぬ。五分刈は向き直って「あの声は胸がすくよだが、惚れたら胸は痞《つか》えるだろ。惚れぬ事。惚れぬ事……。どうも脚気らしい」と拇指《おやゆび》で向脛《むこうずね》へ力穴《ちからあな》をあけて見る。「九仞《きゅうじん》の上に一簣《いっき》を加える。加えぬと足らぬ、加えると危うい。思う人には逢《あ》わぬがましだろ」と羽団扇《はねうちわ》が又動く。「然《しか》し鉄片が磁石に逢《お》うたら？」「はじめて逢うても会釈《えしゃく》はなかろ」と拇指の穴を逆《さか》に撫《な》でて済まして居る。

「見た事も聞いた事もないに、是《これ》だなと認識するのが不思議だ」と仔細《しさい》らしく髯《ひげ》を撚《ひね》る。「わしは歌麻呂《うたまろ》のかいた美人を認識したが、なんと画《え》を活《い》かす工夫はなかろか」と又女の方を向く。「私《わたし》には――認識した御本人でなくては」と団扇のふさを繊《ほそ》い指に巻きつける。「夢にすれば、すぐに活《い》きる」と例の髯《ひげ》が無造作《むぞうさ》に答える。「どうして？」「わしのは斯《こ》うじゃ」と語り出そうとする時、蚊遣火《かやりび》が消えて、暗きに潜《ひそ》めるがつと出て頸筋《くびすじ》のあたりをちくと刺す。

「灰が湿《しめ》って居るのか知らん」と女が蚊遣筒を引き寄せて蓋《ふた》をとると、赤い絹糸で括《くく》りつけた蚊遣灰が燻《いぶ》りながらふらふらと揺れる。東隣で琴《こと》と尺八《しゃくはち》を合せる音が紫陽花《あじさい》の茂みを洩《も》れて手にとる様に聞え出す。すかして見ると明け放ちたる座敷の灯《ひ》さえちらちら見える。「どうかな」と一人が云うと「人並じゃ」と一人が答える。女許りは黙《ばか》って居る。

「わしのは斯《こ》うじゃ」と話しが又元へ返る。火をつけ直した蚊遣の烟《けむり》が、筒に穿《うが》てる三つの穴を洩れて三つの烟《けむり》となる。「今度はつきました」と女が云う。三つの烟《けむ》りが蓋《ふた》の上に塊《かた》まって茶色の球が出来ると思うと、雨を帯びた風が颯《さつ》と来て吹き散らす。塊まらぬ間《うち》に吹かるるときには三つの烟《けむ》りが三つの輪を描いて、黒塗に蒔絵《まきえ》を散らした筒の周囲を遶《めぐ》る。あるものは緩《ゆる》く、あるものは疾《と》く遶《めぐ》る。またある時は輪さえ描く隙《すき》なきに乱れて仕舞《しま》う。「荼毘《だび》だ、荼毘だ」と丸顔の男は急に焼場の光景を思い出す。「蚊《か》の世界も楽じゃなかろ」と女は人間を蚊に比較する。元へ戻りかけた話しも蚊遣火と共に吹き散らされて仕舞《しも》うた。話しかけた男は別に語りつづけ様《よう》ともせぬ。世の中は凡《すべ》て是《これ》だと疾《と》うから知って居《い》る。「御夢の物語りは」とややありて女が聞く。男は傍《かたわ》らにある羊皮《ようひ》の表紙に朱で書名を入れた詩集をとりあげて膝の上に置く。読みさした所に象牙《ぞうげ》を薄く削った紙小刀《かみナイフ》が挟《はさ》んである。巻《かん》に余って長く外へ食《は》み出した所丈《だけ》は細かい汗をかいて居る。指の尖《さき》で触ると、ぬらりとあやしい字が出来る。「こう湿気《しけ》てはたまらん」と眉《まゆ》をひそめる。女も「じめじめする事」と片手に袂《たもと》の先を握って見て、「香《こう》でも焚《た》きましょか」と立つ。夢の話しは又延びる。宣徳《せんとく》の香炉《こうろ》に紫檀《したん》の蓋《ふた》があって、紫檀の蓋の真中《まんなか》には猿を彫《きざ》んだ青玉《せいぎょく》のつまみ手がついて居る。女の手が此《この》蓋にかかったとき「あら蜘蛛《くも》が」と云うて長い袖《そで》が横に靡《なび》く、二人の男は共に床の方を見る。香炉に隣《とな》る白磁《はくじ》の瓶《へい》には蓮《はす》の花がさしてある。昨日《きのう》の雨を蓑《みの》着て剪《き》りし人の情《なさ》けを床《とこ》に眺《なが》むる蕾《つぼみ》は一輪、巻葉は二つ。其《その》葉を去る三寸許《ばか》りの上に、天井から白金《しろがね》の糸を長く引いて一匹の蜘蛛が――頗《すこぶ》る雅《が》だ。

「蓮の葉に蜘蛛下《くだ》りけり香を焚《た》く」と吟じながら女一度に数瓣《すうべん》を攫《つか》んで香炉の裏《うち》になげ込む。「蠨蛸懸不揺、篆烟遶竹梁《しょうしょうかかってうごかずてんえんちくりょうをめぐる》」と誦《じゅ》して髯《ひげ》ある男も、見て居る儘《まま》で払わんともせぬ、蜘蛛も動かぬ。只風吹く毎に少しくゆれるのみである。

「夢の話しを蜘蛛もききに来たのだろ」と丸い男が笑うと、「そうじゃ夢に画《え》を活《い》かす話しじゃ。ききたくば蜘蛛も聞け」と膝の上なる詩集を読む気もなしに開く。眼は文字の上に落れども瞳裏《とうり》に映ずるは詩の国の事か、夢の国の事か。

「百二十間《けん》の廻廊があって、百二十個の灯籠《とうろう》をつける。百二十間の廻廊に春の潮《うしお》が寄せて、百二十個の燈籠が春風《しゅんぷう》にまたたく、朧《おぼろ》の中、海の中には大きな華表《とりい》が浮かばれぬ巨人の化《ばけ》物《もの》の如くに立つ。……」

折から烈《はげ》しき戸鈴《ベル》の響《ひびき》がして何者か門口《かどぐち》をあける。話し手はぱたと話をやめる。残るはちょと居ずまいを直す。誰も這入《はい》って来た気色《けしき》はない。「隣だ」と髯《ひげ》なしが云う。やがて渋蛇《しぶじゃ》の目《め》を開く音がして「又《また》明晩」と若い女の声がする。「必ず」と答えたのは男らしい。三人は無言の儘《まま》顔を見合せて微《かす》かに笑う。「あれは画《え》じゃない、活《い》きて居る」「あれを平面につづめれば矢張《やは》り画《え》だ」「然《しか》しあの声は？」「女は藤紫《ふじむらさき》」「男は？」「そうさ」と判じかねて髯《ひげ》が女の方を向く。女は「緋《ひ》」と賤《いや》しむ如く答える。

「百二十間の廻廊に二百三十五枚の額が懸《かか》って、其《その》二百三十二枚目の額に画《か》いてある美人の……」

「声は黄色ですか茶色ですか」と女がきく。

「そんな単調な声じゃない。色には直せぬ声じゃ。強《し》いて云えば、ま、あなたの様《よう》な声かな」

「難有《ありがと》う」と云う女の眼の中《うち》には憂《うれい》をこめて笑《えみ》の光が漲《みな》ぎる。

此時《このとき》いずくよりか二疋《ひき》の蟻《あり》が這《は》い出して一疋は女の膝《ひざ》の上に攀《よ》じ上《のぼ》る。恐らくは戸迷《とまど》いをしたものであろう、上がり詰めた上には獲物もなくて下《くだ》り路《みち》をすら失うた。女は驚《おど》ろいた様《さま》もなく、うろうろする黒きものを、そと白き指で軽く払い落す。落されたる拍子《ひょうし》に、はたと他の一疋と高麗縁《こうらいべり》の上で出逢《であ》う。しばらくは首と首を合せて何かささやき合える様であったが、此度《このたび》は女の方へは向わず、古伊万里《こいまり》の菓子皿の端《はじ》迄同行して、ここで右と左へ分れる。三人の眼は期せずして二疋の蟻の上に落つる。髯《ひげ》なき男がやがて云う。

「八畳の座敷があって、三人の客が坐わる。一人の女の膝へ一疋の蟻が上る。一疋の蟻が上った美人の手は……」

「白い、蟻は黒い」と髯《ひげ》がつける。三人が斉《ひと》しく笑う。一疋の蟻は灰吹《はいふき》を上りつめて絶頂で何か思案して居る。残るは運よく菓子器の中で葛餅《くずもち》に邂逅《かいこう》して嬉しさの余りか、まごまごして居る気合《けはい》だ。

「其画《そのえ》にかいた美人が？」と女が又話を戻す。

「波さえ音もなき朧月夜《おぼろづきよ》に、ふと影がさしたと思えばいつの間《ま》にか動き出す。長く連《つら》なる廻廊を飛ぶにもあらず、踏むにもあらず、只影の儘《まま》にて動く」

「顔は」と髯《ひげ》なしが尋ねる時、再び東隣りの合奏が聞え出す。一曲は疾《と》くにやんで新たなる一曲を始めたと見える。余り旨《うま》くはない。

「蜜を含んで針を吹く」と一人が評すると

「ビステキの化石を食わせるぞ」と一人が云う。

「造り花なら蘭麝《らんじゃ》でも焚《た》き込めねばなるまい」是《これ》は女の申し分だ。三人が三様《さんよう》の解釈をしたが、三様共頗《すこぶ》る解しにくい。

「珊瑚《さんご》の枝は海の底、薬を飲んで毒を吐く軽薄の児《じ》」と言いかけて吾に帰りたる髯《ひげ》が「それそれ。合奏より夢の続きが肝心《かんじん》じゃ。――画から抜けだした女の顔は……」と許《ばか》りで口ごもる。

「描《えが》けども成らず、描けども成らず」と丸き男は調子をとりて軽く銀椀《ぎんわん》を叩く。葛餅を獲《え》たる蟻は此《この》響きに度を失して菓子椀の中を右左《みぎひだ》りへ馳《か》け廻る。

「蟻の夢が醒《さ》めました」と女は夢を語る人に向って云う。

「蟻の夢は葛餅か」と相手は高からぬ程《ほど》に笑う。

「抜け出ぬか、抜け出ぬか」と頻《しき》りに菓子器を叩くは丸い男である。

「画から女が抜け出るより、あなたが画になる方が、やさしゅう御座《ござ》んしょ」と女は又髯《ひげ》にきく。

「それは気がつかなんだ、今度からは、こちが画になりましょ」と男は平気で答える。

「蟻も葛餅にさえなれば、こんなに狼狽《うろた》えんでも済む事を」と丸い男は椀をうつ事をやめて、いつの間にやら葉巻を鷹揚《おうよう》にふかして居る。

五月雨《さみだれ》に四尺伸びたる女竹《めだけ》の、手水鉢《ちようずばち》の上に蔽《おお》い重なりて、余れる一二本は高く軒に逼《せま》れば、風誘うたびに戸袋をすって椽《えん》の上にもはらはらと所択《えら》ばず緑《みど》りを滴《したた》らす。「あすこに画がある」と葉巻の烟《けむり》をぷっとそなたへ吹きやる。

床柱《とこばしら》に懸《か》けたる払子《ほっす》の先には焚《た》き残る香《こう》の烟《けむ》りが染み込んで、軸は若冲《じやくちゆう》の蘆雁《ろがん》と見える。雁《かり》の数は七十三羽、蘆《あし》は固《もと》より数え難い。籠《かご》ランプの灯《ひ》を浅く受けて、深さ三尺の床《とこ》なれば、古き画のそれと見分けの付かぬ所に、あからさまならぬ趣《おもむき》がある。「ここにも画が出来る」と柱に靠《よ》れる人が振り向きながら眺《なが》める。

女は洗える儘《まま》の黒髪を肩に流して、丸張りの絹団扇《きぬうちわ》を軽《かろ》く揺《ゆる》がせば、折々は鬢《びん》のあたりに、そよと乱るる雲の影、収まれば淡き眉の常よりは猶《なお》晴れやかに見える。桜の花を砕いて織り込める頰の色に、春の夜の星を宿せる眼を涼しく見張りて「私も画《え》になりましょか」と云う。はきと分らねど白地に葛《くず》の葉を一面に崩して染め抜きたる浴衣《ゆかた》の襟《えり》をここぞと正せば、暖かき大理石にて刻める如き頸筋《くびすじ》が際立《きわだ》ちて男の心を惹《ひ》く。

「其儘《そのまま》、其儘、其儘が名画じゃ」と一人が云うと

「動くと画が崩れます」と一人が注意する。

「画になるのも矢張《やは》り骨が折れます」と女は二人の眼を嬉しがらしょうともせず、膝に乗せた右手をいきなり後《うし》ろへ廻わして体をどうと斜めに反《そ》らす。丈《たけ》長き黒髪がきらりと灯《ひ》を受けて、さらさらと青畳に障《さわ》る音さえ聞える。

「南無三《なむさん》、好事魔《こうずま》多し」と髯《ひげ》ある人が軽《かろ》く膝頭を打つ。「刹那《せつな》に千金を惜まず」と髯《ひげ》なき人が葉巻の飲み殻《がら》を庭先へ抛《たた》きつける。隣りの合奏はいつしかやんで、樋《ひ》を伝う雨点《うてん》の音のみが高く響く。蚊遣火《かやりび》はいつの間にやら消えた。

「夜も大分《だいぶ》更《ふ》けた」

「ほととぎすも鳴かぬ」

「寐《ね》ましょか」

夢の話しはつい中途で流れた。三人は思い思いに臥床《ふしど》に入る。

三十分の後《のち》彼等は美くしき多くの人の……と云う句も忘れた。ククーと云う声も忘れた。

蜜を含んで針を吹く隣りの合奏も忘れた。蟻《あり》の灰吹《はいふき》を攀《よ》じ上《のぼ》った事も、蓮《はす》の葉に下りた蜘《く》蛛《も》の事も忘れた。彼等は漸《ようや》く太平に入《い》る。

凡《すべ》てを忘れ尽したる後女はわがうつくしき眼と、うつくしき髪の主《ぬし》である事を忘れた。一人の男は髯《ひげ》のある事を忘れた。他の一人は髯《ひげ》のない事を忘れた。彼等は益々《ますます》太平である。昔《むか》し阿修羅《あしゅら》が帝釈天《たいしゃくてん》と戦って敗れたときは、八万四千の眷属《けんぞく》を領して藕糸孔中《ぐうしこうちゅう》に入《はい》って蔵《かく》れたとある。維摩《ゆいま》が方丈の室に法を聴ける大衆は千か万か其《その》数を忘れた。胡桃《くるみ》の裏《うち》に潜んで、われを尽大千世界《じんだいせんせかい》の王とも思わんとはハムレットの述懐と記憶する。粟粒芥顆《ぞくりゅうかいか》のうちに蒼天《そうてん》もある、大地もある。一生師に問うて云う、分子《ぶんし》は箸《はし》でつまめるものですかと。分子は暫《しば》く措《お》く。天下は箸の端《さき》にかかるのみならず、一たび掛け得れば、いつでも胃の中に収まるべきものである。

又思う百年は一年の如く、一年は一刻の如し。一刻を知れば正《まさ》に人生を知る。日は東より出でて必ず西に入る。月は盈《み》つればかくる。徒《いたず》らに指を屈して白頭に到《いた》るものは、徒らに茫々《ほうぼう》たる時に身神《しんしん》を限らるるを恨《うら》むに過ぎぬ。日月は欺《あざむ》くとも已れを欺くは智者とは云われまい。一刻に一刻を加うれば二刻と殖《ふ》えるのみじゃ。蜀川十様《しょくせんじゅうよう》の錦、花を添えて、いくばくの色をか変ぜん。

八畳の座敷に髯《ひげ》のある人と、髯《ひげ》のない人と、涼しき眼の女が会して、斯《かく》の如く一夜《いちや》を過した。彼等の一夜を描いたのは彼等の生涯《しょうがい》を描いたのである。
何故《なぜ》三人が落ち合った？ それは知らぬ。三人は如何なる身分と素性《すじょう》と性格を有する？ それも分らぬ。三人の言語動作を通じて一貫した事件が発展せぬ？ 人生を書いたので小説をかいたのでないから仕方がない。なぜ三人とも一時に寐《ね》た？ 三人とも一時に眠くなったからである。

（「中央公論」明治三十八年十一月号）

我輩は猫である（抄）

「慥《たし》か暮の二十七日と記憶して居るがね。例の東風《とうふう》から参堂の上是非文芸上の御高話を伺いたいから御在宿を願うという先き触《ぶ》れがあったので、朝から心待ちに待って居ると先生中々《なかなか》来ないやね。昼飯を食ってストーブの前でバリー・ペーンの滑稽物《こっけいもの》を読んで居る所へ静岡の母から手紙が来たから見ると、年寄丈《だけ》にいつ迄も僕を小供の様に思ってね。寒中は夜間外出をするなとか、冷水浴もいいがストーブを焚《た》いて室《へや》を煖《あたた》かにしてやらないと風邪《かぜ》を引くとか色々の注意があるのさ。成程《なるほど》親は有難いものだ、他人ではとてもこうはいかないと、呑気《のんき》な僕もその時丈《だけ》は大《おお》いに感動した。それにつけても、こんなにのらくらして居ては勿体《もったい》ない。何か大著述でもして家名を揚げなくてはならん。母の生きて居るうちに天下をして明治の文壇に迷亭《めいてい》先生あるを知らしめたいと云う気になった。それから猶《なお》読んで行くと御前なんぞは実に仕合せ者だ。露西亜《ロシア》と戦争が始まって若い人達は大変な辛苦《しんく》をして御国《みくに》の為に働らいて居るのに節季師走《せっきしわす》でもお正月の様に気楽に遊んで居ると書いてある。

——僕はこれでも母の思ってる様に遊んじゃ居ないやね——其《その》あとへ以《もっ》て来て、僕の小学校時代の朋友《ほうゆう》で今度の戦争に出て死んだり負傷したものの名前が列挙してあるのさ。其《その》名前を一々読んだ時には何だか世の中が味気《あじき》なくなって人間もつまらないと云う気が起《おこ》ったよ。一番仕舞《しまい》にね。私《わた》しも取る年に候えば初春《はつはる》の御雑煮《おぞうに》を祝い候も今度限りかと……何だか心細い事が書いてあるんで、猶《なお》の事気がくさくさして仕舞《しま》って早く東風《とうふう》が来れば好いと思ったが、先生どうしても来ない。其中《そのうち》とうとう晩飯になったから、母へ返事でも書こうと思って一寸《ちょいと》十二三行かいた。母の手紙は六尺以上もあるのだが僕にはとてもそんな芸は出来んから、何時《いつ》でも十行内外で御免蒙《こうむ》る事に極《き》めてあるのさ。すると一日動かずに居《お》ったものだから、胃の具合が妙で苦しい。東風が来たら待たせて置けと云う気になって、郵便を入れながら散歩に出掛《でか》けたと思い給え。いつになく富士見町《ふじみちょう》の方へは足が向かないで土手三番町《どてさんばんちょう》の方へ我れ知らず出て仕舞《しま》った。丁度其晩《その》は少し曇って、から風が御濠《おほり》の向《むこう》から吹き付ける、非常に寒い。神楽坂《かぐらざか》の方から汽車がヒューと鳴って土手下を通り過ぎる。大変淋《さみ》しい感じがする。暮、戦死、老衰、無常迅速抔《など》と云う奴が頭の中をぐるぐる馳け廻る。よく人が首を縊《くく》ると云うが斯《こ》んな時に不図《ふと》誘われて死ぬ気になるのじゃないかと思い出す。ちょいと首を上げて土手の上を見ると、何時《いつ》の間にか例の松の真下《ました》に来て居るのさ」

「例の松た、何だい」と主人が断句《だんく》を投げ入れる。

「首懸《くびかけ》の松さ」と迷亭は領《えり》を縮める。

「鴻《こう》の台《だい》のは鐘懸《かねかけ》の松で、土手三番町のは首懸の松さ。なぜ斯《こ》う云う名が付いたかと云うと、昔《むか》しからの言い伝えで誰でも此《この》松の下へ来ると首が縊《くく》り度《た》くなる。土手の上に松は何十本となくあるが、そら首縊《くびくく》りだと来て見ると必ず此《この》松へぶら下がって居る。年に二三返《べん》は屹度《きつと》ぶら下がって居る。どうしても他《ほか》の松では死ぬ気にならん。見ると、うまい具合に枝が往来の方へ横に出て居る。ああ好い枝振りだ。あの儘《まま》にして置くのは惜しいものだ。どうかしてあすこの所へ人間を下げて見たい、誰か来ないかしらと、四辺《あたり》を見渡すと生憎《あいにく》誰も来ない。仕方がない、自分で下がろうか知らん。いやいや自分が下がっては命がない、危《あぶ》ないからよそう。然《しか》し昔の希臘人《ギリシヤじん》は宴会の席で首縊りの真似《まね》をして余興を添えたと云う話しがある。一人が台の上へ登って縄の結び目へ首を入れる途端に他《ほか》のものが台を蹴返《けかえ》す。首を入れた当人は台を引かれると同時に縄をゆるめて飛び下りるという趣向《しゅこう》である。果してそれが事実なら別段恐るるにも及ばん、僕も一つ試み様《よう》と枝へ手を懸けて見ると好い具合に撓《しわ》る。撓り按排《あんばい》が実に美的である。首がかかってふわふわする所を想像して見ると嬉しくて堪《たま》らん。是非やる事に仕様《しよう》と思ったが、もし東風《とうふう》が来て待って居ると気の毒だと考え出した。それでは先《ま》ず東風に逢《あ》って約束通り話しをして、それから出直そうと云う気になって遂《つい》にうちへ帰ったのさ」

「それで市《いち》が栄えたのかい」と主人が聞く。

「面白いですな」と寒月がにやにやしながら云う。

「うちへ帰って見ると東風は来て居ない。然《しか》し今日《こんにち》は無拠処差支《よんどころなきさしつかえ》があって出られぬ、何《いず》れ永日御面晤《えいじつごめんご》を期すという端書《はがき》があったので、やっと安心して、これなら心置きなく首が縊《くく》れる嬉しいと思った。で早速下駄を引き懸けて、急ぎ足で元の所へ引き返して見ると……」と云って主人と寒月の顔を見て澄《す》まして居る。

「見るとどうしたんだい」と主人は少し焦《じ》れる。

「愈《いよいよ》佳境に入《い》りますね」と寒月は羽織《はおり》の紐《ひも》をひねくる。

「見ると、もう誰か来て先へぶら下がって居る。たった一足違いでねえ君、残念な事をしたよ。今考えると何でも其時《そのとき》は死神に取り着かれたんだね。ゼームス抔《など》に云わせると副意識下の幽冥界《ゆうめいかい》と僕が存在して居る現実界が一種の因果法によって互《たがい》に感応《かんのう》したんだろう。実に不思議な事があるものじゃないか」迷亭は済まし返って居る。

主人はまたやられたと思い乍《なが》ら何も云わずに空也餅《くうやもち》を頰張って口をもごもご云わして居る。

寒月は火鉢《ひばち》の灰を丁寧《ていねい》に掻《か》き馴らして、俯向《うつむ》いてにやにや笑って居たが、やがて口を開く。極めて静かな調子である。

「成程《なるほど》伺って見ると不思議な事で一寸《ちょっと》有りそうにも思われませんが、私抔《など》は自分で矢張《やは》り似た様な経験をつい近頃したものですから、少しも疑がう気になりません」

「おや君も首を縊り度《た》くなったのかい」

「いえ私のは首じゃないんで。是《これ》も丁度明ければ昨年の暮の事でしかも先生と同日同刻位に起った出来事ですから猶更《なおさら》不思議に思われます」

「こりゃ面白い」と迷亭も空也餅を頬張る。

「其日《そのひ》は向島《むこうじま》の知人の家《うち》で忘年会兼《けん》合奏会がありまして、私もそれへヴァイオリンを携《たずさ》えて行きました。十五六人令嬢やら令夫人が集って中々《なかなか》盛会で、近来の快事と思う位に万事が整って居ました。晩餐《ばんさん》も済み合奏も済んで四方《よも》の話しが出て時刻も大分《だいぶ》遅くなったから、もう暇乞《いとまごい》をして帰ろうかと思って居ますと、某博士の夫人が私のそばへ来てあなたは○○子さんの御病気を御承知ですかと小声で聞きますので、実は其両三日《そのりょうさんにち》前に逢《あ》った時は平常の通り何所《どこ》も悪い様には見受けませんでしたから、私も驚ろいて精《くわ》しく様子を聞いて見ますと、私《わたく》しの逢《あ》った其《その》晩から急に発熱して、色々な譫語《うわこと》を絶間《たえま》なく口走るそうで、其《そ》れ丈《だけ》なら宜《い》いですが其《その》譫語のうちに私の名が時々出て来るというのです」

主人は無論、迷亭先生も「御安くないね」抔《など》という月並は云わず、静粛に謹聴して居る。

「医者を呼んで見てもらうと、何だか病名はわからんが、何しろ熱が劇《はげ》しいので脳を犯して居るから、もし睡眠剤《すいみんざい》が思う様に功を奏しないと危険であると云う診断だそうで私はそれを聞くや否や一種いやな感じが起《おこ》ったのです。丁度夢でうなされる時の様な重くるしい感じで周囲の空気が急に固形体になって四方から吾が身をしめつける如く思われました。帰り道にも其《その》事ばかりが頭の中にあって苦しくて堪《たま》らない。あの奇麗《きれい》な、あの快活なあの健康な○○子さんが……」

「一寸《ちょっと》失敬だが待って呉れ給え。先《さ》っきから伺って居ると○○子さんと云うのが二返《へん》ばかり聞える様だが、もし差支《さしつかえ》がなければ承《うけたま》わりたいね、君」と主人を顧《かえり》みると、主人も「うむ」と生返事をする。

「いやそれ丈《だけ》は当人の迷惑になるかも知れませんから廃《よ》しましょう」

「凡《すべ》て曖々然《あいあいぜん》として昧々然《まいまいぜん》たるかたで行く積《つも》りかね」

「冷笑なさってはいけません、極真面目《ごくまじめ》な話しなんですから……兎《と》に角《かく》あの婦人が急にそんな病気になった事を考えると、実に飛花落葉《ひからくよう》の感慨で胸が一杯になって、総身《そうしん》の活気が一度にストライキを起した様に元気がにわかに滅入《めい》って仕舞《しま》いまして、只蹌々《そうそう》として踉々《ろうろう》という形《かた》ちで吾妻橋《あづまばし》へきかかったのです。欄干《らんかん》に倚《よ》って下を見ると満潮《まんちょう》か干潮《かんちょう》か分りませんが、黒い水がかたまって只動いて居る様に見えます。花川戸《はなかわど》の方から人力車《じんりきしや》が一台馳《か》けて来て橋の上を通りました。其提灯《そのちょうちん》の火を見送って居ると、段々小《ちいさ》くなって札幌《さつぽろ》ビールの処で消えました。私は又水を見る。すると遥《はる》かの川上の方で私の名を呼ぶ声が聞えるのです。果《は》てな今時分人に呼ばれる訳《わけ》はないが誰だろうと水の面《おもて》をすかして見ましたが暗くて何《なん》にも分りません。気のせいに違いない早々《そうそう》帰ろうと思って一足二足あるき出すと、又微《かす》かな声で遠くから私の名を呼ぶのです。私は又立ち留《どま》って耳を立てて聞きました。三度目に呼ばれた時には欄干《らんかん》に捕《つか》まって居ながら膝頭《ひざがしら》ががくがく悸《ふる》え出したのです。其《その》声は遠くの方か、川の底から出る様ですが紛《まぎ》れもない〇〇子の声なんでしょう。私は覚えず「はーい」と返事をしたのです。其《その》返事が大きかったものですから静かな水に響いて、自分で自分の声に驚かされて、はっと周囲を見渡しました。人も犬も月も何《なん》にも見えません。其《その》時に私は此《この》「夜《よる》」の中に巻き込まれて、あの声の出る所へ行きたいと云う気がむらむらと起ったのです。〇〇子の声が又苦しそうに、訴える様に、救《すくい》を求める様に私の耳を刺し通したので、今度は「今直《すぐ》に行きます」と答えて欄干から半身を出して黒い水を眺めました。どうも私を呼ぶ声が浪《なみ》の下から無理に洩《も》れて来る様に思われましてね。此《この》水の下だなと思《おもい》ながら私はとうとう欄干の上に乗りましたよ。今度呼んだら飛び込もうと決心して流《ながれ》を見詰めて居ると又憐れな声が糸の様に浮いて来る。ここだと思って力を込めて一反《いったん》飛び上がって置いて、そして小石か何ぞの様に未練なく落ちて仕舞《しま》いました」

「とうとう飛び込んだのかい」と主人が眼をぱちつかせて問う。

「其所《そこ》迄行こうとは思わなかった」と迷亭が自分の鼻の頭を一寸《ちょいと》つまむ。

「飛び込んだ後《あと》は気が遠くなって、しばらくは夢中でした。やがて眼がさめて見ると寒くはあるが、どこも濡《ぬ》れた所《とこ》も何もない、水を飲んだ様な感じもしない。慥《たし》かに飛び込んだ筈だが実に不思議だ。こりゃ変だと気が付いて其所《そこ》いらを見渡すと驚きましたね。水の中へ飛び込んだ積《つも》りで居た所が、つい間違って橋の真中《まんなか》へ飛び下りたので、其時《そのとき》は実に残念でした。前と後ろの間違丈《だけ》であの声の出る所へ行く事が出来なかったのです」寒月はにやにや笑いながら例の如く羽織《はおり》の紐《ひも》を荷厄介《にやっかい》にして居る。

「ハハハハ是《これ》は面白い。僕の経験と善く似て居る所が奇だ。矢張《やは》りゼームス教授の材料になるね。人間の感応と云う題で写生文にしたら屹度《きっと》文壇を驚かすよ。……そして其《その》〇〇子さんの病気はどうなったかね」と迷亭先生が追窮《ついきゅう》する。

「二三日前《にさんちまえ》年始に行きましたら、門の内で下女と羽根を突いて居ましたから病気は全快したものと見えます」

（「ホトトギス」明治三十八年二月号）

琴のそら音

「珍らしいね、久しく来なかったじゃないか」と津田《つだ》君が出過ぎた洋灯《ランプ》の穂を細めながら尋ねた。

津田君がこう云った時、余ははち切れて膝頭《ひざがしら》の出そうなズボンの上で、相馬焼《そうまやき》の茶碗の糸底《いとぞこ》を三本指でぐるぐる廻しながら考えた。成程《なるほど》珍らしいに相違ない、此《この》正月に顔を合せたぎり、花盛りの今日迄《きょうまで》津田君の下宿を訪問した事はない。

「来よう来ようと思いながら、つい忙がしいものだから——」

「そりゃあ、忙がしいだろう、何と云っても学校に居たうちとは違うからね、此頃《この》でも矢《や》張《は》り午後六時迄かい」

「まあ大概《たいがい》その位さ、家《うち》へ帰って飯を食うとそれなり寐《ね》て仕舞《しま》う。勉強所《どころ》か湯にも碌々《ろくろく》這入《い》らない位だ」と余は茶碗を畳の上へ置いて、卒業が恨《うら》めしいと云う顔をして見せる。

津田君は此一言《このいちごん》に少々同情の念を起したと見えて「成程《なるほど》少し瘠《や》せた様だぜ、余程《よほど》苦しいのだろう」と云う。気のせいか当人は学士になってから少々肥《ふと》った様に見えるのが癪《しゃく》に障《さわ》る。机の上に何だか面白そうな本を広げて右の頁《ページ》の上に鉛筆で註が入れてある。こんな閑《ひま》があるかと思うと羨《うらやま》しくもあり、忌々《いまいま》しくもあり、同時に吾身《わがみ》が恨めしくなる。

「君は不相変《あいかわらず》勉強で結構だ、其《その》読みかけてある本は何かね。ノート抔《など》を入れて大分叮嚀《ていねい》に調べて居るじゃないか」

「是《これ》か、なに是は幽霊の本さ」と津田君は頗《すこぶ》る平気な顔をして居る。此《この》忙しい世の中に、流行《はや》りもせぬ幽霊の書物を澄《す》まして愛読する抔《など》というのは、呑気《のんき》を通り越して贅沢《ぜいたく》の沙汰《さた》だと思う。

「僕も気楽に幽霊でも研究して見たいが、――どうも毎日芝《しば》から小石川《こいしかわ》の奥迄帰るのだから研究は愚《おろ》か、自分が幽霊になりそうな位さ。考えると心細くなって仕舞《しま》う」

「そうだったね、つい忘れて居た。どうだい新世帯《しんじよたい》の味は。一戸《いっこ》を構えると自《おのず》から主人らしい心持がするかね」と津田君は幽霊を研究する丈《だけ》あって心理作用に立ち入った質問をする。

「あんまり主人らしい心持もしないさ。矢ッ張《やば》り下宿の方が気楽でいい様《よう》だ。あれでも万《ばん》事整頓《じせいとん》して居たら旦那《だんな》の心持と云う特別な心持になれるかも知れんが、何しろ真鍮《しんちゅう》の薬缶《やかん》で湯を沸かしたり、ブリッキの金盥《かなだらい》で顔を洗ってる内は主人らしくないからな」と実際の所を白状する。

「夫《それ》でも主人さ。是《これ》が俺のうちだと思えば何となく愉快だろう。所有と云う事と愛惜《あいせき》という事は大抵の場合に於《おい》て伴なうのが原則だから」と津田君は心理学的に人の心を説明して呉《く》れる。学者と云うものは頼みもせぬ事を一々説明してくれる者である。

「俺の家《うち》だと思えばどうか知らんが、てんで俺の家《うち》だと思い度《たく》ないんだからね。そりゃ名前丈《だけ》は主人に違いないさ。だから門口《かどぐち》にも僕の名刺丈《だけ》は張り付けて置いたがね。七円五十銭の家賃の主人なんざあ、主人にした所が見事な主人じゃない。主人中の属官《ぞくかん》なるものだあね。主人になるなら勅任《ちよくにん》主人か少なくとも奏任《そうにん》主人にならなくっちゃ愉快はないさ。只《ただ》下宿の時分より面倒が殖《ふ》える許《ばか》りだ」と深くも考えずに浮気の不平丈《だけ》を発表して相手の気色《しき》を窺う。向うが少しでも同意したら、すぐ不平の後陣《ごじん》を繰り出す積《つも》りである。

「成程《なるほど》真理は其《その》辺にあるかも知れん。下宿を続けて居る僕と、新たに一戸《いっこ》を構えた君とは自《おの》ずから立脚地が違うからな」と言語は頗《すこぶ》る六《む》ずかしいが兎《と》に角《かく》余の説に賛成丈《だけ》はしてくれる。此《この》模様なら、もう少し不平を陳列しても差《さ》し支《つかえ》はない。

「先《ま》ずうちへ帰ると婆さんが横綴《よこと》じの帳面を持って僕の前へ出てくる。今日《こんにち》は御味噌《おみそ》を三銭、大根を二本、鶉豆《うずらまめ》を一銭五厘《りん》買いましたと精密なる報告をするんだね。厄介《やっかい》極まるのさ」

「厄介極まるなら廃《よ》せばいいじゃないか」と津田君は下宿人丈《だけ》あって無雑作な事を言う。

「僕は廃してもいいが婆さんが承知しないから困る。そんな事は一々聞かないでもいいから好加減《いいかげん》にして呉《く》れと云うと、どう致しまして、奥様の入《い》らっしゃらない御家《おうち》で、御台所を預かって居《お》ります以上は一銭一厘でも間違いがあってはなりません、てって頑《がん》として主人の言う事を聞かないんだからね」

「夫《それ》じゃあ、只うんうん云って聞いてる振《ふり》をして居《い》りゃ、宜《よ》かろう」津田君は外部の刺激の如何《いかん》に関せず心は自由に働き得ると考えて居るらしい。心理学者にも似合しからぬ事だ。

「然《しか》し夫丈《それだけ》じゃないのだからな。精細なる会計報告が済むと、今度は翌日《あした》の御菜《おかず》に就《つい》て綿密なる指揮を仰ぐのだから弱る」

「見計らって調理《こしら》えろと云えば好《い》いじゃないか」

「所が当人見計らう丈《だけ》に、御菜に関して明瞭なる観念がないのだから仕方がない」

「それじゃ君が云い付けるさ。御菜のプログラム位訳《わけ》ないじゃないか」

「夫《それ》が容易《たやす》く出来る位なら苦にゃならないさ。僕だって御菜上《おかずじょう》の智識《ちしき》は頗《すこぶ》る乏《とぼ》しいやね。明日《あした》の御《お》みおつけの実《み》は何に致しましょうとくると、最初から即答は出来ない男なんだから……」

「何だい御《お》みおつけと云うのは」

「味噌汁の事さ。東京の婆さんだから、東京流に御《お》みおつけと云うのだ。先ず其《その》汁の実《み》を何に致しましょうと聞かれると、実になり得べき者を秩序正しく並べた上で選択をしなければならんだろう。一々考え出すのが第一の困難で、考え出した品物に就《つい》て取捨をするのが第二の困難だ」

「そんな困難をして飯を食ってるのは情ない訳《わけ》だ。君が特別に数奇《すき》なものが無いから困難なんだよ。二個以上の物体を同等の程度で好悪《こうお》するときは決断力の上に遅鈍《ちどん》なる影響を与えるのが原則だ」と又分り切った事を態々《わざわざ》六《む》ずかしくして仕舞《しま》う。

「味噌汁の実迄《み》相談するかと思うと、妙な所へ干渉するよ」

「へえ、矢張《やは》り食物上にかね」

「うん、毎朝梅干に白砂糖を懸《か》けて来て是非一つ食えッて云うんだがね。之《これ》を食わないと婆さん頗《すこぶ》る御機嫌が悪いのさ」

「食えばどうかするのかい」

「何でも厄病除《やくびょうよけ》のまじないだそうだ。そうして婆さんの理由が面白い。日本中どこの宿屋へ泊っても朝、梅干を出さない所はない。まじないが利《き》かなければ、こんなに一般の習慣となる訳《わけ》がないと云って得意に梅干を食わせるんだからな」

「成程夫《なるほどそれ》は一理あるよ、凡《すべ》ての習慣は皆相応の功力があるので維持せらるるのだから、梅干だって一概に馬鹿《ばか》には出来ないさ」

「なんて君迄婆さんの肩を持った日にゃ、僕は愈《いよいよ》主人らしからざる心持に成って仕舞わあ」と飲みさしの巻烟草《まきたばこ》を火鉢の灰の中へ擲《たた》き込む。燃え残りのマッチの散る中に、白いものがさと動いて斜めに一の字が出来る。

「兎《と》に角旧弊《かくきゅうへい》な婆さんだな」

「旧弊はとくに卒業して迷信婆々《ばばあ》さ。何でも月に二三返《べん》は伝通院《でんつういん》辺の何とか云う坊主の所へ相談に行く様子だ」

「親類に坊主でもあるのかい」

「なに坊主が小遣《こづかい》取りに占いをやるんだがね。其《その》坊主が又余計な事許《ばか》り言うもんだから始末に行かないのさ。現に僕が家《うち》を持つ時抔《など》も鬼門《きもん》だとか八方塞《はっぽうふさが》りだとか云って大《おお》に弱らしたもんだ」

「だって家《うち》を持ってから其《その》婆さんを雇ったんだろう」

「雇ったのは引き越す時だが約束は前からして置いたのだからね。実はあの婆々《ばばあ》も四谷《よつや》の宇野《うの》の世話で、是《これ》なら大丈夫だ独《ひと》りで留守をさせても心配はないと母が云うから極《き》めた訳《わけ》さ」

「夫《それ》なら君の未来の妻君の御母《おっか》さんの御眼鏡《おめがね》で人撰《にんせん》に預った婆さんだから慥《たし》かなもんだろ

う」

「人間は慥《たし》かに相違ないが迷信には驚いた。何でも引き越すと云う三日前に例の坊主の所へ行って見て貰ったんだそうだ。すると坊主が今本郷《ほんごう》から小石川の方へ向いて動くのは甚《はなは》だよくない、屹度《きっと》家内《かない》に不幸があると云ったんだがね。——余計な事じゃないか、何も坊主の癖にそんな知った風な妄言《もうごん》を吐かんでもの事だあね」

「然《しか》しそれが商買《しょうばい》だから仕様がない」

「商買なら勘弁してやるから、金丈《だけ》貰って当り障《さわ》りのない事を喋舌《しゃべ》るがいいや」

「そう怒っても僕の咎《とが》じゃないんだから埒《らち》はあかんよ」

「其上《そのうえ》若い女に祟《たた》ると御負《おま》けを付加《つけた》したんだ。さあ婆さん驚くまい事か、僕のうちに若い女があるとすれば近い内貰う筈の宇野の娘に相違ないと自分で見解を下《くだ》して独《ひと》りで心配して居るのさ」

「だって、まだ君の所へは来んのだろう」

「来んうちから心配をするから取越苦労さ」

「何だか洒落《しゃれ》か真面目《まじめ》か分らなくなって来たぜ」

「丸《まる》で御話にも何もなりやしない。所で近頃僕の家《うち》の近辺で野良犬《のらいぬ》が遠吠《とおぼえ》をやり出したんだ。……」

「犬の遠吠と婆さんとは何か関係があるのかい。僕には連想《れんそう》さえ浮ばんが」と津田君は如何《いか》に得意の心理学でも是《これ》は説明が出来悪《にく》いと一寸《ちよつと》眉を寄せる。余はわざと落ち付き払って御茶を一杯と云う。相馬焼《そうまやき》の茶碗は安くて俗な者である。もとは貧乏士族が内職に焼いたとさえ伝聞して居る。津田君が三十匁《め》の出殻《でがら》を浪々此《なみなみこの》安茶碗についでくれた時余は何となく厭《いや》な心持がして飲む気がしなくなった。茶碗の底を見ると狩野法眼元信《かのうほうげんもとのぶ》流の馬が勢《いきおい》よく跳ねて居る。安いに似合わず活潑《かつぱつ》な馬だと感心はしたが、馬に感心したからと云って飲みたくない茶を飲む義理もあるまいと思って茶碗は手に取らなかった。

「さあ飲み給え」と津田君が促《うな》がす。

「此《この》馬は中々勢《なかなかいきおい》がいい。あの尻尾を振って鬣《たてがみ》を乱して居る所は野馬《のんま》だね」と茶を飲まない代りに馬を賞《ほ》めてやった。

「冗談じゃない、婆さんが急に犬になるかと思うと、犬が急に馬になるのは烈《はげ》しい。夫《それ》からどうしたんだ」と頻《しき》りに後《あと》を聞きたがる。茶は飲まんでも差し支えない事となる。

「婆さんが云うには、あの鳴き声は只の鳴き声ではない、何でも此辺《この》に変があるに相違ないから用心しなくてはいかんと云うのさ。然《しか》し用心をしろと云ったって別段用心の仕様もないから打ち遣《う》って置くから構わないが、うるさいには閉口だ」

「そんなに鳴き立てるのかい」

「なに犬はうるさくも何ともないさ。第一僕はぐうぐう寐《ね》て仕舞《しま》うから、いつどんなに吠えるのか全く知らん位さ。然《しか》し婆さんの訴えは僕の起きて居る時を択《えら》んで来るから面倒だね」

「成程《なるほど》如何《いか》に婆さんでも君の寐《ね》て居る時をよって御気を御付け遊《あそば》せとも云うまい」

「所へもって来て、僕の未来の細君が風邪《かぜ》を引いたんだね。丁度《ちょうど》婆さんの御誂通《おあつらえどおり》に事件が湊合《そうごう》したからたまらない」

「それでも宇野の御嬢さんはまだ四谷に居るんだから心配せんでも宜《よ》さそうなものだ」

「それを心配するから迷信婆々《ばばあ》さ。あなたが御移りにならんと御嬢様の御病気がはやく御全快になりませんから是非此《この》月中に方角のいい所へ御転宅遊ばせと云う訳《わけ》さ。飛んだ預言《よげん》者に捕《つら》まって、大迷惑だ」

「移るのもいいかも知れんよ」

「馬鹿《ばか》あ言ってら、此間《この》越した許《ばか》りだね。そんなに度々引越しをしたら身代限《しんだいかぎり》をする許《ばか》りだ」

「然《しか》し病人は大丈夫かい」

「君迄妙な事を言うぜ。少々伝通院の坊主にかぶれて来たんじゃないか。そんなに人を嚇《おど》かすもんじゃない」

「嚇かすんじゃない、大丈夫かと聞くんだ。是《これ》でも君の妻君の身の上を心配した積《つもり》なんだよ」

「大丈夫に極《きま》ってるさ。咳嗽《せき》は少し出るがインフルエンザなんだもの」

「インフルエンザ？」と津田君は突然余を驚かす程な大きな声を出す。今度は本当に嚇かされて、無言の儘《まま》津田君の顔を見詰める。

「よく注意し給え」と二句目は低い声で云った。初めの大きな声に反して此《この》低い声が、耳の底をつき抜けて頭の中へしんと浸み込んだ様な気持がする。何故《なぜ》だか分らない。細い針は根迄這入《はい》る、低くても透《とお》る声は骨に答えるのであろう。碧琉璃《へきるり》の大空に瞳程《ひとみほど》な黒き点をはたと打たれた様な心持ちである。消えて失せるか、溶けて流れるか、武庫山卸《むこやまおろ》しにならぬとも限らぬ。此《この》瞳程《ほど》な点の運命は是《これ》から津田君の説明で決せられるのである。余は覚えず相馬焼の茶碗を取り上げて冷たき茶を一時にぐっと飲み干した。

「注意せんといかんよ」と津田君は再び同じ事を同じ調子で繰り返す。瞳程《ほど》な点が一段の黒味を増す。然《しか》し流れるとも広がるとも片付かぬ。

「縁喜《えんぎ》でもない、いやに人を驚かせるぜ。ワハハハハハ」と無理に大きな声で笑って見せたが、腑《ふ》の抜けた勢《いきおい》のない声が無意味に響くので、我ながら気が付いて中途でぴたりと已《や》めた。やめると同時に此笑《このわらい》が愈《いよいよ》不自然に聞かれたので矢張《やは》り仕舞《しまい》迄笑い切れば善《よ》かったと思う。津田君は此笑《このわらい》を何と聞《きい》たか知らん。再び口を開いた時は依然として以前の調子である。

「いや実は斯《こ》う云う話がある。つい此間《このあいだ》の事だが、僕の親戚の者が矢張《やは》りインフルエンザに罹《かか》ってね。別段の事はないと思って好加減《いいかげん》にして置いたら、一週間目から肺炎に変じて、とうとう一箇月立たない内に死んで仕舞った。其時《そのとき》医者の話さ、此頃《このごろ》のインフルエンザは性《たち》が悪い、じきに肺炎になるから用心をせんといかんと云ったが――実に夢の様さ。可哀《かわい》そうでね」と言い掛けて厭《いや》な寒い顔をする。

「へえ、それは飛んだ事だった。どうして又肺炎抔《など》に変じたのだ」と心配だから参考の為《た》め聞いて置く気になる。

「どうしてって、別段の事情もないのだが――夫《それ》だから君のも注意せんといかんと云うのさ」

「本当だね」と余は満腹の真面目《まじめ》を此《この》四文字に籠《こ》めて、津田君の眼の中を熱心に覗き込んだ。津田君はまだ寒い顔をして居る。

「いやだいやだ、考えてもいやだ。二十二や三で死んでは実に詰《つま》らんからね。しかも所天《おっと》は戦争に行ってるんだから――」

「ふん、女か？　そりゃ気の毒だなあ。軍人だね」

「うん所天《おっと》は陸軍中尉さ。結婚してまだ一年にならんのさ。僕は通夜《つや》にも行き葬式の供《とも》にも立ったが――其《その》夫人の御母《おっか》さんが泣いてね――」

「泣くだろう、誰だって泣かあ」

「丁度《ちょうど》葬式の当日は雪がちらちら降って寒い日だったが、御経が済んで愈《いよいよ》棺《かん》を埋《う》める段になると、御母さんが穴の傍《そば》へしゃがんだぎり動かない。雪が飛んで頭の上が斑《まだら》になるから、僕が蝙蝠《こうもり》傘をさし懸けてやった」

「それは感心だ、君にも似合はない優しい事をしたものだ」

「だって気の毒で見て居られないもの」

「そうだろう」と余は又法眼元信《ほうげんもとのぶ》の馬を見る。自分ながら此《この》時は相手の寒い顔が伝染して居るに相違ないと思った。咄嗟《とっさ》の間《あいだ》に死んだ女の所天《おっと》の事が聞いて見たくなる。

「それで其所天《そのおっと》の方は無事なのかね」

「所天《おっと》は黒木《くろき》軍に付いて居るんだが、此方《こっち》はまあ幸《さいわい》に怪我《けが》もしない様だ」

「細君が死んだと云う報知を受取ったら嘸《さぞ》驚いたろう」

「いや、それに付いて不思議な話があるんだがね、日本から手紙の届かない先に細君がちゃんと亭主の所へ行って居るんだ」

「行ってるとは？」

「逢《あ》いに行ってるんだ」

「どうして？」

「どうしてって、逢いに行ったのさ」

「逢いに行くにも何にも当人死んでるんじゃないか」

「死んで逢いに行ったのさ」

「馬鹿《ばか》あ云ってら、いくら亭主が恋しいたって、そんな芸が誰に出来るもんか。丸で林《はやし》屋正三《しょうぞう》の怪談だ」

「いや実際行ったんだから仕様がない」と津田君は教育ある人にも似合《にあわ》ず、頑固に愚《ぐ》な事を主張する。

「仕様がないって——何だか見て来た様な事を云うぜ。可笑《おか》しいな、君本当にそんな事を話してるのかい」

「無論本当さ」

「是《こ》りゃ驚いた。丸《まる》で僕のうちの婆さんの様だ」

「婆さんでも爺さんでも事実だから仕方がない」と津田君は愈《いよいよ》躍起になる。どうも余にからかって居る様にも見えない。はてな真面目《まじめ》で云って居るとすれば何か曰《いわ》くのある事だろう。津田君と余は大学へ入ってから科は違うたが、高等学校では同じ組に居た事もある。

其《その》時余は大概四十何人《なんびと》の席末《せきまつ》を汚《けが》すのが例であったのに、先生は巋然《きぜん》として常に一二三番を下《くだ》らなかった所を以《もっ》て見ると、頭脳は余よりも三十五六枚方明晰《がためいせき》に相違ない。其《その》津田君が躍起になる迄弁護するのだから満更《まんざら》の出鱈目《でたらめ》ではあるまい。余は法学士である。刻下《こっか》の事件を有《あり》の儘《まま》に見て常識で捌《さば》いて行くより外《ほか》に思慮を廻《めぐ》らすのは能《あた》わざるよりも寧《むし》ろ好まざる所である。幽霊だ、祟《たたり》だ、因縁だ抔《など》と雲を攫《つか》む様な事を考えるのは一番嫌《きらい》である。が津田君の頭脳には少々恐れ入って居る。其《その》恐れ入ってる先生が真面目《まじめ》に幽霊談をするとなると、余も此《この》問題に対する態度を義理にも改めたくなる。実を云うと幽霊と雲助《くもすけ》は維新以来永久廃業したものとのみ信じて居たのである。然《しか》るに先刻《さっき》から津田君の容子《ようす》を見ると、何だか此《この》幽霊なる者が余の知らぬ間《ま》に再興された様にもある。先刻《さっき》机の上にある書物は何かと尋ねた時にも幽霊の書物だとか答えたと記憶する。兎《と》に角《かく》損はない事だ。忙がしい余に取ってはこんな機会は又とあるまい、後学《こうがく》の為《た》め話丈《だけ》でも拝聴して帰ろうと漸《ようや》く肚《はら》の中で決心した。見ると津田君も話の続きが話したいと云う風である。話したい、聞きたいと事が極《きま》れば訳《わけ》はない。漢水《かんすい》は依然として西南に流れるのが千古の法則だ。

「段々聞き糺《ただ》して見ると、其《その》妻君と云うのが夫の出征前《ぜん》に誓ったのだそうだ」

「何を?」

「もし万一御留守中に病気で死ぬ様な事がありましても只は死にませんて」

「へえ」

「必ず魂魄丈《こんぱくだけ》は御傍《おそば》へ行って、もう一遍御目に懸《かか》りますと云った時に、亭主は軍人で磊落《らいらく》な気性だから笑いながら、よろしい、何時《いつ》でも来なさい、戦《いく》さの見物をさしてやるからと云ったぎり満洲へ渡ったんだがね。其後《そのご》そんな事は丸《まる》で忘れて仕舞《しま》って一向気にも掛けなかったそうだ」

「そうだろう、僕なんざ軍《いく》さに出なくっても忘れて仕舞わあ」

「それで其男《その》が出立をする時細君が色々手伝って手荷物抔《など》を買ってやった中に、懐中持《かいちゅうもち》の小さい鏡があったそうだ」

「ふん。君は大変詳しく調べて居るな」

「なにあとで戦地から手紙が来たので其顚末《そのてんまつ》が明瞭になった訳《わけ》だが。――其《その》鏡を先生常に懐中して居てね」

「うん」

「ある朝例の如くそれを取り出して何心《なにごころ》なく見たんだそうだ。すると其《その》鏡の奥に写ったのが――いつもの通り髭《ひげ》だらけな垢染《あかじみ》た顔だろうと思うと――不思議だねえ――実に妙な事があるじゃないか」

「どうしたい」

「青白い細君の病気に窶《やつ》れた姿がスーとあらわれたと云うんだがね――いえ夫《それ》は一寸《ちょっと》信じられんのさ、誰に聞かしても嘘《うそ》だろうと云うさ。現に僕抔《など》も其《その》手紙を見る迄は信じない一人であったのさ。然《しか》し向うで手紙を出したのは無論こちらから死去の通知の行った三週間も前なんだぜ。嘘をつくったって嘘にする材料のない時ださ。夫《それ》にそんな嘘をつく必要がないだろうじゃないか。死ぬか生きるかと云う戦争中にこんな小説染《じみ》た呑気《のんき》な法螺《ほら》を書いて国元へ送るものは一人もない訳《わけ》ださ」

「そりゃ無い」と云ったが実はまだ半信半疑である。半信半疑ではあるが何だか物凄い、気味の悪い、一言《いちごん》にして云うと法学士に似合わしからざる感じが起った。

「尤《もっと》も話しはしなかったそうだ。黙って鏡の裏《うち》から夫《おっと》の顔をしげじげ見詰めたぎりだそうだが、其《その》時夫の胸の中《うち》に訣別《けつべつ》の時、細君の言った言葉が渦《うず》の様に忽然《こつぜん》と湧いて出たと云うんだが、こりゃそうだろう。焼小手《やきごて》で脳味噌をじゅっと焚《や》かれた様な心持だと手紙に書いてあるよ」

「妙な事があるものだな」手紙の文句迄引用されると是非共《ぜひとも》信じなければならぬ様になる。何となく物騒《ぶっそう》な気合《けわい》である。此《この》時津田君がもしワッとでも叫んだら余は屹度《きっと》飛び上ったに相違ない。

「それで時間を調べて見ると細君が息を引き取ったのと夫《おっと》が鏡を眺めたのが同日同刻にな

って居る」

「愈《いよいよ》不思議だな」是《この》時に至っては真面目《まじめ》に不思議と思い出した。「然《しか》しそんな事が有り得る事かな」と念の為《た》め津田君に聞いて見る。

「ここにもそんな事を書いた本があるがね」と津田君は先刻《さっき》の書物を机の上から取り卸《おろ》しながら「近頃じゃ、有り得ると云う事丈《だけ》は証明されそうだよ」と落ち付き払って答える。法学士の知らぬ間《ま》に心理学者の方では幽霊を再興して居るなと思うと幽霊も愈《いよいよ》馬鹿《ばか》に出来なくなる。知らぬ事には口が出せぬ、知らぬは無能力である。幽霊に関しては法学士は文学士に盲従しなければならぬと思う。

「遠い距離に於《おい》て、ある人の脳の細胞と、他の人の細胞が感じて一種の化学的変化を起《おこ》すと……」

「僕は法学士だから、そんな事を聞いても分らん。要するにそう云う事は理論上あり得るんだね」余の如き頭脳不透明なものは理窟《りくつ》を承《うけたまわ》るより結論丈《だけ》呑み込んで置く方が簡便である。

「ああ、つまりそこへ帰着するのさ。それに此《この》本にも例が沢山あるがね、其内《そのうち》でロード・ブローアムの見た幽霊抔《など》は今の話しと丸《まる》で同じ場合に属するものだ。中々《なかなか》面白い。君ブローアムは知って居るだろう」

「ブローアム？　ブローアムたなんだい」

「英国の文学者さ」

「道理で知らんと思った。僕は自慢じゃないが文学者の名なんかシェクスピヤとミルトンと其外《そのほか》に二三人しか知らんのだ」

津田君はこんな人間と学問上の議論をするのは無駄だと思ったか「夫《それ》だから宇野の御嬢さんもよく注意し玉《たま》いと云う事さ」と話を元へ戻す。

「うん注意はさせるよ。然《しか》し万一の事がありましたら屹度《きっと》御目に懸《かか》りに上《あが》りますなんて誓《ちかい》は立てないのだから其方《そのほう》は大丈夫だろう」と洒落《しゃれ》て見たが心の中《うち》は何となく不愉快であった。時計を出して見ると十一時に近い。是《これ》は大変、うちでは嘸《さぞ》婆さんが犬の遠吠《とおぼえ》を苦にして居るだろうと思うと、一刻も早く帰りたくなる。「いずれ其内《そのうち》婆さんに近付《ちかづき》になりに行くよ」と云う津田君に「御馳走をするから是非来給え」と云いながら白山御殿町《はくさんごてんまち》の下宿を出る。

我からと惜気《おしげ》もなく咲いた彼岸桜《ひがんざくら》に、愈《いよいよ》春が来たなと浮かれ出したのも僅《わず》か二三日《にさんち》の間《あいだ》である。今では桜自身さえ早待《はやま》ったと後悔して居るだろう。生温《なまぬる》く帽を吹く風に、額際《ひたいぎわ》から煮染《にじ》み出す膏《あぶら》と、粘《ねば》り着く砂埃《すなほこ》りとを一所《いっしょ》に拭《ぬぐ》い去った一昨日《おととい》の事を思うと、丸《まる》で去年の様な心持ちがする。それ程きのうから寒くなった。今夜は一層である。冴返《さえかえ》る抔《など》と云う時節でもないに馬鹿馬鹿敷《ばかばかしい》と外套《がいとう》の襟《えり》を立てて盲唖《もうあ》学校の前から植物園の横をだらだらと下《お》りた時、どこで撞《つ》く鐘だか、夜の中に波を描いて、静かな空をうねりながら来る。十一時だなと思う。――時の鐘は誰が発明したものか知らん。今迄は気が付かなかったが注意して聴いて見ると妙な響《ひびき》である。一つ音が粘り強い餅を引き千切《ちぎ》った様に幾つにも割れてくる。割れたから縁が絶えたかと思うと細くなって、次の音に繋《つな》がる。繋がって太くなったかと思うと、又筆の穂の様に自然と細くなる。――あの音はいやに伸びたり縮んだりするなと考えながら歩行《ある》くと、自分の心臓の鼓動も鐘の波のうねりと共に伸びたり縮んだりする様に感ぜられる。仕舞《しまい》には鐘の音にわが呼吸を合せ度《たく》なる。今夜はどうしても法学士らしくないと、足早に交番の角を曲るとき、冷たい風に誘われてポツリと大粒の雨が顔にあたる。

極楽水はいやに陰気な所である。近頃は両側へ長家《ながや》が建ったので昔程淋《ほどさみ》しくはないが、その長家が左右共関然《げきぜん》として空家の様に見えるのは余り気持のいいものではない。貧民に活動はつき物である。働いて居《お》らぬ貧民は、貧民たる本性《ほんせい》を遺失して生きたものとは認められぬ。余が通り抜ける極楽水《ごくらくみず》の貧民は打てども蘇《よ》み返《がえ》る景色なき迄に静かである。――実際死んで居るのだろう。ポツリポツリと雨は漸《ようや》く濃《こま》かになる。傘を持って来なかった、殊《こと》によると帰る迄にはずぶ濡《ぬれ》になる哩《わい》と舌打《したうち》をしながら空を仰ぐ。雨は闇の底から蕭々《しょうしょう》と降る、容易に晴れそうにもない。

五六間先に忽ち白い者が見える。往来《おうらい》の真中《なんなか》に立ち留《どま》って、首を延《のば》して此《この》白い者をすかして居るうちに、白い者は容赦もなく余の方へ進んでくる。半分《はんぶん》と立たぬ間《ま》に余の右側を掠《かす》める如く過ぎ去ったのを見ると——蜜柑箱《みかんばこ》の様なものに白い巾《きれ》をかけて、黒い着物をきた男が二人、棒を通して前後から担《かつ》いで行くのである。大方《おおかた》葬式か焼場であろう。箱の中のは乳飲子《ちのみご》に違いない。黒い男は互《たがい》に言葉も交《まじ》えずに黙って此《この》棺桶を担《か》ついで行く。天下に夜中《やちゅう》棺桶を担《にな》う程、当然の出来事はあるまいと、思い切った調子でコツコツ担《かつ》いで行く。闇に消える棺桶を暫《しばら》くは物珍らし気《げ》に見送って振り返った時、又行手から人声が聞え出した。高い声でもない、低い声でもない、夜が更《ふ》けて居るので存外反響《はげ》が烈しい。「昨日《きのう》生れて今日《きょう》死ぬ奴もあるし」と一人が云うと「寿命だよ、全く寿命だから仕方がない」と一人が答える。二人の黒い影が又余の傍《そば》を掠《かす》めて見る間《ま》に闇の中へもぐり込む。棺の後を追って足早に刻む下駄の音のみが雨に響く。

「昨日生れて今日死ぬ奴もあるし」と余は胸の中《うち》で繰り返して見た。昨日生れて今日死ぬ者さえあるなら、昨日病気に罹《かか》って今日死ぬ者は固《もと》よりあるべき筈である。二十六年も娑婆《しゃば》の気《き》を吸ったものは病気に罹らんでも充分死ぬ資格を具《そな》えて居る。こうやって極楽水《ごくらくみず》を四月三日の夜の十一時に上《のぼ》りつつあるのは、ことによると死にに上《のぼ》ってるのかも知れない。

――何だか上《のぼ》りたくない。暫《しば》らく坂の中途で立って見る。然《しか》し立って居るのは、殊《こと》によると死にに立って居るのかも知れない。――又歩行《ある》き出す。死ぬと云う事が是程《これほど》人の心を動かすとは今迄つい気が付かなんだ。気が付いて見ると立っても歩行《ある》いても心配になる、此《この》様子では家へ帰って蒲団《ふとん》の中へ這入《はい》っても矢張《やは》り心配になるかも知れぬ。何故《なぜ》今迄は平気で暮して居たのであろう。考えて見ると学校に居た時分は試験とベースボールで死ぬと云う事を考える暇がなかった。卒業してからはペンとインキと夫《それ》から月給の足らないのと婆さんの苦情で矢張《やは》り死ぬと云う事を考える暇がなかった。人間は死ぬ者だとは如何《いか》に呑気《のんき》な余でも承知して居《お》ったに相違ないが、実際余も死ぬものだと感じたのは今夜が生れて以来始めてである。夜と云う無暗《むやみ》に大きな黒い者が、歩行《ある》いても立っても上下四方から閉じ込めて居て、其《その》中に余と云う形体を溶かし込まぬと承知せぬぞと逼《せま》る様に感ぜらるる。余は元来呑気な丈《だけ》に正直な所、功名心には冷淡な男である。死ぬとしても別に思い置く事はない。別に思い置く事はないが死ぬのは非常に厭《いや》だ、どうしても死に度《たく》ない。死ぬのは是《これ》程《ほど》いやな者かなと始めて覚《さと》った様に思う。雨は段々密になるので外套《がいとう》が水を含んで触ると、濡れた海綿《かいめん》を圧《お》す様にじくじくする。

竹早町《たけはやちょう》を横《よこぎ》って切支丹坂《きりしたんざか》へかかる。何故《なぜ》切支丹坂と云うのか分らないが、此《この》坂も名前に劣らぬ怪しい坂である。坂の上へ来た時、ふと先達《せんだつ》てここを通って「日本一急な坂、命の欲しい者は用心じゃ用心じゃ」と書いた張札《はりふだ》が土手《どて》の横からはすに往来《おうらい》へ差し出て居るのを滑稽《こっけい》だと笑った事を思い出す。今夜は笑う所《どころ》ではない。命の欲しい者は用心じゃと云う文句が聖書にでもある格言の様に胸に浮ぶ。坂道は暗い。滅多に下りると滑《すべ》って尻餅《しりもち》を搗《つ》く。険呑《けんのん》だと八合目あたりから下を見て覘《ねらい》をつける。暗くて何もよく見えぬ。左の土手から古榎《ふるえのき》が無遠慮に枝を突き出して日の目の通わぬ程に坂を蔽《おお》うて居るから、昼でも此坂《このさか》を下りる時は谷の底へ落ちると同様あまり善《よ》い心持ではない。榎は見えるかなと顔を上げて見ると、有ると思えばあり、無いと思えば無い程な黒い者に雨の注《そそ》ぐ音が頻《しき》りにする。此《この》暗闇坂《くらやみざか》を下りて、細い谷道を伝って、茗荷谷《みようがだに》を向《むこう》へ上って七八丁行けば小日向台町《こびなただいまち》の余が家へ帰られるのだが、向《むこう》へ上がる迄がちと気味がわるい。

茗荷谷の坂の中途に当る位な所に赤い鮮かな火が見える。前から見えて居たのか顔をあげる途端に見えだしたのか判然しないが、兎《と》に角《かく》雨を透《すか》してよく見える。或《あるい》は屋敷の門口《もんぐち》に立ててある瓦斯灯《ガスとう》ではないかと思って見て居ると、其《その》火がゆらりゆらりと盆灯籠《ぼんどうろう》の秋風に揺られる具合に動いた。――瓦斯灯ではない。何だろうと見て居ると今度は其《その》火が雨と闇の中を波の様に縫《ぬ》って上から下へ動いて来る。――是《これ》は提灯《ちょうちん》の火に相違ないと漸《ようや》く判断した時それが不意と消えて仕舞《しま》う。

此火《このひ》を見た時、余ははっと露子《つゆこ》の事を思い出した。露子は余が未来の細君の名である。

未来の細君と此《この》火とどんな関係があるかは心理学者の津田君にも説明は出来んかも知れぬ。然《しか》し心理学者の説明し得るものでなくては思い出してならぬとも限るまい。此《この》赤い、鮮かな、尾の消える縄に似た火は余をして慥《たし》かに余が未来の細君を咄嗟《とっさ》の際に思い出さしめたのである。――同時に火の消えた瞬間が露子の死を未練もなく拈出《ねんしゅつ》した。額を撫《な》でると膏汗《あぶらあせ》と雨でずるずるする。余は夢中であるく。

坂を下《お》り切ると細い谷道で、其《その》谷道が尽きたと思うあたりから又向き直って西へ西へと爪上《つまあが》りに新しい谷道がつづく。此《この》辺は所謂《いわゆる》山の手の赤土《あかつち》で、少しでも雨が降ると下駄の歯を吸い落す程に濘《ぬか》る。暗さは暗し、靴は踵《かかと》を深く土に据え付けて容易《たやす》くは動かぬ。曲りくねって無暗矢鱈《むやみやたら》に行くと枸杞垣《くこがき》とも覚しきものの鋭どく折れ曲る角でぱたりと又赤い火に出喰《でく》わした。見ると巡査である。巡査は其《その》赤い火を焼く迄に余の頬に押し当てて「悪《わ》るいから御気を付けなさい」と言い棄てて擦《す》れ違った。よく注意し給えと云った津田君の言葉と、悪いから御気をつけなさいと教えた巡査の言葉とは似て居るなと思うと忽《たちま》ち胸が鉛《なまり》の様に重くなる。あの火だ、あの火だと余は息を切らして茗荷谷を馳《か》け上《あが》る。

どこをどう歩行《ある》いたとも知らず流星《りゅうせい》の如く吾家《わがや》へ飛び込んだのは十二時近くであろう。三分心《さんぶしん》の薄暗いランプを片手に奥から駆け出して来た婆さんが頓興《とんきょう》な声を張り上げて「旦《だん》那《な》様！ どうなさいました」と云う。見ると婆さんは蒼《あお》い顔をして居る。

「婆さん！　どうかしたか」と余も大きな声を出す。婆さんは余から何か聞くのが怖《おそろ》しく、余は婆さんから何か聞くのが怖しいので御互《おたがい》にどうかしたかと問い掛けながら、其《その》返答は両方とも云はずに双方とも暫時《ざんじ》睨《にら》み合って居る。

「水が――水が垂れます」是《これ》は婆さんの注意である。成程《なるほど》充分に雨を含んだ外套の裾《すそ》と、中折帽《なかおれぼう》の庇《ひさし》から用捨《ようしゃ》なく冷たい点滴が畳の上に垂れる。折目《おれめ》をつまんで抛《ほう》り出すと、婆さんの膝《ひざ》の傍《そば》に白繻子《しろじゅす》の裏を天井へ向けて帽が転がる。灰色のチェスターフィールドを脱いで、一《ひと》振り振って投げた時はいつもより余程重く感じた。日本服に着換えて、身顫《みぶる》いをして漸《ようや》く余《われ》に帰った頃を見計って婆さんは又「どうなさいました」と尋ねる。今度は先方《せんぽう》も少しは落付いて居る。

「どうするって、別段どうもせんさ。只雨に濡れた丈《だけ》の事さ」と可成《なるべく》弱身を見せまいとする。

「いえあの御顔色は只の御色《おいろ》では御座いません」と伝通院《でんつういん》の坊主を信仰する丈《だけ》あって、うまく人相を見る。

「御前《おまえ》の方がどうかしたんだろう。先《さ》ッきは少し歯の根が合わない様だったぜ」

「私《わたくし》は何と旦那《だんな》様から冷かされても構いません。――然《しか》し旦那《だんな》様雑談事《じょうだんごと》じゃ御座いませんよ」

「え？」と思わず心臓が縮みあがる。「どうした。留守中何かあったのか。四谷から病人の事でも何《なん》か云って来たのか」

「それ御覧遊ばせ、そんなに御嬢様の事を心配して居らっしゃる癖に」

「何と云って来た。手紙が来たのか、使《つかい》が来たのか」

「手紙も使も参りは致しません」

「それじゃ電報か」

「電報なんて参りは致しません」

「それじゃ、どうした――早く聞かせろ」

「今夜は鳴き方が違いますよ」

「何が？」

「何がって、あなた、どうも宵から心配で堪《たま》りませんでした。どうしても只事じゃ御座いません」

「何がさ。夫《それ》だから早く聞かせろと云ってるじゃないか」

「先達中《せんだってじゅう》から申し上げた犬で御座います」

「犬？」

「ええ、遠吠《とおぼえ》で御座います。私《わたくし》が申し上げた通りに遊ばせば、こんな事には成らないで済んだんで御座いますのに、あなたが婆さんの迷信だなんて、余《あん》まり人を馬鹿《ばか》に遊ばすものですから……」

「こんな事にもあんな事にも、まだ何《なん》にも起らないじゃないか」

「いえ、そうでは御座いません。旦那《だんな》様も御帰り遊ばす途中御嬢様の御病気の事を考えて居らしったに相違御座いません」と婆さんずばと図星《ずぼし》を刺す。寒い刃《は》が暗《やみ》に閃《ひら》めいてひやりと胸打《むねうち》を喰わせられた様な心持がする。

「それは心配して来たに相違ないさ」

「それ御覧遊ばせ、矢《や》っ張《ぱ》り虫が知らせるので御座います」

「婆さん虫が知らせるなんて事が本当にあるものかな、御前《おまえ》そんな経験をした事があるかい」

「有る段じゃ御座いません。昔《むか》しから人が烏鳴《からすな》きが悪いとか何とか善《よ》く申すじゃ御座いませんか」

「成程烏鳴《なるほどからすな》きは聞いた様だが、犬の遠吠《とおぼえ》は御前一人の様だが――」

「いいえ、あなた」と婆さんは大軽蔑《だいけいべつ》の口調《くちょう》で余の疑《うたがい》を否定する。「同じ事で御座いますよ。婆や抔《など》は犬の遠吠でよく分ります。論より証拠是《これ》は何かあるなと思うと外《はず》れた事が御座いませんもの」

「そうかい」

「年寄の云う事は馬鹿《ばか》には出来ません」

「そりゃ無論馬鹿には出来んさ。馬鹿に出来んのは僕もよく知って居るさ。だから何も御前を――然《しか》し遠吠《とおぼえ》がそんなに、よく当るものかな」

「まだ婆やの申す事を疑《うたぐ》って入らっしゃる。何でも宜《よろ》しゅう御座いますから明朝《みようあさ》四谷へ行って御覧遊ばせ、屹度何《きっとなに》か御座いますよ、婆やが受合いますから」

「屹度《きっと》何か有っちゃ厭だな。どうか工夫はあるまいか」

「夫《それ》だから早く御越し遊ばせと申し上げるのに、あなたが余り剛情を御張り遊ばすものだから――」

「是《これ》から剛情はやめるよ。――兎《と》も角《かく》あした早く四谷へ行って見る事に仕様《しよう》。今夜是《これ》から行っても好《い》いが……」

「今夜入《い》らしっちゃ、婆やは御留守居《おるすい》は出来ません」

「なぜ?」

「なぜって、気味《きび》が悪くって居ても起《た》っても居られませんもの」

「それでも御前が四谷の事を心配して居るんじゃないか」

「心配は致して居《お》りますが、私《わたくし》だって怖《おそろ》しゅう御座いますから」

折から軒を遶《めぐ》る雨の響《ひびき》に和して、いずくよりともなく何物か地を這《は》うて唸《うな》り廻る様な声が聞える。

「ああ、あれで御座います」と婆さんが瞳を据えて小声で云う。成程《なるほど》陰気な声である。今夜はここへ寐《ね》る事にきめる。

余は例の如く蒲団《ふとん》の中へもぐり込んだが此《この》唸り声が気になって瞼《まぶた》さえ合わせる事が出来ない。

普通犬の鳴き声というものは、後も先も鉈《なた》刀で打《ぶ》ち切った槙雑木《まきざっぽう》を長く継いだ直線的の声である。今聞く唸りはそんなに簡単な無雑作の者ではない。声の幅に絶えざる変化があって、曲りが見えて、丸みを帯びて居る。蠟燭《ろうそく》の灯《ひ》の細きより始まって次第に福《ふく》やかに広がって又油の尽きた灯心《とうしん》の花と漸次《ぜんじ》に消えて行く。どこで吠えるか分らぬ。百里の遠き外《ほか》から、吹く風に乗せられて微《かす》かに響くと思う間《ま》に、近づけば軒端《のきば》を洩れて枕に塞《ふさ》ぐ耳にも薄《せま》る。ウウウウと云う音が丸い段落をいくつも連ねて家の周囲を二三度繞《めぐ》ると、いつしか其音《その》がワワワワに変化する拍子、疾《と》き風に吹き除《の》けられて遥《はる》か向うに尻尾はンンンと化して闇の世界に入る。陽気な声を無理に圧迫して陰鬱《いんうつ》にしたのが此遠吠《このとおぼえ》である。躁狂《そうきょう》な響《ひびき》を権柄《けんぺい》ずくで沈痛ならしめて居るのが此《この》遠吠である。自由でない。圧制されて已《やむ》を得ずに出す声である処《ところ》が本来の陰鬱、天然の沈痛よりも一層厭《いや》である、聞き苦しい。余は夜着《よぎ》の中に耳の根迄隠した。夜着の中でも聞える、而《しか》も耳を出して居るより一層聞き苦しい。又顔を出す。

暫《しば》らくすると遠吠がはたと已《や》む。此半夜《このはんや》の世界から犬の遠吠を引き去ると動いて居るものは一つもない。吾家《わがや》が海の底へ沈んだと思う位静かになる。静まらぬは吾《わが》心のみである。吾心のみは此《この》静かな中から何事かを予期しつつある。去《さ》れども其《その》何事なるかは寸分の観念だにない。性《しょう》の知れぬ者が此《この》闇の世から一寸《ちょっと》顔を出しはせまいかという掛念《けねん》が猛烈に神経を鼓舞するのみである。今出るか、今出るかと考えて居る。髪の毛の間《あいだ》へ五本の指を差し込んで無茶苦茶に掻《か》いて見る。一週間程湯に入《い》って頭を洗わんので指の股が油でニチャニチャする。此《この》静かな世界が変化したら——どうも変化しそうだ。今夜のうち、夜の明けぬうち何かあるに相違ない。此《この》一秒も待って過ごす。此《この》一秒も亦《また》待ちつつ暮らす。何を待って居るかと云われては困る。何を待って居るか自分に分らんから一層の苦痛である。頭から抜き取った手を顔の前に出して無意味に眺める。爪の裏が垢《あか》で薄黒く三日月形《がた》に見える。同時に胃嚢《いぶくろ》が運動を停止して、雨に逢《あ》った鹿皮《しかがわ》を天日《てんぴ》で乾《ほ》し堅《かた》めた様に腹の中が窮屈《きゅうくつ》になる。犬が吠えれば善《よ》いと思う。吠えて居るうちは厭《いや》でも、厭な度合が分る。こう静かになっては、どんな厭な事が背後に起りつつあるのか、知らぬ間に醸《かも》されつつあるか見当がつかぬ。遠吠なら我慢する。どうか吠えて呉《く》れればいいと寐返りを打って仰向《あおむ》けになる。天井に丸くランプの影が幽《かす》かに写る。見ると其《その》丸い影が動いて居る様だ。愈《いよいよ》不思議になって来たと思うと、蒲団《ふとん》の上で脊髄《せきずい》が急にぐにゃりとする。只眼丈《だけ》を見張って慥《たし》かに動いて居《お》るか、居《お》らぬかを確める。——確かに動いて居る。平常《ふだん》から動いて居るのだが気が付かずに今日《きょう》迄過したのか、又は今夜に限って動くのかしらん。——もし今夜丈《だけ》動くのなら、只事ではない。然《しか》し或《あるい》は腹具合《はらぐあい》のせいかも知れまい。今日会社の帰りに池《いけ》の端《はた》の西洋料理屋で海老のフライを食ったが、ことによるとあれが祟《たた》って居るかもしれん。詰らん物を食って、銭をとられて馬鹿《ばか》馬鹿しい廃《よ》せばよかった。何《なに》しろこんな時は気を落ち付け寐《ね》るのが肝心だと堅く眼を閉じて見る。すると虹霓《にじ》を粉《こ》にして振り蒔《ま》く様に、眼の前が五色《ごしき》の斑点でちらちらする。是《これ》は駄目だと眼を開《あ》くと又ランプの影が気になる。仕方がないから又横向になって大病人《だいびょうにん》の如く、昵《じっ》として夜の明けるのを待とうと決心した。

横を向いて不図《ふと》目に入《い》ったのは、襖《ふすま》の陰に婆さんが叮嚀《ていねい》に畳んで置いた秩父銘仙《ちちぶめいせん》の不断着である。此《この》前四谷に行って露子の枕元で例の通り他愛《たわい》もない話をして居《お》った時、病人が袖口の綻《ほころ》びから綿が出懸《でかか》って居《い》るのを気にして、よせと云うのを無理に蒲団《ふとん》の上へ起き直って縫ってくれた事をすぐ聯想《れんそう》する。あの時は顔色が少し悪い許《ばか》りで笑い声さえ常とは変らなかったのに——当人ももう大分好くなったから明日《あした》あたりから床《とこ》を上げましょうとさえ言ったのに——今、眼の前に露子の姿を浮べて見ると——浮べて見るのではない、自然に浮んで来るのだが――頭へ氷嚢《ひょうのう》を戴《の》せて、長い髪を半分濡らして、うんうん呻《うめ》きながら、枕の上へのり出してくる。――愈《いよいよ》肺炎かしらと思う。然《しか》し肺炎にでもなったら何とか知らせて来る筈だ。使《つかい》も手紙も来ない所を以《もっ》て見ると矢《や》っ張《ぱ》り病気は全快したに相違ない、大丈夫だ、と断定して眠ろうとする。合わす瞳の底に露子の青白い肉の落ちた頬と、窪んで硝子張《ガラスばり》の様に凄い眼がありありと写る。どうも病気は癒《なお》って居《お》らぬらしい。しらせは未《ま》だ来ぬが、来ぬと云う事が安心にはならん。今に来るかも知れん、どうせ来るなら早く来れば好《よ》い、来ないか知らんと寐返りを打つ。寒いとは云え四月と云う時節に、厚夜着《あつよぎ》を二枚も重ねて掛けて居るから、只でさえ寝苦しい程暑い訳《わけ》であるが、手足と胸の中《うち》は全く血の通わぬ様に重く冷たい。手で身のうちを撫《な》でて見ると膏《あぶら》と汗で湿って居る。皮膚の上に冷たい指が触《さわ》るのが、青大将にでも這《は》われる様に厭《いや》な気持である。ことによると今夜のうちに使《つかい》でも来るかも知れん。

突然何者か表の雨戸を破《わ》れる程叩く。そら来たと心臓が飛び上って肋《あばら》の四《よ》枚目を蹴る。何か云う様だが、叩く音と共に耳を襲うので、よく聞き取れぬ。「婆さん、何か来たぜ」と云う声の下から「旦那《だんな》様、何か参りました」と答える。余と婆さんは同時に表口へ出て雨戸を開ける。――巡査が赤い火を持って立って居る。

「今しがた何かありはしませんか」と巡査は不審な顔をして、挨拶もせぬ先から突然尋ねる。余と婆さんは云い合した様に顔を見合せる。両方共何とも答《こたえ》をしない。

「実は今ここを巡行《じゅんこう》するとね、何だか黒い影が御門《ごもん》から出て行きましたから……」

婆さんの顔は土の様である。何か云おうとするが息がはずんで云えない。巡査は余の方を見て返答を促《うな》がす。余は化石の如く茫然《ぼうぜん》と立って居る。

「いや是《これ》は夜中《やちゅう》甚《はなは》だ失礼で……実は近頃此界隈《このかいわい》が非常に物騒なので、警察でも非常に厳重に警戒をしますので――丁度《ちょうど》御門が開《あ》いて居《お》って、何か出て行った様な按排《あんばい》でしたから、もしやと思って一寸《ちょつと》御注意をしたのですが……」

余は漸《ようや》くほっと息をつく。咽喉《のど》に痞《つか》えて居る鉛の丸《たま》が下りた様な気持ちがする。

「是《これ》は御親切に、どうも、――いえ別に何も盗難に罹《かか》った覚《おぼえ》はない様です」

「それなら宜しゅう御座います。毎晩犬が吠えて御八釜敷《おやかましい》でしょう。どう云うものか賊が此辺《このへん》ばかり徘徊《はいかい》しますんで」

「どうも御苦労様」と景気よく答えたのは遠吠《とおぼえ》が泥棒の為《た》めであるとも解釈が出来るからである。巡査は帰る。余は夜が明け次第四谷に行く積《つも》りで、六時が鳴る迄まんじりともせず待ち明した。

雨は漸《ようや》く上ったが道は非常に悪い。足駄《あしだ》をと云うと歯入屋《はいれや》へ持って行ったぎり、つい取ってくるのを忘れたと云う。靴は昨夜《ゆうべ》の雨で到底穿《は》けそうにない。構うものかと薩摩下駄《さつまげた》を引掛けて全速力で四谷坂丁迄馳《か》けつける。門は開《あ》いて居るが玄関はまだ戸閉りがしてある。書生はまだ起きんのかしらと勝手口へ廻る。清と云う下総《しもうさ》生れの頬《ほっ》ペタの赤い下女が俎《まないた》の上で糠味噌《ぬかみそ》から出し立ての細根《ほそね》大根を切って居る。「御早よう、何《なに》はどうだ」と聞くと驚ろいた顔をして、襷《たすき》を半分外しながら「へえ」と云う。へえでは埒《らち》があかん。構わず飛び上って、茶の間へつかつか這《は》入《い》り込む。見ると御母《おっか》さんが、今起き立《たて》の顔をして叮嚀《ていねい》に如鱗木《じょりんもく》の長火鉢を拭《ふ》いて居る。

「あら靖雄《やすお》さん！」と布巾《ふきん》を持った儘《まま》あっけに取られたと云う風をする。あら靖雄さんでも埒《らち》があかん。

「どうです、余程悪いですか」と口早《くちばや》に聞く。

犬の遠吠《とおぼえ》が泥棒のせいと極《き》まる位なら、ことによると病気も癒って居るかも知れない。癒って居てくれれば宜《よ》いがと御母さんの顔を見て息を呑み込む。

「ええ悪いでしょう、昨日《きのう》は大変降りましたからね。嘸《さぞ》御困りでしたろう」是《これ》では少々見当が違う。御母さんの様子を見ると何だか驚ろいて居る様だが、別に心配そうにも見えない。余は何となく落ち付いて来る。

「中々《なかなか》悪い道です」とハンケチを出して汗を拭いたが、矢張《やは》り気掛《きがか》りだから「あの露子さんは……」と聞いて見た。

「今顔を洗って居ます、昨夕《ゆうべ》中央会堂の慈善音楽会とかに行って遅く帰ったものですから、つい寝坊をしましてね」

「インフルエンザは？」

「ええ難有《ありがと》う、もう薩張《さっぱ》り……」

「何ともないんですか」

「ええ風邪《かぜ》はとっくに癒《なお》りました」

寒からぬ春風《はるかぜ》に、濛々《もうもう》たる小雨の吹き払われて蒼空《あおぞら》の底迄見える心地である。日本一の御機嫌にて候《そろ》と云う文句がどこかに書いてあった様だが、こんな気分を云うのではないかと、昨夕《ゆうべ》の気味の悪かったのに引き換えて今の胸の中《うち》が一層朗《ほが》かになる。なぜあんな事を苦にしたろう、自分ながら愚《ぐ》の至りだと悟って見ると、何だか馬鹿《ばか》馬鹿しい。馬鹿《ばか》馬鹿しいと思うにつけて、たとい親しい間柄とは云え、用もないのに早朝から人の家《うち》へ飛び込んだのが手持無沙汰に感ぜらるる。

「どうして、こんなに早く、――何か用事でも出来たんですか」と御母《おっか》さんが真面目《まじめ》に聞く。どう答えて宜《よ》いか分らん。嘘をつくと云ったって、そう咄嗟《とっさ》の際に嘘がうまく出るものではない。余は仕方がないから「ええ」と云った。

「ええ」と云った後で、廃《よ》せば善《よ》かった、――一思《ひと》いに正直な所を白状して仕舞《しま》えば善《よ》かったと、すぐ気が付いたが、「ええ」の出たあとはもう仕方がない。「ええ」を引き込める訳《わけ》に行かなければ「ええ」を活《い》かさなければならん。「ええ」とは単簡《たんかん》な二文字であるが滅多《めった》に使うものでない、之《これ》を活《い》かすには余程骨が折れる。

「何か急な御用なんですか」と御母《おっか》さんは詰め寄せる。別段の名案も浮ばないから又「ええ」と答えて置いて、「露子さん露子さん」と風呂場の方を向いて大きな声で怒鳴《どな》って見た。

「あら、どなたかと思ったら、御早いのねえ——どうなすったの、——何か御用なの？」

露子は人の気も知らずに又同じ質問で苦しめる。

「ああ何か急に御用が御出来なすったんだって」と御母さんは露子に代理の返事をする。

「そう、何の御用なの」と露子は無邪気に聞く。

「ええ、少し其《その》、用があって近所迄来たものですから」と漸《よう》く一方に活路を開く。随分苦しい開き方だと一人で肚《はら》の中で考える。

「それでは、私《わたし》に御用じゃないの」と御母さんは少々不審な顔付である。

「ええ」

「もう用を済《す》まして入《い》らしったの、随分早いのね」と露子は大《おお》に感嘆する。

「いえ、まだ是《これ》から行くんです」とあまり感嘆されても困るから、一寸謙遜《ちょっとけんそん》して見たが、どっちにしても別に変りはないと思うと、自分で自分の言って居る事が如何《いか》にも馬鹿《ばか》らしく聞える。こんな時は可成《なるべく》早く帰る方が得策だ。長座《ながざ》をすればする程失敗する許《ばか》りだと、そろそろ、尻を立てかけると

「あなた、顔の色が大変悪い様ですがどうかなさりゃしませんか」と御母さんが逆捻《さかねじ》を喰わせる。

「髪を御刈りになると好《い》いのね、あんまり髭《ひげ》が生えて居るから病人らしいのよ。あら頭にはねが上《あが》っててよ。大変乱暴に御歩行《おある》きなすったのね」

「日和下駄《ひよりげた》ですもの、余程上ったでしょう」と背中を向いて見せる。御母さんと露子は同時に「おやまあ！」と申し合せた様な、驚き方をする。

羽織《はおり》を干して貰って、足駄《あしだ》を借りて奥に寝《ね》て居る御父《おと》っさんには挨拶もしないで門を出る。うららかな上天気で、しかも日曜である。少々ばつは悪かった様なものの昨夜《ゆうべ》の心配は紅炉上《こうろじょう》の雪と消えて、余が前途には柳、桜の春が簇《むら》がるばかり嬉しい。神楽坂《かぐらざか》迄来て床屋へ這入《はい》る。未来の細君の歓心を得んが為《ため》だと云われても構わない。実際余は何事によらず露子の好《す》く様にしたいと思って居る。

「旦那《だんな》髯《ひげ》は残しましょうか」と白服を着た職人が聞く。髯を剃《そ》るといいと露子が云ったのだが全体の髯の事か顋髯丈《あごひげだけ》かわからない。まあ鼻の下丈《だけ》は残す事にしようと一人で極《き》める。

職人が残しましょうかと念を押す位だから、残したって余り目立つ程のものでもないには極《きま》って居る。

「源《げん》さん、世の中にゃ随分馬鹿《ばか》な奴がいるもんだねえ」と余の顋《あご》をつまんで髪剃《かみそり》を逆に持ちながら一寸《ちょっと》火鉢の方を見る。

源さんは火鉢の傍《そば》に陣取って将碁盤《しょうぎばん》の上で金銀二枚をしきりにパチつかせて居たが「本当にさ、幽霊だの亡者《もうじゃ》だのって、そりゃ御前《おまえ》、昔《むか》しの事だあな。電気灯のつく今日《こんにち》そんな箆棒《べらぼう》な話しがある訳《わけ》がねえからな」と王様の肩へ飛車を載せて見る。「おい由公御前《よしこうおめえ》こうやって駒を十枚積んで見ねえか、積めたら安宅鮓《あたかずし》を十銭奢《おご》ってやるぜ」

一本歯の高足駄《たかあしだ》を穿《は》いた下剃《したぞり》の小僧が「鮓《すし》じゃいやだ、幽霊を見せてくれたら、積んで見せらあ」と洗濯したてのタウエルを畳みながら笑って居る。

「幽霊も由公に迄馬鹿《ばか》にされる位だから幅は利《き》かない訳《わけ》さね」と余の揉《も》み上げを米噛《こめか》みのあたりからぞきりと切り落す。

「あんまり短かかあないか」

「近頃はみんな此位《この》です。揉《も》み上げの長いのはにやけてて可笑《おか》しいもんです。――なあに、みんな神経さ。自分の心に恐いと思うから自然幽霊だって増長して出度《でたく》ならあね」と刃《は》についた毛を人さし指と拇指《おやゆび》で拭《ぬぐ》いながら又源さんに話しかける。

「全く神経だ」と源さんが山桜の烟《けむり》を口から吹き出しながら賛成する。

「神経って者は源さんどこにあるんだろう」と由公はランプのホヤを拭《ふ》きながら真面目《まじめ》に質問する。

「神経か、神経は御《お》めえ方々《ほうぼう》にあらあな」と源さんの答弁は少々漠然として居る。白暖簾《しろのれん》の懸《かか》った座敷の入口に腰を掛けて、先《さ》っきから手垢《てあか》のついた薄っぺらな本を見て居た松《まつ》さんが急に大きな声を出して面白い事がかいてあらあ、よっぽど面白いと一人で笑い出す。

「何だい小説か、食道楽《くいどうらく》じゃねえか」と源さんが聞くと松さんはそうよそうかも知れねえと上表紙《うわびょうし》を見る。標題には浮世心理講義録有耶無耶道人《うやむやどうじん》著とかいてある。

「何だか長い名だ、とにかく食道楽じゃねえ。鎌《かま》さん一体是《これ》ゃ何の本だい」と余の耳に髪剃《かみそり》を入れてぐるぐる廻転させて居る職人に聞く。

「何だか、訳《わけ》の分らない様な、とぼけた事が書いてある本だがね」

「一人で笑って居ねえで少し読んで聞かせねえ」と源さんは松さんに請求する。松さんは大きな声で一節を読み上《あげ》る。

「狸《たぬき》が人を婆化《ばか》すと云いやすけれど、何で狸が婆化しやしょう。ありゃみんな催眠術でげす……」

「成程《なるほど》妙な本だね」と源さんは烟《けむ》に捲《ま》かれて居る。

「拙《せつ》が一返古榎《いっぺんふるえのき》になった事がありやす。所へ源兵衛《げんべえ》村の作蔵《さくぞう》と云う若い衆《しゅ》が首を縊《くく》りに来やした……」

「何だい狸が何《なに》か云ってるのか」

「どうも、そうらしいね」

「それじゃ狸のこせえた本じゃねえか――人を馬鹿《ばか》にしやがる――夫《それ》から？」

「拙《せつ》が腕をニューと出して居る所へ古褌《ふるふんどし》を懸《か》けやした――随分臭《くそ》うげしたよ――……」

「狸の癖《くせ》にいやに贅沢《ぜいたく》を云うぜ」

「肥桶《こいたご》を台にしてぶらりと下がる途端拙《せつ》はわざと腕をぐにゃりと卸《お》ろしてやりやしたので作蔵君は首を縊り損《そくな》ってまごまごして居《お》りやす。ここだと思いやしたから急に榎の姿を隠してアハハハハハと源兵衛村中へ響く程な大きな声で笑ってやりやした。すると作蔵君は余程仰天《ぎょうてん》したと見えやして助けて呉《く》れ、助けて呉《く》れと褌《ふんどし》を置去《おきざ》りにして一生懸命に逃げ出しやした……」

「こいつあ旨《うめ》え、然《しか》し狸が作蔵の褌をとって何にするだろう」

「大方睾丸《きんたま》でもつつむ気だろう」

アハハハハと皆《みな》一度に笑う。余も吹き出しそうになったので職人は一寸髪剃《ちょっとかみそり》を顔からはずす。

「面白《おもしれ》え、あとを読みねえ」と源さん大《おおい》に乗気《のりき》になる。

「俗人は拙が作蔵を婆化《ばか》した様に云う奴でげすが、そりゃちと御無理でげしょう。作蔵君は婆化《ばか》され様《よう》、婆化され様として源兵衛村をのそのそして居るのでげす。その婆化され様と云う作蔵君の御注文に応じて拙が一寸《ちょつと》婆化して上げた迄の事でげす。すべて狸一派のやり口は今日《こんにち》開業医の用いて居《お》りやす催眠術でげして、昔《むか》しから此《この》手で大分大方《たいほう》の諸君子を胡魔化《ごまか》したものでげす。西洋の狸から直伝《じきでん》に輸入致した術を催眠法とか唱え、之《これ》を応用する連中《れんじゅう》を先生抔《など》と崇《あが》めるのは全く西洋心酔の結果で拙抔《せつなど》はひそかに慨嘆の至《いたり》に堪《た》えん位のものでげす。何も日本固有の奇術が現に伝《つたわ》って居るのに、一も西洋二も西洋と騒がんでもの事でげしょう。今の日本人はちと狸を軽蔑し過ぎる様に思われやすから一寸《ちょつと》全国の狸共に代って拙から諸君に反省を希望して置きやしょう」

「いやに理窟《りくつ》を云う狸だぜ」と源さんが云うと、松さんは本を伏せて「全く狸の言う通《とおり》だよ、昔《むか》しだって今だって、こっちがしっかりして居りゃ婆化されるなんて事はねえんだからな」と頻《しき》りに狸の議論を弁護して居る。して見ると昨夜《ゆうべ》は全く狸に致《いた》された訳《わけ》かなと、一人で愛想をつかし乍《なが》ら床屋を出る。

台町《だいまち》の吾家《わがや》に着いたのは十時頃であったろう。門前に黒塗《くろぬり》の車が待って居て、狭い格子《こうし》の隙《すき》から女の笑い声が洩れる。ベルを鳴らして沓脱《くつぬぎ》に這入《はい》る途端「屹度《きっと》帰って入《い》らっしゃったんだよ」と云う声がして障子がすうと明くと、露子が温かい春の様な顔をして余を迎える。

「あなた、来て居たのですか」

「ええ御帰りになってから、考えたら何だか様子が変だったから、すぐ車で来て見たの、そうして、昨夕《ゆうべ》の事を、みんな婆やから聞いてよ」と婆さんを見て笑い崩れる。婆さんも嬉しそうに笑う。露子の銀の様な笑い声と、婆さんの真鍮《しんちゅう》の様な笑い声と、余の銅の様な笑い声が稠和《ちょうわ》して天下の春を七円五十銭の借家に集めた程《ほど》陽気である。如何《いか》に源兵衛村の狸《たぬき》でも此《この》位大きな声は出せまいと思う位である。

気のせいか其後《そのご》露子は以前よりも一層余を愛する様な素振《そぶり》に見えた。津田君に逢《あ》った時、当夜の景況《けいきょう》を残りなく話したら夫《それ》はいい材料だ僕の著書中に入れさせて呉《く》れろと云った。文学士津田真方《つだまかた》著幽霊論の七二頁《ページ》にK君の例として載《の》って居るのは余の事である。

（「七人」明治三十八年五月号）

趣味の遺伝

一

陽気の所為《せい》で神も気違《きちがい》になる。「人を屠《ほふ》りて餓《う》えたる犬を救え」と雲の裡《うち》より叫ぶ声が、逆《さか》しまに日本海を撼《うご》かして満洲の果迄《はてまで》響《ひび》き渡った時、日人《にちじん》と露人《ろじん》ははっと応えて百里に余る一大屠場《とじょう》を朔北《さくほく》の野《や》に開いた。すると渺々《びょうびょう》たる平原の尽くる下より、眼にあまる獒狗《ごうく》の群が、腥《なまぐさ》き風を横に截《き》り縦に裂いて、四つ足の銃丸を一度に打ち出した様に飛んで来た。狂える神が小躍りして「血を啜《すす》れ」と云うを合図に、ぺらぺらと吐く焔《ほのお》の舌は暗き大地を照らして咽喉《のど》を越す血潮の湧き返る音が聞えた。今度は黒雲《くろくも》の端を踏み鳴らして「肉を食《くら》え」と神が号《さけ》ぶと「肉を食え！　肉を食え！」と犬共も一度に咆《ほ》え立てる。やがてめりめりと腕を食い切る、深い口をあけて耳の根迄胴にかぶり付く、一つの脛《すね》を啣《くわ》えて左右から引き合う。漸《ようや》くの事肉は大半平《たいら》げたと思うと、又羃々《べきべき》たる雲を貫ぬいて恐しい神の声がした。「肉の後《あと》には骨をしゃぶれ」と云う。すわこそ骨だ。犬の歯は肉よりも骨を噛むに適して居る。狂う神の作った犬には狂った道具が具《そな》わって居る。今日《きょう》の振舞を予期して工夫して呉《く》れた歯じゃ。鳴らせ鳴らせと牙を鳴らして骨にかかる。ある者は摧《くじ》いて髄《ずい》を吸い、ある者は砕いて地に塗る。歯の立たぬ者は横にこいで牙を磨《と》ぐ。……

怖い事だと例の通り空想に耽《ふけ》りながらいつしか新橋《しんばし》へ来た。見ると停車場前の広場は一杯の人で凱旋門《がいせんもん》を通して二間《けん》許《ばか》りの路《みち》を開いた儘《まま》、左右には割り込む事も出来ない程行列して居る。何だろう？

行列の中には怪し気な絹帽《シルクハット》を阿弥陀《あみだ》に被《かぶ》って、耳の御蔭で目隠しの難を喰い止めて居るのもある。仙台平《せんだいひら》を窮屈そうに穿《は》いて七子《ななこ》の紋付《もんつき》を人の着物の様にじろじろ眺めて居るのもある。フロック・コートは承知したがズックの白い運動靴をはいて同じく白の手袋を一寸《ちょっと》見給えと云わぬ許《ばか》りに振り廻して居るのは奇観だ。そうして二十人に一本宛《ずつ》位の割合で手頃な旗を押し立てて居る。大抵は紫に字を白く染め抜いたものだが、中には白地に黒々と達筆を振《ふる》ったのも見える。此《この》旗さえ見たら此《この》群集の意味も大概分るだろうと思って一番近いのを注意して読むと木村六之助《きむらろくのすけ》君の凱旋《がいせん》を祝す連雀《れんじゃく》町《ちょう》有志者とあった。ははあ歓迎だと始めて気が付いて見ると、先刻《さつき》の異装《いそう》紳士も何となく立派に見える様な気がする。のみならず戦争を狂神の所為《せい》の様に考えたり、軍人を犬に食われに戦地へ行く様に想像したのが急に気の毒になって来た。実は待ち合《あわ》す人があって停車場迄行くのであるが、停車場へ達するには是非共此《この》群集を左右に見て誰《たれ》も通らない真中《まんなか》を只一人歩かなくってはならん。よもやこの人々が余の詩想を洞見《どうけん》しはしまいが、只さえ人の注視をわれ一人に集めて往来《おうらい》を練って行くのは極《きま》りが悪《わ》るいのに、犬に喰い残された者の家族と聞いたら定《さだ》めし怒る事であろうと思うと、一層調子が狂う所を何でもない顔をして、急ぎ足に停車場の石段の上迄漕《こ》ぎ付けたのは少し苦しかった。

場内へ這入《はい》って見るとここも歓迎の諸君で容易に思う所へ行けぬ。漸《よう》くの事一等の待合《まちあい》へ来て見ると約束をした人は未《ま》だ来て居《お》らぬらしい。暖炉《だんろ》の横に赤い帽子を被《かぶ》った士官が何か頻りに話しながら折々佩剣《はいけん》をがちゃつかせて居る。其傍《そのそば》に絹帽《シルクハット》が二つ並んで、其《その》一つには葉巻《しき》の烟《けむ》りが輪になってたなびいて居る。向うの隅に白襟《しろえり》の細君が品のよい五十恰好《かっこう》の婦人と、傍《わ》きの人には聞えぬ程な低い声で何事か耳語《ささや》いて居る。所へ唐桟《とうざん》の羽織《はおり》を着て鳥打帽《とりうちぼう》を斜めに戴《いただ》いた男が来て、入場券は貰えません改札場の中はもう一杯ですと注進する。大方出入の者であろう。室の中央に備え付けたテーブルの周囲には待ち草臥《くたび》れの連中が寄ってたかって新聞や雑誌をひねくって居る。真面目《まじめ》に読んでるものは極めて少ないのだから、ひねくって居ると云うのが適当だろう。

約束をした人は中々《なかなか》来《こ》ん。少々退屈になったから、少し外へ出て見様《みよう》かと室の戸口をまたぐ途端に、脊広《せびろ》を着た髯《ひげ》のある男が擦《す》れ違いながら「もう直《じき》です二時四十五分ですから」と云った。時計を見ると二時三十分だ、もう十五分すれば凱旋《がいせん》の将士が見られる。こんな機会は容易にない、序《ついで》だからと云っては失礼かも知れんが実際余の様に図書館以外の空気をあまり吸った事のない人間は態々《わざわざ》歓迎の為《た》めに新橋迄くる折もあるまい、丁度幸《ちょうどさいわい》だ見て行こうと了見《りょうけん》を定めた。

室を出て見ると場内も亦往来《またおうらい》の様に行列を作って、中には態々《わざわざ》見物に来た西洋人も交《まじ》って居る。西洋人ですらくる位なら帝国臣民たる吾輩は無論歓迎しなくてはならん、万歳《ばんざい》の一つ位は義務にも申して行こうと漸《ようや》くの事で行列の中へ割り込んだ。

「あなたも御親戚を御迎いに御出《おいで》になったので……」

「ええ。どうも気《せ》が急くものですから、つい昼飯《ひるめし》を食わずに来て、……もう二時間半許《ばか》り待ちます」と腹は減っても中々《なかなか》元気である。所へ三十前後の婦人が来て

「凱旋《がいせん》の兵士はみんな、ここを通りましょうか」と心配そうに聞く。大切の人を見はぐっては一大事ですと云わぬ許《ばか》りの決心を示して居る。腹の減った男はすぐ引き受けて

「ええ、みんな通るんです、一人残らず通るんだから、二時間でも三時間でもここにさえ立って居れば間違いっこありません」と答えたのは中々《なかなか》自信家と見える。然《しか》し昼飯も食わずに待って居ろと迄は云わなかった。

汽車の笛の音を形容して喘息《ぜんそく》病みの鯨《くじら》の様だと云った仏蘭西《フランス》の小説家があるが、成程旨《なるほどうま》い言葉だと思う間もなく、長蛇《ちょうだ》の如く蜿蜒《のた》くって来た列車は、五百人余の健児を一度にプ

ラットフォームの上に吐き出した。

「ついた様ですぜ」と一人が領《くび》を延《のば》すと

「なあに、ここに立ってさえ居れば大丈夫」と腹の減った男は泰然《たいぜん》として動ずる景色《けしき》もない。此男《このおとこ》から云うと着いても着かなくても大丈夫なのだろう。夫《それ》にしても腹の減った割には落ち付いたものである。

やがて一二丁向《むこ》うのプラットフォームの上で万歳！と云う声が聞える。其声《そのこえ》が波動の様に順送りに近付いてくる。例の男が「なあに、まだ大丈……」と云い懸《か》けた尻尾《しっぽ》を埋《う》めて余の左右に並んだ同勢《どうせい》は一度に万―歳！と叫んだ。其声《そのこえ》の切れるか切れぬうちに一人の将軍が挙手の礼を施しながら余の前を通り過ぎた。色の焦《や》けた、胡麻塩髯《ごましおひげ》の小作《こづく》りな人である。左右の人は将軍の後《あと》を見送りながら又万歳を唱える。余も――妙な話しだが実は万歳を唱えた事は生れてから今日《こんにち》に至る迄一度もないのである。万歳を唱えてはならんと誰《たれ》からも申し付けられた覚《おぼえ》は毛頭《もうとう》ない。又万歳を唱えては悪《わ》るいと云う主義でも無論ない。然《しか》し其場《そのば》に臨んでいざ大声《たいせい》を発し様とすると、いけない。小石で気管を塞《ふさ》がれた様でどうしても万歳が咽喉笛《のどぶえ》へこびり付いたぎり動かない。どんなに奮発しても出て呉《く》れない。――然《しか》し今日《きょう》は出してやろうと先刻《さっき》から決心をして居た。実は早く其機《そのき》がくればよいがと待ち構えた位である。隣りの先生じゃないが、なあに大丈夫と安心して居たのである。喘《ぜん》息病《そくや》みの鯨《くじら》が吼《ほ》えた当時からそら来たなと迄覚悟をして居た位だから周囲のものがワーと云うや否や尻馬《しりうま》についてすぐやろうと実は舌の根迄出しかけたのである。出しかけた途端《その》に将軍が通った。将軍の日に焦《や》けた色が見えた。将軍の髯《ひげ》の胡麻塩《ごましお》なのが見えた。其瞬間に出しかけた万歳がぴたりと中止して仕舞《しま》った。何故《なぜ》？

何故《なぜ》か分るものか。何故《なにゆえ》とか此故《このゆえ》とか云うのは事件が過ぎてから冷静な頭脳に復したとき当時を回想して始めて分解し得た智識に過ぎん。何故《なにゆえ》が分る位なら始めから用心をして万歳の逆戻りを防いだ筈である。予期出来ん咄嗟《とっさ》の働きに分別が出るものなら人間の歴史は無事なものである。余の万歳は余の支配権以外に超然として止まったと云わねばならぬ。万歳がとまると共に胸の中《うち》に名状しがたい波動が込み上げて来て、両眼《りようがん》から二雫《ふたしずく》ばかり涙が落ちた。

将軍は生れ落ちてから色の黒い男かも知れぬ。然《しか》し遼東《りようとう》の風に吹かれ、奉天《ほうてん》の雨に打たれ、沙河《しやか》の日に射《い》り付けられれば大抵なものは黒くなる。地体《じたい》黒いものは猶《なお》黒くなる。髯《ひげ》も其《その》通りである。出征してから白銀《しろがね》の筋は幾本殖《ふ》えたであろう。今日《きよう》始めて見る我等の眼には、昔の将軍と今の将軍を比較する材料がない。然《しか》し指を折って日夜に待詫《まちわ》びた夫人令嬢が見たならば定めし驚くだろう。戦《いくさ》は人を殺すか左《さ》なくば人を老いしむるものである。将軍は頗《すこぶ》る瘠《や》せて居た。是《これ》も苦労の為《た》めかも知れん。して見ると将軍の身体中で出征前《ぜん》と変らぬのは身の丈《たけ》位なものであろう。余の如きは黄巻青帙《こうかんせいちつ》の間《あいだ》に起臥《きが》して書斎以外に如何《いか》なる出来事が起るか知らんでも済む天下の逸民《いつみん》である。平生《へいぜい》戦争の事は新聞で読まんでもない、又其《その》状況は詩的に想像せんでもない。然《しか》し想像はどこ迄も想像で新聞は横から見ても縦から見ても紙片に過ぎぬ。だからいくら戦争が続いても戦争らしい感じがしない。其《その》気楽な人間が不図《ふと》停車場に紛れ込んで第一に眼に映じたのが日に焦《や》けた顔と霜《しも》に染った髯《ひげ》である。戦争はまのあたりに見えぬけれど戦争の結果――慥《たし》かに結果の一片、然《しか》も活動する結果の一片が眸底《ぼうてい》を掠《かす》めて去った時は、此《この》一片に誘われて満洲の大野《たいや》を蔽う大戦争の光景がありありと脳裏に描出せられた。

然《しか》も此《この》戦争の影とも見るべき一片の周囲を繞《めぐ》る者は万歳と云う歓呼《かんこ》の声である。此《この》声が即《すなわ》ち満洲の野《や》に起《おこ》った咄喊《とっかん》の反響である。万歳の意義は字の如く読んで万歳に過ぎんが咄《とっ》喊《かん》となると大分趣《おもむき》が違う。咄喊《とっかん》はワーと云う丈《だけ》で万歳の様に意味も何もない。然《しか》し其《その》意味のない所に大変な深い情《じょう》が籠《こも》って居る。人間の音声には黄色いのも濁ったのも澄んだのも太いのも色々あって、其《その》言語調子も亦《また》分類の出来ん位区々《まちまち》であるが一日二十四時間のうち二十三時間五十分迄は皆意味のある言葉を使って居る。着衣の件、喫飯《きっぱん》の件、談判の件、懸引《かけひき》の件、挨拶の件、雑話《ざつわ》の件、凡《すべ》て件と名のつくものは皆口から出る。仕舞《しまい》には件がなければ口から出るものは無いと迄思う。そこへもって来て、件のないのに意味の分らぬ音声を出すのは尋常ではない。出しても用の足りぬ声を使うのは経済主義から云うても功利主義から云っても割に合わぬに極って居る。其《その》割に合わぬ声を不作法に他人様《たにんさま》の御聞《おきき》に入れて何等《なんら》の理由もないのに罪もない鼓膜に迷惑を懸けるのはよくせきの事でなければならぬ。咄喊《とっかん》は此《この》よくせきを煎《せん》じ詰《つ》めて、煮《に》詰《つ》めて缶詰《つ》めにした声である。死ぬか生きるか娑婆《しゃば》か地獄かと云う際《きわ》どい針線《はりがね》の上に立って身震いをするとき自然と横膈膜《おうかくまく》の底から湧き上がる至誠の声である。助けて呉れと云ううちに誠はあろう、殺すぞと叫ぶうちにも誠はない事もあるまい。然《しか》し意味の通ずる丈其丈《だけそれだけ》誠の度は少ない。意味の通ずる言葉を使う丈《だけ》の余裕分別のあるうちは一心不乱の至境《しきょう》に達したとは申されぬ。咄喊にはこんな人間的な分子は交《まじ》って居《お》らん。ワーと云うのである。此《この》ワーには厭味《いやみ》もなければ思慮もない。理もなければ非もない。詐《いつわ》りもなければ懸引《かけひき》もない。徹頭徹尾ワーである。結晶した精神が一度に破裂して上下四囲の空気を震盪《しんとう》さしてワーと鳴る。万歳の助けて呉れの殺すぞのとそんなけちな意味を有しては居《お》らぬ。ワー其《その》物が直《ただ》ちに精神である。霊である。人間である。誠である。而《しか》して人界《じんかい》崇高の感は耳を傾けて此《この》誠を聴き得たる時に始めて享受し得ると思う。耳を傾けて数十人、数百人、数千数万人の誠を一度に聴き得たる時に此《この》崇高の感は始めて無上絶大の玄境《げんきょう》に入《い》る。——余が将軍を見て流した涼《すず》しい涙は此《この》玄境の反応だろう。

将軍のあとに続いてオリーヴ色の新式の軍服を着けた士官が二三人通る。是《これ》は出迎と見えて其《その》表情が将軍とは大分違う。居《きょ》は気を移すと云う孟子《もうし》の語は小供の時分から聞いて居たが戦争から帰った者と内地に暮らした人とは斯程《かほど》に顔付が変って見えるかと思うと一層感慨が深い。どうかもう一遍将軍の顔が見たいものだと延び上ったが駄目だ。只場外に群がる数万の市民が有らん限りの鬨《とき》を作って停車場の硝子《ガラス》窓が破《わ》れる程に響《ひび》くのみである。余の左右前後の人々は漸《ようや》くに列を乱して入口の方へなだれかかる。見たいのは余と同感と見える。余も黒い波に押されて一二間《けん》石段の方へ流れたが、それぎり先へは進めぬ。こんな時には余の性分としていつでも損をする。寄席《よせ》がはねて木戸を出る時、待ち合せて電車に乗る時、人込みに切符を買う時、何でも多人数《たにんずう》競争の折には大抵最後に取り残される、此《この》場合にも先例に洩れず首尾よく人後に落ちた。而《しか》も普通の落ち方ではない。遥《はる》かこなたの人後だから心細い。葬式の赤飯に手を出し損った時なら何とも思わないが、帝国の運命を決する活動力の断片を見損うのは残念である。どうにかして見てやりたい。広場を包む万歳の声は此《この》時四方から大濤《おおなみ》の岸に崩れる様な勢《いきおい》で余の鼓膜に響《ひび》き渡った。もうたまらない。どうしても見なければならん。

不図《ふと》思いついた事がある。去年の春麻布《あざぶ》のさる町を通行したら高い練塀《ねりべい》のある広い屋敷のうちで何か多人数打ち寄って遊んででも居るのか面白そうに笑う声が聞えた。余は此《この》時どう云う腹工合か一寸此《ちょっとこの》邸内を覗《のぞ》いて見たくなった。全く腹工合の所為《せい》に相違ない。腹工合でなければ、そんな馬鹿気《ばかげ》た了見の起《おこ》る訳《わけ》がない。源因《げんいん》はとにかく見たいものは見たいので源因の如何《いかん》に因《よ》って変化出没する訳《わけ》には行かぬ。然《しか》し今云う通り高い土塀《どべい》の向う側で笑って居るのだから壁に穴のあいて居《お》らぬ限りは到底思い通り志望を満足する事は何人《なんぴと》の手際《てぎわ》でも出来かねる。到底見る事が叶《かな》わないと四囲の状況から宣告を下されると猶《なお》見てやり度《たく》なる。愚《ぐ》な話だが余は一目でも邸内を見なければ誓って此町《このまち》を去らずと決心した。然《しか》し案内も乞わずに人の屋敷内に這入《はい》り込むのは盗賊の仕業だ。と云って案内を乞うて這入《はい》るのは猶《なお》いやだ。此邸内《このていない》の者共の御世話にならず、しかもわが人格を傷《きず》つけず正々堂々と見なくては心持ちがわるい。そうするには高い山から見下《みおろ》すか、風船の上から眺めるより外《ほか》に名案もない。然《しか》し双方共当座の間に合う様な手軽なものとは云えぬ。よし、その儀なら此方《こっち》にも覚悟がある。高等学校時代で練習した高飛《たかとび》の術を応用して、飛び上がった時に一寸見《ちょつと》てやろう。是《これ》は妙策だ、幸い人通りもなし、あった所が自分で自分が飛び上るに文句をつけられる因縁はない。やるべしと云うので突然双脚《そうきゃく》に精一杯の力を込めて飛び上がった。すると熟練の結果は恐ろしい者で、かの土塀《どべい》の上へ首が——首所《どころ》ではない肩迄が思う様に出た。此機《このき》をはずすと到底目的は達せられぬと、ちらつく両眼を無理に据えて、ここぞと思うあたりを瞥見《べっけん》すると女が四人でテニスをして居た。余が飛び上がるのを相図《あいず》に四人が申し合せた様にホホホと癇《かん》の高い声で笑った。おやと思ううちにどたりと元の如く地面の上に立った。

これは誰《たれ》が聞いても滑稽《こっけい》である。冒険の主人公たる当人ですらあまり馬鹿《ばか》気《げ》て居るので今日《こんにち》迄何人《なんぴと》にも話さなかった位自《みずか》ら滑稽《こっけい》と心得て居る。然《しか》し滑稽《こっけい》とか真面目《まじめ》とか云うのは相手と場合によって変化する事で、高飛び其《その》物が滑稽《こっけい》とは理由のない言草《いいぐさ》である。女がテニスをして居る所へ此方《こっち》が飛び上がったから滑稽《こっけい》にもなるが、ロメオがジュリエットを見る為に飛び上ったって滑稽《こっけい》にはならない。ロメオ位な所では未《ま》だ滑稽《こっけい》を脱せぬと云うなら余は猶《なお》一歩を進める。此凱旋《このがいせん》の将軍、英名赫々《えいめいかくかく》たる偉人を拝見する為《た》めに飛び上がるのは滑稽《こっけい》ではあるまい。それでも滑稽《こっけい》か知らん？　滑稽《こっけい》だって構うものか。見たいものは、誰《たれ》が何と云っても見たいのだ飛び上がろう、夫《それ》がいい、飛び上がるに若《し》くなしだと、とうとう又先例によって一蹴《いっしゅう》を試むる事に決着した。先《ま》ず帽子をとって小脇に抱《か》い込む。此《この》前は経験が足りなかったので足が引力作用で地面へ引き着けられた勢《いきお》いに、買いたての中折帽《なかおれぼう》が挨拶もなく宙返りをして、一間許《いっけんばか》り向《むこ》う へ転がった。夫《それ》をから車《ぐるま》を引いて通り掛った車夫が拾って笑いながらえへへと差し出した事を記憶して居る。此度《こんど》は其《その》手は喰わぬ。是《これ》なら大丈夫と帽子を確《しか》と抑えながら爪先で敷石を弾《はじ》く心持で暗に姿勢を整える。人後《じんご》に落ちた仕合せには邪魔になる程近くに人も居《お》らぬ。しばし衰えた、歓声は盛り返す潮《うしお》の岩に砕けた様にあたり一面に湧き上がる。ここだと思い切って、両足が胴のなかに飛び込みはしまいかと疑う程脚力をふるって跳ね上った。

幌《ほろ》を開いたランドウが横向に凱旋門《がいせんもん》を通り抜け様とする中に——居た——居た。例の黒い顔が湧き返る声に囲まれて過去の紀念《きねん》の如く華やかなる群衆の中に点じ出されて居た。将軍を迎えた儀仗兵《ぎじょうへい》の馬が万歳の声に驚ろいて前足を高くあげて人込の中に外《そ》れ様とするのが見えた。将軍の馬車の上に紫の旗が一流《ひとなが》れ颯《さつ》となびくのが見えた。新橋へ曲る角の三階の宿屋の窓から藤鼠《ふじねずみ》の着物をきた女が白いハンケチを振るのが見えた。

見えたと思うより早く余が足は又停車場の床《ゆか》の上に着いた。凡《すべ》てが一瞬間の作用である。ぱっと射る稲妻の飽《あ》く迄明るく物を照らした後《あと》が常よりは暗く見える様に余は茫然《ぼうぜん》として地に下りた。

将軍の去ったあとは群衆も自《おのず》から乱れて今迄の様に静粛《せいしゅく》ではない。列を作った同勢《どうぜい》の一角が崩れると、堅い黒山が一度に動き出して濃い所が漸々《だんだん》薄くなる。気早《きばや》な連中《れんじゅう》はもう引き揚げると見える。所へ将軍と共に汽車を下りた兵士が三々五々隊を組んで場内から出てくる。服地《ふくじ》の色は褪《さ》めて、ゲートルの代りには黄な羅紗《らしゃ》を畳んでぐるぐると脛《すね》へ巻き付けて居る。いずれもあらん限りの髯《ひげ》を生やして、出来る丈《だけ》色を黒くして居る。是等《これら》も戦争の片破《かたわ》れである。大和魂《やまとだましい》を鋳固《いかた》めた製作品である。実業家も入《い》らぬ、新聞屋も入《い》らぬ、芸妓《げい》《しゃ》も入《い》らぬ、余の如く書物と睨《にら》めくらをして居るものは無論入《い》らぬ。只此髯茫々《このひげぼうぼう》として、むさくるしき事乞食《こつじき》を去る遠からざる紀念物のみはなくてかなわぬ。彼等は日本の精神を代表するのみならず、広く人類一般の精神を代表して居る。人類の精神は算盤《そろばん》で弾《はじ》けず、三味線《しゃみせん》に乗らず、三頁《ページ》にも書けず、百科全書中にも見当らぬ。只此《この》兵士等《ら》の色の黒い、みすぼらしい所に髣髴《ほうふつ》として揺曳《ようえい》して居る。出山《しゅっせん》の釈迦《しゃか》はコスメチックを塗っては居《お》らん。金の指輪も穿《は》めて居《お》らん。芥溜《ごみだめ》から拾い上げた雑巾《ぞうきん》をつぎ合せた様なもの一枚を羽織《はお》って居る許《ばか》りじゃ。夫《それ》すら全身を掩《おお》うには足らん。胸のあたりは北風の吹き抜けで、肋骨の枚数は自由に読める位だ。此《この》釈迦が尊《たっと》ければ此《この》兵士も尊といと云わねばならぬ。昔し元寇《げんこう》の役《えき》に時宗《ときむね》が仏光国師《ぶっこうこくし》に謁《えつ》した時、国師は何と云うた。威を振《ふる》って驀地《ばくち》に進めと吼《ほ》えたのみである。このむさくろしき兵士等は仏光国師の熱喝《ねっかつ》を喫《きっ》した訳でもなかろうが驀地に進むと云う禅機《ぜんき》に於《おい》て時宗と古今其揆《ここんそのき》を一《いつ》にして居る。彼等は驀地に進み了《りょう》して曠如《こうじょ》と吾家《わがや》に帰り来《きた》りたる英霊漢《えいれいかん》である。天上を行き天下《てんげ》を行き、行き尽《つく》してやまざる底《てい》の気魄《きはく》が吾人《ごじん》の尊敬に価《あたい》せざる以上は八荒《はっこう》の中《うち》に尊敬すべきものは微塵《みじん》程もない。黒い顔！　中には日本に籍があるのかと怪まれる位黒いのが居る。――刈り込まざる髯《ひげ》！　棕櫚箒《しゅろぼうき》を砧《きぬた》で打った様な髯――此気魄《このきはく》は這裏《しゃり》に磅礴《ほうはく》として蟠《わだか》まり沆瀁《こうよう》として漲《みなぎ》って居る。

兵士の一隊が出てくる度《たび》に公衆は万歳を唱えてやる。彼等のあるものは例の黒い顔に笑《えみ》を湛へて嬉し気《げ》に通り過ぎる。あるものは傍目《わきめ》をふらずのそのそと行く。歓迎とは如何《いか》なる者ぞと不審気《げ》に見える顔もたまには見える。又ある者は自己の歓迎旗の下に立って揚々と後《おく》れて出る同輩を眺めて居る。あるいは石段を下るや否や迎《むかい》のものに擁《よう》せられて、余りの不意撃《ふいうち》に挨拶さえも忘れて誰彼《だれかれ》の容赦なく握手の礼を施こして居る。出征中に満洲《まんしゅう》で覚えたのであろう。

其中《その》に――是《これ》がはからずも此話《この》をかく動機になったのであるが――年の頃二十八九の軍曹が一人居た。顔は他の先生方と異なる所なく黒い、髯《ひげ》も延びる丈《だけ》延ばして恐らくは去年から持ち越したものと思われるが眼鼻立ちは外《ほか》の連中《れんじゅう》とは比較にならぬ程立派である。のみならず亡友浩《ぼうゆうこう》さんと兄弟と見違える迄よく似て居る。実は此男《この》が只一人石段を下りて出た時ははっと思って馳《か》け寄ろうとした位であった。然《しか》し浩さんは下士官ではない。志願兵から出身した歩兵中尉である。しかも故《こ》歩兵中尉で今では白山《はくさん》の御寺《おてら》に一年余も厄介になって居る。だからいくら浩さんだと思いたくっても思える筈がない。但《ただ》人情は妙なもので此《この》軍曹が浩さんの代りに旅順《りよじゅん》で戦死して浩さんが此《この》軍曹の代りに無事で還って来たら嘸《さぞ》結構であろう。御母《おっか》さんも定めし喜ばれるであろうと、露見する気支《きづかい》がないものだから勝手な事を考えながら眺めて居た。軍曹も何か物足らぬと見えて頻《しき》りにあたりを見廻して居る。外《ほか》のものの様に足早に新橋の方へ立ち去る景色もない。何を探《さ》がして居るのだろう、もしや東京のものでなくて様子が分らんのなら教えて遣《や》りたいと思って猶《なお》目を放さずに打ち守って居ると、どこをどう潜《くぐ》り抜けたものやら六十許《ばか》りの婆さんが飛んで出て、いきなり軍曹の袖《そで》にぶら下がった。軍曹は中肉ではあるが脊《せい》は普通より慥《たし》かに二寸は高い。之《これ》に反して婆さんは人並外れて丈《たけ》が低い上に年のせいで腰が少々曲って居るから、抱き着いたとも寄り添うたとも形容は出来ぬ。もし余が脳中にある和漢の字句を傾けて、其中《そのうち》から此《この》有様《ありさま》を叙するに最も適当なる詞《ことば》を探したなら必ずぶら下がるが当選するにきまって居る。此《この》時軍曹は紛失物が見当ったと云う風で上から婆さんを見下《みおろ》す。婆さんはやっと迷児《まいご》を見付けたと云う体《てい》で下から軍曹を見上げる。やがて軍曹はあるき出す。婆さんもあるき出す。矢張《やは》りぶらさがった儘《まま》である。近辺に立つ見物人は万歳万歳と両人《ふたり》を囃《はや》し立てる。婆さんは万歳杯《など》には毫《ごう》も耳を借《か》す景色はない。ぶらさがったぎり軍曹の顔を下から見上げた儘《まま》吾が子に引き摺《ず》られて行く。冷飯草履《ひやめしぞうり》と鋲《びょう》を打った兵隊靴が入り乱れ、もつれ合って、うねりくねって新橋の方へ遠《とおざ》かって行く。余は浩さんの事を思い出して悵然《ちょうぜん》と草履《ぞうり》と靴の影を見送った。

二

浩さん！　浩さんは去年の十一月旅順で戦死した。二十六日は風の強く吹く日であったそうだ。遼東《りようとう》の大野《たいや》を吹きめぐって、黒い日を海に吹き落そうとする野分《のわき》の中に、松樹山《しようじゆざん》の突撃は予定の如く行われた。時は午後一時である。掩護《えんご》の為《た》めに味方の打ち出した大砲が敵塁《てきるい》の左突角《とつかく》に中《あた》って五丈程の砂烟《すなけむ》りを捲き上げたのを相図《あいず》に、散兵壕《さんぺいごう》から飛び出した兵士の数は幾百か知らぬ。蟻《あり》の穴を蹴返《けかえ》した如くに散り散りに乱れて前面の傾斜を攀《よ》じ登る。見渡す山腹は敵の敷いた鉄条網で足を容《い》るる余地もない。所を梯子《はしご》を担《にな》い土嚢《どのう》を脊負《しよ》って区々《まちまち》に通り抜ける。工兵の切り開いた二間《げん》に足らぬ路《みち》は、先を争う者の為めに奪われて、後《あと》より詰めかくる人の勢《いきおい》に波を打つ。こちらから眺めると只一筋の黒い河が山を裂いて流れる様に見える。其《その》黒い中に敵の弾丸は容赦なく落ちかかって凡《すべ》てが消え失せたと思う位濃い烟《けむり》が立ち揚《あが》る。怒る野分《のわき》は横さまに烟《けむ》りを千切《ちぎ》って遥《はる》かの空に攫《さら》って行く。あとには依然として黒い者が簇然《そうぜん》と蠢《うご》めいて居る。此《この》蠢めいて居るもののうちに浩さんが居る。

火桶《ひおけ》を中に浩さんと話をするときには浩さんは大きな男である。色の浅黒い髯《ひげ》の濃い立派な男である。浩さんが口を開いて興に乗った話をするときは、相手の頭の中には浩さんの外《ほか》何もない。今日《きょう》の事も忘れ明日《あす》の事も忘れ聴き惚《ほ》れて居る自分の事も忘れて浩さん丈《だけ》になって仕舞《しま》う。浩さんは斯様《かよう》に偉大な男である。どこへ出しても浩さんなら大丈夫、人の目に着くに極《きま》って居ると思って居た。だから蠢《うご》めいて居る抔《など》と云う下等な動詞は浩さんに対して用いたくない。ないが仕方がない。現に蠢めいて居る。鍬《くわ》の先に掘り崩された蟻《ぎ》群《ぐん》の一匹の如く蠢めいて居る。杓《ひしゃく》の水を喰《くら》った蜘蛛《くも》の子の如く蠢めいて居る。如何《いか》なる人間もこうなると駄目だ。大いなる山、大いなる空、千里を馳け抜ける野分《のわき》、八方を包む烟《けむ》り、鋳鉄《しゅてつ》の咽喉《のんど》から吼《ほ》えて飛ぶ丸《たま》――是等《これら》の前には如何《いか》なる偉人も偉人としては認められぬ。俵に詰めた大豆《だいず》の一粒の如く無意味に見える。嗚呼《ああ》浩さん！　一体どこで何をして居るのだ？　早く平生《へいぜい》の浩さんになって一番露助《ろすけ》を驚かしたらよかろう。

黒くむらがる者は丸《たま》を浴びる度《たび》にぱっと消える。消えたかと思うと吹き散る烟《けむり》の中に動いて居る。消えたり動いたりして居るうちに、蛇の塀をわたる様に頭から尾迄波を打って然《しか》も全体が全体として漸々《だんだん》上へ上へと登って行く、もう敵塁《てきるい》だ。浩さん真先《まっさき》に乗り込まなければいけない。烟《けむり》の絶間《たえま》から見ると黒い頭の上に旗らしいものが靡《なび》いて居る。風の強い為《た》めか、押し返される所為《せい》か真直《まっす》ぐに立ったと思うと寝る。落ちたのかと驚ろくと又高くあがる。すると又斜めに仆《たお》れかかる。浩さんだ、浩さんだ。浩さんに相違ない。多人数《たにんずう》集まって揉《も》みに揉んで騒いで居る中にも一人でも人の目につくものがあれば浩さんに違《ちがい》ない。自分の妻は天下の美人である。此《この》天下の美人が晴れの席へ出て隣りの奥様と撰《えら》ぶ所なく一向目立たぬのは不平な者だ。己《おの》れの子が己れの家庭にのさばって居る間《あいだ》は天にも地にも懸替《かけがえ》のない若旦那《だんな》である。此《この》若旦那《だんな》が制服を着けて学校へ出ると、向うの小間物屋《こまものや》のせがれと席を列《なら》べて、しかも其間《そのあいだ》に少しも懸隔《けんかく》のない様に見えるのは一寸《ちょっと》物足らぬ感じがするだろう。余の浩さんに於《おけ》るも其《その》通り。浩さんはどこへ出しても平生《へいぜい》の浩さんらしくなければ気が済まん。擂鉢《すりばち》の中に攪《か》き廻される里芋《さといも》の如く紛然《ふんぜん》雑然とゴロゴロして居てはどうしても浩さんらしくない。だから、何でも構わん、旗を振ろうが、剣《けん》を翳《かざ》そうが、とにかく此《この》混乱のうちに少しなりとも人の注意を惹《ひ》くに足る働《はたらき》をするものを浩さんにしたい。したい段ではない。必ず浩さんに極《きま》って居る。どう間違ったって浩さんが碌々《ろくろく》として頭角をあらわさない抔《など》と云う不見識な事は予期出来んのである。——夫《それ》だからあの旗持《はたもち》は浩さんだ。

　黒い塊《かたま》りが敵塁の下迄来たから、もう塁壁を攀《よ》じ上《のぼ》るだろうと思ううち、忽《たちま》ち長い蛇の頭はぽつりと二三寸《ずん》切れてなくなった。是《これ》は不思議だ。丸《たま》を喰《くら》って斃《たお》れたとも見えない。狙撃を避ける為《た》め地に寐たとも見えない。どうしたのだろう。すると頭の切れた蛇が又二三寸《ずん》ぷつりと消えてなくなった。是《これ》は妙だと眺めて居ると、順繰《じゆんぐり》に下から押し上《あが》る同勢《どうぜい》が同じ所へ来るや否や忽《たちま》ちなくなる。しかも砦《とりで》の壁には誰《たれ》一人としてとり付いたものがない。塹壕《ざんごう》だ。敵塁とわが兵の間《あいだ》には此《この》邪魔物があって、此《この》邪魔物を越さぬ間《あいだ》は一人も敵に近《ちかづ》く事は出来んのである。彼等はえいえいと鉄条網を切り開いた急坂《きゆうはん》を登りつめた揚句《あげく》、此壕《このほり》の端《はた》迄来て一も二もなく此《この》深い溝の中に飛び込んだのである。担《にな》って居る梯子《はしご》は壁に懸ける為《た》め、脊負《しよ》って居る土嚢《どのう》は濠を埋《うず》める為《た》めと見えた。濠はどの位埋《うま》ったか分らないが、先の方から順々に飛び込んではなくなり、飛び込んではなくなってとうとう浩さんの番に来た。愈《いよいよ》浩さんだ。確《しっ》かりしなくてはいけない。

高く差し上げた旗が横に靡いて寸断寸断《ずたずた》に散るかと思う程強く風を受けた後、旗竿が急に傾いて折れたなと疑う途端に浩さんの影は忽《たちま》ち見えなくなった。愈《いよいよ》飛び込んだ！　折から二龍山《にりゅうざん》の方面より打ち出した大砲が五六発、大空に鳴る烈風を劈《つんざ》いて一度に山腹に中《あた》って山の根を吹き切る許《ばか》り轟《とどろ》き渡る。迸《ほとばし》る砂烟《すなけむり》は淋《さび》しき初冬《はつふゆ》の日蔭を籠《こ》めつくして、見渡す限りに有りとある物を封じ了《おわ》る。浩さんはどうなったか分らない。気が気でない。あの烟《けむり》の吹いて居る底だと見当をつけて一心に見守る。夕立を遠くから望む様に密に蔽《おお》い重なる濃き者は、烈《はげ》しき風の捲返《まきかえ》してすくい去ろうと焦《あせ》る中に依然として凝《こ》り固って動かぬ。約二分間は眼をいくら擦《こす》っても盲目同然どうする事も出来ない。然《しか》し此烟《このけむ》りが晴れたら――若《も》し此烟《このけむ》りが散り尽したら、屹度《きっと》見えるに違《ちがい》ない。浩さんの旗が壕の向側《むこうがわ》に日を射返して耀《かがや》き渡って見えるに違《ちがい》ない。否《いな》向側を登りつくしてあの高く見える堞《ひめがき》の上に翩々《へんぺん》と翻《ひるがえ》って居るに違ない。外《ほか》の人なら兎《と》に角《かく》浩さんだから、その位の事は必ずあるに極《きま》って居る。早く烟《けむ》が晴れればいい。何故《なぜ》晴れんだろう。

占《し》めた、敵塁の右の端の突角《とっかく》の所が朧気《おぼろげ》に見え出した。中央の厚く築き上げた石壁《せきへき》も見え出した。然《しか》し人影はない。はてな、もうあすこ等《ら》に旗が動いて居る筈だが、どうしたのだろう。それでは壁の下の土手《どて》の中頃に居るに相違ない。烟《けむり》は拭《ぬぐ》うが如く一掃《ひとはき》に上から下迄漸次《ぜんじ》に晴れ渡る。浩さんはどこにも見えない。愈《いよいよ》いけない。是《これ》はいけない。田螺《たにし》の様に蠢《うご》めいて居たほかの連中もどこにも出現せぬ様子だ。もう出るか知らん、五秒過ぎた。まだか知らん、十秒立った。五秒は十秒と変じ、十秒は二十、三十と重なっても誰一人《たれいちにん》の塹《ざん》壕《ごう》から向うへ這い上《あが》る者はない。ない筈である。塹壕に飛び込んだ者は向《むこう》へ渡す為《た》めに飛び込んだのではない。死ぬ為《た》めに飛び込んだのである。彼等の足が壕底《ごうてい》に着くや否や穹窖《きゅうこう》より覘《ねらい》を定めて打ち出す機関砲は、杖を引いて竹垣の側面を走らす時の音がして瞬《また》く間に彼等を射殺した。殺されたものが這い上がれる筈がない。石を置いた沢庵《たくあん》の如く積み重なって、人の眼に触れぬ坑内に横《よこた》わる者に、向《むこう》へ上がれと望むのは、望むものの無理である。横《よこた》わる者だって上がりたいだろう、上りたければこそ飛び込んだのである。いくら上がり度《たく》ても、手足が利かなくては上がれぬ。眼が暗《くら》んでは上がれぬ。胴に穴が開いては上がれぬ。血が通わなくなっても、脳味噌が潰《つぶ》れても、肩が飛《とん》でも身体《からだ》が棒の様に鯱張《しゃちこば》っても上がる事は出来ん。二龍山《にりゅうざん》から打出した砲烟《ほうえん》が散じ尽した時に上がれぬ許《ばか》りではない。寒い日が旅順の海に落ちて、寒い霜が旅順の山に降っても上がる事は出来ん。ステッセルが開城して二十の砲砦《ほうさい》が悉《ことごと》く日本の手に帰しても上る事は出来ん。日露の講和が成就して乃木《のぎ》将軍が目出度《めでたく》凱旋《がいせん》しても上がる事は出来ん。百年三万六千日乾坤《けんこん》を提《ひっさ》げて迎《むかい》に来ても上がる事は遂《つい》に出来ぬ。是《これ》が此塹壕《このざんごう》に飛び込んだものの運命である。而《しか》して亦《また》浩さんの運命である。蠢々《しゅんしゅん》として御玉杓子《おたまじゃくし》の如く動いて居たものは突然と此《この》底のない坑《あな》のうちに落ちて、浮世の表面から闇の裡《うち》に消えて仕舞《しま》った。旗を振ろうが振るまいが、人の目につこうがつくまいが斯《こ》うなって見ると変りはない。浩さんがしきりに旗を振った所はよかったが、壕《ほり》の底では、ほかの兵士と同じ様に冷たくなって死んで居たそうだ。

ステッセルは降《くだ》った。講和は成立した。将軍は凱旋した。兵隊も歓迎された。然《しか》し浩さんはまだ坑《あな》から上《あが》って来ない。図《はか》らず新橋へ行って色の黒い将軍を見、色の黒い軍曹を見、脊《せ》の低い軍曹の御母《おっか》さんを見て涙を流して愉快に感じた。同時に浩さんは何故《なぜ》壕《ほり》から上がって来んのだろうと思った。浩さんにも御母さんがある。此《この》軍曹のそれの様に脊《せ》は低くない、又冷飯草履《ひやめしぞうり》を穿《は》いた事はあるまいが、もし浩さんが無事に戦地から帰ってきて御母さんが新橋へ出迎えに来られたとすれば、矢張《やは》りあの婆さんの様にぶら下がるかも知れない。浩さんもプラットフォームの上で物足らぬ顔をして御母さんの群集の中から出てくるのを待つだろう。それを思うと可哀《かわい》そうなのは坑《あな》を出て来ない浩さんよりも、浮世の風にあたって居る御母さんだ。塹壕に飛び込む迄は兎《と》に角《かく》、飛び込んで仕舞《しま》えば夫《それ》迄である。娑婆《しゃば》の天気は晴であろうとも曇であろうとも頓着《とんじゃく》はなかろう。然《しか》し取り残された御母さんはそうは行かぬ。そら雨が降る、垂《た》れ籠《こ》めて浩さんの事を思い出す。そら晴れた、表へ出て浩さんの友達に逢《あ》う。歓迎で国旗を出す、あれが生きて居たらと愚痴っぽくなる。洗湯《せんとう》で年頃の娘が湯を汲んで呉《く》れる、あんな嫁が居たらと昔を偲《しの》ぶ。是《これ》では生きて居るのが苦痛である。それも子福者《こぶくしゃ》であるなら一人なくなっても、あとに慰めてくれるものもある。然《しか》し親一人子一人の家族が半分欠けたら、瓢簞《ひょうたん》の中から折れたと同じ様なものでしめ括《くく》りがつかぬ。軍曹の婆さんではないが年寄りのぶら下がるものがない。御母《おっか》さんは今に浩一《こういち》が帰って来たらばと、皺《しわ》だらけの指を日夜に折り尽してぶら下がる日を待ち焦《こ》がれたのである。其《その》ぶら下がる当人は旗を持って思い切りよく塹壕の中へ飛び込んで、今に至る迄上がって来ない。白髪《しらが》は増したかも知れぬが将軍は歓呼《かんこ》の裡《うち》に帰来《きらい》した。色は黒くなっても軍曹は得意にプラットフォームの上に飛び下りた。白髪になろうと日に焼け様と帰りさえすればぶら下がるに差し支えはない。右の腕を繃帯《ほうたい》で釣るして左の足が義足と変化しても帰りさえすれば構わん。構わんと云うのに浩さんは依然として坑《あな》から上がって来ない、是でも上がって来ないなら御母さんの方からあとを追いかけて坑の中へ飛び込むより仕方がない。

幸い今日《きょう》は閑《ひま》だから浩さんのうちへ行って、久し振りに御母さんを慰めてやろう？ 慰めに行くのはいいがあすこへ行くと、行く度《たび》に泣かれるので困る。先達《せんだっ》て抔《など》は一時間半許《ばか》り泣き続けに泣かれて、仕舞《しまい》には大抵な挨拶はし尽して、大《おおい》に応対に窮した位だ。其《その》時御母さんはせめて気立ての優しい嫁でも居《お》りましたら、こんな時には力になりますのにと頻《しき》りに嫁々と繰り返して大《おおい》に余を困らせた。それも一段落告げたからもう善《よ》かろうと御免《ごめん》蒙《こうむ》りかけると、あなたに是非見て頂くものがあると云うから、何ですと聴いたら浩一の日記ですと云う。成程亡友《なるほどぼうゆう》の日記は面白かろう。元来日記と云うものは其《その》日其《その》日の出来事を書き記《し》るすのみならず、又時々刻々《じじこくこく》の心ゆきを遠慮なく吐き出すものだから、如何《いか》に親友の手帳でも断りなしに目を通す訳《わけ》には行かぬが、御母《おっか》さんが承諾する――否《いな》先方から依頼する以上は無論興味のある仕事に相違ない。だから御母さんに読んでくれと云われたときは大《おおい》に乗気になって夫《それ》は是非見せて頂戴《ちょうだい》と迄云おうと思ったが、此上《このうえ》又日記で泣かれる様な事があっては大変だ。到底余の手際《てぎわ》では切り抜ける訳《わけ》には行かぬ。ことに時刻を限ってある人と面会の約束をした刻限も逼《せま》って居るから、是《これ》は追って改めて上がって緩々《ゆるゆる》拝見を致す事に願いましょうと逃げ出した位である。以上の理由で訪問はちと避易《へきえき》の体《てい》である。尤《もっと》も日記は読みたくない事もない。泣かれるのも少しなら厭《いや》とは云わない。元々木や石で出来上ったと云う訳《わけ》ではないから人の不幸に対して一滴の同情位は優《ゆう》に表し得る男であるが如何《いかん》せん性来《しょうらい》余り口の製造に念が入《い》って居《お》らんので応対に窮する。御母さんがまああなた聞いて下さいましと啜《すす》り上げてくると、何と受けていいか分らない。夫《それ》を無理矢理に体裁を繕《つく》ろって半間《はんま》に調子を合せ様とすると切角《せっかく》の慰藉《いしゃ》的好意が水泡《すいほう》と変化するのみならず、時には思いも寄らぬ結果を呈出して熱湯と迄沸騰《ふっとう》する事がある。是《これ》では慰めに行ったのか怒らせに行ったのか先方でも了解に苦しむだろう。行きさえしなければ薬も盛らん代りに毒も進めぬ訳《わけ》だから危険はない。訪問は何《いず》れ其内《そのうち》として、まず今日《きょう》は見合《みあわ》せ様。

訪問は見合せる事にしたが、昨日《きのう》の新橋事件を思い出すと、どうも浩さんの事が気に掛《かか》ってならない。何等《なんら》かの手段で親友を弔ってやらねばならん。悼亡《とうぼう》の句抔《など》は出来る柄《がら》でない。文才があれば平生《へいぜい》の交際を其儘《そのまま》記述して雑誌にでも投書するが此《この》筆では夫《それ》も駄目と。何かないかな? うむあるある寺参りだ。浩さんは松樹山《しょうじゅざん》の塹壕《ざんごう》からまだ上《あが》って来ないが其《その》紀念の遺髪は遥《はる》かの海を渡って駒込《こまごめ》の寂光院《じゃっこういん》に埋葬された。ここへ行って御参りをしてきようと西片町《にしかたまち》の吾家《わがや》を出る。

冬の取っ付きである。小春と云えば名前を聞いてさえ熟柿《じゅくし》の様ないい心持になる。ことに今年はいつになく暖かなので袷羽織《あわせばおり》に綿入《わたいれ》一枚の出《い》で立ちさえ軽々《かろがろ》とした快い感じを添える。先の斜めに減った杖を振り廻しながら寂光院と大師流《だいしりゅう》に古い紺青《こんじょう》で彫りつけた額《がく》を眺めて門を這入《はい》ると、精舎《しょうじゃ》は格別なもので門内は蕭条《しょうじょう》として一塵《いちじん》の痕《あと》も留《と》めぬ程掃除が行き届いて居る。是《これ》はうれしい。肌の細かな赤土が泥濘《ぬか》りもせず干乾《ひから》びもせず、ねっとりとして日の色を含んだ景色程難有《ありがた》いものはない。西片町は学者町か知らないが雅《が》な家は無論の事、落ちついた土の色さえ見られない位近頃は住宅が多くなった。学者がそれ丈《だけ》殖《ふ》えたのか、或《あるい》は学者がそれ丈不風流《だけぶふうりゅう》なのか、まだ研究して見ないから分らないが、こうやって広々とした境内《けいだい》へ来ると、平生《へいぜい》は学者町で満足を表して居た眼にも何となく坊主の生活が羨《うらやま》しくなる。門の左右には周囲二尺程な赤松が泰然《たいぜん》として控えて居る。大方百年位前から斯《かく》の如く控えて居るのだろう。鷹揚《おうよう》な所が頼母《たのも》しい。神無月《かんなづき》の松の落葉とか昔は称《とな》えたものだそうだが葉を振《ふる》った景色は少しも見えない。只蟠《わだかま》った根が奇麗な土の中から瘤《こぶ》だらけの骨を一二寸露《あら》わして居る許《ばか》りだ。老僧か、小坊主か納所《なっしょ》かあるいは門番が凝性《こりしょう》で大方日に三度位掃くのだろう。松を左右に見て半町《はんちょう》程行くとつき当りが本堂で、其《その》右が庫裏《くり》である。本堂の正面にも金泥《きんでい》の額《がく》が懸《かか》って、鳥の糞《ふん》か、紙を噛んで叩きつけたのか点々と筆者の神聖を汚《けが》して居る。八寸角《かく》の欅柱《けやきばしら》には、のたくった草書の聯《れん》が読めるなら読んで見ろと澄《すま》してかかって居る。成程《なるほど》読めない。読めない所を以《も》て見ると余程名家《めいか》の書いたものに違いない。ことによると王羲之《おうぎし》かも知れない。えらそうで読めない字を見ると余は必ず王羲之にしたくなる。王羲之にしないと古い妙な感じが起《おこ》らない。本堂を右手に左へ廻ると墓場である。墓場の入口には化銀杏《ばけいちょう》がある。但《ただ》し化《ばけ》の字は余のつけたのではない。聞く所によると此界隈《このかいわい》で寂光院のばけ銀杏と云えば誰《たれ》も知らぬ者はないそうだ。然《しか》し何が化けたって、こんなに高くはなりそうもない。三抱《みかかえ》もあろうと云う大木だ。例年なら今頃はとくに葉を振《ふる》って、から坊主になって、野分《のわき》のなかに唸《うな》って居るのだが、今年は全く破格な時候なので、高い枝が悉《ことごと》く美しい葉をつけて居る。下から仰ぐと目に余る黄金《こがね》の雲が、穏かな日光を浴びて、所々鼈甲《べっこう》の様に輝くからまぼしい位見事である。其《その》雲の塊《かたま》りが風もないのにはらはらと落ちてくる。無論薄い葉の事だから落ちても音はしない、落ちる間《あいだ》も亦頗《またすこぶ》る長い。枝を離れて地に着く迄の間《あいだ》に或《あるい》は日に向《むか》い或《あるい》は日に背《そむ》いて色々な光を放つ。色々に変りはするものの急ぐ景色もなく、至って豊かに、至ってしとやかに降って来る。だから見て居ると落つるのではない、空中を揺曳《ようえい》して遊んで居る様に思われる。閑静である。――凡《すべ》てのものの動かぬのが一番閑静だと思うのは間違って居る。動かない大面積の中に一点が動くから一点以外の静《しずか》さが理解出来る。しかも其《その》一点が動くと云う感じを過《か》重《ちょう》ならしめぬ位、否其《いなその》一点の動く事其《そ》れ自《みずか》らが定寂《じょうじゃく》の姿を帯びて、しかも他の部分の静《せい》粛《しゅく》な有様《ありさま》を反思《はんし》せしむるに足る程に靡《なび》いたなら――其時《その》が一番閑寂の感を与える者だ。銀杏の葉の一陣の風なきに散る風情《ふぜい》は正に是《これ》である。限りもない葉が朝《あした》、夕《ゆうべ》を厭《いと》わず降ってくるのだから、木の下は、黒い地の見えぬ程扇形《おうぎがた》の小さい葉で敷きつめられて居る。さすがの寺僧《じそう》もここ迄は手が届かぬと見えて、当座は掃除の煩《はん》を避けたものか、又は堆《うずた》かき落葉を興ある者と眺《なが》めて、打ち棄てて置くのか。兎《と》に角《かく》美しい。

しばらく化銀杏《ばけいちょう》の下に立って、上を見たり下を見たり佇《たたず》んで居たが、漸《ようや》くの事幹のもとを離れて愈《いよいよ》墓地の中へ這入《はい》り込んだ。此《この》寺は由緒のある寺だそうで所々に大きな蓮台《れんだい》の上に据えつけられた石塔が見える。右手の方《かた》に柵を控えたのには梅花院殿瘠鶴大居士《ばいかいんでんせきかくだいこじ》とあるから大方《おおかた》大名か旗本の墓だろう。中には至極《しごく》簡略で尺《しゃく》たらずのもある。慈雲童子《じうんどうじ》と楷書《かいしょ》で彫ってある。小供だから小さい訳《わけ》だ。此外《このほか》石塔も沢山ある。戒名《かいみょう》も飽きる程彫り付けてあるが、申し合せた様に古いの許《ばか》りである。近頃になって人間が死ななくなった訳《わけ》でもあるまい、矢張《やは》り従前の如く相応の亡者《もうじゃ》は、年々御客様となって、あの剝《は》げかかった額《がく》の下を潜《くぐ》るに違ない。然《しか》し彼等が一度《ひとた》び化銀杏の下を通り越すや否や急に古《ふ》る仏《ぼとけ》となって仕舞《しま》う。何も銀杏の所為《せい》と云う訳《わけ》でもなかろうが、大方の檀家《だんか》は寺僧の懇情《こんせい》で、余り広くない墓地の空所《くうしょ》を狭《せば》めずに、先祖代々の墓の中に新仏《しんぼとけ》を祭り込むからであろう。浩さんも祭り込まれた一人である。

　浩さんの墓は古いと云う点に於て此《この》古い卵塔場《らんとうば》内で大分幅の利《き》く方である。墓はいつ頃出来たものか確《しか》とは知らぬが、何でも浩さんの御父《おっと》さんが這入《はい》り、御爺《おじい》さんも這入り、其《その》又御爺さんも這入ったとあるから決して新らしい墓とは申されない。古い代りには形勝《けいしょう》の地を占めて居る。隣り寺を境に一段高くなった土手《どて》の上に三坪《みつぼ》程な平地があって石段を二つ踏んで行き当りの真中《まんなか》にあるのが御爺さんも御父さんも浩さんも同居して眠って居る河上家《かわかみけ》代々之墓である。極めて分り易《やす》い。化銀杏を通り越して一筋道を北へ二十間《けん》歩けばよい。余は馴れた所だから例の如く例の路《みち》をたどって半分程来て、ふと何の気なしに眼をあげて自分の詣《まい》るべき墓の方を見た。

見ると！　もう来て居る。誰《たれ》だか分らないが後ろ向《むき》になって頻《しき》りに合掌して居る様子だ。はてな。誰《たれ》だろう。誰《たれ》だか分り様はないが、遠くから見ても男でない丈《だけ》は分る。恰好《かっこう》から云っても慥《たし》かに女だ。女なら御母《おっか》さんか知らん。余は無頓着《むとんじゃく》の性質で女の服装抔《など》は一向不案内だが、御母さんは大抵黒繻子《くろじゅす》の帯をしめて居る。所《ところ》が此《この》女の帯は——後《うしろ》から見ると最も人の注意を惹《ひ》く、女の背中一杯に広がって居る帯は決して黒っぽいものでもない。光彩《こうさい》陸離《りくり》たる矢鱈《やたら》に奇麗《きれい》なものだ。若い女だ！　と余は覚えず口の中で叫んだ。こうなると余は少々ばつがわるい。進むべきものか退《しりぞ》くべきものか一寸留《ちょっととま》って考えて見た。女は夫《それ》とも知らないから、しゃがんだ儘《まま》熱心に河上家代々の墓を礼拝《れいはい》して居る。どうも近寄りにくい。去《さ》ればと云って逃げる程悪事を働いた覚《おぼえ》はない。どうしようと迷って居ると女はすっくら立ち上がった。後ろは隣りの寺の孟宗藪《もうそうやぶ》で寒い程緑《みど》りの色が茂って居る。其滴《そのした》たる許《ばか》り深い竹の前にすっくりと立った。背景が北側の日影で、黒い中に女の顔が浮き出した様に白く映る。眼の大きな頬の緊《しま》った領《えり》の長い女である。右の手をぶらりと垂れて、指の先でハンケチの端《はじ》をつかんで居る。其《その》ハンケチの雪の様に白いのが、暗い竹の中に鮮かに見える。顔とハンケチの清く染め抜かれた外《ほか》は、あっと思った瞬間に余の眼には何物も映らなかった。

余が此《この》年になる迄に見た女の数は夥《おびただ》しいものである。往来《おうらい》の中、電車の上、公園の内、音楽会、劇場、縁日、随分見たと云って宜《よろ》しい。然《しか》し此《この》時程驚ろいた事はない。此《この》時程美しいと思った事はない。余は浩さんの事も忘れ、墓詣《はかまい》りに来た事も忘れ、極《きま》りが悪《わ》るいと云う事さえ忘れて白い顔と白いハンケチ許《ばか》り眺めて居た。今迄は人が後ろに居ようとは夢にも知らなかった女も、帰ろうとして歩き出す途端に、茫然《ぼうぜん》として佇《たたず》んで居る余の姿が眼に入《い》ったものと見えて、石段の上に一寸《ちよつと》立ち留《ど》まった。下から眺めた余の眼と上から見《み》下《おろ》す女の視線が五間《けん》を隔てて互《たがい》に行き当った時、女はすぐ下を向いた。すると飽く迄白い頰に裏から朱を溶いて流した様な濃い色がむらむらと煮染《にじ》み出した。見るうちに夫《それ》が顔一面に広がって耳の付根《つけね》迄真赤に見えた。是《これ》は気の毒な事をした。化銀杏《ばけいちよう》の方へ逆戻りを仕《し》様《よう》。いやそうすれば却《かえ》って忍び足に後《あと》でもつけて来た様に思われる。と云って茫然《ぼうぜん》と見とれて居ては猶《なお》失礼だ。死地《しち》に活《かつ》を求むと云う兵法《へいほう》もあると云う話しだから是《これ》は勢《いきお》いよく前進するに若《し》くはない。墓場へ墓詣《はかまい》りをしに来たのだから別に不思議はあるまい。只躊躇《ちゆうちよ》するから怪しまれるのだ。と決心して例のステッキを取り直して、つかつかと女の方にあるき出した。すると女も俯向《うつむ》いた儘歩《ままほ》を移して石段の下で逃げる様に余の袖の傍《そば》を擦《す》りぬける。ヘリオトロープらしい香りがぷんとする。香《かおり》が高いので、小春日《こはるび》に照りつけられた袷《あわせ》羽織《ばおり》の脊中《せなか》からしみ込んだ様な気がした。女が通り過ぎたあとは、やっと安心して何だか我に帰った風に落ち付いたので、元来何者だろうと又振り向いて見る。すると運悪く又眼と眼が行き合った。此度《こんど》は余は石段の上に立ってステッキを突いて居る。女は化銀杏の下で、行きかけた体《たい》を斜めに捩《ねじ》って此方《こっち》を見上げて居る。銀杏は風なきに猶《なお》ひらひらと女の髪の上、袖の上、帯の上へ舞いさがる。時刻は一時か一時半頃である。丁度《ちょうど》去年の冬浩さんが大風の中を旗を持って散兵壕《さんぺいごう》から飛び出した時である。空は研《と》ぎ上げた剣《つるぎ》を懸《か》けつらねた如く澄んで居る。秋の空の冬に変る間際《まぎわ》程高く見える事はない。羅《うすもの》に似た雲の、微《かす》かに飛ぶ影も眸《ひとみ》の裡《うち》には落ちぬ。羽根があって飛び登ればどこ迄も飛び登れるに相違ない。然《しか》しどこ迄昇っても昇り尽せはしまいと思われるのが此空《このそら》である。無限と云う感じはこんな空を望んだ時に最もよく起《おこ》る。此《この》無限に遠く、無限に遥《はる》かに、無限に静かな空を会釈もなく裂いて、化銀杏が黄金《こがね》の雲を凝《こ》らして居る。其《その》隣には寂光院の屋根瓦が同じく此蒼《このそう》穹《きゅう》の一部を横に劃《かく》して、何十万枚重なったものか黒々と鱗《うろこ》の如く、暖かき日影を射返して居る。――古き空、古き銀杏、古き伽藍《がらん》と古き墳墓が寂寞《じゃくまく》として存在する間《あいだ》に、美《うつ》くしい若い女が立って居る。非常な対照である。竹藪を後ろに脊負《しょ》って立った時は只顔の白いのとハンケチの白いの許《ばか》り目に着いたが、今度はすらりと着こなした衣《きぬ》の色と、其《その》衣を真中《まんなか》から輪に截《き》った帯の色がいちじるしく目立つ。縞柄《しまがら》だの品物抔《など》は余の様な無風流漢《ぶふうりゅうかん》には残念ながら記述出来んが、色合丈《だけ》は慥《たし》かに華やかな者だ。こんな物寂《ものさ》びた境内《けいだい》に一分たりとも居るべき性質のものでない。居るとすればどこからか戸迷《とまどい》をして紛れ込んで来たに相違ない。三越陳列場《みつこしちんれつじょう》の断片を切り抜いて落柿舎《らくししゃ》の物干竿《ものほしざお》へかけた様なものだ。対照の極《きょく》とは是《これ》であろう。——女は化銀杏の下から斜めに振り返って余が詣《まい》る墓のありかを確かめて行きたいと云う風に見えたが、生憎《あいにく》余の方でも女に不審があるので石段の上から眺め返したから、思い切って本堂の方へ曲った。銀杏はひらひらと降って、黒い地《ち》を隠す。

余は女の後姿を見送って不思議な対照だと考えた。昔《むか》し住吉の祠《やしろ》で芸者を見た事がある。其《その》時は時雨《しぐれ》の中に立ち尽す島田姿が常よりは妍《あで》やかに余が瞳を照《てら》した。箱根の大地獄《おおじごく》で二《に》八《はち》余りの西洋人に遇《あ》った事がある。其《その》折は十丈《じょう》も煮え騰《あが》る湯煙りの凄じき光景が、しばらくは和《やわ》らいで安慰《あんい》の念を余が頭に与えた。凡《すべ》ての対照は大抵此《この》二つの結果より外には何も生ぜぬ者である。在来の鋭どき感じを削って鈍くするか、又は新たに視界に現わるる物象を平時よりは明瞭に脳裏に印《いん》し去るか、是《これ》が普通吾人《ごにん》の予期する対照である。所《ところ》が今睹《み》た対象は毫《ごう》もそんな感じを引き起さなかった。相除《そうじょ》の対照でもなければ相乗《そうじょう》の対照でもない。古い、淋《さび》しい消極的な心の状態が減じた景色は更《さら》にない、と云って此《この》美くしい綺羅《きら》を飾った女の容姿が、音楽会や、園遊会で逢《あ》うよりは一《ひ》と際《きわ》目立って見えたと云う訳《わけ》でもない。余が寂光院の門を潜《くぐ》って得た情緒《じょうしょ》は、浮世を歩む年齢が逆行して父母《ふも》未生《みしょう》以前《いぜん》に溯《さかのぼ》ったと思う位、古い、物寂《ものさ》びた、憐《あわ》れの多い、捕える程確《しか》とした痕跡《こんせき》もなき迄、淡く消極的な情緒である。此《この》情緒は藪を後ろにすっくりと立った女の上に、余の眼が注がれた時に毫《ごう》も矛盾の感を与えなかったのみならず、落葉の中に振り返る姿を眺めた瞬間に於《おい》て、却《かえ》って一層の深きを加えた。古伽藍《ふるがらん》と剝《は》げた額《がく》、化銀杏と動かぬ松、錯落《さくらく》と列《なら》ぶ石塔——死したる人の名を彫《きざ》む死したる石塔と、花の様な佳人とが融和して一団の気と流れて円熟無礙《むげ》の一種の感動を余の神経に伝えたのである。

斯《こ》んな無理を聞かせられる読者は定めて承知すまい。それは文士の嘘言《きょげん》だと笑う者さえあろう。然《しか》し事実はうそでも事実である。文士だろうが不文士だろうが書いた事は書いた通り懸価《かけね》のない所をかいたのである。もし文士がわるければ断って置く。余は文士ではない、西片町に住む学者だ。若《も》し疑うなら此《この》問題をとって学者的に説明してやろう。読者は沙翁《さおう》の悲劇マクベスを知って居るだろう。マクベス夫婦が共謀して主君のダンカンを寝室の中で殺す。殺して仕舞《しま》うや否《いな》や門の戸を続け様《ざま》に敲《たた》くものがある。すると門番が敲くは敲くはと云いながら出て来て酔漢の管を捲《ま》く様なたわいもない事を呂律《ろれつ》の廻らぬ調子で述べ立てる。是《これ》が対照だ。対照も対照も一通りの対照ではない。人殺しの傍《わき》で都々逸《どどいつ》を歌う位の対照だ。所が妙な事は此滑稽《このこっけい》を挿《はさ》んだ為《た》めに今迄の凄愴《せいそう》たる光景が多少和《やわ》らげられて、此《ここ》に至って一段とくつろぎが付いた感じもなければ、又滑稽《こっけい》が事件の排列《はいれつ》の具合から平生《へいぜい》より一倍の可笑味《おかしみ》を与えると云う訳《わけ》でもない。それでは何等《なんら》の功果もないかと云うと大変ある。劇全体を通じての物凄さ、怖しさは此《この》一段の諧謔《かいぎゃく》の為《た》めに白熱度に引き上げらるるのである。猶《なお》拡大して云えば此《この》場合に於《おい》ては諧謔其物《そのもの》が畏怖《いふ》である、恐懼《きょうく》である、悚然《しょうぜん》として粟《あわ》を肌《はだえ》に吹く要素になる。其《その》訳を云えば先《ま》ずこうだ。

吾人《ごじん》が事物に対する観察点が従来の経験で支配せらるるのは言《げん》を待たずして明瞭な事実である。経験の勢力は度数と、単独な場合に受けた感動の量に因《よ》って高下《こうげ》増減するのも争われぬ事実であろう。絹蒲団《きぬぶとん》に生れ落ちて御意《ぎょい》だ仰《おお》せだと持ち上げられる経験が度重《たびかさ》なると人間は余に頭を下げる為《た》めに生れたのじゃなと御意《ぎょい》遊ばす様になる。金で酒を買い、金で妾《めかけ》を買い、金で邸宅、朋友、従五位《じゅごい》迄買った連中《れんじゅう》は金さえあれば何でも出来るさと金庫を横目に睨《にら》んで高《たか》を括《くく》った鼻先を虚空《こくう》遥《はる》かに反《そ》り返《かえ》す。一度の経験でも御多分《ごたぶん》には洩れん。箔屋町《はくやちょう》の大火事に身代《しんだい》を潰《つぶ》した旦那《だんな》は板橋の一《ひと》つ半《はん》でも蒼《あお》くなるかも知れない。濃尾《のうび》の震災に瓦の中から掘り出された生き仏はドンが鳴っても念仏《ねんぶつ》を唱えるだろう。正直な者が生涯に一返万引を働いても疑《うたがい》を掛ける知人もないし、冗談を商買にする男が十年に半日真面目《まじめ》な事件を担《かつ》ぎ込んでも誰《たれ》も相手にするものはない。つまる所《ところ》吾々の観察点と云うものは従来の惰性で解決せらるるのである。吾々の生活は千差万別であるから、吾々の惰性も商買により職業により、年齢により、気質により、両性によりて各《おのおの》異なるであろう。が其《その》通り。劇を見るときにも小説を読むときにも全篇を通じた調子があって、此《この》調子が読者、観客の心に反応すると矢張《やは》り一種の惰性になる。もし此《この》惰性を構成する分子が猛烈であればある程、惰性其物《その》も牢《ろう》として動かすべからず抜くべからざる傾向を生ずるに極《きま》って居る。マクベスは妖婆《ようば》、毒婦、兇漢《きょうかん》の行為動作を刻意《こくい》に描写した悲劇である。読んで冒頭より門番の滑稽《こっけい》に至って冥々《めいめい》の際《さい》読者の心に生ずる唯一の惰性は怖と云う一字に帰着して仕舞《しま》う。過去が既に怖《ふ》である、未来も亦《また》怖なるべしとの予期は、自然と己《おの》れを放射して次に出現すべき如何《いか》なる出来事をも此《この》怖に関連して解釈しようと試みるのは当然の事と云わねばならぬ。船に酔ったものが陸《おか》に上《あが》った後迄も大地を動くものと思い、臆病に生れ付いた雀が案山子《かがし》を例の爺さんかと疑う如く、マクベスを読む者も亦怖の一字をどこ迄も引張って、怖を冠すべからざる辺《へん》に迄持って行こうと力《つと》むるは怪しむに足らぬ。何事をも怖化《か》せんとあせる矢先に現わるる門番の狂言は、普通の狂言諧謔《かいぎゃく》とは受け取れまい。

世間には諷語《ふうご》と云うがある。諷語は皆表裏《ひょうり》二面の意義を有して居る。先生を馬鹿《ばか》の別号に用い、大将を匹夫《ひっぷ》の渾名《あだな》に使うのは誰《たれ》も心得て居よう。此《この》筆法で行くと人に謙遜するのは益《ますます》人を愚《ぐ》にした待遇法で、他を称揚するのは熾《さかん》に他を罵倒《ばとう》した事になる。表面の意味が強ければ強い程、裏側の含蓄《がんちく》も漸《ようや》く深くなる。御辞儀一つで人を愚弄するよりは、履《はき》物《もの》を揃えて人を揶揄《やゆ》する方が深刻ではないか。此《この》心理を一歩開拓して考えて見る。吾々が使用する大抵の命題は反対の意味に解釈が出来る事となろう。さあどっちの意味にしたものだろうと云うときに例の惰性が出て苦もなく判断して呉《く》れる。滑稽《こっけい》の解釈に於《おい》ても其《その》通りと思う。滑稽《こっけい》の裏には真面目《まじめ》がくっ付いて居る。大笑《たいしょう》の奥には熱涙《ねつるい》が潜《ひそ》んで居る。雑談《じょうだん》の底には啾々《しゅうしゅう》たる鬼哭《きこく》が聞える。とすれば怖と云う惰性を養成した眼を以《もっ》て門番の諧謔を読む者は、其《その》諧謔を正面から解釈したものであろうか、裏側から観察したものであろうか。裏面《うらめん》から観察するとすれば酔漢の妄語《もうご》のうちに身の毛もよだつ程の畏懼《いく》の念はある筈だ。元来諷語《ふうご》は正語《せいご》よりも皮肉なる丈《だけ》正語よりも深刻で猛烈なものである。虫さえ厭《いと》う美人の根性を透見《とうけん》して、毒蛇《どくじゃ》の化身《けしん》即《すなわ》ち此天女《このてんにょ》なりと判断し得たる刹那《せつな》に、其《その》罪悪は同程度の他の罪悪よりも一層怖るべき感じを引き起す。全く人間の諷語であるからだ。白昼の化物《ばけもの》の方が定石《じょうせき》の幽霊よりも或る場合には恐ろしい。諷語《ふうご》であるからだ。廃寺に一夜《いちや》をあかした時、庭前の一本杉の下でカッポレを躍るものがあったら此《この》カッポレは非常に物凄かろう。是《これ》も一種の諷語であるからだ。マクベスの門番は山寺のカッポレと全然同格である。マクベスの門番が解けたら寂光院の美人も解ける筈だ。

百花の王を以て許す牡丹《ぼたん》さえ崩《くず》れるときは、富貴《ふうき》の色も只好事家《こうずか》の憐《あわ》れを買うに足らぬ程脆《もろ》いものだ。美人薄命と云う諺《ことわざ》もある位だから此《この》女の寿命も容易に保険はつけられない。然《しか》し妙齢《みょうれい》の娘は概して活気に充《み》ちて居る。前途の希望に照されて、見るからに陽気な心持のするものだ。のみならず友染《ゆうぜん》とか、繻珍《しゅちん》とか、ぱっとした色気のものに包まって居るから、横から見ても縦から見ても派出《はで》である立派である、春景色である。其《その》一人が――最も美くしき其《その》一人が寂光院の墓場の中に立った。浮かない、古臭い、沈静な四顧《しこ》の景物の中に立った。すると其《その》愛らしき眼、其《その》はなやかな袖《そで》が忽然《こつぜん》と本来の面目を変じて蕭条《しょうじょう》たる周囲に流れ込んで、境内寂寞《けいだいじゃくまく》の感を一層深からしめた。天下に墓程落付いたものはない。況《ま》して此《この》女が墓の前に延び上がった時は墓よりも落ちついて居た。銀杏《いちょう》の黄葉《こうよう》は淋《さみ》しい。況《ま》して化《ば》けるとあるから猶《なお》淋しい。然《しか》し此《この》女が化銀杏《ばけいちょう》の下に横顔を向けて佇《たたず》んだときは、銀杏の精が幹から抜け出したと思われる位淋しかった。上野《うえの》の音楽会でなければ釣り合わぬ服装をして、帝国ホテルの夜会にでも招待されそうな此《この》女が、なぜかくの如く四辺の光景と映帯《えいたい》して索寞《さくばく》の観を添えるのか。是《これ》も諷語《ふうご》だからだ。マクベスの門番が怖しければ寂光院の此《この》女も淋《さみ》しくなくてはならん。

御墓を見ると花筒《はなづつ》に菊がさしてある。垣根に咲く豆菊《まめぎく》の色は白いもの許《ばか》りである。是《これ》も今の女の所為《しょい》に相違ない。家《うち》から折って来たものか、途中で買って来たものか分らん。若《も》しや名刺でも括《くく》りつけてはないかと葉裏迄覗《のぞ》いて見たが何もない。全体何物だろう？　余は高等学校時代から浩さんとは親しい付き合いの一人であった。うちへはよく宿《とま》りに行って浩さんの親類は大抵知って居る。然《しか》し指を折ってあれこれと順々に勘定して見ても、こんな女は思い出せない。すると他人か知らん。浩さんは人好きのする性質で、交際も大分広かったが、女に朋友がある事はついに聞いた事がない。尤《もっと》も交際をしたからと云って、必らず余に告げるとは限って居《お》らん。が浩さんはそんな事を隠す様な性質ではないし、よし外《ほか》の人に隠したからと云って余に隠す事はない筈だ。こう云うと可笑《おか》しいが余は河上家の内情は相続人たる浩さんに劣らん位精《くわ》しく知って居る。そうして夫《それ》は皆浩さんが余に話したのである。だから女との交際だって、もし実際あったとすればとくに余に告げるに相違ない。告げぬ所を以《もっ》て見ると知らぬ女だ。然《しか》し知らぬ女が花迄提《さ》げて浩さんの墓参りにくる訳《わけ》がない。是《これ》は怪しい。少し変だが追懸《おっか》けて名前丈《だけ》でも聞いて見様《みよう》か、夫《それ》も妙だ。いっその事黙って後を付けて行く先を見届け様か、それでは丸《まる》で探偵だ。そんな下等な事はしたくない。どうしたら善《よ》かろうかと墓の前で考えた。浩さんは去年の十一月塹壕《ざんごう》に飛び込んだぎり、今日《きょう》迄上がって来ない。河上家代々の墓を杖で敲《たた》いても、手で揺り動かしても浩さんは矢張《やはり》塹壕の底に寐《ね》て居るだろう。こんな美人が、こんな美しい花を提《さ》げて御詣《おまい》りに来るのも知らずに寐て居るだろう。だから浩さんはあの女の素性も名前も聞く必要もあるまい。浩さんが聞く必要もないものを余が探究する必要は猶更《なおさら》ない。いや是《これ》はいかぬ。こう云う論理ではあの女の身元を調べてはならんと云う事になる。然《しか》し其《それ》は間違って居る。何故《なぜ》？ 何故《なぜ》は追って考えてから説明するとして、只《ただ》今の場合是非共聞き糺さなくてはならん。何でも蚊《か》でも聞かないと気が済まん。いきなり石段を一股《ひとまた》に飛び下りて化銀杏《ばけいちょう》の落葉を蹴《け》散《ち》らして寂光院の門を出で先《ま》ず左の方を見た。居ない。右を向いた。右にも見えない。足早に四つ角迄来て目の届く限り東西南北を見渡した。矢張《やは》り見えない。とうとう取り逃がした。仕方がない、御母《おっか》さんに逢《あ》って話をして見様《みよう》、ことによったら容子《ようす》が分るかも知れない。

三

六畳の座敷は南向《みなみむき》で拭《ふ》き込んだ椽側《えんがわ》の端《はし》に神代杉《じんだいすぎ》の手拭懸《てぬぐいかけ》が置いてある。軒下《のきした》から丸い手水桶《ちょうずおけ》を鉄の鎖《くさり》で釣るしたのは洒落《しゃ》れて居るが、其下《そのした》に一叢《ひとむら》の木賊《とくさ》をあしらった所が一段の趣を添《よ》える。四つ目垣《めがき》の向うは二三十坪《ほ》の茶畠で其間《そのあいだ》に梅の木が三四本見える。垣に結《ゆ》うた竹の先に洗濯した白足袋《しろたび》が裏返しに乾してあって其《その》隣りには如露《じよろ》が逆さまに被《かぶ》せてある。其《その》根元に豆菊が塊《かた》まって咲いて累々《るいるい》と白玉《はくぎょく》を綴《つづ》っているのを見て「奇麗ですな」と御母さんに話しかけた。

「今年は暖《あつ》たかだもんですから、よく持ちます。あれもあなた、浩一の大好きな菊で……」

「へえ、白いのが好きでしたかな」

「白い、小《ち》いさい豆の様なのが一番面白いと申して自分で根を貰って来て、わざわざ植えたので御座《ござ》います」

「成程《なるほど》そんな事がありましたな」と云ったが、内心は少々気味が悪かった。寂光院の花筒《はなづつ》に挿《はさ》んであるのは正に此種《このしゅ》の此《この》色の菊である。

「御叔母《おば》さん近頃は御寺参りをなさいますか」

「いえ、先達《せんだつ》て中《じゅう》から風邪《かぜ》の気味で五六日伏せって居《お》りましたものですから、ついつい仏へ無沙汰を致しまして。――うちに居《お》っても忘れる間《ま》はないのですけれども――年をとりますと、御湯に行くのも退儀《たいぎ》になりましてね」

「時々は少し表をあるく方が薬ですよ。近頃はいい時候ですから……」

「御親切に難有《ありがと》う存じます。親戚のもの抔《など》も心配して色々云って呉《く》れますが、どうもあなた何分《なにぶん》元気がないものですから。それにこんな婆さんを態々《わざわざ》連れてあるいて呉《く》れるものもありませず」

こうなると余はいつでも言句《ごんく》に窮する。どう云って切り抜けていいか見当がつかない。仕方がないから「はああ」と長く引っ張ったが、御母さんは少々不平の気味である。さあしまったと思ったが別に片付け様もないから、梅の木をあちらこちら飛び歩《あ》るいて居る四《し》十雀《じゅうから》を眺めて居た。御母《おっか》さんも話の腰を折られて無言である。

「御親類に若い御嬢さんでもあると、こんな時には御相手にいいですがね」と云いながら不調法なる余にしては天晴《あっぱれ》な出来だと自分で感心して見せた。

「生憎《あいにく》そんな娘も居《お》りませず。それに人の子には矢張《やは》り遠慮勝ちで……せがれに娵《よめ》でも貰って置いたら、こんな時には嘸《さぞ》心丈夫だろうと思います。ほんに残念な事をしました」

そら娵が出た。くる度によめが出ない事はない。年頃の息子に嫁を持たせたいと云うのは親の情として左もあるべき事だが、死んだ子に娵を迎えて置かなかったのを残念がるのは少々平仄《ひょうそく》が合わない。人情はこんなものか知らん。まだ年寄になって見ないから分らないがどうも一般の常識から云うと少し間違って居る様だ。それは一人で侘《わび》しく暮らすより気に入った嫁の世話になる方が誰《たれ》だって頼りが多かろう。然《しか》し嫁の身になっても見るがいい。結婚して半年も立たないうちに夫《それ》は出征する。漸《ようや》く戦争が済んだと思うと、いつの間にか戦死して居る。二十《はたち》を越すか越さないのに、姑《しゅうと》と二人暮しで一生を終る。こんな残酷な事があるものか。御母《おっか》さんの云う所は老人の立場から云えば無理もない訴《うったえ》だが、然《しか》し随分我儘《わがまま》な願《ねがい》だ。年寄は是《これ》だからいかぬと、内心は頗《すこぶ》る不平であったが、滅多な抗議を申し込むと又気色《きしょく》を悪《わ》るくさせる危険がある。切角《せっかく》慰めに来ていつも失策をやるのは余り器量のない話だ。まあまあだまって居るに若《し》くはなしと覚悟を極《き》めて、反《かえ》って反対の方角へと楫《かじ》をとった。余は正直に生れた男である。然《しか》し社会に存在して怨《うら》まれずに世の中を渡ろうとすると、どうも嘘がつきたくなる。正直と社会生活が両立するに至れば嘘は直《ただ》ちにやめる積《つも》りで居る。

「実際残念な事をしましたね。全体浩さんは何故《なぜ》嫁をもらわなかったんですか」

「いえ、あなた色々探して居《お》りますうちに、旅順へ参る様になったもので御座《ござ》んすから」

「それじゃ当人も貰う積《つも》りで居たんでしょう」

「それは……」と云ったが、其《それ》ぎり黙って居る。少々様子が変だ。或《あるい》は寂光院事件の手懸《てがか》りが潜伏して居そうだ。白状して云うと、余は此《この》時浩さんの事も、御母さんの事も考えて居なかった。只あの不思議な女の素性と浩さんとの関係が知りたいので頭の中は一杯になって居る。此《この》日に於《お》ける余は平生《へいぜい》の様な同情的動物ではない、全く冷静な好奇獣《こうきじゅう》とも称すべき代物《しろもの》に化して居た。人間も其《その》日其《その》日で色々になる。悪人になった翌日は善男《ぜんなん》に変じ、小人《しょうじん》の昼の後《のち》に君子《くんし》の夜がくる。あの男の性格は抔《など》と手にとった様に吹聴《ふいちょう》する先生があるがあれは利口の馬鹿《ばか》と云うもので其《その》日其《その》日の自己を研究する能力さえないから、こんな傍若無人《ぼうじゃくぶじん》の囈語《げいご》を吐いて、独《ひと》りで恐悦《きょうえつ》がるのである。探偵程劣等な家業は又とあるまいと自分にも思い、人にも宣言して憚《はば》からなかった自分が、純然たる探偵的態度を以《もっ》て事物に対するに至ったのは、頗《すこぶ》るあきれ返った現象である。一寸《ちょっと》言い淀《よど》んだ御母さんは、思い切った口調で
「其《その》事に就《つい》て浩一は何かあなたに御話をした事は御座いませんか」

「嫁の事ですか」

「ええ、誰《たれ》か自分の好いたものがある様な事を」

「いいえ」と答えたが、実は此問《このとい》こそ、こつちから御母さんに向って聞いて見なければならん問題であった。

「御叔母《おば》さんには何か話しましたろう」

「いいえ」

望《のぞみ》の綱は是限《これぎ》り切れた。仕方がないから又眼を庭の方へ転ずると、四十雀《しじゅうから》は既にどこかへ飛び去って、例の白菊の色が、水気を含んだ黒土《くろつち》に映じて見事に見える。其時《そのとき》不図《ふと》思い出したのは先日の日記の事である。御母《おっか》さんも知らず、余も知らぬ、あの女の事があるいは書いてあるかも知れぬ。よしあからさまに記してなくても一応目を通したら何か手懸《てがか》りがあろう。御母さんは女の事だから理解出来んかも知れんが、余が見ればこうだろう位の見当はつくだろう。是《これ》は催促して日記を見るに若《し》くはない。

「あの先日御話しの日記ですね。あの中に何かかいてはありませんか」

「ええ、あれを見ないうちは何とも思わなかったのですが、つい見たものですから……」と御母さんは急に涙声になる。又泣かした。是《これ》だから困る。困りはしたものの、何か書いてある事は慥《たし》かだ。こうなっては泣こうが泣くまいがそんな事は構って居《お》られん。

「日記に何か書いてありますか？　それは是非拝見しましょう」と勢《いきお》よく云ったのは今から考えて赤面の次第である。御母さんは起《た》って奥へ這入《はい》る。

やがて襖《ふすま》をあけてポッケット入れの手帳を持って出てくる。表紙は茶の皮で一寸《ちょっと》見ると紙入の様な体裁である。朝夕内《あさゆううち》がくしに入れたものと見えて茶色の所が黒ずんで、手垢《てあか》でぴかぴか光って居る。無言の儘《まま》日記を受取って中を見様《みよう》とすると表の戸がからからと開《あ》いて、頼みますと云う声がする。生憎《あいにく》来客だ。御母さんは手真似《てまね》で早く隠せと云うから、余は手帳を内懐《うちぶところ》に入れて「宅へ帰って見てもいいですか」と聞いた。御母《おっか》さんは玄関の方を見ながら「どうぞ」と答える。やがて下女が何とか様が入《い》らっしゃいましたと注進にくる。何とか様に用はない。日記さえあれば大丈夫早く帰って読まなくってはならない。其《それ》ではと挨拶をして久堅町《ひさかたまち》の往来《おうらい》へ出る。

伝通院《でんつういん》の裏を抜けて表町《おもてちょう》の坂を下りながら路々《みちみち》考えた。どうしても小説だ。ただ小説に近い丈《だけ》何だか不自然である。然《しか》し是《これ》から事件の真相を究めて、全体の成行《なりゆき》が明瞭になりさえすれば此《この》不自然も自ずと消滅する訳《わけ》だ。兎《と》に角《かく》面白い。是非探索――探索と云うと何だか不愉快だ――探究として置こう。是非探究して見なければならん。其《それ》にしても昨日《きのう》あの女のあとを付けなかったのは残念だ。もし向後《こうご》あの女に逢《あ》う事が出来ないとすると此《この》事件は判然と分りそうにもない。入《い》らぬ遠慮をして流星光底《りゅうせいこうてい》じゃないが逃がしたのは惜《おし》い事だ。

元来品位を重んじ過ぎたり、あまり高尚にすると、得《え》てこんな事になるものだ。人間はどこかに泥棒的分子がないと成功はしない。紳士も結構には相違ないが、紳士の体面を傷《きずつ》けざる範囲内に於《おい》て泥棒根性を発揮せんと折角《せっかく》の紳士が紳士として通用しなくなる。泥棒気《き》のない純粋の紳士は大抵行き倒れになるそうだ。よし是《これ》からはもう少し下品になってやろう。とくだらぬ事を考えながら柳《やなぎ》町の橋の上迄来ると、水道橋《すいどうばし》の方から一輛《いちりょう》の人力車が勇ましく白山《はくさん》の方へ馳け抜ける。車が自分の前を通り過ぎる時間は何秒と云う僅《わず》かの間《あいだ》であるから、余が冥想《めいそう》の眼をふとあげて車の上を見た時は、乗って居る客は既に眼界から消えかかって居た。が其《その》人の顔は？　ああ寂光院だと気が着いた頃はもう五六間《けん》先へ行って居る。ここだ下品になるのはここだ。何でも構わんから追い懸けろと、下駄の歯をそちらに向けたが、徒歩で車のあとを追い懸けるのは余り下品すぎる。気狂《きちがい》でなくってはそんな馬鹿《ばか》な事をするものはない。車、車、車は居《お》らんかなと四方を見廻したが生憎《あいにく》一輛も居《お》らん。其《その》うちに寂光院は姿も見えない位遥《はる》かあなたに馳け抜ける。もう駄目だ。気狂と思われる迄下品にならなければ世の中は成功せんものかなと惘然《ぼうぜん》として西片町へ帰って来た。

取り敢《あえ》ず、書斎に立て籠《こも》って懐中から例の手帳を出したが、何分夕景でははっきりせん。実は途上でもあちこちと拾い読みに読んで来たのだが、鉛筆でなぐりがきに書いたものだから明るい所でも容易に分らない。ランプを点《つ》ける。下女が御飯はと云って来たから、めしは後で食うと追い返す。偖《さて》一頁《ページ》から順々に見て行くと皆陣中の出来事のみである。しかも倥偬《こうそう》の際に分陰《ふんいん》を偸《ぬす》んで記しつけたものと見えて大概《たいがい》の事は一句二句で弁じて居る。「風、坑道内にて食事。握り飯二個、泥まぶれ」と云うのがある。「夜来風邪《やらいふうじゃ》の気味、発熱。診察を受けず、例の如く勤務」と云うのがある。「テント外《がい》の歩哨《ほしょう》散弾に中《あた》る。テントに仆《たお》れかかる。血痕を印《いん》す」「五時大突撃。中隊全滅、不成功に終る。残念!!!」残念の下に!が三本引いてある。無論記憶を助ける為《た》めの手控《てびかえ》であるから、毫《ごう》も文章らしい所はない。字句を修飾したり、彫琢《ちょうたく》したりした痕跡《こんせき》は薬にしたくも見当らぬ。然《しか》しそれが非常に面白い。只有《あり》の儘《まま》を有の儘《まま》に写して居る所が大《おおい》に気に入《い》った。ことに俗人の使用する壮士的口吻《こうふん》がないのが嬉しい。怒気天《どきてん》を衝《つ》くだの、暴慢《ぼうまん》なる露人《ろじん》だの、醜虜《しゅうりょ》の胆《たん》を寒からしむだの、凡《すべ》てえらそうで安っぽい辞句はどこにも使ってない。文体は甚《はなは》だ気に入った、流石《さすが》に浩さんだと感心したが、肝心の寂光院事件はまだ出て来ない。段々読んで行くうちに四行ばかり書いて上から棒を引いて消した所が出て来た。こんな所が怪しいものだ。之《これ》を読みこなさなければ気が済まん。手帳をランプのホヤに押し付けて透かして見る。二行目の棒の下からある字が三分の二ばかり食《は》み出して居る。郵の字らしい。それから骨を折ってようよう郵便局の三字丈《だ》け片づけた。郵便局の上の字は大、郷丈《だけ》見えて居る。是《これ》は何だろうと三分程ランプと相談をしてやっと分った。本郷《ほんごう》郵便局である。ここ迄は漸《ようや》く漕《こ》ぎつけたが其外《そのほか》は裏から見ても逆《さか》さまに見てもどうしても読めない。とうとう断念する。夫《それ》から二三頁《ページ》進むと突然一大発見に遭遇した。「二三日一睡もせんので勤務中坑内で仮寝《かしん》。郵便局で逢《あ》った女の夢を見る」

余は覚えずどきりとした。「只二三分の間《あいだ》、顔を見た許《ばか》りの女を、程経《ほどへ》て夢に見るのは不思議である」此《この》句から急に言文一致になって居る。「余程衰弱して居る証拠であろう、然《しか》し衰弱せんでもあの女の夢なら見るかも知れん。旅順へ来てから是《これ》で三度見た」

余は日記をぴしやりと敲《たた》いて是《これ》だ！　と叫んだ。御母《おっか》さんが嫁々と口癖の様に云うのは無理はない。是《これ》を読んで居るからだ。夫《それ》を知らずに我儘《わがまま》だの残酷だのと心中で評したのは、こっちが悪《わ》るいのだ。成程《なるほど》こんな女が居るなら、親の身として一日でも添わしてやりたいだろう。御母《おっか》さんが嫁が居たらが居たらと云うのを今迄誤解して全く自分の淋《さび》しいのをまぎらす為《ため》と許《ばか》り解釈して居たのは余の眼識《がんしき》の足らなかった所だ。あれは自分の我儘《わがまま》で云う言葉ではない。可愛い息子を戦死する前に、半月でも思い通りにさせてやりたかったと云う謎なのだ。成程《なるほど》男は呑気《のんき》なものだ。然《しか》し知らん事なら仕方がない。それは先《ま》ずよしとして元来寂光院が此《この》女なのか、或《あるい》はあれは全く別物で、浩さんの郵便局で逢《あ》ったと云うのは外《ほか》の女なのか、是《これ》が疑問である。此《この》疑問はまだ断定は出来ない。是丈《これだけ》の材料でそう早く結論に高飛びはやりかねる。やりかねるが少しは想像を容《い》れる余地もなくては、凡《すべ》ての判断はやれるものではない。浩さんが郵便局であの女に逢ったとする。郵便局へ遊びに行く訳《わけ》はないから、切手を買うか、為替《かわせ》を出すか取るかしたに相違ない。浩さんが切手を手紙へ貼る時に傍《そば》に居たあの女が、どう云う拍子かで差出人の宿所《しゆくしよ》姓名を見ないとは限らない。あの女が浩さんの宿所姓名を其時《その》に覚え込んだとして、之《これ》に小説的分子を五分許《ごぶばか》り加味すれば寂光院事件は全く起《おこ》らんとも云えぬ。女の方は夫《それ》で解せたとして浩さんの方が不思議だ。どうして一寸《ちよつと》逢ったものをそう何度も夢に見るかしらん。どうも今少し慥《たし》かな土台が欲しいがと猶《なお》読んで行くと、こんな事が書いてある。「近世の軍略に於《おい》て、攻城は至難なるものの一として数えらる。我が攻囲軍の死傷多きは怪しむに足らず。此《この》二三ケ月間に余が知れる将校の城下に斃《たお》れたる者は枚挙に遑《いとま》あらず。死は早晩余を襲い来《きた》らん。余は日夜に両軍の砲声を聞きて、今か今かと順番の至るを待つ」成程《なるほど》死を決して居たものと見える。十一月二十五日の条にはこうある。「余の運命も愈《いよいよ》明日《みようにち》に逼《せま》った」今度は言文一致である。「軍人が軍《いく》さで死ぬのは当然の事である。死ぬのは名誉である。ある点から云えば生きて本国に帰るのは死ぬべき所を死に損《そく》なった様なものだ」戦死の当日の所を見ると「今日《きよう》限りの命だ。二龍山《にりゆうざん》を崩す大砲の声がしきりに響《ひび》く。死んだらあの音も聞えぬだろう。耳は聞えなくなっても、誰《たれ》か来て墓参りをして呉《く》れるだろう。そうして白い小さい菊でもあげてくれるだろう。寂光院は閑静な所だ」とある。其次《その》に「強い風だ。愈是《いよいよこれ》から死にに行く。丸《たま》に中《あた》って仆《たお》れる迄旗を振って進む積《つも》りだ。御母《おっか》さんは、寒いだろう」日記はここでぷつりと切れて居る。切れて居る筈だ。

余はぞっとして日記を閉じたが、愈《いよいよ》あの女の事が気に懸《かか》って堪《たま》らない。あの車は白山《はくさん》の方へ向いて馳けて行ったから、何でも白山方面のものに相違ない。白山方面とすれば本郷の郵便局へ来んとも限らん。然《しか》し白山だって広い、名前も分らんものを探ねて歩いたって、そう急に知れる訳《わけ》がない。兎《と》に角《かく》今夜の間に合う様な簡略な問題ではない。仕方がないから晩食《ばんめし》を済まして其《その》晩はそれぎり寐《ね》る事にした。実は書物を読んでも何が書いてあるか茫々《ぼうぼう》として海に対する様な感があるから、已《やむ》を得ず床《とこ》へ這入《はい》ったのだが、偖《さて》夜具の中でも思う通りにはならんもので、終夜安眠が出来なかった。

翌日学校へ出て平常の通り講義はしたが、例の事件が気になっていつもの様に授業に身が入《い》らない。控所《ひかえじょ》へ来ても他の職員と話しをする気にならん。学校の退《ひ》けるのを待ちかねて、其《その》足で寂光院へ来て見たが、女の姿は見えない。昨日《きのう》の菊が鮮やかに竹藪の緑に映じて雪の団子《だんご》の様に見える許《ばか》りだ。夫《それ》から白山から原町《はらまち》、林町《はやしちょう》の辺をぐるぐる廻って歩いたが矢張《やは》り何等《なんら》の手懸《てがか》りもない。其《その》晩は疲労の為《た》め寐《ね》る事丈《だけ》はよく寐た。然《しか》し朝になって授業が面白く出来ないのは昨日と変る事はなかった。三日目に教員の一人を捕まえて君白山方面に美人が居るかなと尋ねて見たら、うむ沢山居る、あっちへ引き越し玉《たま》えと云った。

帰りがけに学生の一人に追い付いて君は白山の方に居るかと聞いたら、いいえ森川町《もりかわちょう》ですと答えた。こんな馬鹿《ばか》な騒ぎ方をして居たって始まる訳《わけ》のものではない。矢張《やは》り平生《へいぜい》の如く落ち付いて、緩《ゆ》るりと探究するに若《し》くなしと決心を定めた。それで其晩《そのばん》は煩悶焦慮《はんもんしょうりょ》もせず、例の通り静かに書斎に入《い》って、先達中《せんだってじゅう》からの取調物《とりしらべもの》を引き続いてやる事にした。

近頃余の調べて居る事項は遺伝と云う大問題である。元来余は医者でもない、生物学者でもない。だから遺伝と云う問題に関して専門上の智識は無論有して居《お》らぬ。有して居らぬ所が余の好奇心を挑撥《ちょうはつ》する訳《わけ》で、近頃ふとした事から此《この》問題に関して其《その》起原発達の歴史やら最近の新説やらを一通り承知したいと云う希望を起《おこ》してそれから此《この》研究を始めたのである。遺伝と一口に云うと頗《すこぶ》る単純な様であるが段々調べて見ると複雑な問題で、是丈《これだけ》研究して居ても充分生涯の仕事はある。メンデリズムだの、ワイスマンの理論だの、ヘッケルの議論だの、其《その》弟子のヘルトウィッヒの研究だの、スペンサーの進化心理説だのと色々の人が色々の事を云うて居る。そこで今夜は例の如く書斎の裡《うち》で近頃出版になった英吉利《イギリス》のリードと云う人の著述を読む積《つも》りで、二三枚丈《だけ》は何気なくはぐって仕舞《しま》った。するとどう云う拍子か、かの日記の中の事柄が、書物を読ませまいと頭の中へ割り込んでくる。そうはさせぬと又一枚程開けると、今度は寂光院が襲って来る。漸《ようや》くそれを追払って五六枚無難に通過したかと思うと、御母《おっか》さんの切り下げの被布姿《ひふすがた》がページの上にあらわれる。読む積《つも》りで決心して懸《かか》った仕事だから読めん事はない。読めん事はないがページとページの間《あいだ》に狂言が這入《はい》る。夫《それ》でも構わずどしどし進んで行くと、此《この》狂言と本文《ほんもん》の間《あいだ》が次第次第に接近して来る。仕舞《しまい》にはどこからが狂言でどこ迄が本文《ほんもん》か分らない様にぼうっとして来た。此《この》夢の様な有様《ありさま》で五六分続けたと思ううち、忽《たちま》ち頭の中に電流を通じた感じがしてはっと我に帰った。「そうだ、此《この》問題は遺伝で解ける問題だ。遺伝で解けば屹度《きっと》解ける」とは同時に吾口《わがくち》を突いて飛び出した言語である。今迄は但不思議である小説的である、何となく落ちつかない、何か疑惑を晴らす工夫はあるまいか、夫《それ》には当人を捕えて聞き糺《ただ》すより外に方法はあるまいとのみ速断して、其《その》結果は朋友に冷かされたり、屑屋《くずや》流に駒込近傍《こまごめきんぼう》を徘徊したのである。然《しか》しこんな問題は当人の支配権以外に立つ問題だから、よし当人を尋ねあてて事実を明らかにした所で不思議は解けるものでない。当人から聞き得る事実其《その》物が不思議である以上は余の疑惑は落ち付き様がない。昔はこんな現象を因果と称《とな》えて居た。因果は諦《あき》らめる者、泣く子と地頭には勝たれぬ者と相場が極《きま》って居た。成程《なるほど》因果と言い放てば因果で済むかも知れない。然《しか》し二十世紀の文明は此《この》因を極《きわ》めなければ承知しない。しかもこんな芝居的夢幻的現象の因を極めるのは遺伝によるより外《ほか》に仕様《しよう》はなかろうと思う。本来ならあの女を捕《つか》まえて日記中の女と同人《どうにん》か別物かを明《あきらか》にした上で遺伝の研究を始めるのが順当であるが、本人の居所さえ慥《たし》かならぬ只今では、此《この》順序を逆にして、彼等の血統から吟味して、下から上へ溯《さかのぼ》る代りに、昔から今に繰りさげて来るより外《ほか》に道はあるまい。何《いず》れにしても同じ結果に帰着する訳《わけ》だから構わない。

そんならどうして両人の血統を調べたものだろう。女の方は何者だか分らないから、先《ま》ず男の方から調べてかかる。浩さんは東京で生れたから東京っ子である。聞く所によれば浩さんの御父《おとう》さんも江戸で生れて江戸で死んだそうだ。すると是《これ》も江戸っ子である。御爺さんも御爺さんの御父さんも江戸っ子である。すると浩さんの一家は代々東京で暮らした様であるが其実《そのじつ》町人でもなければ幕臣でもない。聞く所によると浩さんの家は紀州の藩士であったが江戸詰《づめ》で代々こちらで暮らしたのだそうだ。紀州の家来と云う事丈《だけ》分れば夫《それ》で充分手懸《てがか》りはある。紀州の藩士は何百人あるか知らないが現今《げんこん》東京に出て居る者はそんなに沢山ある筈がない。ことにあの女の様に立派な服装をして居る身分なら藩主の家へ出入りをするに極《きま》って居る。藩主の家に出入《でいり》するとすれば其《その》姓名はすぐに分る。是《これ》が余の仮定である。もしあの女が浩さんと同藩でないとすると此《この》事件は当分埒《らち》があかない。抛《ほお》って置いて自然天然寂光院に往来《おうらい》で邂逅《かいこう》するのを待つより外《ほか》に仕方がない。然《しか》し余の仮定が中《あた》るとすると、あとは大抵余の考え通りに発展して来るに相違ない。余の考《かんがえ》によると何でも浩さんの先祖と、あの女の先祖の間《あいだ》に何事かあって、其《その》因果でこんな現象を生じたに違いない。是《これ》が第二の仮定である。こうこしらえてくると段々面白くなってくる。単に自分の好奇心を満足させる許《ばかり》ではない。目下研究の学問に対して尤《もっと》も興味ある材料を給与する貢献《こうけん》的事業になる。こう態度が変化すると、精神が急に爽快《そうかい》になる。今迄は犬だか、探偵だか余程下等なものに零落した様な感じで、夫《それ》が為《た》め脳中不愉快の度を大分高めて居たが、此《この》仮定から出立《しゅったつ》すれば正々堂々たる者だ。学問上の研究の領分に属すべき事柄である。少しも疚《や》ましい事はないと思い返した。どんな事でも思い返すと相当のジャスチフィケーションはある者だ。悪《わ》るかったと気が付いたら黙坐《もくざ》して思い返すに限る。

あくる日学校で和歌山県出の同僚某《ぼう》に向って、君の国に老人で藩の歴史に詳しい人は居ないかと尋ねたら、此《この》同僚首をひねってあるさと云う。因《よ》って其《その》人物を承《うけたま》わると、もとは家老《かろう》だったが今では家令《かれい》と改名して依然として生きて居ると何だか妙な事を答える。家令なら猶《なお》都合がいい、平常《ふだん》藩邸に出入《しゅつにゅう》する人物の姓名職業は無論承知して居るに違ない。

「其《その》老人は色々昔の事を記憶して居るだろうな」

「うん何でも知って居る。維新の時なぞは大分働いたそうだ。槍の名人でね」

槍抔《など》は下手《へた》でも構わん。昔《むか》し藩中に起《おこ》った異聞奇譚《いぶんきたん》を、老耄《ろうもう》せずに覚えて居てくれればいいのである。だまって聞いて居ると話が横道へそれそうだ。

「まだ家令を務めて居る位なら記憶は慥《たし》かだろうな」

「たしか過ぎて困るね。屋敷のものがみんな弱って居る。もう八十近いのだが、人間も随分丈夫に製造する事が出来るもんだね。当人に聞くと全く槍術《そうじゅつ》の御蔭だと云ってる。夫《それ》で毎朝起きるが早いか槍をしごくんだ……」

「槍はいいが、其《その》老人に紹介して貰えまいか」

「いつでもして上げる」と云うと傍《そば》に聞いて居た同僚が、君は白山の美人を探《さ》がしたり、記憶のいい爺さんを探したり、随分多忙だねと笑った。こっちは夫《そ》れ所《どころ》ではない。此《この》老人に逢いさえすれば、自分の鑑定が中《あた》るか外れるか大抵の見当がつく。一刻も早く面会しなければならん。同僚から手紙で先方の都合を聞き合せてもらう事にする。

二三日《にさんち》は何の音沙汰もなく過ぎたが、御面会をするから明日《みようにち》三時頃来て貰いたいと云う返事が漸《ようや》くの事来たよと同僚が告げてくれた時は大《おおい》に嬉しかった。其《その》晩は勝手次第に色々と事件の発展を予想して見て、先《ま》ず七分《ぶ》迄は思い通りの事実が暗中《あんちゅう》から白日の下《もと》に引き出されるだろうと考えた。そう考えるにつけて、余の此《この》事件に対する行動が——行動と云わんより寧《むし》ろ思い付きが、中々《なかなか》巧みである、無学なものなら到底こんな点に考えの及ぶ気遣《づかい》はない、学問のあるものでも才気のない人には此様《このよう》な働きのある応用が出来る訳《わけ》がないと、寐《ね》ながら大得意であった。ダーウィンが進化論を公けにした時も、ハミルトンがクォーターニオンを発明した時も大方こんなものだろうと独《ひと》りでいい加減に極《き》めて見る。自宅《うち》の渋柿は八百屋から買った林檎《りんご》より旨《うま》いものだ。

翌日《あくるひ》は学校が午《ひる》ぎりだから例刻《れいこく》を待ちかねて麻布《あざぶ》迄車代二十五銭を奮発して老人に逢《あ》って見る。老人の名前はわざと云わない。見るからに頑丈《がんじょう》な爺さんだ。白い髯《ひげ》を細長く垂れて、黒紋付《くろもんつき》に八王子平《はちおうじひら》で控えて居る。「やあ、あなたが、何《なん》の御友達で」と同僚の名を云う。丸《まる》で小供扱《あつかい》だ。是《これ》から大発明をして学界に貢献しようと云う余に対してはやや横柄《おうへい》である。今から考えて見ると先方が横柄なのではない、こっちの気位が高過ぎたから普通の応接ぶりが横柄に見えたのかも知れない。

夫《それ》から二三件世間なみの応答を済まして、愈《いよいよ》本題に入った。

「妙な事を伺いますが、もと御藩《ごはん》に河上《かわかみ》と云うのが御座《ござ》いましたろう」余は学問はするが応対の辞にはなれて居らん。藩というのが普通だが先方の事だから尊敬して御藩《ごはん》と云って見た。こんな場合に何と云うものか未《いま》だに分らない。老人は一寸《ちょっと》笑ったようだ。

「河上――河上と云うのはあります。河上才三《さいぞう》と云うて留守居《るすい》を務めて居《お》った。其子《その》が貢《こう》五郎《ごろう》と云うて矢張《やは》り江戸詰《づめ》で――先達《せんだつ》て旅順で戦死した浩一の親じゃて。――あなた浩一の御つき合いか、夫《それ》は夫は。いや気の毒な事で――母はまだある筈じゃが……」と一人で弁ずる。

河上一家《いっけ》の事を聞く積《つも》りなら、態々《わざわざ》麻布下《くんだ》り迄出張する必要はない。河上を持ち出したのは河上対某《ぼう》との関係が知りたいからである。然《しか》し此《この》某なるものの姓名が分らんから話しの切り出し様がない。

「其河上《そのかわかみ》に就《つ》いて何か面白い御話はないでしょうか」

老人は妙な顔をして余を見詰めて居たが、やがて重苦しく口を切った。

「河上？　河上にも今御話しする通り何人《なんびと》もある。どの河上の事を御尋ねか」

「どの河上でも構わんです」

「面白い事と云うて、どんな事を？」

「どんな事でも構いません。ちと材料が欲しいので」

「材料？　何になさる」厄介な爺さんだ。

「ちと取調べたい事がありまして」

「なある。貢五郎と云うのは大分慷慨家《こうがいか》で、維新の時抔《など》は大分暴《あ》ばれたものだ――或る時あなた長い刀《かたな》を提《さ》げてわしの所へ議論に来て、……」

「いえ、そう云う方面でなく。もう少し家庭内に起《おこ》った事柄で、面白いと今でも人が記憶して居る様な事件はないでしょうか」老人は黙然《もくねん》と考えて居る。

「貢五郎という人の親はどんな性質でしたろう」

「才三かな。是《これ》は又至って優しい、――あなたの知って居《お》らるる浩一に生き写しじゃ。よく似て居る」

「似て居ますか?」と余は思わず大きな声を出した。

「ああ、実によく似て居る。それで其頃《そのころ》は維新には間《ま》もある事で、世の中も穏かであったのみならず、役が御留守居《おるすい》だから、大分金を使って風流をやったそうだ」

「其《その》人の事に就《つ》いて何か艶聞《えんぶん》か――艶聞と云うと妙ですが、――何かないでしょうか」

「いや才三に就《つい》ては憐《あわ》れな話がある。其《その》頃家中《かちゅう》に小野田帯刀《おのだたてわき》と云うて、二百石《こく》取りの侍が居て、丁度《ちょうど》河上と向い合って屋敷を持って居《お》った。此帯刀《このたてわき》に一人の娘があって、それが又藩中第一の美人であったがな、あなた」

「成程《なるほど》」うまい段々手懸《てがか》りが出来る。

「夫《それ》で両家は向う同志だから、朝夕往来《おうらい》をする。往来《おうらい》をするうちに其《その》娘が才三に懸想《けそう》をする。何でも才三方《かた》へ嫁に行かねば死んでしまうと騒いだのだて――いや女と云うものは始末に行かぬもので――是非行かして下されと泣くじゃ」

「ふん、それで思う通り行きましたか」成蹟《せいせき》は良好だ。

「で帯刀から人を以《もっ》て才三の親に懸合《かけあ》うと、才三も実は大変貫いたかったのだから其旨《そのむね》を返事する。結婚の日取り迄極《き》める位に事が捗《はか》どったて」

「結構な事で」と申したが是《これ》で結婚をしてくれては少々困ると内心ではひやひやして聞いて居る。

「そこ迄は結構だったが、——飛んだ故障が出来たじゃ」

「へえ」そう来なくってはと思う。

「其《その》頃国《くに》家老《がろう》に矢張才三位な年恰好《としかっこう》なせがれが有《あ》って、此《この》せがれが又帯刀の娘に恋慕して、是非貰いたいと聞き合せて見るともう才三方《かた》へ約束が出来たあとだ。いかに家老の勢《いきおい》でも是許《こればか》りはどうもならん。所が此《この》せがれが幼少の頃から殿様の御相手をして成長したもので、非常に御上《おかみ》の御気に入りでの、あなた。——どこをどう運動したものか殿様の御意《ぎょい》で其方《そのほう》の娘をあれに遣《つか》わせと云う御意が帯刀に下《お》りたのだて」

「気の毒ですな」と云ったが自分の見込《みこみ》が着々中《あた》るので実に愉快で堪《たま》らん。是《これ》で見ると朋友の死ぬ様な兇事《きょうじ》でも、自分の予言が的中するのは嬉しいかも知れない。着物を重ねないと風邪《かぜ》を引くぞと忠告をした時に、忠告をされた当人が吾が言《げん》を用いないでしかもぴんぴんして居ると心持ちが悪《わ》るい。どうか風邪が引かしてやりたくなる。人間は斯様《かよう》に我儘《わがまま》なものだから、余一人を責めてはいかん。

「実に気の毒な事だて、御上《おかみ》の仰《おお》せだから内約があるの何のと申し上げても仕方がない。それで帯刀が娘に因果を含めて、とうとう河上方《かた》を破談にしたな。両家が従来の通り向う合せでは、何かにつけて妙《みょう》でないと云うので、帯刀は国詰《くにづめ》になる、河上は江戸に残ると云う取《と》り計《はからい》をわしのおやじがやったのじゃ。河上が江戸で金を使ったのも全くそんなこんなで残念を晴らす為《ため》だろう。それで此事《この》がな、今だから御話しする様なものの、当時はぱっとすると両家の面目《めんぼく》に関わると云うので、内々《ないない》にして置いたから、割合に人が知らずに居る」

「その美人の顔は覚えて御出《おい》でですか」と余に取っては頗る《すこぶ》重大な質問をかけて見た。

「覚えて居るとも、わしも其頃《その》は若かったからな。若い者には美人が一番よく眼につく様だて」と皺《しわ》だらけの顔を皺許《ばか》りにしてからからと笑った。

「どんな顔ですか」

「どんなと云うて別に形容しようもない。然《しか》し血統と云うは争われんもので、今の小野田《おのだ》の妹がよく似て居る。――御存知はないかな、矢張《やは》り大学出だが――工学博士《はかせ》の小野田を」

「白山《はくさん》の方に居るでしょう」ともう大丈夫と思ったから言い放って、老人の気色《けしき》を伺うと「矢張《やは》り御承知か。原町《はらまち》に居る。あの娘もまだ嫁に行かん様だが。――御屋敷の御姫様《おひいさま》の御相手に時々来ます」

占めた占めたこれ丈《だけ》聞けば充分だ。一から十迄余が鑑定の通りだ。こんな愉快な事はない。寂光院は此《この》小野田の令嬢に違ない。自分ながらかく迄機敏な才子とは今迄思わなかった。余が平生主張する趣味の遺伝と云う理論を証拠立てるに完全な例が出て来た。ロメオがジュリエットを一目見る、そうして此女《この》に相違ないと先祖の経験を数十年の後に認識する。エレーンがランスロットに始めて逢《あ》う、此男《この》だぞと思い詰める、矢張《やは》り父母未生《ふもみしょうい》以前《ぜん》に受けた記憶と情緒《じょうしょ》が、長い時間を隔てて脳中に再現する。二十世紀の人間は散文的である。一寸《ちょっと》見てすぐ惚《ほ》れる様な男女を捕えて軽薄と云う、小説だと云う、そんな馬鹿《ばか》があるものかと云う。馬鹿《ばか》でも何でも事実は曲げる訳には行かぬ、逆《さ》かさにする訳にもならん。不思議な現象に逢《あ》わぬ前なら兎《と》に角《かく》、逢《お》うた後にも、そんな事があるものかと冷淡に看過《かんか》するのは、看過するものの方が馬鹿《ばか》だ。斯様《かよう》に学問的に研究的に調べて見れば、ある程度迄は二十世紀を満足せしむるに足《た》る位の説明はつくのである。とここ迄は調子づいて考えて来たが、不図《ふと》思い付いて見ると少し困る事がある。此《この》老人の話しによると、此《この》男は小野田の令嬢も知って居る、浩さんの戦死した事も覚えて居る。すると此《この》両人は同藩の縁故で此《この》屋敷へ平生出入《へいぜいしゅつにゅう》して互《たがい》に顔位は見合って居るかも知れん。ことによると話をした事があるかも分らん。そうすると余の標榜《ひょうぼう》する趣味の遺伝と云う新説も其《その》論拠が少々薄弱になる。これは両人が只一度本郷の郵便局で出合った事にして置かんと不都合だ。浩さんは徳《とく》川家《がわけ》へ出入《しゅつにゅう》する話をついにした事がないから大丈夫だろう、ことに日記にああ書いてあるから間違はない筈だ。然《しか》し念の為《た》め不用心だから尋ねて置こうと心を定めた。

「さっき浩一の名前を仰《おつし》ゃった様ですが、浩一は存生中《ぞんじょうちゅう》御屋敷へよく上がりましたか」

「いいえ、只名前丈《だけ》聞いて居る許《ばか》りで、――おやじは先刻《せんこく》御話をした通り、わしと終夜激論をした位な間柄《あいだがら》じゃが、せがれは五六歳のときに見たぎりで――実は貢五郎が早く死んだものだから、屋敷へ出入《でいり》する機会もそれぎり絶えて仕舞《しも》うて、――其《その》後は頓《とん》と逢《お》うた事がありません」

　そうだろう、そう来なくっては辻褄《つじつま》が合わん。第一余の理論の証明に関係してくる。先《ま》ず是《これ》なら安心。御蔭様でと挨拶《あいさつ》をして帰りかけると、老人はこんな妙な客は生れて始めてだとでも思ったものか、余を送り出して玄関に立ったまま、余が門を出て振り返る迄見送って居た。

　是《これ》からの話は端折《はしょ》って簡略に述べる。余は前にも断わった通り文士ではない。文士なら是《これ》からが大《おおい》に腕前を見せる所だが、余は学問読書を専一《せんいつ》にする身分だから、こんな小説めいた事を長々しくかいて居るひまがない。新橋で軍隊の歓迎を見て、其《その》感慨から浩さんの事を追想して、夫《それ》から寂光院の不可思議な現象に逢《あ》って其《その》現象が学問上から考えて相当の説明がつくと云う道行《みちゆ》きが読者の心に合点《がてん》出来れば此《この》一篇の主意は済んだのである。実は書き出す時は、あまりの嬉しさに勢《いきお》い込んで出来る丈《だけ》精密に叙述して来たが、慣れぬ事とて、余計な叙述をしたり、不用な感想を挿入したり、読み返して見ると自分でも可笑《おか》しいと思う位精《くわ》しい。其《その》代りここ迄書いて来たらもういやになった。今迄の筆法でこれから先を描写すると又五六十枚もかかねばならん。追々《おいおい》学期試験も近づくし、夫《それ》に例の遺伝説を研究しなくてはならんから、そんな筆を舞わす時日は無論ない。のみならず、元来が寂光院事件の説明が此篇《このへん》の骨子《こっし》だから、漸《ようや》くの事ここ迄筆が運んで来て、もういいと安心したら、急にがっかりして書き続ける元気がなくなった。

老人と面会をした後《のち》には事件の順序として小野田と云う工学博士《はかせ》に逢わなければならん。是《これ》は困難な事でもない。例の同僚からの紹介を持って行ったら快よく談話をしてくれた。二三度訪問するうちに、何かの機会で博士の妹に逢《あ》わせてもらった。妹は余の推量に違《たが》わず例の寂光院であった。妹に逢った時顔でも赤らめるかと思ったら存外淡泊《ぞんがいたんぱく》で毫《ごう》も平生《へいぜい》と異なる様子のなかったのは聊《いささ》か妙な感じがした。ここ迄はすらすら事が運んで来たが、只一つ困難なのは、どうして浩さんの事を言い出したものか、其《その》方法である。無論デリケートな問題であるから滅多に聞けるものではない。と云って聞かなければ何だか物足らない。余一人《よいちにん》から云えば既に学問上の好奇心を満足せしめたる今日《こんにち》、これ以上立ち入ってくだらぬ詮議《せんぎ》をする必要は認めて居《お》らん。けれども御母《おっか》さんは女丈《だけ》に底の底迄知りたいのである。日本は西洋と違って男女の交際が発達して居《お》らんから、独身の余と未婚の此《この》妹と対座して話す機会はとてもない。よし有ったとした所で、無暗《むやみ》に切り出せば徒《いたず》らに処女を赤面させるか、或《あるい》は知りませぬと跳《は》ね付けられる迄の事である。と云って兄の居る前では猶更《なおさら》言いにくい。言いにくいと申すより言うを敢《あえ》てすべからざる事かも知れない。墓参り事件を博《はか》士《せ》が知って居るならばだけれど、若《も》し知らんとすれば、余は好んで人の秘事を曝露《ばくろ》する不作法を働いた事になる。こうなるといくら遺伝学を振り廻しても埒《らち》はあかん。自《みずか》ら才子だと飛び回って得意がった余も茲《ここ》に至って大《おおい》に進退に窮した。とどのつまり事情を逐一《ちくいち》打ち明けて御母さんに相談した。所が女は中々《なかなか》智慧《ちえ》がある。

御母さんの仰《おお》せには「近頃一人の息子を旅順で亡くして朝、夕淋《さみ》しがって暮らして居る女が居る。慰めてやろうと思っても男ではうまく行かんから、おひまな時に御嬢さんを時々遊びにやって上げて下さいとあなたから博士に頼んで見て頂きたい」とある。早速博士方《かた》へまかり出て鸚鵡《おうむ》的口吻《こうふん》を弄《ろう》して旨《むね》を伝えると博士は一も二もなく承諾してくれた。これが元で御母さんと御嬢さんとは時々会見をする。会見をする度《たび》に仲がよくなる。一所《いっしょ》に散歩をする、御饌《ごぜん》をたべる、丸《まる》で御嫁さんの様になった。とうとう御母さんが浩さんの日記を出して見せた。其時《そのとき》に御嬢さんが何と云ったかと思ったら、それだから私《わたくし》は御寺《おてら》参《まいり》をして居《お》りましたと答えたそうだ。何故《なぜ》白菊を御墓へ手向《たむ》けたのかと問い返したら、白菊が一番好きだからと云う挨拶であった。

余は色の黒い将軍を見た。婆さんがぶら下がる軍曹を見た。ワーと云う歓迎の声を聞いた。そうして涙を流した。浩さんは壍壕《ざんごう》へ飛び込んだきり上《あが》って来ない。誰《たれ》も浩さんを迎《むかえ》に出たものはない。天下に浩さんの事を思って居るものは此《この》御母さんと此《この》御嬢さん許《ばか》りであろう。余は此《この》両人の睦《むつ》まじき様を目撃する度《たび》に、将軍を見た時よりも、軍曹を見た時よりも、清き涼《すず》しき涙を流す。博士は何も知らぬらしい。

（「帝国文学」明治三十九年一月号）

終章
エピローグ

二年の留学中只《ただ》一度倫敦《ロンドン》塔を見物した事がある。其《その》後再び行こうと思った日もあるが止《や》めにした。人から誘われた事もあるが断った。一度で得た記憶を二返目に打壊《ぶちこ》わすのは惜《おし》い、三《み》たび目に拭《ぬぐ》い去るのは尤《もっと》も残念だ。「塔」の見物は一度に限ると思う。

行ったのは着後間もないうちの事である。其《その》頃は方角もよく分らんし、地理抔《など》は固《もと》より知らん。丸《まる》で御殿場《ごてんば》の兎《うさぎ》が急に日本橋《にほんばし》の真中《まんなか》へ抛《ほう》り出された様な心持ちであった。表へ出れば人の波にさらわれるかと思い、家《うち》に帰れば汽車が自分の部屋に衝突しはせぬかと疑い、朝夕安《やす》き心はなかった。此《この》響き此《この》群集の中に二年住んで居たら吾が神経の繊維も遂《つい》には鍋の中の麩海苔《ふのり》の如くべとべとになるだろうとマクス・ノルダウの退化論を今更《いまさら》の如く大真《だいしん》理《り》と思う折さえあった。

しかも余は他の日本人の如く紹介状を持って世話になりに行く宛《あて》もなく、又在留の旧知とては無論ない身の上であるから、恐々《こわごわ》ながら一枚の地図を案内として毎日見物の為《た》め若《もし》くは用達《ようたし》の為《た》め出あるかねばならなかった。無論汽車へは乗らない、馬車へも乗れない、滅多な交通機関を利用仕様《しよう》とすると、どこへ連れて行かれるか分らない。此《この》広い倫敦《ロンドン》を蜘《く》蛛手《もで》十字に往来《おうらい》する汽車も馬車も電気鉄道も綱条《こうじょう》鉄道も余には何等《なんら》の便宜をも与える事が出来なかった。余は已《やむ》を得ないから四ツ角へ出る度《たび》に地図を披《ひら》いて通行人に押し返されながら足の向く方角を定める。地図で知れぬ時は人に聞く、人に聞いて知れぬ時は巡査を探す、巡査でゆかぬ時は又外《またほか》の人に尋ねる、何人《なんびと》でも合点《がてん》の行く人に出逢《であ》う迄は捕えては聞き呼び掛《かけ》ては聞く。かくして漸《ようや》くわが指定の地に至るのである。

「塔」を見物したのは恰《あたか》も此《この》方法に依《よ》らねば外出の出来ぬ時代の事と思う。来《きた》るに来所《らいしょ》なく去るに去所《きょしょ》を知らずと云うと禅語《ぜんご》めくが、余はどの路《みち》を通って「塔」に着したか又如何《いか》なる町を横ぎって吾家《わがや》に帰ったか未《いま》だに判然しない。どう考えても思い出せぬ。只「塔」を見物した丈《だけ》は慥《たし》かである。「塔」其《その》物の光景は今でもありありと眼に浮べる事が出来る。前はと問われると困る、後はと尋ねられても返答し得ぬ。只前を忘れ後を失したる中間が会釈《えしゃく》もなく明るい。恰《あたか》も闇を裂く稲妻の眉に落《おつ》ると見えて消えたる心地がする。倫敦塔は宿世《すくせ》の夢の焼点《しょうてん》の様だ。

　倫敦塔の歴史は英国の歴史を煎《せん》じ詰《つ》めたものである。過去と云う怪しき物を蔽《おお》える戸帳《とばり》が自《おの》ずと裂けて龕中《がんちゅう》の幽光《ゆうこう》を二十世紀の上に反射するものは倫敦塔である。凡《すべ》てを葬る時の流れが逆《さか》しまに戻って古代の一片が現代に漂い来《きた》れりとも見るべきは倫敦塔である。人の血、人の肉、人の罪が結晶して馬、車、汽車の中に取り残されたるは倫敦塔である。

此《この》倫敦塔を塔橋《とうきょう》の上からテームス河を隔てて眼の前に望んだとき、余は今の人か将《は》た古《いにし》えの人かと思う迄我を忘れて余念もなく眺め入《い》った。冬の初めとはいいながら物静かな日である。空は灰汁桶《あくおけ》を掻《か》き交ぜた様な色をして低く塔の上に垂れ懸《かか》って居る。壁土を溶《と》かし込んだ様に見ゆるテームスの流れは波も立てず音もせず無理矢理に動いて居るかと思わるる。帆懸舟《ほかけぶね》が一隻《いっせき》塔の下を行く。風なき河に帆をあやつるのだから不規則な三角形の白き翼がいつ迄も同じ所に停《とま》って居る様である。伝馬《てんま》の大きいのが二艘《にそう》上《のぼ》って来る。只一人の船頭が艫《とも》に立って艪《ろ》を漕《こ》ぐ、是《これ》も殆《ほと》んど動かない。塔橋の欄干《らんかん》のあたりには白き影がちらちらする、大方鷗《かもめ》であろう。見渡した処凡《ところすべ》ての物が静かである、物憂《ものう》げに見える、眠って居る、皆過去の感じである。そうして其中《そのなか》に冷然と二十世紀を軽蔑する様に立って居るのが倫敦塔である。汽車も走れ、電車も走れ、苟《いやしく》も歴史の有《あ》らん限りは我のみは斯《か》くてあるべしと云わぬ許《ばか》りに立って居る。其《その》偉大なるには今更《いまさら》の様に驚かれた。此《この》建築を俗に塔と称《とな》えて居るが塔と云うは単に名前のみで実は幾多《いくた》の櫓《やぐら》から成り立つ大きな地城《じしろ》である。並び聳《そび》ゆる櫓には丸きもの角張《かくば》りたるもの色々の形状はあるが、何《いず》れも陰気な灰色をして前世紀の紀念を永劫《えいごう》に伝えんと誓える如く見える。九段《くだん》の遊就館《ゆうしゅうかん》を石で造って二三十並べてそうして其《それ》を虫眼鏡で覗《のぞ》いたら或《あるい》は此《この》「塔」に似たものは出来上りはしまいかと考えた。余はまだ眺めて居る。セピヤ色の水分を以《もっ》て飽和したる空気の中にぼんやり立って眺めて居る。二十世紀の倫敦《ロンドン》がわが心の裏《うち》から次第に消え去ると同時に眼前の塔影が幻の如き過去の歴史を吾が脳裏に描き出して来る。朝起きて啜《すす》る渋茶に立つ烟《けむ》りの寐足《ねた》らぬ夢の尾を曳《ひ》く様に感ぜらるる。暫《しばら》くすると向う岸から長い手を出して余を引張るかと怪しまれて来た。今迄佇立《ちょりつ》して身動きもしなかった余は急に川を渡って塔に行き度《たく》なった。長い手は猶々《なおなお》強く余を引く。余は忽《たちま》ち歩を移して塔橋《とうきょう》を渡り懸《か》けた。長い手はぐいぐい牽《ひ》く。塔橋《とうきょう》を渡ってからは一目散《いちもくさん》に塔門迄馳《は》せ着けた。見る間《ま》に三万坪に余る過去の一大磁石は現世《げんせ》に浮游《ふゆう》する此小鉄屑《このしょうてつくず》を吸収し了《おわ》った。門を入《く》って振り返ったとき、

憂《うれい》の国に行かんとするものは此《この》門を潜《くぐ》れ。

永劫《えいごう》の呵責《かしゃく》に遭《あ》わんとするものは此門をくぐれ。

迷惑の人と伍《ご》せんとするものは此門をくぐれ。

正義は高き主《しゅ》を動かし、神威《しんい》は、最上智《さいじょうち》は、最初愛《さいしょあい》は、われを作る。

我が前に物なし只無窮《むきゅう》あり我は無窮に忍ぶものなり。

此門を過ぎんとするものは一切の望《のぞみ》を捨てよ。

という句がどこぞに刻んではないかと思った。余は此《この》時既に常態《じょうたい》を失って居る。

空濠《からほり》にかけてある石橋を渡って行くと向うに一つの塔がある。是《これ》は丸形の石造で石油タンクの状をなして恰《あたか》も巨人の門柱の如く左右に屹立《きつりつ》して居る。其《その》中間を連ねて居る建物の下を潜《くぐ》って向《むこう》へ抜ける。中塔《ちゅうとう》とは此事《このこと》である。少し行くと左手に鐘塔《しゅとう》が峙《そばだ》つ。真鉄《まがね》の盾《たて》、黒鉄《くろがね》の甲《かぶと》が野を蔽《おお》う秋の陽炎《かげろう》の如く見えて敵遠くより寄すると知れば塔上の鐘《かね》を鳴らす。星黒き夜《よ》、壁上を歩む哨兵《しょうへい》の隙《すき》を見て、逃れ出《い》ずる囚人の、逆《さか》しまに落《おと》す松明《たいまつ》の影より闇に消ゆるときも塔上の鐘を鳴らす。心傲《おご》れる市民の、君の政《まつりごと》非なりとて蟻《あり》の如く塔下に押し寄せて犇《ひし》めき騒ぐときも亦《また》塔上の鐘を鳴らす。塔上の鐘は事あれば必ず鳴らす。ある時は無二《むに》に鳴らし、ある時は無三《むさん》に鳴らす。祖来《そきた》る時は祖を殺しても鳴らし、仏来《ぶっきた》る時は仏を殺しても鳴らした。霜の朝《あした》、雪の夕《ゆうべ》、雨の日、風の夜《よ》を何遍となく鳴らした鐘は今いずこへ行ったものやら、余が頭《こうべ》をあげて蔦《つた》に古《ふ》りたる櫓《やぐら》を見上げたときは寂然《せきぜん》として既に百年の響《ひびき》を収めて居る。

又少し行くと右手に逆賊門《ぎゃくぞくもん》がある。門の上には聖《セント》タマス塔が聳《そび》えて居る。逆賊門とは名前からが既に恐ろしい。古来から塔中に生きながら葬られたる幾千の罪人は皆舟から此《この》門迄《まで》護送されたのである。彼等が舟を捨てて一度《ひとた》び此《この》門を通過するや否や娑婆《しゃば》の太陽は再び彼等を照さなかった。テームスは彼等にとっての三途《さんず》の川で此《この》門は冥府《よみ》に通ずる入口であった。彼等は涙の浪《なみ》に揺られて此洞窟《このどうくつ》の如く薄暗きアーチの下迄漕《こ》ぎ付けられる。口を開けて鰯《いわし》を吸う鯨《くじら》の待ち構えて居る所迄来るや否やキーと軋《きし》る音と共に厚樫《あつがし》の扉は彼等と浮世の光りとを長《とこし》えに隔てる。彼等はかくして遂《つい》に宿命の鬼の餌食《えじき》となる。明日《あす》食われるか明後日《あさって》食われるか或《あるい》は又十年の後《のち》に食われるか鬼より外《ほか》に知るものはない。此《この》門に横付《よこづけ》につく舟の中に坐して居る罪人の途中の心はどんなであったろう。櫂《かい》がしわる時、雫《しずく》が舟縁《ふなべり》に滴《した》たる時、漕《こ》ぐ人の手の動く時毎《ごと》に吾が命を刻まるる様に思ったであろう。白き髯《ひげ》を胸迄垂れて寛《ゆる》やかに黒の法衣《ほうえ》を纏《まと》える人がよろめきながら舟から上《あが》る。是《これ》は大僧正《だいそうじょう》クランマーである。青き頭巾《ずきん》を眉深《まぶか》に被《かぶ》り空色の絹の下に鎖《くさ》り帷子《かたびら》をつけた立派な男はワイアットであろう。是《これ》は会釈もなく舷《ふなべり》から飛び上る。はなやかな鳥の毛を帽に挿《さ》して黄金《こがね》作りの太《た》刀《ち》の柄《え》に左の手を懸《か》け、銀の留《と》め金《がね》にて飾れる靴の爪先を、軽《かろ》げに石段の上に移すのはローリーか。余は暗きアーチの下を覗《のぞ》いて、向う側には石段を洗う波の光の見えはせぬかと首を延ばした。水はない。逆賊門とテームス河とは堤防工事の竣功《しゅんこう》以来全く縁がなくなった。幾多《いくた》の罪人を呑み、幾多の護送船を吐き出した逆賊門は昔《むか》しの名残《なご》りに其裾《そのすそ》を洗う笹波《ささなみ》の音を聞く便りを失った。只向う側に存する血塔《けっとう》の壁上に大《おお》なる鉄環《てっかん》が下がって居るのみだ。昔《むか》しは舟の纜《ともづな》を此環《このかん》に繋《つな》いだという。

左《ひだ》りへ折れて血塔の門に入《い》る。今は昔《むか》し薔薇《しょうび》の乱に目に余る多くの人を幽閉したのは此《この》塔である。草の如く人を薙《な》ぎ、鶏《にわとり》の如く人を潰《つぶ》し、乾鮭《からさけ》の如く屍《しかばね》を積んだのは此《この》塔である。血塔と名をつけたのも無理はない。アーチの下に交番の様な箱があって、其側《そのかたわ》らに甲形《かぶとがた》の帽子をつけた兵隊が銃を突いて立って居る。頗《すこぶ》る真面目《まじめ》な顔をして居るが、早く当番を済まして、例の酒舗《しゅほ》で一杯傾けて、一件にからかって遊び度《たい》という人相である。塔の壁は不規則な石を畳み上げて厚く造ってあるから表面は決して滑《なめらか》ではない。所々に蔦《つた》がからんで居る。高い所に窓が見える。建物の大きい所為《せい》か下から見ると甚《はなは》だ小《ちいさ》い。鉄の格子《こう し》がはまって居る様だ。番兵が石像の如く突立《つった》ちながら腹の中で情婦と巫山戯《ふざけ》て居る傍《かたわ》らに、余は眉を攢《あつ》め手をかざして此《この》高窓を見上げて佇《たた》ずむ。格子を洩れて古代の色硝子《いろガラス》に微《かす》かなる日影がさし込んできらきらと反射する。やがて烟《けむり》の如き幕が開《あ》いて空想の舞台がありありと見える。窓の内側は厚き戸帳《とばり》が垂れて昼もほの暗い。窓に対する壁は漆喰《しっくい》も塗らぬ丸裸の石で隣りの室とは世界滅却《めっきゃく》の日に至るまで動かぬ仕切りが設けられて居る。只其《その》真中《まんなか》の六畳許《ばか》りの場所は冴《さ》えぬ色のタペストリで蔽《おお》われて居る。地《じ》は納戸色《なんどいろ》、模様は薄き黄で、裸体の女神《めがみ》の像と、像の周囲に一面に染め抜いた唐草である。石壁の横には、大きな寐台《ねだい》が横《よこた》わる。厚樫《あつがし》の心《しん》も透《とお》れと深く刻みつけたる葡萄《ぶどう》と、葡萄の蔓《つる》と葡萄の葉が手足の触るる場所丈《だけ》光りを射返す。此寐台《このねだい》の端《はじ》に二人の小児《しょうに》が見えて来た。一人は十三四、一人は十歳《とお》位と思われる。幼なき方は床《とこ》に腰をかけて、寐台の柱に半ば身を倚《も》たせ、力なき両足をぶらりと下げて居る。右の肱《ひじ》を、傾けたる顔と共に前に出して年嵩《としかさ》なる人の肩に懸ける。年上なるは幼なき人の膝《ひざ》の上に金にて飾れる大きな書物を開《ひろ》げて、其《その》あけてある頁《ページ》の上に右の手を置く。象牙《ぞうげ》を揉《も》んで柔かにしたる如く美しい手である。二人とも烏《からす》の翼を欺《あざむ》く程の黒き上衣《うわぎ》を着て居るが色が極めて白いので一段と目立つ。髪の色、眼の色、偖《さて》は眉根《まゆね》鼻付《はなつき》から衣装の末に至る迄両人《ふたり》共殆《ほと》んど同じ様に見えるのは兄弟だからであろう。

兄が優しく清らかな声で膝の上なる書物を読む。

「わが眼の前に、わが死ぬべき折の様《さま》を想い見る人こそ幸《さち》あれ。日毎夜毎に死なんと願え。やがては神の前に行くなる吾の何を恐るる……」

弟は世に憐《あわ》れなる声にて「アーメン」と云う。折から遠くより吹く木枯《こがら》しの高き塔を撼《ゆる》がして一度《ひとた》びは壁も落つる許《ばか》りにゴーと鳴る。弟はひたと身を寄せて兄の肩に顔をすり付ける。雪の如く白い蒲団《ふとん》の一部がほかと膨《ふく》れ返る。兄は又読み初める。

「朝ならば夜の前に死ぬと思え。夜ならば翌日《あす》ありと頼むな。覚悟をこそ尊べ。見苦しき死に様ぞ恥《はじ》の極みなる。……」

弟又「アーメン」と云う。其《その》声は顫《ふる》えて居る。兄は静かに書をふせて、かの小さき窓の方《かた》へ歩みよりて外《と》の面《も》を見様《みよう》とする。窓が高くて脊《せ》が足りぬ。床几《しょうぎ》を持って来て其《その》上につまだつ。百里をつつむ黒霧《こくむ》の奥にぼんやりと冬の日が写る。屠《ほふ》れる犬の生血《いきち》にて染め抜いた様である。兄は「今日《きょう》も亦斯《またこ》うして暮れるのか」と弟を顧《かえり》みる。弟は只「寒い」と答える。

「命さえ助けて呉《く》るるなら伯父様に王の位を進ぜるものを」と兄が独《ひと》り言《ごと》の様につぶやく。弟は「母様《ははさま》に逢《あ》いたい」とのみ云う。此時《この》向うに掛《かか》って居るタペストリに織り出してある女神《めがみ》の裸体像が風もないのに二三度ふわりふわりと動く。

忽然《こつぜん》舞台が廻る。見ると塔門の前に一人の女が黒い喪服を着て悄然《しょうぜん》として立って居る。面影は青白く窶《やつ》れては居るが、どことなく品格のよい気高《けだか》い婦人である。やがて錠《じょう》のきしる音がしてぎいと扉が開《あ》くと内から一人の男が出て来て恭《うやうや》しく婦人の前に礼をする。

「逢《あ》う事を許されてか」と女が問う。

「否《いな》」と気の毒そうに男が答える。「逢わせまつらんと思えど、公けの掟《おきて》なれば是非なしと諦《あきら》め給《たま》え。私《わたくし》の情売《なさけ》るは安き間《ま》の事にてあれど」と急に口を緘《つぐ》みてあたりを見渡す。濠《ほり》の内からかいつぶりがひょいと浮き上る。

女は頸《うなじ》に懸けたる金の鎖《くさり》を解いて男に与えて「只束《つか》の間《ま》を垣間《かいま》見んとの願《ねがい》なり。女人《にょにん》の頼み引き受けぬ君《きみ》はつれなし」と云う。

男は鎖《くさ》りを指の先に巻きつけて思案の体《てい》である。かいつぶりはふいと沈む。ややありていう「牢守《ろうも》りは牢の掟を破りがたし。御子《みこ》等《ら》は変る事なく、すこやかに月日を過《すご》させ給う。心安く覚《おぼ》して帰り給え」と金の鎖りを押戻す。女は身動きもせぬ。鎖ばかりは敷石の上に落ちて鏘然《そうぜん》と鳴る。

「如何《いか》にしても逢《あ》う事は叶《かな》わずや」と女が尋ねる。

「御気の毒なれど」と牢守《ろうもり》が云い放つ。

「黒き塔の影、堅《かた》き塔の壁、寒き塔の人」と云いながら女はさめざめと泣く。

舞台が又変る。

丈《たけ》の高い黒装束《くろしょうぞく》の影が一つ中庭の隅にあらわれる。苔寒《こけさむ》き石壁の中《うち》からスーと抜け出た様に思われた。夜と霧との境に立って朦朧《もうろう》とあたりを見廻す。暫《しばら》くすると同じ黒装束の影が又一つ陰の底から湧いて出る。櫓《やぐら》の角《かど》に高くかかる星影を仰《あお》いで「日は暮れた」と脊《せ》の高いのが云う。「昼の世界に顔は出せぬ」と一人が答える。「人殺しも多くしたが今日程《きょう》寐覚《ねざめ》の悪い事はまたとあるまい」と高き影が低い方を向く。「タペストリの裏で二人の話しを立ち聞きした時は、いっその事止《や》めて帰ろうかと思うた」と低いのが正直に云う。「絞める時、花の様な唇がぴりぴりと顫《ふる》うた」「透き通る様な額に紫色の筋が出た」「あの唸《うな》った声がまだ耳に付いて居る」。黒い影が再び黒い夜の中に吸い込まれる時櫓《やぐら》の上で時計の音ががあんと鳴る。

空想は時計の音と共に破れる。石像の如く立って居た番兵は銃を肩にしてコトリコトリと敷石の上を歩いて居る。あるき乍《なが》ら一件と手を組んで散歩する時を夢みて居る。

血塔《けっとう》の下を抜けて向《むこう》へ出ると奇麗《きれい》な広場がある。其真中《そのまんなか》が少し高い、其《その》高い所に白塔《はくとう》がある。白塔は塔中の尤《もっと》も古きもので昔《むか》しの天主である。竪《たて》二十間《けん》、横十八間、高さ十五間、壁の厚さ一丈《じょう》五尺《しゃく》、四方《しほう》に角楼《すみやぐら》が聳《そび》えて所々にはノーマン時代の銃眼さえ見える。千三百九十九年国民が三十三ケ条の非を挙げてリチャード二世に譲位をせまったのは此塔《この》中である。僧侶、貴族、武士、法士の前に立って彼が天下に向って譲位を宣告したのは此塔《この》中である。爾時《そのとき》譲りを受けたるヘンリーは起《た》って十字を額と胸に画《かく》して云う「父と子と聖霊の名によって、我れヘンリーは此《この》大英国の王冠と御代《みよ》とを、わが正しき血、恵みある神、親愛なる友の援《たすけ》を藉《か》りて襲《つ》ぎ受く」と。偖《さて》先王の運命は何人《なんびと》も知る者がなかった。其《その》死骸がポント・フラクト城より移されて聖《セント》ポール寺《じ》に着した時、二万の群集は彼の屍《しかばね》を繞《めぐ》って其骨立《そのこつりつ》せる面影に驚かされた。或《あるい》は云う、八人の刺客《せっかく》がリチャードを取り巻いた時彼は一人の手より斧《おの》を奪いて一人を斬り二人を倒した。去《さ》れどもエクストンが背後より下せる一撃の為《た》めに遂に恨《うらみ》を呑んで死なれたと。或る者は天を仰いで云う「あらずあらず。リチャードは断食《だんじき》をして自《みずか》らと、命の根をたたれたのじゃ」と。何《いず》れにしても難有《ありがた》くない。帝王の歴史は悲惨の歴史である。

階下の一室は昔《むか》しウォルター・ロリーが幽囚の際万国史の草《そう》を記した所だと云い伝えられて居る。彼がエリザ式の半ズボンに絹の靴下を膝頭《ひざがしら》で結んだ右足を左《ひだ》りの上へ乗せて鵞《が》ペンの先を紙の上へ突いたまま首を少し傾けて考えて居る所を想像して見た。然《しか》し其《その》部屋は見る事が出来なかった。

南側から入って螺旋状《らせんじょう》の階段を上《のぼ》ると玆《ここ》に有名な武器陳列場がある。時々手を入れるものと見えて皆ぴかぴか光って居る。日本に居《お》ったとき歴史や小説で御目にかかる丈《だけ》で一向要領を得なかったものが一々明瞭になるのは甚《はなは》だ嬉しい。然《しか》し嬉しいのは一時《いちじ》の事で今では丸《まる》で忘れて仕舞《しま》ったから矢張《やは》り同じ事だ。只猶《ただなお》記憶に残って居るのが甲冑《かっちゅう》である。其中《そのうち》でも実に立派だと思ったのは慥《たし》かヘンリー六世の着用したものと覚えて居る。全体が鋼鉄製で所々に象嵌《ぞうがん》がある。尤《もっと》も驚くのは其《その》偉大な事である。かかる甲冑を着けたものは少なくとも身の丈《たけ》七尺位の大男でなくてはならぬ。余が感服して此《この》甲冑を眺めて居るとコトリコトリと足音がして余の傍《そば》へ歩いて来るものがある。振り向いて見るとビーフ・イーターである。ビーフ・イーターと云うと始終牛《ぎゅう》でも食って居る人の様に思われるがそんなものではない。彼は倫敦《ロンドン》塔の番人である。絹帽《シルクハット》を潰《つぶ》した様な帽子を被《かぶ》って美術学校の生徒の様な服を纏《まと》うて居る。太い袖の先を括《くく》って腰の所を帯でしめて居る。服にも模様がある。模様は蝦夷人《えぞじん》の着る半纏《はんてん》について居る様な頗《すこぶ》る単純の直線を並べて角形《かくがた》に組み合わしたものに過ぎぬ。彼は時として槍をさえ携える事がある。穂《ほ》の短かい柄の先に毛の下がった三《さん》国志《ごくし》にでも出そうな槍をもつ。其《その》ビーフ・イーターの一人が余の後ろに止まった。彼はあまり脊《せ》の高くない、肥《ふと》り肉《じし》の白髯《しらひげ》の多いビーフ・イーターであった。「あなたは日本人では有りませんか」と微笑しながら尋ねる。余は現今の英国人と話をして居る気がしない。彼が三四百年の昔から一寸《ちょっと》、顔を出したか又は余が急に三四百年の古《いにし》えを覗《のぞ》いた様な感じがする。余は黙して軽《かろ》くうなずく。こちらへ来給《きたま》えと云うから尾《つ》いて行く。彼は指を以《もっ》て日本製の古き具足《ぐそく》を指して、見たかと云わぬ許《ばか》りの眼付《めつき》をする。余は又だまってうなずく。是《これ》は蒙古《もうこ》よりチャーレス二世に献上になったものだとビーフ・イーターが説明をして呉《く》れる。余は三《み》たびうなずく。

白塔を出てボーシャン塔に行く。途中に分捕《ぶんどり》の大砲が並べてある。其《その》前の所が少しばかり鉄柵《てつさく》で囲い込んで、鎖の一部に札が下がって居る。見ると仕置場《しおきば》の跡とある。二年も三年も長いのは十年も日の通わぬ地下の暗室に押し込められたものが、或る日突然地上に引き出さるるかと思うと地下よりも猶《なお》恐しき此《この》場所へ只据えらるる為《た》めであった。久しぶりに青天を見て、やれ嬉しやと思う間もなく、目がくらんで物の色さえ定かには眸中《ぼうちゅう》に写らぬ先に、白き斧《おの》の刃《は》がひらりと三尺の空《くう》を切る。流れる血は生きて居るうちから既に冷《つ》めたかったであろう。烏《からす》が一疋《いっぴき》下りて居る。翼をすくめて黒い嘴《くちばし》をとがらせて人を見る。百年碧血《へきけつ》の恨《うらみ》が凝《こ》って化鳥《けちょう》の姿となって長く此《この》不吉な地を守る様な心地がする。吹く風に楡《にれ》の木がざわざわと動く。見ると枝の上にも烏《からす》が居る。暫《しばら》くすると又一羽飛んでくる。何処《どこ》から来たか分らぬ。傍《そば》に七つ許《ばか》りの男の子を連れた若い女が立って烏《からす》を眺めて居る。希臘《ギリシャ》風の鼻と、珠《たま》を溶いた様にうるわしい目と、真白な頸筋《くびすじ》を形づくる曲線のうねりとが少《すくな》からず余の心を動かした。小供は女を見上げて「鴉《からす》が、鴉が」と珍らしそうに云う。それから「鴉が寒《さ》むそうだから、麵麭《パン》をやりたい」とねだる。女は静かに「あの鴉は何にもたべたがって居やしません」と云う。小供は「なぜ」と聞く。女は長い睫《まつげ》の奥に漾《ただよ》うて居る様な眼で鴉を見詰めながら「あの鴉は五羽居ます」といったぎり小供の問《とい》には答えない。何か独《ひと》りで考えて居るかと思わるる位澄《すま》して居る。余は此《この》女と此《この》鴉の間《あいだ》に何か不思議の因縁でもありはせぬかと疑った。彼は鴉の気分をわが事の如くに云い、三羽しか見えぬ鴉を五羽居ると断言する。あやしき女を見捨てて余は独りボーシャン塔に入《い》る。

倫敦《ロンドン》塔の歴史はボーシャン塔の歴史であって、ボーシャン塔の歴史は悲酸《ひさん》の歴史である。十四世紀の後半にエドワード三世の建立《こんりゅう》にかかる此《この》三層塔の一階室に入《い》るものは其《その》入るの瞬間に於《おい》て、百代の遺恨を結晶したる無数の紀念《きねん》を周囲の壁上に認むるであろう。凡《すべ》ての怨《うらみ》、凡《すべ》ての憤《いきどおり》、凡《すべ》ての憂《うれい》と悲《かなし》みとは此怨《このうらみ》、此憤《このいきどおり》、此憂《このうれい》と悲《かなしみ》の極端より生ずる慰藉《いしゃ》と共に九十一種の題辞となって今に猶《なお》観《み》る者の心を寒からしめて居る。冷やかなる鉄筆に無情の壁を彫ってわが不運と定業《じょうごう》とを天地の間《あいだ》に刻み付けたる人は、過去という底なし穴に葬られて、空《むな》しき文字《もんじ》のみいつ迄も娑婆《しゃば》の光りを見る。彼等は強《し》いて自《みずか》らを愚弄するにあらずやと怪しまれる。世に反語というがある。白というて黒を意味し、小と唱えて大を思わしむ。凡《すべ》ての反語のうち自《みずか》ら知らずして後世《こうせい》に残す反語程猛烈なるはまたと有《ある》まい。墓《ぼ》碣《けつ》と云い、紀念碑といい、賞牌《しょうはい》と云い、綬章《じゅしょう》と云い此等《これら》が存在する限りは、空しき物質に、ありし世を偲《しの》ばしむるの具となるに過ぎない。われは去る、われを伝うるものは残ると思うは、去るわれを傷《いた》ましむる媒介物の残る意にて、われ其者《その》の残る意にあらざるを忘れたる人の言葉と思う。未来の世迄《まで》反語を伝えて泡沫《ほうまつ》の身を嘲《あざけ》る人のなす事と思う。余は死ぬ時に辞世も作るまい。死んだ後は墓碑《ぼひ》も建ててもらうまい。肉は焼き骨は粉《こ》にして西風の強く吹く日大空に向って撒《ま》き散らしてもらおう抔《など》と入《い》らざる取越《とりこし》苦労をする。

題辞の書体は固《もと》より一様《いちよう》でない。あるものは閑《ひま》に任せて叮嚀《ていねい》な楷書《かいしょ》を用い、あるものは心急ぎてか口惜《くや》し紛《まぎ》れかがりがりと壁を掻《か》いて擲《なぐ》り書きに彫り付けてある。又あるものは自家《じか》の紋章を刻み込んで其《その》中に古雅《こが》な文字《もんじ》をとどめ、或《あるい》は盾《たて》の形を描いて其《その》内部に読み難き句を残して居る。書体の異なる様に言語も亦《また》決して一様《いちよう》でない。英語は勿論《もちろん》の事、以太利《イタリー》語も羅甸《ラテン》語もある。左《ひだ》り側に「我が望《のぞみ》は基督《キリスト》にあり」と刻《こく》されたのはパスリュという坊様の句だ。此《この》パスリュは千五百三十七年に首を斬られた。其傍《そのかたわら》にJOHAN DECKERと云う署名がある。デッカーとは何者だか分らない。階段を上《のぼ》って行くと戸の入口にT.C.というのがある。是《これ》も頭文字丈《だけ》で誰《たれ》やら見当がつかぬ。其《それ》から少し離れて大変綿密なのがある。先《ま》ず右の端に十字架を描いて心臓を飾り付け其《その》脇に骸骨《がいこつ》と紋章を彫り込んである。

少し行くと盾《たて》の中に下《しも》の様な句をかき入れたのが目につく。「運命は空《むな》しく我をして心なき風に訴えしむ。時も摧《くだ》けよ。わが星は悲《かなし》かれ、われにつれなかれ」。次には「凡《すべ》ての人を尊べ。衆生《しゆじよう》をいつくしめ。神を恐れよ。王を敬《うやま》え」とある。

斯《こ》んなものを書く人の心の中《うち》はどの様であったろうと想像して見る。凡《およ》そ世の中に何が苦しいと云って所在のない程の苦しみはない。意識の内容に変化のない程の苦しみはない。使える身体《からだ》は目に見えぬ縄で縛《しば》られて動きのとれぬ程の苦しみはない。生きるというは活動して居るという事であるに、生きながら此《この》活動を抑《おさ》えらるるのは生という意味を奪われたると同じ事で、その奪われたを自覚する丈《だけ》が死よりも一層の苦痛である。此《この》壁の周囲をかく迄に塗抹《とまつ》した人々は皆此《この》死よりも辛い苦痛を嘗《な》めたのである。忍ばるる限り堪えらる限りは此《この》苦痛と戦った末、居ても起《た》ってもたまらなく為《な》った時、始めて釘《くぎ》の折《おれ》や鋭どき爪を利用して無事の内《うち》に仕事を求め、太平の裏に不平を洩《もら》し、平地の上に波瀾《はらん》を画《えが》いたものであろう。彼等が題せる一字一画は、号泣、涕涙《ているい》、其他《そのた》凡《すべ》て自然の許す限りの排悶的《はいもんてき》手段を尽《つく》したる後猶《なお》飽く事を知らざる本能の要求に余儀なくせられたる結果であろう。

又想像して見る。生れて来た以上は生きねばならぬ。敢《あえ》て死を怖るるとは云わず、只生きねばならぬ。生きねばならぬと云うは耶蘇孔子《ヤソこうし》以前の道で、又耶蘇孔子以後の道である。何の理窟《りくつ》も入《い》らぬ、只生きたいから生きねばならぬのである。凡《すべ》ての人は生きねばならぬ。

此獄《このごく》に繋《つな》がれたる人も亦此大道《またこのだいどう》に従って生きねばならなかった。同時に彼等は死ぬべき運命を眼前に控えて居《お》った。如何《いか》にせば生き延びらるるだろうかとは時々刻々彼等の胸裏に起る疑問であった。一度《ひとたび》此室《このへや》に入《い》るものは必ず死ぬ。生きて天日《てんじつ》を再び見たものは千人に一人しかない。彼等は遅かれ早かれ死なねばならぬ。去《さ》れど古今に亘《わた》る大真理《だいしんり》は彼等に誨《おし》えて生きよと云う、飽く迄も生きよと云う。彼等は已《やむ》を得ず彼等の爪を磨《と》いだ。尖《と》がれる爪の先を以《もっ》て堅《かた》き壁の上に一と書いた。一をかける後も真理は古《いにし》えの如く生きよと囁《ささや》く、飽く迄も生きよと囁く。彼等は剥《は》がれたる爪の癒《い》ゆるを待って再び二とかいた。斧《おの》の刃《は》に肉飛び骨摧《くだ》ける明日《あす》を予期した彼等は冷やかなる壁の上に只一となり二となり線となり字となって生きんと願った。壁の上に残る横縦《よこたて》の疵《きず》は生を欲する執着《しゅうじゃく》の魂魄《こんぱく》である。余が想像の糸を茲迄《ここまで》たぐって来た時、室内の冷気が一度に脊《せ》の毛穴から身の内に吹き込む様な感じがして覚えずぞっとした。そう思って見ると何だか壁が湿っぽい。指先で撫《な》でて見るとぬらりと露《つゆ》にすべる。指先を見ると真赤《まっか》だ。壁の隅《すみ》からぽたりぽたりと露の珠《たま》が垂れる。床の上を見ると其滴《そのしたた》りの痕《あと》が鮮やかな紅《くれな》いの紋を不規則に連ねる。十六世紀の血がにじみ出したと思う。壁の奥の方から唸《うな》り声さえ聞える。唸り声が段々と近くなると其《それ》が夜を洩《も》るる凄い歌と変化する。ここは地面の下に通ずる穴倉で其内《そのうち》には人が二人居る。鬼の国から吹き上げる風が石の壁の破《わ》れ目を通って小《ささ》やかなカンテラを煽《あお》るから只さえ暗い室《へや》の天井も四隅《よすみ》も煤色《すすいろ》の油煙《ゆえん》で渦巻いて居る様に見える。幽《かす》かに聞えた歌の音は窖中《こうちゅう》に居る一人の声に相違ない。歌の主《ぬし》は腕を高くまくって、大きな斧《おの》を轆轤《ろくろ》の砥石《といし》にかけて一《いっ》生懸命《しょうけんめい》に磨《と》いで居る。其傍《そのそば》には一挺《いっちょう》の斧が抛《な》げ出してあるが、風の具合で其《その》白い刃《は》がぴかりぴかりと光る事がある。他の一人は腕組《うでぐみ》をした儘《まま》立って砥《と》の転《まわ》るのを見て居る。髯《ひげ》の中から顔が出て居て其《その》半面をカンテラが照《てら》す。照された部分が泥だらけの人参《にんじん》の様な色に見える。「こう毎日の様に舟から送って来ては、首斬り役も繁昌《はんじょう》だのう」と髯《ひげ》がいう。「左《そ》様《う》さ、斧を磨《と》ぐ丈《だけ》でも骨が折れるわ」と歌の主が答える。是《これ》は脊《せ》の低い眼の凹《くぼ》んだ煤色《すすいろ》の男である。「昨日《きのう》は美しいのをやったなあ」と髯《ひげ》が惜《お》しそうにいう。「いや顔は美しいが頸《くび》の骨は馬鹿《ばか》に堅《かた》い女だった。御蔭で此《この》通り刃《は》が一分許《いちぶばか》りかけた」とやけに轆轤《ろくろ》を転《ころ》ばす。シュシュシュと鳴る間《あいだ》から火花がピチピチと出る。磨《と》ぎ手は声を張り揚げて歌い出す。

切れぬ筈だよ女の頸《くび》は恋の恨《うら》みで刃《は》が折れる。

シュシュシュと鳴る音の外《ほか》には聴えるものもない。カンテラの光りが風に煽《あお》られて磨ぎ手の右の頬を射る。煤《すす》の上に朱を流した様だ。「あすは誰《たれ》の番かな」と稍《やや》ありて髯《ひげ》が質問する。「あすは例の婆様《ばあさま》の番さ」と平気に答える。

生《は》える白髪《しらが》を浮気が染める、首を斬られりゃ血が染める。

と高調子《たかぢょうし》に歌う。シュシュシュと轆轤《ろくろ》が回わる、ピチピチと火花が出る。「アハハハもう善《よ》かろう」と斧《おの》を振り翳《かざ》して灯影《ほかげ》に刃《は》を見る。「婆様《ばあさま》ぎりか、外《ほか》に誰も居ないか」と髯《ひげ》が又問《とい》をかける。「それから例のがやられる」「気の毒な、もうやるか、可愛相《かわいそう》になあ」といえば「気の毒じゃが仕方がないわ」と真黒な天井を見て嘯《うそぶ》く。

忽《たちま》ち窖《あな》も首斬もカンテラも一度に消えて余はボーシャン塔の真中《まんなか》に茫然《ぼうぜん》と佇《たたず》んで居る。ふと気が付いて見ると傍《そば》に先刻《さっき》鴉に麵麭《パン》をやりたいと云った男の子が立って居る。例の怪しい女ももとの如くついて居る。男の子が壁を見て「あすこに犬がかいてある」と驚いた様に云う。女は例の如く過去の権化《ごんげ》と云うべき程の屹《きつ》とした口調で「犬ではありません。左《ひだ》りが熊、右が獅子で是《これ》はダッドレー家の紋章です」と答える。実の所《ところ》余も犬か豚だと思って居たのであるから、今此《この》女の説明を聞いて益《ますます》不思議な女だと思う。そう云えば今ダッドレーと云ったとき其《その》言葉の内に何となく力が籠《こも》って、恰《あたか》も己《おの》れの家名でも名乗った如くに感ぜらるる。余は息を凝《こ》らして両人《ふたり》を注視する。女は猶《なお》説明をつづける。「此《この》紋章を刻んだ人はジョン・ダッドレーです」恰《あたか》もジョンは自分の兄弟の如き語調である。「ジョンには四人の兄弟があって、其《その》兄弟が、熊と獅子の周囲《まわり》に刻み付けられてある草花でちゃんと分ります」見ると成程四通《なるほどよんとお》りの花だか葉だかが油絵の枠の様に熊と獅子を取り巻いて彫ってある。「ここにあるのは Acorns で是《これ》は Ambrose の事です。こちらにあるのが Rose で Robert を代表するのです。下の方に忍冬《にんどう》が描《か》いてありましょう。忍冬は Honey-suckle

だからHenryに当《あた》るのです。左《ひだ》りの上に塊《かたま》って居るのがGeraniumで是はG……」と云ったぎり黙って居る。見ると珊瑚《さんご》の様な唇が電気でも懸《かけ》たかと思われる迄にぶるぶる顫《ふる》えて居る。蝮《まむし》が鼠《ねずみ》に向ったときの舌の先の如くだ。しばらくすると女は此《この》紋章の下に書き付けてある題辞を朗《ほが》らかに誦《じゅ》した。

Yow that the beasts do wel behold and se,

May deme with ease wherefore here made they be

Withe borders eke wherein

4brothers' names who list to serche the grovnd.

女は此《この》句を生れてから今日《きょう》迄毎日日課として諳誦《あんしょう》した様に一種の口調を以《もっ》て誦《じゅ》し了《おわ》った。実を云うと壁にある字は甚《はなは》だ見悪《みにく》い。余の如きものは首を捻《ひね》っても一字も読《よめ》そうにない。余は益此女《ますますこの》を怪しく思う。

気味が悪くなったから通り過ぎて先へ抜ける。銃眼《じゅうがん》のある角《かど》を出ると滅茶苦茶《めちゃくちゃ》に書き綴《つづ》られた、模様だか文字《もんじ》だか分らない中に、正しき画《かく》で、小《ちい》さく「ジェーン」と書いてある。余は覚えず其前《その》に立留《たちど》まった。英国の歴史を読んだものでジェーン・グレーの名を知らぬ者はあるまい。又其《その》薄命と無残の最後に同情の涙を濺《そそ》がぬ者はあるまい。ジェーンは義父と所天《おっと》の野心の為《た》めに十八年の春秋を罪なくして惜気《おしげ》もなく刑場に売った。揉《も》み躙《にじ》られたる薔薇《ばら》の蕊《しべ》より消え難き香《か》の遠く立ちて、今に至る迄《まで》史《し》を繙《ひもと》く者をゆかしがらせる。希臘《ギリシヤ》語を解しプレートーを読んで一代の碩学《せきがく》アスカムをして舌を捲《ま》かしめたる逸事《いつじ》は、此《この》詩趣ある人物を想見《そうけん》するの好材料として何人《なんぴと》の脳裏にも保存せらるるであろう。余はジェーンの名の前に立留《たちどま》ったぎり動かない。動かないと云うより寧《むし》ろ動けない。空想の幕は既にあいて居る。

始《はじめ》は両方の眼が霞《かす》んで物が見えなくなる。やがて暗い中の一点にパッと火が点ぜられる。其《その》火が次第次第に大きくなって内に人が動いて居る様な心持ちがする。次にそれが漸々《だんだん》明るくなって丁度《ちょうど》双眼鏡の度《ど》を合《あわ》せる様に判然と眼に映じて来る。次に其《その》景色が段々大きくなって遠方から近づいて来る。気がついて見ると真中《まんなか》に若い女が坐って居る、右の端《はじ》には男が立って居る様だ。両方共どこかで見た様だなと考えるうち、瞬《またた》く間にズッと近づいて余から五六間《けん》先で果《はた》と停《とま》る。男は前に穴倉《あなぐら》の裏《うち》で歌をうたって居た、眼の凹《くぼ》んだ煤色《すすいろ》をした、脊《せ》の低い奴だ。磨《と》ぎすました斧を左手《ゆんで》に突いて腰に八寸程の短刀をぶら下げて見構えて立って居る。余は覚えずギョッとする。女は白き手巾《ハンケチ》で目隠しをして両の手で首を載せる台を探す様な風情《ふぜい》に見える。首を載せる台は日本の薪割台《まきわりだい》位の大きさで前に鉄の環《かん》が着いて居る。台の前部に藁《わら》が散らしてあるのは流れる血を防ぐ要慎《ようじん》と見えた。背後の壁にもたれて二三人の女が泣き崩れて居る、侍女ででもあろうか。白い毛裏《けうら》を折り返した法衣《ほうえ》を裾《すそ》長く引く坊さんが、うつ向いて女の手を台の方角へ導いてやる。女は雪の如く白い服を着けて、肩にあまる金色《こんじき》の髪を時々雲の様に揺らす。ふと其《その》顔を見ると驚いた。眼こそ見えね、眉の形、細き面《おもて》、なよやかなる頸《くび》の辺《あた》りに至迄《いたるまで》、先刻《さつき》見た女其儘《そのまま》である。思わず馳《か》け寄ろうとしたが足が縮んで一歩も前へ出る事が出来ぬ。女は漸《ようや》く首斬り台を探り当てて両の手をかける。唇がむずむずと動く。最前《さいぜん》男の子にダッドレーの紋章を説明した時と寸分違《たが》わぬ。やがて首を少し傾けて「わが夫ギルドフォード・ダッドレーは既に神の国に行ってか」と聞く。肩を揺り越した一握《ひとにぎ》りの髪が軽《かろ》くうねりを打つ。坊さんは「知り申さぬ」と答えて「まだ真《まこ》との道に入《い》り玉《たま》う心はなきか」と問う。女屹《きつ》として「まこととは吾《われ》と吾夫《わがおつと》の信ずる道をこそ言え。御身達《おんみたち》の道は迷いの道、誤りの道よ」と返す。坊さんは何にも言わずに居る。女は稍《やや》落ち付いた調子で「吾夫が先なら追付《おいつこ》う、後ならば誘《さそ》うて行こう。正しき神の国に、正しき道を踏んで行こう」と云い終って落つるが如く首を台の上に投げかける。眼の凹《くぼ》んだ、煤色《すすいろ》の、脊《せ》の低い首斬り役が重た気《げ》に斧《おの》をエイと取り直す。余の洋袴《ズボン》の膝《ひざ》に二三点の血が迸《ほとば》しると思ったら、凡《すべ》ての光景が忽然《こつぜん》と消え失せた。

あたりを見廻わすと男の子を連れた女はどこへ行ったか影さえ見えない。狐《きつね》に化かされた様な顔をして茫然《ぼうぜん》と塔を出る。帰り道に又鐘塔《しゆとう》の下を通ったら高い窓からガイフォークスが稲妻《いなずま》の様な顔を一寸《ちよつと》出した。「今一時間早かったら……。此《この》三本のマッチが役に立ったなかったのは実に残念である」と云う声さえ聞えた。自分ながら少々気が変だと思ってそこそこに塔を出る。塔橋《とうきょう》を渡って後ろを顧《かえり》みたら、北の国の例か此《この》日もいつの間にやら雨となって居た。糠粒《ぬかつぶ》を針の目からこぼす様な細かいのが満都《まんと》の紅塵《こうじん》と煤煙《ばいえん》を溶《と》かして濛々《もうもう》と天地を鎖《とざ》す裏《うち》に地獄の影の様にぬっと見上げられたのは倫敦《ロンドン》塔であった。

　無我夢中に宿に着いて、主人に今日は塔を見物して来たと話したら、主人が鴉《からす》が五羽居たでしょうと云う。おや此《この》主人もあの女の親類かなと内心大《おおい》に驚《おど》ろくと主人は笑いながら「あれは奉納《ほうのう》の鴉です。昔《むか》しからあすこに飼って居るので、一羽でも数が不足すると、すぐあとをこしらえます、夫《それ》だからあの鴉はいつでも五羽に限って居ます」と手もなく説明するので、余の空想の一半《いっぱん》は倫敦《ロンドン》塔を見た其《その》日のうちに打ち壊《こ》わされて仕舞《しま》った。余は又主人に壁の題辞の事を話すと、主人は無造作《むぞうさ》に「ええあの落書《らくがき》ですか、詰《つま》らない事をしたもんで、切角《せっかく》奇麗な所を大なしにして仕舞《しま》いましたねえ、なに罪人《ざいにん》の落書だなんて当《あて》になったもんじゃありません、贋《にせ》も大分ありますさあね」と澄《す》ましたものである。余は最後に美しい婦人に逢《あ》った事と其《その》婦人が我々の知らない事や到底読めない字句をすらすら読んだ事抔《など》を不思議そうに話し出すと、主人は大《おおい》に軽蔑した口調で「そりゃ当り前でさあ、皆《み》んなあすこへ行く時にゃ案内記を読んで出掛《でかけ》るんでさあ、其《その》位の事を知ってたって何も驚くにゃあたらないでしょう、何頗《すこぶ》る別嬪《べっぴん》だって、倫敦《ロンドン》にゃ大分別嬪が居ますよ、少し気を付けないと険呑《けんのん》ですぜ」と飛んだ所へ火の手が揚《あが》る。是《これ》で余の空想の後半が又打《ぶ》ち壊《こ》わされる。主人は二十世紀の倫敦《ロンドン》人である。

夫《それ》からは人と倫敦《ロンドン》塔の話しをしない事に極《き》めた。又再び見物に行かない事に極《き》めた。

此《この》篇は事実らしく書き流してあるが、実の所過半《かはん》想像的の文字《もんじ》であるから、見る人は其心《そのこころ》で読まれん事を希望する、塔の歴史に関して時々戯曲的に面白そうな事柄を撰《えら》んで綴《つづ》り込んで見たが、甘《うま》く行かんので所々不自然の痕迹《こんせき》が見えるのは已《やむ》を得ない。其中《そのうち》エリザベス（エドワード四世の妃《ひ》）が幽閉中の二王子に逢《あ》いに来る場と、二王子を殺した刺客《せっかく》の述懐《じゅつかい》の場は沙翁《さおう》の歴史劇リチャード三世のうちにもある。沙翁はクラレンス公爵の塔中で殺さるる場を写すには正筆を用い、王子を絞殺する模様をあらわすには仄筆《そくひつ》を使って、刺客の語を藉《か》り裏面《りめん》から其《その》様子を描出《びょうしゅつ》して居る。嘗《かつ》て此《この》劇を読んだとき、其所《そこ》を大《おおい》に面白く感じた事があるから、今其《その》趣向を其儘《そのまま》用いて見た。然《しか》し対話の内容周囲の光景等は無論余の空想から捏出《ねっしゅつ》したもので沙翁とは何等《なんら》の関係もない。夫《それ》から断頭吏《だんとうり》の歌をうたって斧《おの》を磨《と》ぐ所に就《つ》いて一言《いちげん》して置くが、此《この》趣向は全くエーンズウォースの「倫敦塔《ロンドンとう》」と云う小説から来たもので、余は之《これ》に対して些少《さしょう》の創意をも要求する権利はない。エーンズウォースには斧の刃のこぼれたのをソルスベリ伯爵夫人を斬る時の出来事の様に叙してある。余が此《この》書を読んだとき断頭場に用うる斧の刃のこぼれたのを首斬り役が磨《と》いで居る景色抔《など》は僅《わずか》に一二頁《ページ》に足らぬ所ではあるが非常に面白いと感じた。加之《のみならず》磨《と》ぎながら乱暴な歌を平気でうたって居ると云う事が、同じく十五六分の所作《しょさ》ではあるが、全篇を活動せしむるに足る程の戯曲的出来事だと深く興味を覚えたので、今其《その》趣向其儘《そのまま》を蹈襲《とうしゅう》したのである。但《ただ》し歌の意味も文句も、二吏《り》の対話も、暗窖《あんこう》の光景も一切趣向以外の事は余の空想から成ったものである。序《つい》でだからエーンズウォースが獄門役に歌わせた歌を紹介して置く。

The axe was sharp, and heavy as lead,
As it touched the neck, off went the head!
Whir-whir-whir-whir!
Queen Anne laid her white throat upon the block,
Quietly waiting the fatal shock;
The axe it severed it right in twain,
And so quick—so true—that she felt no pain!
Whir-whir-whir-whir!
Salisbury's countess, she would not die
As a proud dame should—decorously.

Lifting my axe, I split her skull,
And the edge since then has been notched and dull.
Whir-whir-whir-whir !

Queen Catherine Howard gave me a fee,—
A chain of gold—to die easily ;
And her costly present she did not rue,
For I touched her head and away it flew !
Whir-whir-whir-whir !

此《この》全章を訳そうと思ったが到底思う様に行かないし、且《かつ》余り長過ぎる恐れがあるから已《や》めにした。二王子幽閉の場と、ジェーン所刑の場に就《つい》ては有名なるドラロッシの絵画が尠《すくな》からず余の想像を助けて居る事を一言して聊《いささ》か感謝の意を表する。

舟より上《あが》る囚人のうちワイアットとあるは有名なる詩人の子にてジェーンの為《た》め兵を挙《あ》げたる人、父子同名《どうみよう》なる故《ゆえ》紛れ易《やす》いから記して置く。

塔中四辺《しへん》の風致《ふうち》景物を今少し精細に写す方が読者に塔其《その》物を紹介して其《その》地を踏ましむる思いを自然に引き起させる上に於《おい》て必要な条件とは気が付いて居るが、何分《なにぶん》かかる文《ぶん》を草する目的で遊覧《ゆうらん》した訳《わけ》ではないし、且《かつ》年月が経過して居るから判然たる景色がどうしても眼の前にあらわれ悪《にく》い。従って動《やや》ともすると主観的の句が重複して、ある時は読者に不愉快な感じを与えはせぬかと思う所もあるが右の次第だから仕方がない。（三十七年十二月二十日）

（「帝国文学」明治三十八年一月号）

幻の城

まえじま しょう

一心不乱《いっしんふらん》と云う事を、目に見えぬ怪力をかり、縹緲《ひょうびょう》たる背景の前に写し出そうと考えて、此《この》趣向を得た。是《これ》を日本の物語に書き下《おろ》さなかったのは此《この》趣向とわが国の風俗が調和すまいと思うたからである。浅学にて古代騎士の状況に通ぜず、従って叙事妥当を欠き、描景真相を失する所が多かろう、読者の誨《おしえ》を待つ。

遠き世の物語である。バロンと名乗るものの城を構え濠《ほり》を環《めぐ》らして、人を屠《ほふ》り天に驕《おご》れる昔に帰れ。今代《きんだい》の話しではない。

何時《いつ》の頃とも知らぬ。只《ただ》アーサー大王の御代《みよ》とのみ言い伝えたる世に、ブレトンの一士《し》人《じん》がブレトンの一女子に懸想《けそう》した事がある。其《その》頃の恋はあだには出来ぬ。思う人の唇に燃ゆる情けの息を吹く為には、吾肱《わがひじ》をも折らねばならぬ、吾頸《わがくび》をも挫《くじ》かねばならぬ、時としては吾血潮さえ容赦もなく流さねばならなかった。懸想されたるブレトンの女は懸想せるブレトンの男に向って云う、君が恋、叶《かな》えんとならば、残りなく円卓の勇士を倒して、われを世に類《たぐ》いなき美しき女と名乗り給《たま》え、アーサーの養える名高き鷹《たか》を獲《え》て吾許《わがもと》に送り届け給えと、男心得たりと腰に帯びたる長き剣《つるぎ》に盟《ちか》えば、天上天下に吾 志《わがこころざし》を妨《さまた》ぐるものなく、遂《つい》に仙姫《せんき》の援《たすけ》を得て悉《ことごと》く女の言う所を果《はた》す。鷹の足を纏《まと》える細き金の鎖の端に結びつけたる羊皮紙《ようひし》を読めば、三十一ケ条の愛に関する法章であった。所謂《いわゆる》「愛の庁《ちょう》」の憲法とは是《これ》である。……盾の話しは此《この》憲法の盛《さかん》に行われた時代に起《おこ》った事と思え。

行く路《みち》を扼《やく》すとは、其上《そのかみ》騎士の間《あいだ》に行われた習慣である。幅広からぬ往還《おうかん》に立ちて、通り掛りの武士に戦を挑む。二人の槍の穂先が撓《しわ》って馬と馬の鼻頭《はなづら》が合うとき、鞍壺《くらつぼ》にたまらず落ちたが最後無難に此関《このせき》を踰《こ》ゆる事は出来ぬ。鎧《よろい》、甲《かぶと》、馬諸共に召し上げらるる。路《みち》を扼する侍は武士の名を藉《か》る山賊の様なものである。期限は三十日、傍《かたえ》の木立に吾旗を翻《ひるが》えし、喇叭《らっぱ》を吹いて人や来《きた》ると待つ。今日《きょう》も待ち明日《あす》も待ち明後日《あさって》も待つ、五六三十日の期が満つる迄は必ず待つ。時には我意中の美人と共に待つ事もある。通り掛りの上臈《じょうろう》は吾を護《まも》る侍の鎧の袖に隠れて関《せき》を抜ける。守護の侍は必ず路《みち》を扼する武士と槍を交《まじ》える。交えねば自身は無論の事、二世《にせ》かけて誓へる女性《にょしょう》をすら通す事は出来ぬ。千四百四十九年にバーガンデの私生子と称する豪のものがラ・ベル・ジャルダンと云える路《みち》を首尾よく三十日間守り終《おお》せたるは今に人の口碑《こうひ》に存する逸話である。三十日の間《あいだ》私生子と起居を共にせる美人は只「清き巡礼の子」という名に其本名《そのほんみょう》を知る事が出来ぬのは遺憾《いかん》である。……盾の話しは此時代《このじだい》の事と思え。

此盾《このたて》は何時《いつ》の世のものとも知れぬ。パヴィースと云うて三角を倒《さかし》まにして全身を蔽《おお》う位な大きさに作られたものとも違う。ギージという革紐《かわひも》にて肩から釣《つ》るす種類でもない。上部に鉄の格子《こうし》を穿《あ》けて中央の孔《あな》から鉄砲を打つと云う仕懸《しかけ》の後世のものでは無論ない。いずれの時、何者が鍛《きた》えた盾かは盾の主人なるウィリアムさえ知らぬ。ウィリアムは此盾《このたて》を自己の室《へや》の壁に懸けて朝夕《ちょうせき》眺めて居る。人が聞くと不可思議な盾だと云う。霊《れい》の盾だと云う。此盾《このたて》を持って戦《たたかい》に臨むとき、過去、現在、未来に渉《わた》って吾願《わがねがい》を叶《かな》える事のある盾だと云う。名あるかと聞けば只幻影《まぼろし》の盾と答える。ウィリアムは其他《そのた》を言わぬ。

盾の形は望《もち》の夜《よ》の月の如く丸い。鋼《はがね》で饅頭形《まんじゅうがた》の表を一面に張りつめてあるから、輝やける色さえも月に似て居る。縁《ふち》を繞《めぐ》りて小指の先程の鋲が奇麗に五分《ごぶ》程の間《あいだ》を置いて植えられてある。鋲の色も亦《また》銀色である。鋲の輪の内側は四寸許《ばか》りの円を画《かく》して匠人《しょうじん》の巧《たくみ》を尽《つく》したる唐草が彫り付けてある。模様があまり細か過ぎるので一寸《ちょっと》見ると只不規則の漣漪《れんい》が、肌に答えぬ程の微風《びふう》に数え難き皺《しわ》を寄する如くである。花か蔦《つた》か或《あるい》は葉か、所々が劇《はげ》しく光線を反射して余所《よそ》よりも際立《きわだ》ちて視線を襲うのは昔《むか》し象嵌《ぞうがん》のあった名残《なごり》でもあろう。猶《なお》内側へ這入《はい》ると延板《のべいた》の平らな地《じ》になる。そこは今も猶《なお》鏡の如く輝やいて面《おもて》にあたるものは必ず写す。ウィリアムの顔も写る。ウィリアムの甲《かぶと》の挿毛《さしげ》のふわふわと風に靡《なび》く様も写る。日に向けたら日に燃えて日の影をも写そう。鳥を追えば、こだまさえ交《まじ》えずに十里を飛ぶ俊鶻《しゅんこつ》の影も写そう。時には壁から卸《おろ》して磨くかとウィリアムに問えば否《いな》と云う。霊の盾は磨かねども光るとウィリアムは独《ひと》り語《ごと》の様に云う。盾の真中《まんなか》が五寸許《ばか》りの円を描いて浮き上る。是《これ》には怖ろしき夜叉《やしゃ》の顔が隙間もなく鋳出《いだ》されて居る。其《その》顔は長《とこ》しえに天と地と中間にある人とを呪う。右から盾を見るときは右に向って呪い、左から盾を覗《のぞ》くときは左に向って呪い、正面から盾に対《むか》う敵には固《もと》より正面を見て呪う。ある時は盾の裏にかくるる持主をさえ呪いはせぬかと思わるる程怖しい。頭《かしら》の毛は春夏秋冬の風に一度に吹かれた様に残りなく逆立って居る。しかも其《その》一本一本の末は丸く平たい蛇の頭となって其《その》裂け目から消えんとしては燃ゆる如き舌を出して居る。毛と云う毛は悉《ことごと》く蛇で、其《その》蛇は悉《ことごと》く首を擡《もた》げて舌を吐いて縺《もつ》るるのも、捻《ね》じ合うのも、攀《よ》じあがるのも、にじり出るのも見らるる。五寸の円の内部に獰悪《どうあく》なる夜叉の顔を辛《かろ》うじて残して、額際《ひたいぎわ》から顔の左右を残《のこり》なく塡《うず》めて自然《じねん》に円の輪廓を形《かた》ちづくって居るのは此《この》毛髪の蛇、蛇の毛髪である。遠き昔《むか》しのゴーゴンとは是《これ》であろうかと思わるる位だ。ゴーゴンを見る者は石に化すとは当時の諺《ことわざ》であるが、此《この》盾を熟視する者は何人《なんぴと》も其《その》諺のあながちならぬを覚《さと》るであろう。

盾には創《きず》がある。右の肩から左へ斜《はす》に切りつけた刀の痕《あと》が見える。玉《だま》を並べた様な鋲の一つを半ば潰《つぶ》してゴーゴン、メジューサに似た夜叉《やしゃ》の耳のあたりを纏《まと》う蛇の頭を叩いて、横に延板《のべいた》の平《たいら》な地《じ》へ微《かす》かな細長い凹《くぼ》みが出来て居る。ウィリアムに此創《このきず》の因縁を聞くと何にも云わぬ。知らぬかと云えば知ると云う。知るかと云えば言い難しと答える。

人に云えぬ盾《たて》の由来の裏《うら》には、人に云えぬ恋の恨みが潜んで居る。人に云わぬ盾の歴史の中《うち》には世も入《い》らぬ神も入《い》らぬと迄思いつめたる望《のぞみ》の綱《つな》が繋がれて居る。ウィリアムが日毎夜毎に繰り返す心の物語りは此《この》盾と浅からぬ因果の羈絆《きずな》で結び付けられて居る。いざという時此《この》盾を執《と》って……望《のぞみ》は是《これ》である。心の奥に何者かほのめいて消え難き前世《ぜんせ》の名残《なごり》の如きを、白日の下《もと》に引き出して明《あか》ら様《さま》に見極《みきわ》むるは此《この》盾の力である。いずくより吹くとも知らぬ業障《ごうしょう》の風の、隙《すき》多き胸に洩《も》れて目に見えぬ波の、立ちては崩れ、崩れては立つを浪なき昔、風吹かぬ昔に返すは此《この》盾の力である。此《この》盾だにあらばとウィリアムは盾の懸かれる壁を仰《あお》ぐ。天地人《てんちじん》を呪うべき夜叉《やしゃ》の姿も、彼が眼には画《えが》ける天女《てんにょ》の微《かす》かに笑《えみ》を帯べるが如く思わるる。時にはわが思う人の肖像ではなきかと疑う折さえある。只抜け出して語らぬが残念である。

思う人！　ウィリアムが思う人はここには居《お》らぬ。小山を三つ越えて大河を一つ渉《わた》りて二十哩《マイル》先の夜鴉《よがらす》の城に居る。夜鴉の城とは名からして不吉であると、ウィリアムは時々考える事がある。然《しか》し其《その》夜鴉の城へ、彼は小児《しように》の時度々《たびたび》遊びに行った事がある。小児の時のみではない成人してからも始終訪問《おとず》れた。クララの居る所なら海の底でも行かずには居られぬ。彼はつい近頃迄夜鴉の城へ行っては終日クララと語り暮したのである。恋と名がつけば千里も行く、二十哩《マイル》は云うに足らぬ。夜を守る星の影が自《おの》ずと消えて、東の空に紅《べに》殻《がら》を揉《も》み込んだ様な時刻に、白城《はくじょう》の刎橋《はねばし》の上に騎馬の侍が一人あらわれる。……宵の明星が本丸《ほんまる》の櫓《やぐら》の北角にピカと見え初《そ》むる時、遠き方《かた》より又蹄《ひずめ》の音が昼と夜の境を破って白城の方《かた》へ近づいて来る。馬は総身《そうしん》に汗をかいて、白い泡を吹いて居るに、乗手《のりて》は鞭《むち》を鳴らして口笛をふく。戦国のならい、ウィリアムは馬の脊で人と成ったのである。

去年の春の頃から白城の刎橋《はねばし》の上に、暁方《あけがた》の武者の影が見えなくなった。夕暮の蹄の音も野に逼《せま》る黒きものの裏《うち》に吸い取られてか、聞えなくなった。其《その》頃からウィリアムは、己《おの》れを己れの中《うち》へ引き入るる様に、内へ内へと深く食い入る気色《けしき》であった。花も春も余所《よそ》に見て、只心の中《うち》に貯えたる何者かを使い尽す迄はどうあっても外界に気を転ぜぬ様に見受けられた。武士の命は女と酒と軍《いく》さである。吾《われ》思う人の為《た》めにと箸《はし》の上げ下《おろ》しに云う誰彼《たれかれ》に倣《なら》って、わがクララの為《た》めにと云わぬ事はないが其《その》声の咽喉《のど》を出る時は、塞《ふさ》がる声帯を無理に押し分ける様であった。血の如き葡萄《ぶどう》の酒を髑髏《どくろ》形の盃にうけて、縁《ふち》越すことをゆるさじと、髭《ひげ》の尾迄濡らして呑み干す人の中に、彼は只《ただ》額を抑えて、斜めに泡を吹くことが多かった。山と盛る鹿の肉に好味《こうみ》の刀《とう》を揮《ふる》う左も顧みず右も眺めず、只わが前に置かれたる皿のみを見詰めて済《すま》す折もあった。皿の上に堆《うずた》かき肉塊の残らぬ事は少ない。武士の命を三分《ぶん》して女と酒と軍《いく》さが其《その》三ケ一を占むるならば、ウィリアムの命の三分《ぶ》二は既に死んだ様なものである。残る三分《ぶ》一は？　軍《いくさ》はまだない。

　ウィリアムは身の丈《たけ》六尺一寸《ちょっと》、瘦《や》せては居るが満身の筋肉を骨格の上へたたき付けて出来上った様な男である。四年前の戦《たたかい》に甲《かぶと》も棄て、鎧《よろい》も脱いで丸裸になって城壁の裏《うち》に仕掛けたる、カタパルトを彎《ひ》いた事がある。戦《たたかい》が済んでから其有様《そのありさま》を見て居た者がウィリアムの腕には鉄の瘤《こぶ》が出るといった。彼の眼と髪は石炭の様に黒い。其《その》髪は渦を巻いて、彼が頭《かしら》を掉《ふ》る度《たび》にきらきらする。彼の眼《まなこ》の奥には又一双《いっそう》の眼《まなこ》があって重なり合って居る様な光りと深さとが見える。酒の味に命を失い、未了の恋に命を失いつつある彼は来《きた》るべき戦場にも亦《また》命を失うだろうか。彼は馬に乗って終日終夜野を行くに疲れた事のない男である。彼は一片の麵麭《パン》も食わず一滴の水さえ飲まず、未明より薄暮迄働き得る男である。年は二十六歳。夫《それ》で戦《いくさ》が出来ぬであろうか。夫《それ》で戦《いくさ》が出来ぬ位なら武士の家に生れて来ぬがよい。ウィリアム自身もそう思って居る。ウィリアムは幻影《まぼろし》の盾を翳《かざ》して戦う機会があれば……と思って居る。

　白城《はくじょう》の城主狼のルーファスと夜鴉《よがらす》の城主とは二十年来の好《よし》みで家の子《こ》郎党《ろうとう》の末に至る

迄互《たがい》に往《ゆ》き来せぬは稀《まれ》な位打ち解けた間柄であった。確執《かくしつ》の起《おこ》ったのは去年《こぞ》の春の初《はじめ》からである。源因は私《わたくし》ならぬ政治上の紛議の果《はて》とも云い、あるは鷹狩の帰りに獲物争いの口論からと唱え、又は夜鴉の城主の愛女《あいじょ》クララの身の上に係《かか》る衝突に本《もと》づくとも言触《いいふ》らす。過ぐる日の饗筵《きょうえん》に、卓上の酒尽きて、居並ぶ人の舌の根のしどろに緩《ゆる》む時、首席を占むる隣り合せの二人が、何事か声高《こわだか》に罵《ののし》る声を聞かぬ者はなかった。「月に吠《ほ》ゆる狼の……ほざくは」と手にしたる盃《さかずき》を地に抛《なげう》って、夜鴉の城主は立ち上る。盃の底に残れる赤き酒の、斑《まだ》らに床を染めて飽きたらず、摧《くだ》けたる觥片《こうへん》と共にルーファスの胸のあたり迄跳ね上る。「夜迷《よま》い烏《がらす》の黒き翼を切って落せば、地獄の闇ぞ」とルーファスは革に釣《つ》る重き剣《つるぎ》に手を懸けてするすると四五寸許《ばか》り抜く。一座の視線は悉《ことごと》く二人の上に集まる。高き窓洩《も》る夕日を脊《せ》に負う、二人の黒き姿の、此世《この》の様《さま》とも思われぬ中に、抜きかけた剣《つるぎ》のみが寒き光を放つ。此時《この》ルーファスの次に座を占めたるウィリアムが「渾名《あだな》こそ狼なれ、君が剣《つるぎ》に刻める文字に耻《は》じずや」と右手《めて》を延《の》ばしてルーファスの腰のあたりを指《ゆびさ》す。幅広き刃《やいば》の鍔《つば》の真下に pro gloria et patria と云う銘が刻んである。水を打った様な静かな中に、只ルーファスが抜きかけた剣《つるぎ》を元の鞘《さや》に収むる声のみが高く響いた。是《これ》より両家の間《あいだ》は長く中絶《なかた》えて、

ウィリアムの乗り馴《な》れた栗毛の駒は少しく肥えた様に見えた。

近頃は戦《いく》さの噂《うわさ》さえ頻《しき》りである。睚眦《がいさい》の恨《うらみ》は人を欺《あざむ》く笑《えみ》の衣《ころも》に包めども、解け難き胸の

乱れは空吹く風の音にもざわつく。夜《よ》となく日となく磨きに磨く刃《やいば》の冴《さえ》は、人を屠《ほふ》る遺恨の刃を磨くのである。君の為《た》め国の為《た》めなる美しき名を藉《か》りて、毫釐《ごうり》の争《あらそい》に千里の恨《うらみ》を報ぜんとする心からである。正義と云い人道と云うは朝嵐《あさあらし》に翻《ひる》がえす旗にのみ染め出《いだ》すべき文字《もんじ》で、繰り出す槍の穂先には瞋恚《しんい》の焰《ほむら》が焼け付いて居る。狼は如何《いか》にして鴉と戦うべき口実を得たか知らぬ。鴉は何を叫んで狼を誣《し》ゆる積《つも》りか分らぬ。只時ならぬ血潮と迄見えて迸《ほと》ばしりたる酒の雫《しずく》の、胸を染めたる恨《うらみ》を晴《はら》さでやとルーファスがセント・ジョージに誓えるは事実である。尊き銘は剣《つるぎ》にこそ彫れ、抜き放ちたる光の裏《うち》に遠吠《とおぼ》ゆる狼を屠《ほふ》らしめ玉えとありとあらゆるセイントに夜鴉の城主が祈念《きねん》を凝《こら》したるも事実である。両家の間《あいだ》の戦《いくさ》は到底免かれない。いつという丈《だけ》が問題である。

　末の世の尽きて、其《その》末の世の残る迄と誓いたる、クララの一門に弓をひくはウィリアムの好まぬ所である。手創《てきず》負いて斃《たお》れんとする父とたよりなき吾とを、敵の中より救いたるルーファスの一家《いちけ》に、事ありと云う日に、膝《ひざ》を組んで動かぬのはウィリアムの猶《なお》好まぬ所である。封建の代《よ》のならい、主《しゅ》と呼び従《じゅう》と名乗る身の危《あやう》きに赴《おもむ》かで、人に卑怯《ひきょう》と嘲《あざ》けらるるは彼の尤《もっと》も好まぬ所である。甲《かぶと》も着様《きよう》、鎧《よろい》も繕《つくろ》おう、槍も磨こう、すわという時は真先《まっさき》に行こう……然《しか》しクララはどうなるだろう。負ければ打死《うちじに》をする、クララには逢《あ》えぬ。勝てばクララが死ぬかも知れぬ。ウィリアムは覚えず空に向って十字を切る。今の内姿を窶《やつ》して、クララと落ち延《の》びて北の方《かた》へでも行こうか。落ちた後で朋輩《ほうばい》が何というだろう。ルーファスが人でなしと云うだろう。内懐《うちぶところ》からクララの呉《く》れた一束ねの髪の毛を出して見る。長い薄色《うすいろ》の毛が、麻《あさ》を砧《きぬた》で打って柔かにした様にゆるくうねってウィリアムの手から下がる。ウィリアムは髪を見詰めて居た視線を茫然《ぼうぜん》とわきへそらす。それが器械的に壁の上へ落ちる。壁の上にかけてある盾の真中《まんなか》で優しいクララの顔が笑って居る。去年分れた時の顔と寸分違《たが》わぬ。顔の周囲を巻いて居る髪の毛が……ウィリアムは呪われたる人の如くに、千里の遠きを眺めて居る様な眼付で石の如く盾を見て居る。日の加減か色が真青《まつさお》だ。……顔の周囲を巻いて居る髪の毛が、先《さ》っきから流れる水に漬《つ》けた様にざわざわと動いて居る。髪の毛ではない無数の蛇の舌が断間《たえま》なく震動して五寸の円の輪を揺り廻るので、銀《ぎん》地《じ》に絹糸の様に細い炎が、見えたり隠れたり、隠れたり見えたり、渦を巻いたり、波を立てたりする。全部が一度に動いて顔の周囲を廻転するかと思うと、局部が纔《わず》かに動きやんで、すぐ其《その》隣りが動く、見る間に次へ次へと波動が伝わる様にもある。動く度《たび》に舌の摩《す》れ合う音でもあろう微《かす》かな声が出る。微《かす》かではあるが只一つの声ではない、漸《ようや》く鼓膜に響く位の静かな音のうちに――無数の音が交《まじ》って居る。耳に落つる一《ひとつ》の音が聴けば聴く程多くの音がかたまって出来上った様に明《あきら》かに聞き取られる。盾の上に動く物の数多き丈《だけ》、音の数も多く、又其《その》動くものの定かに見えぬ如く、出る音も微《かす》かであらかには鳴らぬのである。……ウィリアムは手に下げたるクララの金毛《きんもう》を三たび盾に向って振りながら「盾！最後の望《のぞみ》は幻影《まぼろし》の盾にある」と叫んだ。

戦《たたかい》は潮《うしお》の河に上《のぼ》る如く次第に近付いて来る。鉄を打つ音、鋼《はがね》を鍛《きた》える響《ひびき》、槌《つち》の音、やすりの響《ひびき》は絶えず中庭の一隅《いちぐう》に聞える。ウィリアムも人に劣らじと出陣の用意はするが、時には殺伐な物音に耳を塞《ふさ》いで、高き角櫓《すみやぐら》に上《のぼ》って遥《はる》かに夜鴉の城の方《かた》を眺める事がある。霧深い国の事だから眼に遮《さえ》ぎる程の物はなくても、天気の好《よ》い日に二十哩《マイル》先は見えぬ。一面に茶渋を流した様な曠野《こうや》が逼《せま》らぬ波を描いて続く間《あいだ》に、白金《しろがね》の筋が鮮かに割り込んで居るのは、日毎の様に浅瀬を馬で渡した河であろう。白い流れの際立《きわだ》ちて目を牽《ひ》くに付けて、夜鴉《よがらす》の城はあの見当だなと見送る。城らしきものは霞《かすみ》の奥に閉じられて眸底《ぼうてい》には写らぬが、流るる銀《しろがね》の、烟《けむり》と化しはせぬかと疑わる迄末広《すえひろ》に薄れて、空と雲との境に入《い》る程は、翳《かざ》したる小手《こて》の下より遥《はる》かに双の眼《まなこ》に聚《あつ》まってくる。あの空とあの雲の間《あいだ》が海で、浪の嚙む切立《きった》ち岩の上に巨巌《きょがん》を刻んで地から生《は》えた様なのが夜鴉の城であると、ウィリアムは見えぬ所を想像で描き出す。若《も》し其《その》薄黒く潮風に吹き曝《さら》された角窓《かどまど》の裏《うち》に一人物を画《えが》き足したなら死龍《しりよう》は忽《たちま》ち活《い》きて天に騰《のぼ》るのである。点睛《てんせい》に比すべきものは何人《なんびと》であろう、ウィリアムは聞かんでも善《よ》く知って居る。

目の廻る程急がしい用意の為《た》めに、昼の間《ま》は夫《それ》となく気が散って浮き立つ事もあるが、ウィリ初夜過ぎに吾《わ》が室《へや》に帰って、冷たい臥床《ふしど》の上に六尺一寸《ちょっと》の長軀《ちょうく》を投げる時は考え出す。初めてクララに逢《あ》ったときは十二三の小供で知らぬ人には口もきかぬ程内気であった。只髪の毛は今の様に金色《きんいろ》であった……ウィリアムは又内懐《うちぶところ》からクララの髪の毛を出して眺める。クララはウィリアムを黒い眼の子、黒い眼の子と云ってからかった。クララの説によると黒い眼の子は意地が悪い、人がよくない、猶太人《ユダヤ》かジプシイでなければ黒い眼色《めいろ》のものはない。ウィリアムは怒って夜鴉の城へはもう来《こ》ぬと云ったらクララは泣き出して堪忍してくれと謝した事がある。……二人して城の庭へ出て花を摘《つ》んだ事もある。赤い花、黄な花、紫の花——花の名は覚えて居《お》らん——色々の花でクララの頭と胸と袖を飾ってクイーンだクイーンだと其前《その》に跪《ひざま》ずいたら、槍を持たない者はナイトでないとクララが笑った。……今は槍もある、ナイトでもある、然《しか》しクララの前に跪く機会はもうあるまい。ある時は野へ出て蒲公英《たんぽぽ》の蕊《しべ》を吹きくらをした。花が散ってあとに残る、むく毛を束《つか》ねた様に透明な球《たま》をとってふっと吹く。残った種の数でうらないをする。思う事が成るかならぬかと云いながらクララが一吹きふくと種の数が一つ足りないので思う事が成らぬと云う辻《つじ》うらであった。するとクララは急に元気がなくなって俯向《うつむ》いて仕舞《しま》った。何を思って吹いたのかと尋ねたら何でもいいと何時《いつ》になく邪慳《じゃけん》な返事をした。其日《その》は碌々《ろくろく》口もきかないで塞《ふさ》ぎ込んで居た。……春の野にありとあらゆる蒲公英をむしって息の続《つ》づかぬ迄吹き飛ばしても思う様な辻占《つじうら》は出ぬ筈だとウィリアムは怒る如くに云う。然《しか》しまだ盾《たて》と云う頼みがあるからと打消す様に添える。……是《これ》は互《たがい》に成人してからの事である。夏を彩《いろ》どる薔薇《ばら》の茂みに二人座をしめて瑠璃《るり》に似た青空の、鼠色に変る迄語り暮した事があった。騎士の恋には四期があると云う事をクララに教えたのは其時《そのとき》だとウィリアムは当時の光景を一度に目の前に浮べる。「第一を躊躇《ちゆうちよ》の時期と名づける、是《これ》は女の方で此恋《このこい》を斥《しりぞ》けようか、受けようかと思い煩《わずら》う間《あいだ》の名である」といいながらクララの方を見た時に、クララは俯向《うつむ》いて、頬のあたりに微《かす》かなる笑《えみ》を漏《も》らした。「此時期《このじき》の間《あいだ》には男の方では一言《ひとこと》も恋をほのめかすことを許されぬ。只眼にあまる情けと、息に漏《も》るる嘆きとにより、昼は女の傍《かた》えを、夜は女の住居《すまい》の辺《あた》りを去らぬ誠によりて、我《わが》意中を悟れかしと物言わぬうちに示す」クララは此時《この》池の向うに据えてある大理石の像を余念なく見て居た。「第二を祈念の時期と云う。男、女の前に伏して懇《おもむ》ろに我が恋叶《かな》え玉えと願う」クララは顔を背《そむ》けて紅《くれない》の薔薇の花を唇につけて吹く。一瓣《ひとひら》は飛んで波なき池の汀《みぎわ》に浮ぶ。一瓣は梅鉢《うめばち》の形《かた》ちに組んで池を囲える石の欄干《らんかん》に中《あた》りて敷石の上に落ちた。「次に来るは応諾《おうだく》の時期である。誠ありと見抜く男の心を猶《なお》も確《たし》かめん為《た》め女、男に草々《くさぐさ》の課役をかける。剣《つるぎ》の力、槍の力で遂《と》ぐべき程の事柄であるは言う迄もない」クララは吾を透《とお》す大いなる眼を翻《ひるがえ》して第四はと問う。「第四の時期をDruerie と呼ぶ。武夫《もののふ》が君の前に額付《ぬかず》いて渝《かわ》らじと誓う如く男、女の膝下《しつか》に跪《ひざま》ずき手を合せて女の手の間《あいだ》に置く。女かたの如く愛の式を返して男に接吻する」クララ遠き代《よ》の人に語る如き声にて君が恋は何《い》ずれの期ぞと問う。思う人の接吻さえ得なばとクララの方に顔を寄せる。クララ頬に紅《くれない》して手に持てる薔薇の花を吾が耳のあたりに抛《なげう》つ。花びらは雪と乱れて、ゆかしき香りの一群《ひとむ》れが二人の足の下に散る。……Druerie の時期はもう望めないわとウィリアムは六尺一寸《ちょっと》の身を挙げてどさと寐返《ねがえ》りを打つ。間《けん》にあまる壁を切りて、高く穿《うが》てる細き窓から薄暗き曙光《しょこう》が漏《も》れて、物の色の定かに見えぬ中に幻影《まぼろし》の盾《たて》のみが闇に懸《かか》る大蜘蛛《おおぐも》の眼《まなこ》の如く光る。「盾がある、まだ盾がある」とウィリアムは烏《からす》の羽の様な滑《なめら》かな髪の毛を握ってがばと跳ね起《おき》る。中庭の隅《すみ》では鉄を打つ音、鋼《はがね》を鍛《きた》える響《ひびき》、槌《つち》の音や、すりの響《ひびき》が聞え出す。戦《たたかい》は日一日と逼《せま》って来る。

其日《その》の夕暮に一城《いちじょう》の大衆が、無下《むげ》に天井の高い食堂に会して晩餐《ばんさん》の卓に就いた時、戦《たたかい》の時期は愈《いよいよ》狼将軍の口から発布《はっぷ》された。彼は先《ま》ず夜鴉《よがらす》の城主の武士道に背《そむ》ける罪を数えて一門の面目《めんもく》を保つ為《た》めに七日《なぬか》の夜を期して、一挙に其城《その》を屠《ほふ》れと叫んだ。其声《その》は堂の四《し》壁《へき》を一周して、丸く組み合せたる高い天井に突き当ると思わるる位大きい。戦《たたかい》は固《もと》より近づきつつあった、ウィリアムは戦《たたかい》の近づきつつあるを覚悟の前で此日此夜《このこの》を過ごして居た。去《さ》れど今ルーファスの口から愈七日《いよいよなぬか》の後と聞いた時はさすがの覚悟も蟹《かに》の泡の、蘆《あし》の根を遶《めぐ》らぬ淡き命の如くにいずくへか消え失せて仕舞《しま》った。夢ならぬを夢と思いて、思い終《おお》せぬ時は、無理ながら事実とあきらめる事もある。去《さ》れど其《その》事実を事実と証する程の出来事が驀地《ばくち》に現在せぬうちは、夢と思うて其《その》日を過《すご》すが人の世の習いである。夢と思うは嬉しく、思わぬがつらいからである。戦《たたかい》は事実であると思案の臍《ほぞ》を堅《かた》めたのは昨日《きのう》や今日《きょう》の事ではない。只事実に相違ないと思い定めた戦いが、起《おこ》らんとして起らぬ為《た》め、であれかしと願う夢の思いは却《かえ》って「事実になる」の念を抑ゆる事もあったのであろう。一年は三百六十五日、過ぐるは束《つか》の間である。七日《なぬか》とは一年の五十分《ぶ》一にも足らぬ。右の手を挙げて左の指を二本加えればすぐに七である。名もなき鬼に襲われて、名なき故に鬼にあらずと、強《し》いて思いたるに突然正体を見付けて今更眼力《いまさらがんりき》の違わぬを口惜《くちお》しく思う時の感じと異なる事もあるまい。ウィリアムは真青《まつさお》になった。隣りに坐したシワルドが病気かと問う。否《いな》と答えて盃《さかずき》を唇につける。充《み》たざる酒の何に揺れてか縁《ふち》を越して卓《たく》の上を流れる。其《その》時ルーファスは再び起《た》って夜鴉の城を、城の根に張る巌《いわお》もろともに海に落せと盃を眉のあたりに上げて隼《はやぶさ》の如く床の上に投げ下《くだ》す。一座の大衆はフラーと叫んで血の如き酒を啜《すす》る。ウィリアムもフラーと叫んで血の如き酒を啜る。シワルドもフラーと叫んで血の如き酒を啜りながら尻目《しりめ》にウィリアムを見る。ウィリアムは独《ひと》り立って吾室《わがへや》に帰りて、人の入らぬ様《よう》内側から締りをした。

盾《たて》だ愈《いよいよ》盾だとウィリアムは叫びながら室《へや》の中をあちらこちらと歩む。盾は依然として壁に懸《かか》って居る。ゴーゴン、メジューサとも較ぶべき顔は例に由《よ》って天地人《てんちじん》を合せて呪い、過去現世未来に渉って呪い、近寄るもの、触るるものは無論、目に入《い》らぬ草も木も呪い悉《つく》さでは已《や》まぬ気色《けしき》である。愈此《いよいよこの》盾を使わねばならぬかとウィリアムは盾の下にとまって壁間《へきかん》を仰ぐ。室《へや》の戸を叩く音のする様な気合《けはい》がする。耳を峙《そばだ》てて聞くと何の音でもない。ウィリアムは又内懐《うちぶところ》からクララの髪毛を出す。掌《たなごころ》に乗せて眺めるかと思うと今度はそれを叮嚀《ていねい》に、室《へや》の隅に片寄せてある三本脚の丸いテーブルの上に置いた。ウィリアムは又内懐へ手を入れて胸の隠しの裏《うち》から何か書付の様なものを攫《つか》み出す。室《へや》の戸口迄行って横にさした鉄の棒の抜けはせぬかと振り動かして見る。締《しまり》は大丈夫である。ウィリアムは丸机に倚《よ》って取り出した書付を徐《おもむ》ろに開く。紙か羊皮か慥《たし》かには見えぬが色合の古び具合から推《お》すと昨今の物ではない。風なきに紙の表《おも》てが動くのは紙が已《おの》れと動くのか、持つ手の動くのか。書付の初めには「幻影《まぼろし》の盾の由来」とかいてある。すれたものか文字のあとが微《かす》かに残って居る許《ばか》りである。「汝《なんじ》が祖ウィリアムは此《この》盾を北の国の巨人に得たり……」茲《ここ》にウィリアムとあるはわが四世の祖だとウィリアムが独《ひと》り言う。「黒雲《くろくも》の地を渡る日なり。北の国の巨人は雲の内より振り落されたる鬼の如くに寄せ来《く》る。拳《こぶし》の如き瘤《こぶ》のつきたる鉄棒を片手に振り翳《かざ》して骨も摧《くだ》けよと打てば馬も倒れ人も倒れて、地を行く雲に血潮を含んで、鳴る風に火花をも見る。人を斬るの戦《たたかい》にあらず、脳を砕き胴を潰《つぶ》して、人という形を滅せざれば已《や》まざる烈《はげ》しき戦《たたかい》なり。……」ウィリアムは猛《たけ》き者共よと眉をひそめて、舌を打つ。「わが渡り合いしは巨人の中の巨人なり。銅板に砂を塗れる如き顔の中に眼懸《まなこかか》りて稲妻を射る。我を見て南方の犬尾《いぬ》を捲《ま》いて死ねと、かの鉄棒を脳天より下《くだ》す。眼を遮《さえぎ》らぬ空《くう》の二つに裂くる響《ひびき》して、鉄の瘤はわが右の肩先を滑《す》べる。繋《つな》ぎ合せて肩を蔽《おお》える鋼鉄《はがね》の延板《のべいた》の、尤《もっと》も外に向えるが二つに折れて肉に入《い》る。吾がうちし太刀《たち》先は巨人の盾を斜に斫《き》って戞《かつ》と鳴るのみ。……」ウィリアムは急に眼を転じて盾の方を見る。彼の四世の祖が打ち込んだ刀痕《とうこん》は歴然と残って居る。ウィリアムは又読み続ける。「われ巨人を切る事三度《みたび》、三度《みたび》目にわが太刀は鍔元《つばもと》より三つに折れて巨人の戴《いただ》く甲《かぶと》の鉢金《はちがね》の、内側に歪《ゆが》むを見たり。巨人の椎を下《くだ》すや四たび、四たび目に巨人の足《つい》は、血を含む泥を蹴《け》て、木枯の天《てん》狗《ぐ》の杉を倒すが如く、薊《あざみ》の花のゆらぐ中に、落雷も耻《は》じよと許《ばか》り鞺《どう》と横たわる。横たわりて起きぬ間《あいだ》を、疾《と》くも縫えるわが短刀の光を見よ。吾ながら又なき手柄なり。……」ブラヴォーとウィリアムは小声に云う。「巨人は云う、老牛の夕陽《せきよう》に吼《ほ》ゆるが如き声にて云う。幻影《まぼろし》の盾を南方の豎子《じゅし》に付与す、珍重に護持せよと。われ盾を翳《かざ》して其所以《そのゆえん》を問うに黙して答えず。強《し》いて聞くとき、彼両手を揚げて北の空を指《ゆびさ》して曰《いわ》く。ワルハラの国オジンの座に近く、火に熔けぬ黒鉄《くろがね》を、氷の如き白炎に鋳《い》たるが幻影《まぼろし》の盾なり。……」此《この》時戸口に近く、石よりも堅《かた》き廊下の床を踏みならす音がする。ウィリアムは又起《た》って扉に耳を付けて聴く。足音は部屋の前を通り越して、次第に遠ざかる下から、壁の射返す響《ひびき》のみが朗《ほが》らかに聞える。何者か暗窖《あんこう》の中へ降りていったのであろう。「此《この》盾何の奇特《きどく》かあると巨人に問えば曰《いわ》く。盾に願え、願うて聴かれざるなし只其身《そのみ》を亡ぼす事あり。人に語るな語るとき盾の霊去る。……汝《なんじ》盾を執《と》って戦《たたかい》に臨めば四囲の鬼神《きじん》汝を呪うことあり。呪われて後蓋天蓋地《がいてんがいち》の大歓喜に逢《あ》うべし。只盾を伝え受くるものに此《この》秘密を許すと。南国の人此不祥《このふしょう》の具を愛せずと盾を棄てて去らんとすれば、巨人手を振って云う。われ今浄土ワルハラに帰る、幻影《まぼろし》の盾を要せず。百年の後南方に赤衣《せきい》の美人あるべし、其《その》歌の此《この》盾の面に触るるとき、汝の児孫《じそん》盾を抱《いだ》いて抃舞《べんぶ》するものあらんと。……」汝の児孫とはわが事ではないかとウィリアムは疑う。表に足音がして室《へや》の戸の前に留《とま》った様である。「巨人は薊《あざみ》の中に斃《たお》れて、薊の中に残れるは此《この》盾なり」と読み終ってウィリアムが又壁の上の盾を見ると蛇の毛は又揺《うご》き始める。隙間《すきま》なく縺《もつ》れた中を下へ下へと潜《もぐ》りて盾の裏側迄抜けはせぬかと疑わるる事もあり、又上へ上へともがき出て五寸の円の輪廓丈《だけ》が盾を離れて浮き出はせぬかと思わるる事もある。下に動くときも上に揺り出す時も同じ様に清水《しみず》が滑《なめ》かな石の間《あいだ》を縈《めぐ》る時の様な音が出る。只其音《そのおと》が一本一本の毛が鳴って一束《ひとたば》の音にかたまって耳朶《じだ》に達するのは以前と異なる事はない。動くものは必ず鳴ると見えるに、蛇の毛は悉《ことごと》く動いて居るから其音《そのおと》も蛇の毛の数丈《だけ》はある筈であるが——如何《いか》にも低い。前の世の耳語《ささや》きを奈落の底から夢の間《ま》に伝える様に聞かれる、ウィリアムは茫然《ぼうぜん》として此微音《このびおん》を聞いて居る。戦《いくさ》も忘れ、盾も忘れ、我身をも忘れ、戸口に人足《ひとあし》の留《とま》ったのも忘れて聞いて居る。ことことと戸を敲《たた》くものがある。ウィリアムは魔がついた様な顔をして動こうともしない。ことことと再び敲く。ウィリアムは両手に紙片を捧げたまま椅子を離れて立ち上る。夢中に行く人の如く、身を向けて戸口の方《かた》に三歩許《ばか》り近寄る。眼は戸の真中《まんなか》を見て居るが瞳孔《どうこう》に写って脳裏に印する影は戸ではあるまい。外の方《かた》では気が急《せ》くか、厚い樫《かし》の扉を拳《こぶし》にて会釈なく夜陰《やいん》に響けと叩く。三度目に敲いた音が、物静かな夜を四方に破ったとき、偶像の如きウィリアムは氷盤《ひょうばん》を空裏《くうり》に撃砕《げきさい》する如く一時《いちじ》に吾に返った。紙片を急に懐《ふところ》へかくす。敲く音は益《ますます》逼《せま》って絶間《たえま》なく響く。開けぬかと云う声さえ聞える。

「戸を敲くは誰《た》ぞ」と鉄の栓張《しんばり》をからりと外す。切り岸の様な額の上に、赤黒き髪の斜めにかかる下から、鋭《する》どく光る二つの眼が遠慮なく部屋の中へ進んで来る。

「わしじゃ」とシワルドが、進めぬ先から腰懸《こしかけ》の上にどさと尻を卸《おろ》す。「今日の晩食に顔色が悪う見えたから見舞に来た」と片足を宙にあげて、残れる膝《ひざ》の上に置く。

「左《さ》した事もない」とウィリアムは瞬《また》きして顔をそむける。

「夜鴉《よがらす》の羽搏《はばた》きを聞かぬうちに、花多き国に行く気はないか」とシワルドは意味有気《ありげ》に問う。

「花多き国とは？」

「南の事じゃ、トルバダウの歌の聞ける国じゃ」

「主《ぬし》がいに度《たい》と云うのか」

「わしは行かぬ、知れた事よ。もう六つ、日の出を見れば、夜鴉《よがらす》の栖《す》を根から海へ蹴落《けおと》す役目があるは。日の永い国へ渡ったら主《ぬし》の顔色が善《よ》くなろうと思うての親切からじゃ。ワハハハハ」とシワルドは傍若無人《ぼうじゃくぶじん》に笑う。

「鳴かぬ烏《からす》の闇に滅《め》り込む迄は……」と六尺一寸《ちょっと》の身をのして胸板《むないた》を拊《う》つ。

「霧深い国を去らぬと云うのか。其《その》金色の髪の主となら満更《まんざら》嫌でもあるまい」と丸テーブルの上を指《ゆびさ》す。テーブルの上にはクララの髪が元の如く乗って居る。内懐《うちぶところ》へ収めるのをつい忘れた。ウィリアムは身を伸《の》した儘《まま》口籠《くちごも》る。

「鴉に交《まじ》る白い鳩を救う気はないか」と再び叢中《そうちゅう》に蛇を打つ。

「今から七日《なぬか》過ぎた後なら……」と叢中の蛇は不意を打《うた》れて已《やむ》を得ず首を擡《もた》げかかる。

「鴉を殺して鳩丈《だけ》生かそうと云う注文か……夫《それ》は少し無理じゃ。然《しか》し出来ぬ事もあるまい。南から来て南へ帰る船がある。待てよ」と指を折る。「そうじゃ六日《むいか》目の晩には間に合うだろう。城の東の船付場《ふなつきば》へ廻して、あの金色《きんいろ》の髪の主《ぬし》を乗せよう。不断は帆柱《ほばしら》の先に白の小旗を掲げるが、女が乗ったら赤に易《か》えさせよう。軍《いく》さは七日《なぬか》目の午過《ひるすぎ》からじゃ、城を囲めば港が見える。柱の上に赤が見えたら天下太平……」

「白が見えたら……」とウィリアムは幻影《まぼろし》の盾を睨む。夜叉《やしゃ》の髪の毛は動きもせぬ、鳴りもせぬ。クララかと思う顔が一寸《ちょっと》見えて又もとの夜叉に返る。

「まあ、よいは、何《ど》うにかなる心配するな。夫《それ》よりは南の国の面白い話でもしよう」とシワルドは渋色《しぶいろ》の髭《ひげ》を無雑作に掻《か》いて、若き人を慰める為か話題《わとう》を転ずる。

「海一つ向《むこう》へ渡ると日の目が多い、暖かじゃ。夫《それ》に酒が甘《うま》くて金《かね》が落ちて居る。土一升《つちいっしょう》に金《かね》一升……うそじゃ無い、本間《ほんま》の話じゃ。手を振るのは聞きとも無いと云うのか。もう落付いて一所《いっしょ》に話す折もあるまい。シワルドの名残《なごり》の談義だと思うて聞いて呉《く》れ。そう滅入《めい》らんでもの事よ」宵に浴びた酒の気がまだ醒めぬのかゲーと臭いのをウィリアムの顔に吹きかける。「いや是《これ》は御無礼……何を話す積《つも》りであった。おお夫《それ》だ、其《その》酒の湧く、金《かね》の土に交《まじ》る海の向《むこう》での」とシワルドはウィリアムを覗《のぞ》き込む。

「主《ぬし》が女に可愛がられたと云うのか」

「ワハハハ女にも数多近付《あまたちかづき》はあるが、それじゃない。ボーシイルの会を見たと云う事よ」

「ボーシイルの会？」

「知らぬか。薄黒い島国に住んで居ては、知らぬも道理じゃ。プロヴォンサルの伯《はく》とツールースの伯の和睦《わぼく》の会はあちらで誰《た》れも知らぬものはないぞよ」

「ふむ夫《それ》が？」とウィリアムは浮かぬ顔である。

「馬は銀の沓《くつ》をはく、狗《いぬ》は珠《たま》の首輪をつける……」

「金の林檎《りんご》を食う、月の露《つゆ》を湯に浴びる……」と平《たいら》かならぬ人のならい、ウィリアムは嘲《あざけ》る様に話の糸を切る。

「まあ水を指さずに聴け。うそでも興があろう」と相手は切れた糸を接《つな》ぐ。

「試合の催しがあると、シミニアンの太守が二十四頭の白牛を駆って埒《らち》の内を奇麗に地ならしする。ならした後へ三万枚の黄金《おうごん》を蒔《ま》く。するとアグールトの太守がわしは勝ち手にとらせる褒美《ほうび》を受持とうと十万枚の黄金《おうごん》を加える。ギレムはわしは御馳走《ごちそう》役じゃと云うて蠟燭《ろうそく》の火で煮焼《にたき》した珍味を振舞《ふるも》うて、銀の皿小鉢を引出物《ひきでもの》に添える」

「もう沢山じゃ」とウィリアムが笑いながら云う。

「まー一つじゃ。仕舞《しまい》にレイモンドが今迄誰《たれ》も見た事のない遊びをやると云うて先《ま》ず試合の柵の中へ三十本の杭《くい》を植える。夫《そ》れに三十頭の名馬を繋《つな》ぐ。裸馬《はだかうま》ではない鞍《くら》も置き鐙《あぶみ》もつけ轡手綱《くつわたづな》の華奢《きやしゃ》さえ尽《つく》してじゃ。よいか、そして其真中《そのまんなか》へ鎧《よろい》、刀是《かたなこれ》も三十人分、甲《かぶと》は無論小手脛当《すねあて》迄添えて並べ立てた。金高《かねだか》にしたらギレムの御馳走よりも、嵩《かさ》が張ろう。夫《それ》から囲《まわ》りへ薪《たきぎ》を山の様に積んで、火を掛けての、馬も具足も皆焼いて仕舞うた。何とあちらのものは豪興《ごうきよう》をやるではないか」と話し終ってカラカラと心地よげに笑う。

「そう云う国へ行って見よと云うに主《ぬし》も余程意地張《いじば》りだなあ」と又ウィリアムの胸の底へ探りの石を投げ込む。

「そんな国に黒い眼、黒い髪の男は無用じゃ」とウィリアムは自《みずか》ら嘲《あざけ》る如くに云う。

「矢張《やは》り其金色《そのきんいろ》の髪の主の居る所が恋しいと見えるな」

「言う迄もない」とウィリアムは屹《きっ》となって幻影《まぼろし》の盾を見る。中庭の隅《すみ》で鉄を打つ音、鋼《はがね》を鍛える響《ひびき》、槌《つち》の音、ヤスリの響《ひびき》が聞え出す。夜はいつの間にかほのぼのと明け渡る。

七日《なぬか》に逼《せま》る戦《たたかい》は一日の命を縮めて愈《いよいよ》六日となった。ウィリアムはシワルドの勧むる儘《まま》にクラヘの手紙を認《したた》める。心が急《せ》くのと、わきが騒がしいので思う事の万分《まんぶ》一も書けぬ。「御身《おんみ》の髪は猶《なお》わが懐《ふところ》にあり、只此使《このつかい》と逃げ落ちよ、疑えば魔多し」とばかりで筆を擱《お》く。此《この》手紙を受取ってクラに渡す者はいずこの何者か分らぬ。其頃《そのころ》流行《はや》る楽人《がくじん》の姿となって夜鴉《よがらす》の城に忍び込んで、戦《いくさ》あるべき前の晩にクラを奪い出して舟に乗せる。万一手順が狂えば隙《すき》を見て城へ火をかけても志《こころざし》を遂《と》げる。是丈《これだけ》の事はシワルドから聞いた。其《その》あとは……幻影《まぼろし》の盾のみ知る。

逢《あ》うはうれし、逢《あ》はぬは憂《う》し。憂し嬉しの源《みなもと》から珠《たま》を欺《あざむ》く涙が湧いて出る。此《この》清き者に何故《なぜ》流れるぞと問えば知らぬと云う。知らぬとは自然と云う意か。マリアの像の前に、跪《ひざまず》いて祈願を凝《こら》せるウィリアムが立ち上ったとき、長い睫《まつげ》がいつもより重た気《げ》に見えたが、なぜ重いのか彼にも分らなかった。誠は誠を自覚すれども其他《その》を知らぬ。其夜《そのよ》の夢に彼《か》れは五彩の雲に乗るマリアを見た。マリアと見えたるはクララを祭れる姿で、クララとは地に住むマリアであろう。祈らるる神、祈らるる人は異なれど、祈る人の胸には神も人も同じ願《ねがい》の影法師に過ぎぬ。祭る聖母は恋う人の為《た》め、人恋うは聖母に跪《ぬかづ》く為《た》め。マリアとも云え、クララとも云え。ウィリアムの心の中《うち》に二つのものは宿らぬ。宿る余地あらば此恋《この》は嘘《うそ》の恋じゃ。夢の続《つづき》か中庭の隅《すみ》で鉄を打つ音、鋼《はがね》を鍛える響《ひびき》、槌《つち》の音、ヤスリの響《ひびき》が聞えて、例の如く夜が明ける。戦は愈《たたかいいよいよ》せまる。

五日目から四日目に移るは俯《ふ》せたる手を翻《ひる》がえす間と思われ、四日目から三日目に進むは翻がえす手を故《もと》に還《かえ》す間と見えて、三日、二日より愈戦《いよいよたたかい》の日を迎えたるときは、手さえ動かすひまなきに襲い来る如く感ぜられた。「飛ばせ」とシワルドはウィリアムを顧みて云う。並ぶ轡《くつわ》の間《あいだ》から鼻嵐《はなあらし》が立って、二つの甲《かぶと》が、月下に躍る細鱗《さいりん》の如く秋の日を射返す。「飛ばせ」とシワルドが踵《かかと》を半ば馬の太腹《ふとばら》に蹴《け》込む。二人の頭《かしら》の上に長く挿《さ》したる真白な毛が烈《はげ》しく風を受けて、振り落さるる迄に靡《なび》く。夜鴉《よがらす》の城壁を斜めに見て、小高き丘に飛ばせたるシワルドが右手《めて》を翳《かざ》して港の方《かた》を望む。「帆柱《ほばしら》に掲げた旗は赤か白か」と後《おく》れたるウィリアムは叫ぶ。「白か赤か、赤か白か」と続け様《ざま》に叫ぶ。鞍壺《くらつぼ》に延《の》び上ったるシワルドは体《たい》をおろすと等しく馬を向け直して一散に城門の方《かた》へ飛ばす。「続け、続け」とウィリアムを呼ぶ。「赤か、白か」とウィリアムは叫ぶ。「阿呆《あほう》、丘へ飛ばすより濠《ほり》の中へ飛ばせ」とシワルドは只管《ひたすら》に城門の方《かた》へ飛ばす。港の入口には、埠頭《ふとう》を洗う浪を食って、銅の高い船が心細く揺れて居る。魔に襲われて夢安からぬ有様《ありさま》である。左右に低き帆柱を控えて、中に高き一本の真上には――「白だッ」とウィリアムは口の内で言いながら前歯で唇を噛む。折柄《おりから》戦《たたかい》の声は夜鴉の城を撼《うご》かして、淋《さみ》しき海の上に響く。

城壁の高さは四丈、丸櫓《まるやぐら》の高さは之《これ》を倍して、所々に壁を突き抜いて立つ。天の柱が落ちて其真中《そのまんなか》に刺された如く見ゆるは本丸《ほんまる》であろう。高さ十九丈、壁の厚《あつさ》は三丈四尺、之《これ》を四階に分《わか》って、最上の一層にのみ窓を穿《うが》つ。真上より真下に降《ふ》る井戸の如き道ありて、所謂《いわゆる》ダンジョンは尤《もっと》も低く尤《もっと》も暗き所に地獄と壁一重を隔てて設けらるる。本丸の左右に懸け離れたる二つの櫓《やぐら》は本丸の二階から家根《やね》付の橋を渡して出入《しゅつにゅう》の便りを計る。櫓を環《めぐ》る三々五々の建物には厩《うまや》もある、兵士の住居《すまい》もある。乱を避くる領内の細民が隠るる場所もある。後ろは切岸《きりぎし》に海の鳴る音を聞き、砕くる浪の花の上に舞い下《くだ》りては舞い上《あが》る鷗《かもめ》を見る。前は牛を呑むアーチの暗き上より、石に響く扉を下《くだ》して、刎橋《はねばし》を鉄鎖《てっさ》に引けば人の踰《こ》えぬ濠《ほり》である。

濠を渡せば門も破ろう、門を破れば天主も抜こう、志ある方《かた》に道あり、道ある方《かた》に向えとルーファスは打ち壊したる扉の隙《すき》より、黒金《くろがね》につつめる狼の顔を会釈もなく突き出す。

あとに続けと一人が従えば、尻を追えと又一人が進む。一人二人の後は只我先にと乱れ入《い》る。むくむくと湧く清水《しみず》に、こまかき砂の浮き上《あが》りて一度に漾《ただよ》う如く見ゆる。壁の上よりは、ありとある弓を伏せて、蝟《い》の如く寄手《よせて》の鼻頭《はなさき》に、鉤《かぎ》と曲る鏃《やじり》を集める。空を行く長き箭《や》の、一矢毎《ひとやごと》に鳴りを起《おこ》せば数千の鳴りは一《ひ》と塊《かたま》りとなって、地上に蠢《うごめ》く黒影の響《ひびき》に和して、時ならぬ物音に、沖の鷗を驚かす。狂えるは鳥のみならず。秋の夕日を受けつ潜《くぐ》りつ、甲《かぶと》の浪鎧《よろい》の浪が寄せては崩れ、崩れては退《ひ》く。退くときは壁の上櫓《やぐら》の上より、傾く日を海の底へ震い落す程の鬨《とき》を作る。寄するときは甲の波、鎧の浪の中より、吹き捲《ま》くる大風《おおかぜ》の息の根を一時《いちじ》にとめるべき声を起《おこ》す。退《ひ》く浪と寄する浪の間《あいだ》にウィリアムとシワルドがはたと行き逢《あ》う。「生きて居《お》るか」とシワルドが剣《つるぎ》で招けば、「死ぬ所じゃ」とウィリアムが高く盾を翳《かざ》す。右に峙《そばだ》つ丸櫓《まるやぐら》の上より飛び来る矢が戞《かつ》と夜叉《やしゃ》の額を掠《かす》めてウィリアムの足の下へ落つる。此時《このとき》崩れかかる人浪は忽《たちま》ち二人の間《あいだ》を遮って、鉢金《はちがね》を蔽《おお》う白毛《はくもう》の靡《なび》きさえ、暫《しばら》くの間《ま》に、旋《めぐ》る渦《うずまき》の中に捲《ま》き込まれて見えなくなる。戦《たたかい》は午《ご》を過ぐる二《ふた》た時《とき》余りに起《おこ》って、五時と六時の間《あいだ》にも未《いま》だ方付《かたづ》かぬ。一度《ひとた》びは猛き心に天主をも屠《ほふ》る勢《いきおい》であった寄手《よせて》の、何にひるんでか蒼然《そうぜん》たる夜の色と共に、城門の外へなだれながら吐き出される。搏《う》つ音の絶えたるは一時《いちじ》の間か。暫《しば》らくは鳴りも静まる。

日は暮れ果てて黒き夜《よ》の一寸《ちょっと》の隙間なく人馬《じんば》を蔽《おお》う中に、砕くる波の音が忽《たちま》ち高く聞える。忽《たちま》ち聞えるは始めて海の鳴るにあらず、吾が鳴りの暫《しば》らく已《や》んで空《むな》しき心の迎えたるに過ぎぬ。此《この》浪の音は何里の沖に萌《きざ》して此《この》磯の遠きに崩るるか、思えば古き響きである。時の幾代《いくよ》を揺《う》かして知られぬ未来に響く。日を捨てず夜を捨てず、二六時中繰り返す真理は永劫《えいごう》無極の響きを伝えて、剣《つるぎ》打つ音を嘲《あざけ》り、弓引く音を笑う。百と云い千と云う人の叫びの、果敢《はか》なくて憐《あわれ》むべきを罵《ののし》るときかれる。去《さ》れど城を守るものも、城を攻むるものも、おのが叫びの纔《わず》かにやんで、此《この》深き響きを不用意に聞き得たるとき恥《は》ずかしと思えるはなし。ウィリアムは盾に凝《こ》る血の痕《あと》を見て「汝《なんじ》われをも呪うか」と剣《つるぎ》を以《もっ》て三たび夜叉の面《おもて》を叩く。ルーファスは「烏《からす》なれば闇にも隠れん月照らぬ間に斬って棄《すて》よ」と息捲《いきま》く。シワルドばかりは額の奥に嵌《は》め込まれたる如き双《そう》の眼《まなこ》を放って高く天主を見詰めたるまま一言もいわぬ。

海より吹く風、海へ吹く風と変りて、砕くる浪と浪の間《あいだ》にも新たに天地の響《ひびき》を添える。塔を繞《めぐ》る音、壁にあたる音の次第に募《つの》ると思ううち、城の内にて俄《にわ》かに人の騒ぐ気合《けはい》がする。それが漸々烈敷《だんだんはげしく》なる。千里の深きより来《きた》る地震の秒を刻み分を刻んで押し寄せるなと心付けば其《それ》が夜鴉《よがらす》の城の真下で破裂したかと思う響《ひびき》がする。――シワルドの眉は毛虫を撲《う》ちたるが如く反《そ》り返る。――櫓《やぐら》の窓から黒烟《くろけむ》りが吹き出す。夜の中に夜よりも黒き烟《けむ》りがむくむくと吹き出す。狭き出口を争うが為《た》めか、烟《けむり》の量は見る間に増して前なるは押され、後なるは押し、並ぶは互《たがい》に譲るまじとて同時に溢れ出づる様《さま》に見える。吹き募る野分《のわき》は真《ま》ともに烟《けむり》を砕いて、丸く渦を巻いて迸《ほとばし》る鼻を、元の如く窓へ圧《お》し返そうとする。風に喰い留められた渦は一度になだれて空に流れ込む。暫《しばら》くすると吹き出す烟《けむ》りの中に火の粉《こ》が交《まじ》り出す。夫《それ》が見る間に殖《ふ》える。殖《ふ》えた火の粉《こ》は烟諸共《けむりもろとも》風に捲《ま》かれて大空に舞い上る。城を蔽《おお》う天の一部が櫓を中心として大《だい》なる赤き円を描いて、其《その》円は不規則に海の方《かた》へと動いて行く。火の粉を梨地《なしじ》に点じた蒔絵《まきえ》の、瞬時の断間《たえま》もなく或《あるい》は消え或《あるい》は耀《かがや》きて、動いて行く円の内部は一点として活《い》きて働かぬ箇所はない。――「占《し》めた」とシワルドは手を拍《う》って雀躍《こおどり》する。

黒烟《くろけむ》りを吐き出して、吐き尽したる後は、太き火焔《かえん》が棒となって、熱を追うて突き上《あが》る風諸共《もろとも》、夜の世界に流矢《ながれや》の疾《と》きを射る。飴《あめ》を煮て四斗樽《しとだる》大の喞筒《ポンプ》の口から大空に注《そそ》ぐとも形容される。沸《た》ぎる火の闇に詮なく消ゆるあとより又沸《た》ぎる火が立ち騰《のぼ》る。深き夜《よ》を焦《こが》せとばかり煮え返る焔《ほのお》の声は、地にわめく人の叫びを小癪《こしやく》なりとて空一面に鳴り渡る。鳴る中に焔は砕けて砕けたる粉《こ》が舞い上《あが》り舞い下《さが》りつつ海の方《かた》へと広がる。濁る波の憤《いきど》る色は、怒る響《ひびき》と共に薄黒く認めらるる位なれば櫓《やぐら》の周囲は、煤《すす》を透《とお》す日に照さるるよりも明かである。一枚の火の、丸形に櫓を裹《つつ》んで飽き足らず、横に這うて堞《ひめがき》の胸先《むなさき》にかかる。炎は尺を計って左へ左へと延《の》びる。たまたま一陣の風吹いて、逆に舌先を払えば、左へ行くべき鋒《ほこさき》を転じて上に向う。旋《めぐ》る風なれば後ろより不意を襲う事もある。順に撫《な》でて焔を馳《か》け抜ける時は上に向えるが又向き直りて行き過ぎし風を追う。左へ左へと溶けたる舌は見る間に長くなり、又広くなる。果《はて》は此所《ここ》にも一枚の火が出来る、かしこにも一枚の火が出来る。火に包まれたる堞《ひめがき》の上を黒き影が行きつ戻りつする。たまには暗き上から明るき中へ消えて入《い》ったぎり再び出て来ぬのもある。

焦《や》け爛《ただ》れたる高櫓《たかやぐら》の、機《き》熟してか、吹く風に逆《さから》いてしばらくは焔と共に傾くと見えしが、奈落迄も落ち入《い》らでやはと、三分《ぶ》二を岩に残して、倒《さか》しまに崩れかかる。取巻く焔の一度にパッと天地を燬《や》く時、堞《ひめがき》の上に火の如き髪を振り乱して停《たたず》む女がある。「クララ！」とウィリアムが叫ぶ途端に女の影は消える。焼け出された二頭の馬が鞍付のまま宙を飛んで来る。

疾《と》く走る尻尾を攫《つか》みて根元よりスパと抜ける体《てい》なり、先なる馬がウィリアムの前にて礑《はた》ととまる。とまる前足に力余りて堅《かた》き爪の半ばは、斜めに土に喰い入る。盾に当る鼻づらの、二寸を隔てて夜叉《やしや》の面《おもて》に火の息を吹く。「四つ足も呪われたか」とウィリアムは我とはなしに鬣《たてがみ》を握りてひらりと高き脊《せ》に跨《また》がる。足乗せぬ鐙《あぶみ》は手持無沙汰に太腹《ふとばら》を打って宙に躍る。此《この》時何物か「南の国へ行け」と鉄被《き》る剛《かた》き手を挙げて馬の尻をしたたかに打つ。「呪われた」とウィリアムは馬と共に空《くう》を行く。

ウィリアムの馬を追うにあらず、馬のウィリアムに追わるるにあらず、呪いの走るなり。風を切り、夜を裂き、大地に疳走《かんばし》る音を刻んで、呪いの尽くる所迄走るなり。野を走り尽せば丘に走り、丘を走り下れば谷に走り入《い》る。夜は明けたのか日は高いのか、暮れかかるのか、雨か、霰《あられ》か、野分《のわき》か、木枯《こがらし》か——知らぬ。呪いは真一文字《まいちもんじ》に走る事を知るのみじゃ。前に当るものは親でも許さぬ、石蹴る蹄《ひずめ》には火花が鳴る。行手《ゆくて》を遮《さえぎ》るものは主《しゅ》でも斃《たお》せ、闇吹き散らす鼻嵐《はなあらし》を見よ。物凄《ものすご》き音の、物凄き人と馬の影を包んで、あっと見る睫《まつげ》の合わぬ間に過ぎ去る許《ばか》りじゃ。人か馬か形か影かと惑うな、只呪い其物《そのもの》の吼《たけ》り狂うて行かんと欲する所に行く姿と思え。

ウィリアムは何里飛ばしたか知らぬ。乗り斃《たお》した馬の鞍に腰を卸《おろ》して、右手に額《ぬか》を抑《め》えて何事をか考え出《だ》さんと力《つと》めて居る。死したる人の蘇《よみがえ》る時に、昔《むか》しの我と今の我との、あるは別人の如く、あるは同人《どうにん》の如く、繋《つな》ぐ鎖《くさ》りは情けなく切れて、然《しか》も何等《なんら》かの関係あるべしと思い惑《まど》う様《さま》である。半時《はんとき》なりとも死せる人の頭脳には、喜怒哀楽の影は宿るまい。空しき心のうと吾に帰りて、在《あ》りし昔を想い起《おこ》せば、油然《ゆうぜん》として雲の湧くが如くに其《その》折々は簇《むら》がり来るであろう。簇がり来るものを入《い》るる余地あればある程、簇がる物は迅速に脳裏を馳け廻《まわ》るであろう。ウィリアムが吾に醒めた時の心が水の如く涼しかった丈《だけ》、今思い起す彼此《かれこれ》も送迎に遑《いとま》なき迄、糸と乱れて其《その》頭を悩まして居る。出陣、帆柱《ほばしら》の旗、戦《たたかい》……

と順を立てて排列して見る。皆事実としか思われぬ。「其《その》次に」と頭の奥を探るとぺらぺらと黄色な焔《ほのお》が見える。「火事だ！」とウィリアムは思わず叫ぶ。火事は構わぬが今心の眼に思い浮べた焔の中にはクララの髪の毛が漾《ただよ》って居る。何故《なぜ》あの火の中へ飛び込んで同じ所で死ななかったのかとウィリアムは舌打ちをする。「盾の仕業《しわざ》だ」と口の内でつぶやく。見ると盾は馬の頭を三尺許《ばか》り右へ隔てて表を空にむけて横《よこた》わって居る。

「是《これ》が恋の果《はて》か、呪いが醒めても恋は醒めぬ」とウィリアムは又額を抑えて、己《おの》れを煩悶《はんもん》の海に沈める。海の底に足がついて、世に疎《うと》き迄思い入《い》るとき、何処《いずく》よりか、微《かす》かなる糸を馬の尾で摩《こす》る様な響《ひびき》が聞える。睡《ねむ》るウィリアムは眼を開いてあたりを見廻す。ここは何処《いずく》とも分らぬが、目の届く限りは一面の林である。林とは云え、枝を交《まじ》えて高き日を遮《さえ》ぎる一抱《ひとかか》え二抱《ふたかか》えの大木はない。木は一坪に一本位の割で其《その》大さも径《けい》六七寸位のもののみであろう。不思議にもそれが皆同じ樹《き》である。枝が幹の根を去る六尺位の所から上を向いて、しなやかな線を描いて生えて居る。其《その》枝が聚《あつ》まって、中が膨《ふく》れ、上が尖がって欄干《らんかん》の擬宝珠《ぎぼうしゅ》か、筆の穂《ほ》の水を含んだ形状をする。枝の悉《ことごと》くは丸い黄な葉を以《もっ》て隙間なき迄に綴《つづ》られて居るから、枝の重なる筆の穂は色の変る、面長《おもなが》な葡萄《ぶどう》の珠《たま》で、穂の重なる林の態《さま》は葡萄の房《ふさ》の累々《るいるい》と連なる趣きがある。下より仰げば少し宛《ずつ》は空も青く見らるる。只眼を放つ遥《はる》か向《むこう》の果《はて》に、樹の幹が互《たがい》に近づきつ、遠《とおざ》かりつ黒く並ぶ間《あいだ》に、澄み渡る秋の空が鏡の如く光るは心行《こころゆ》く眺めである。時々鏡の面《おもて》を羅《うすもの》が過ぎ行様《ゆくさま》迄横から見える。地面は一面の苔《こけ》で秋に入《い》って稍黄食《ややきば》んだと思われる所もあり、又は薄茶に枯れかかった辺《へん》もあるが、人の踏んだ痕《あと》がないから、黄は黄なり、薄茶は薄茶の儘《まま》、苔と云う昔《むか》しの姿を存して居る。ここかしこに歯朶《しだ》の茂りが平《たいら》かな面《めん》を破って幽情《ゆうじょう》を添える許《ばか》りだ。鳥も鳴かぬ風も渡らぬ。寂然《せきぜん》として太古の昔を至る所に描き出して居るが、樹の高からぬのと秋の日の射透すので、左程《さほど》静かな割合に怖しい感じが少ない。其《その》秋の日は極めて明かな日である。真上から林を照らす光線が、かの丸い黄な無数の葉を一度に洗って、林の中は存外《ぞんがい》明るい。葉の向きは固《もと》より一様でないから、日を射返す具合も悉《ことごと》く違う。同じ黄ではあるが透明、半透明、濃き、薄き、様々の趣向を夫々《それぞれ》に凝《こら》して居る。其《そ》れが乱れ、雑《まじ》り、重なって苔の上を照らすから、林の中に居るものは琥珀《こはく》の屛《びょう》を繞《めぐ》らして間接に太陽の光りを浴びる心地である。ウイリアムは醒めて苦しく、夢に落付くという容子《ようす》に見える。糸の音が再び落ちつきかけた耳朶《じだ》に響く。今度は怪しき音の方へ眼をむける。幹をすかして空の見える反対の方角を見ると――西か東か無論わからぬ――爰許《ここばか》りは木が重なり合て一畝程《ひとせ》は際立《きわだ》つ薄暗さを地に印《いん》する中に池がある。池は大きくはない、出来損《できそこな》いの瓜《うり》の様に狭き幅を木陰《こかげ》に横たえて居る。是《これ》も太古の池で中に湛《たた》えるのは同じく太古の水であろう、寒気《さむけ》がする程青い。いつ散ったものか黄な小さき葉が水の上に浮いて居る。ここにも天《あめ》が下の風は吹く事があると見えて、浮ぶ葉は吹き寄せられて、所々にかたまって居る。群を離れて散って居るのはもとより数え切れぬ。糸の音《ね》は三たび響く。滑《なめら》かなる坂を、護謨《ゴム》の輪が緩々《ゆるゆる》練り上《あが》る如く、低《ひ》くきより自然に高き調子に移りてはたとやむ。

ウィリアムの腰は鞍《くら》を離れた。池の方に眼を向けた儘《まま》音ある方《かた》へ徐《おもむ》ろに歩を移す。ぼろぼろと崩るる苔《こけ》の皮の、厚く柔らかなれば、あるく時も、坐れる時の如く林の中は森《しん》として静かである。足音に我が動くを知るものの、音なければ動く事を忘るるか、ウィリアムは歩むとは思わず只ふらふらと池の汀《みぎわ》迄進み寄る。池幅《いけはば》の少しく逼《せま》りたるに、臥《ふ》す牛を欺《あざむ》く程の岩が向側《むこうがわ》から半ば岸に沿うて蹲踞《うずくま》れば、ウィリアムと岩との間《あいだ》は僅《わず》か一丈《じょう》余ならんと思われる。其《その》岩の上に一人の女が、眩《まば》ゆしと見ゆる迄紅《くれない》なる衣《ころも》を着て、知らぬ世《よ》の楽器を弾《ひ》くともなしに弾いて居る。碧《みど》り積む水が肌に沁《し》む寒き色の中に、此《この》女の影を倒《さか》しまに蘸《ひた》す。投げ出したる足の、長き裳《もすそ》に隠《か》くるる末迄明かに写る。水は元より動かぬ、女も動かねば影も動かぬ。只弓を擦《す》る右の手が糸に沿うてゆるく揺《うご》く。頭《かしら》を纏《まと》う、糸に貫いた真珠の飾りが、湛然《たんぜん》たる水の底に明星程の光を放つ。黒き眼の黒き髪の女である。クラとは似ても似つかぬ。女はやがて歌い出す。

「岩の上なる我がまことか、水の下なる影がまことか」

清く淋《さび》しい声である。風の度《わた》らぬ梢《こずえ》から黄な葉がはらはらと赤き衣《ころも》にかかりて、池の面《おもて》に落ちる。静かな影がちょと動いて、又元に還る。ウィリアムは茫然《ぼうぜん》として佇《たた》ずむ。

「まこととは思い詰めたる心の影を。心の影を偽《いつわ》りと云うが偽り」女静かに歌いやんで、ウィリアムの方《かた》を顧みる。ウィリアムは瞬《また》たきもせず女の顔を打ち守る。

「恋に口惜《くや》しき命の占《うら》を、盾に問えかし、まぼろしの盾」

ウィリアムは崖《がけ》を飛ぶ牡鹿《おじか》の如く、踵《くびす》をめぐらして、盾をとって来る。女「只懸命に盾の面《おもて》を見給え」と云う。ウィリアムは無言の儘《まま》盾を抱《いだ》いて、池の縁《ふち》に坐る。寥廓《りょうかく》なる天《てん》の下、蕭瑟《しょうしつ》なる林の裏《うち》、幽冷《ゆうれい》なる池の上に音と云う程の音は何にも聞えぬ。只ウィリアムの見詰めたる盾の内輪《ないりん》が、例の如く環《めぐ》り出すと共に、昔《むか》しながらの微《かす》かな声が彼の耳を襲うのみである。「盾の中に何をか見る」と女は水の向《むこう》より問う。「ありとある蛇の毛の動くは」とウィリアムが眼を放たずに答える。「物音は？」「鵞筆《がひつ》の紙を走る如くなり」

「迷いては、迷いてはしきりに動く心なり、音なき方《かた》に音をな聞きそ、音をな聞きそ」と女半《なか》ば歌うが如く、半ば語るが如く、岸を隔ててウィリアムに向けて手を波の如くふる。動く毛の次第にやみて、鳴る音も自《おのず》から絶《た》ゆ。見入《みい》る盾の模様は霞《かす》むかと疑われて程なく盾の面《おもて》に黒き幕かかる。見れども見えず、聞けども聞えず、常闇《とこやみ》の世に住む我を怪しみて「暗し、暗し」と云う。わが呼ぶ声のわれにすら聞かれぬ位幽《かす》かなり。

「闇に烏《からす》を見ずと嘆かば、鳴かぬ声さえ聞かんと恋わめ、――身をも命も、暗《やみ》に捨てなば、身をも命も、暗に拾わば、嬉しかろうよ」と女の歌う声が百尺《せき》の壁を洩れて、蜘蛛の囲《い》の細き通路《かよいじ》より来る。歌はしばし絶えて弓擦《す》る音の風誘《さそ》う遠きより高く低く、ウィリアムの耳に限りなき清涼の気を吹く。其時《その》暗き中に一点白玉《はくぎょく》の光が点ぜらるる。見るうちに大きくなる。闇のひくか、光りの進むか、ウィリアムの眼の及ぶ限りは、四面空蕩万里《しめんくうとうばんり》の層《そう》氷《ひょう》を建て連《つ》らねたる如く豁《ほが》かになる。頭《かしら》を蔽《おお》う天もなく、足を乗する地もなく玲瓏《れいろう》虚無の真中《まんなか》に一人立つ。

「君は今いずくに居《お》わすぞ」と遥《はる》かに問うは彼の女の声である。

「無の中《うち》か、有《う》の中《うち》か、玻璃瓶《はりびん》の中《うち》か」とウィリアムが蘇《よみ》がえれる人の様に答える。彼の眼はまだ盾を離れぬ。

女は歌い出す。「以太利亜《イタリア》の、以太利亜の海紫に夜明けたり」

「広い海がほのぼのとあけて、……橙色《だいだいいろ》の日が浪から出る」とウィリアムが云う。彼の眼は猶《なお》盾を見詰めて居る。彼の心には身も世も何もない。只盾がある。髪毛《かみげ》の末から、足の爪先に至るまで、五臓六腑《ごぞうろっぷ》を挙げ、耳目口鼻《じもくこうび》を挙げて悉《ことごと》く幻影《まぼろし》の盾である。彼の総身《そうしん》は盾になり切って居る。盾はウィリアムでウィリアムは盾である。二つのものが純一無雑《じゅんいつむざつ》の清浄界《しょうじょうかい》にぴたりと合《お》うたとき——以太利亜《イタリア》の空は自《おのず》から明けて、以太利亜の日は自から出る。

女は又歌う。「帆を張れば、舟も行くめり、帆柱《ほばしら》に、何を掲げて……」「赤だっ」とウィリアムは盾の中に向って叫ぶ。「白い帆が山影を横《よこぎ》って、岸に近づいて来る。三本の帆柱の左右は知らぬ、中なる上に春風《しゅんぷう》を受けて棚曳《たなび》くは、赤だ、赤だクララの舟だ」……舟は油の如く平《たいら》なる海を滑《すべ》って難なく岸に近づいて来る。舳《へさき》に金色《きんいろ》の髪を日に乱して伸び上《あが》るは言う迄もない、クララである。

ここは南の国で、空には濃き藍《あい》を流し、海にも濃き藍を流して其中《そのうち》に横《よこた》わる遠山も亦《また》濃き藍を含んで居る。只春の波のちょろちょろと磯を洗う端丈《はしだけ》が際限なく長い一条の白布《はくふ》と見える。丘には橄欖《かんらん》が深緑《ふかみど》りの葉を暖かき日に洗われて、其《その》葉裏には百千鳥《ももちどり》をかくす。庭には黄な花、赤い花、紫の花、紅《くれない》の花——凡《すべ》ての春の花が、凡《すべ》ての色を尽くして、咲きては乱れ、乱れては散り、散りては咲いて、冬知らぬ空を誰《たれ》に向って誇る。

暖かき草の上に二人が坐って、二人共に青絹《あおぎぬ》を敷いた様な海の面《おもて》を遥《はる》かの下に眺めて居る。二人共に斑《ふ》入りの大理石の欄干《らんかん》に身を靠《もた》せて、二人共に足を前に投げ出して居る。二人の頭の上から欄干を斜めに林檎《りんご》の枝が花の蓋《かさ》をさしかける。花が散ると、あるときはクララの髪の毛にとまり、ある時はウィリアムの髪の毛にかかる。又ある時は二人の頭と二人の袖にはらはらと一度にかかる。枝から釣《つ》るす籠《かご》の内で鸚鵡《おうむ》が時々けたたましい音《ね》を出す。

「南方の日の露《つゆ》に沈まぬうちに」とウィリアムは熱き唇をクララの唇につける。二人の唇の間《あいだ》に林檎の花の一片《ひとひら》がはさまって濡れたままついて居る。

「此国《このくに》の春は長《とこし》えぞ」とクララ窘《たしな》める如くに云う。ウィリアムは嬉しき声にDruerie!と呼ぶ。クララも同じ様にDruerie!と云う。籠《かご》の中なる鸚鵡《おうむ》が Druerie! と鋭《する》どき声を立てる。遥《はる》か下なる春の海もドルエリと答える。海の向うの遠山《とおやま》もドルエリと答える。丘を蔽《おお》う凡《すべ》ての橄欖《かんらん》と、庭に咲く黄な花、赤い花、紫の花、紅《くれない》の花――凡《すべ》ての春の花と、凡《すべ》ての春の物が皆一斉にドルエリと答える。――是《これ》は盾の中の世界である。而《しか》してウィリアムは盾である。

百年の齢《よわ》いは目出度《めでたく》も難有《ありがた》い。然《しか》しちと退屈じゃ。楽《たのしみ》も多かろうが憂も長かろう。水臭い麦酒《ビール》を日毎に浴びるより、舌を焼く酒精《アルコール》を半滴味《はんてき》わう方が手間がかからぬ。百年を十で割り、十年を百で割って、剰《あま》す所の半時《はんとき》に百年の苦楽を乗じたら矢張《やは》り百年の生を享《う》けたと同じ事じゃ。泰山《たいざん》もカメラの裏《うち》に収まり、水素も冷ゆれば液となる。終生の情けを、分《ふ》と縮め、懸命の甘きを点と凝《こ》らし得るなら――然《しか》しそれが普通の人に出来る事だろうか？――此《この》猛烈な経験を嘗《な》め得たものは古往今来《こおうこんらい》ウィリアム一人《いちにん》である。

薤《かい》露《ろ》行《こう》

世に伝うるマロリーのアーサー物語は簡浄《かんじよう》素樸《そぼく》と云う点に於《お》て珍重すべき書物ではあるが古代のものだから一部の小説として見ると散漫の譏《そしり》は免がれぬ。況《ま》して材を其《その》一局部に取って纏《まと》ったものを書こうとすると到底万事原著による訳《わけ》には行かぬ。従って此《この》篇の如きも作者の随意に事実を前後したり、場合を創造したり、性格を書き直したりして可成《かなり》小説に近いものに改めて仕舞《しも》うた。主意は、こんな事が面白いから書いて見様《みよう》というので、マロリーが面白いからマロリーを紹介しようと云うのではない。其積《そのつも》りで読まれん事を希望する。

実を云うとマロリーの写したランスロットは或る点に於《お》て車夫の如く、ギニヴィアは車夫の情婦の様な感じがある。此《この》一点丈《だけ》でも書き直す必要は充分あると思う。テニソンのアイジルスは優麗都雅《ゆうれいとが》の点に於て古今の雄篇たるのみならず性格の描写に於ても十九世紀の人間を古代の舞台に躍らせる様なかきぶりであるから、かかる短篇を草するには大《おおい》に参考すべき長詩であるは云う迄もない。元来なら記憶を新たにする為《た》め一応読み返す筈《はず》であるが、読むと冥々《めいめい》のうちに真似《まね》がしたくなるからやめた。

一　夢

百、二百、簇《むら》がる騎士は数をつくして北の方《かた》なる試合へと急げば、石に古《ふ》りたるカメロットの館《やかた》には、只《ただ》王妃ギニヴィアの長く牽《ひ》く衣《ころも》の裾《すそ》の響《ひびき》のみ残る。

薄紅《うすくれない》の一枚をむざと許《ばか》りに肩より投げ懸けて、白き二の腕さえ明らさまなるに、裳《もすそ》のみは軽《かろ》く捌《さば》く珠《たま》の履《くつ》をつつみて、猶《なお》余りあるを後ろざまに石階《せきかい》の二級に垂れて登る。登り詰めたる階《きざはし》の正面には大いなる花を鈍色《にびいろ》の奥に織り込める戸帳《とばり》が、人なきをかこち顔なる様《さま》にてそよとも動かぬ。ギニヴィアは幕の前に耳押し付けて一重《ひとえ》向うに何事をか聴く。聴き了《おわ》りたる横顔を又真向《まむこう》に反《か》えして石段の下を鋭どき眼にて窺《うかが》う。濃《こま》やかに斑《ふ》を流したる大理石の上は、ここかしこに白き薔薇《ばら》が暗きを洩れて和《やわら》かき香りを放つ。君見よと宵に贈れる花輪のいつ摧《くだ》けたる名残《なごり》か。しばらくは吾が足に纏《まつ》わる絹の音にさえ心置ける人の、何の思案か、屹《き》と立ち直りて、繊《ほそ》き手の動くと見れば、深き幕の波を描いて、眩《まば》ゆき光り矢の如く向い側なる室の中よりギニヴィアの頭《かしら》に戴《いただ》ける冠《かんむり》を照らす。輝けるは眉間《みけん》に中《あた》る金剛石ぞ。

「ランスロット」と幕押し分けたる儘《まま》にて云う。天を憚《はば》かり、地を憚かる中に、身も世も入《い》らぬ迄《まで》力の籠《こも》りたる声である。恋に敵なければ、わが戴ける冠を畏《おそ》れず。

「ギニヴィア！」と応えたるは室の中なる人の声とも思われぬ程優しい。広き額を半ば埋めて又捲《ま》き返る髪の、黒きを誇る許《ばか》り乱れたるに、頬の色は釣り合わず蒼白い。

女は幕をひく手をつと放して内に入《い》る。裂目を洩れて斜めに大理石の階段を横切りたる日の光は、一度に消えて、薄暗がりの中に戸帳《とばり》の模様のみ際立《きわだ》ちて見える。左右に開く廻廊には円柱《まるばしら》の影の重なりて落ちかかれども、影なれば音もせず。生きたるは室の中なる二人のみと思わる。

「北の方《かた》なる試合にも参り合せず。乱れたるは額にかかる髪のみならじ」と女は心ありげに問う。晴れかかりたる眉に晴れがたき雲の蟠《わだか》まりて、弱き笑《わらい》の強《し》いて憂《うれい》の裏《うち》より洩れ来《きた》る。

「贈りまつれる薔薇の香《か》に酔いて」とのみにて男は高き窓より表の方《かた》を見やる。折からの五月である。館を繞《めぐ》りて緩《ゆる》く逝《ゆ》く江《え》に千本の柳が明《あきら》かに影を蘸《ひた》して、空に崩るる雲の峯《みね》さえ水の底に流れ込む。動くとも見えぬ白帆《しらほ》に、人あらば節《ふし》面白き舟歌も興がろう。河を隔てて木《こ》の間《ま》隠れに白く拖《ひ》く筋の、一縷《いちる》の糸となって烟《けむり》に入るは、立ち上《のぼ》る朝日影に蹄《ひづめ》の塵《ちり》を揚げて、けさアーサーが円卓の騎士と共に北の方《かた》へと飛ばせたる本道である。

「うれしきものに罪を思えば、罪長かれと祈る憂き身ぞ。君一人館に残る今日を忍びて、今日のみの縁《えにし》とならばうからまし」と女は安からぬ心の程を口元に見せて、珊瑚《さんご》の唇をぴりぴりと動かす。

「今日のみの縁《えにし》とは？　墓に堰《せ》かるるあの世迄も渝《かわ》らじ」と男は黒き瞳を返して女の顔を昵《じっ》と見る。

「左《さ》ればこそ」と女は右の手を高く挙げて広げたる掌《てのひら》を竪《たて》にランスロットに向ける。手頸《てくび》を纏《まと》う黄金《こがね》の腕輪がきらりと輝くときランスロットの瞳は吾知らず動いた。「左《さ》ればこそ！」と女は繰り返す。「薔薇の香《か》に酔える病《やまい》を、病と許せるは我等二人のみ。このカメロットに集まる騎士は、五本の指を五十度繰り返《か》えすとも数え難きに、一人として北に行かぬランスロットの病を疑わぬはなし。束《つか》の間《ま》に危うきを貪《むさぼ》りて、長き逢《お》う瀬の淵と変らば……」と云いながら挙げたる手をはたと落す。かの腕輪は再びきらめいて、玉《たま》と玉と撃てる音か、戞然《かつぜん》と瞬時の響《ひびき》を起《おこ》す。

「命は長き賜物《たまもの》ぞ。恋は命よりも長き賜物ぞ。心安かれ」と男は流石《さすが》に大胆である。

女は両手を延ばして、戴ける冠《かんむり》を左右より抑えて「此《この》冠よ、此《この》冠よ。わが額の焼ける事は」と云う。願う事の叶《かな》わば此黄金《このこがね》、此珠玉《このたま》の飾りを脱いで窓より下に投げ付けて見ばやといえる様《さま》である。白き腕《かいな》のすらりと絹をすべりて、抑えたる冠の光りの下には、渦を巻く髪の毛の、珠《たま》の輪には抑え難くて、頰のあたりに靡《なび》きつつ洩れかかる。肩にあつまる薄《うす》紅《くれない》の衣《ころも》の袖《そで》は、胸を過ぎてより豊かなる襞《ひだ》を描《え》がいて、裾は強けれども剛《かた》からざる線を三筋《みすじ》程床の上迄引く。ランスロットは只窈窕《ようちょう》として眺めて居る。前後を截断《せつだん》して、過去未来を失念したる間《あいだ》に只ギニヴィアの形のみがありありと見える。

機微の邃《ふか》きを照らす鏡は、女の有《も》てる凡《すべ》てのうちにて、尤《もっと》も明かなるものと云う。苦しきに堪えかねて、われとわが頭《かしら》を抑えたるギニヴィアを打ち守る人の心は、飛ぶ鳥の影の疾《と》きが如くに女の胸にひらめき渡る。苦しみは払い落す蜘蛛《くも》の巣と消えて剰《あま》すは嬉しき人の情《なさけ》ばかりである。「かくてあらば」と女は危うき間《ひま》に際《きわ》どく擦《す》り込む石火《せきか》の楽《たのし》みを、長《とこし》えに続《つ》づけかしと念じて両頬に笑《えみ》を滴《したた》らす。

「かくてあらん」と男は始めより思い極めた態《てい》である。

「されど」と少時《しばし》して女は又口を開く。「かくてあらん為《た》め――北の方《かた》なる試合に行き給え。けさ立てる人々の蹄《ひづめ》の痕《あと》を追い懸けて病癒《やまいい》えぬと申し給え。此頃《このごろ》の蔭口《かげぐち》、二人をつつむ疑《うたがい》の雲を晴し給え」

「左程《さほど》に人が怖くて恋がなろか」と男は乱るる髪を広き額に払って、わざと乍《なが》らからからと笑う。高き室《しつ》の静かなる中に、常ならず快からぬ響《ひびき》が伝わる。笑えるははたと已《や》めて「此帳《このとばり》の風なきに動くそうな」と室の入口迄歩を移してことさらに厚き幕を揺り動かして見る。あやしき響《ひびき》は収まって寂寞《じやくまく》の故《もと》に帰る。

「宵《よべ》見し夢の——夢の中なる響《ひびき》の名残《なごり》か」と女の顔には忽《たちま》ち紅《こう》落ちて、冠の星はきらきらと震う。男も何事か心躁《さわ》ぐ様《さま》にて、ゆうべ見しと云う夢を、女に物語らする。

「薔薇咲く日なり。白き薔薇と、赤き薔薇と、黄なる薔薇の間《あいだ》に臥《ふ》したるは君とわれのみ。楽しき日は落ちて、楽しき夕暮の薄明りの、尽くる限りはあらじと思う。その時に戴ける は此《この》冠なり」と指を挙げて眉間《みけん》をさす。冠の底を二重にめぐる一疋《いっぴき》の蛇は黄金《こがね》の鱗《うろこ》を細かに身に刻んで、擡《もた》げたる頭《かしら》には青玉《せいぎょく》の眼《がん》を嵌《は》めてある。

「わが冠《かんむり》の肉に喰い入る許《ばか》り焼けて、頭《かしら》の上に衣擦《きぬず》る如き音を聞くとき、此黄金《このこがね》の蛇はわが髪を繞《めぐ》りて動き出す。頭《かしら》は君の方《かた》へ、尾はわが胸のあたりに。波の如くに延びるよと見る間《ま》に、君とわれは腥《なまぐ》さき縄にて、断つべくもあらぬ迄に纏《まつ》わるる。中《なか》四尺を隔てて近寄るに力なく、離るるに術《すべ》なし。たとい忌わしき絆《きずな》なりとも、此《この》縄の切れて二人離れ離れに居《お》らんよりはとは、其時《そのかみ》苦しきわが胸の奥なる心遣《こころや》りなりき。嚙《か》まるるとも螫《さ》さるるとも、口縄《くちなわ》の朽ち果《は》つる迄斯《か》くてあらんと思い定めたるに、あら悲し。薔薇の花の紅《くれない》なるが、めらめらと燃え出《いだ》して、繋《つな》げる蛇を焼かんとす。しばらくして君とわれの間にあまれる一尋《ひとひろ》余りは、真中《まなか》より青き烟《けむり》を吐いて金の鱗の色変り行くと思えば、あやしき臭《にお》いを立ててふすと切れたり。身も魂もこれ限り消えて失せよと念ずる耳元に、何者かからからと笑う声して夢は醒《さ》めたり。醒めたるあとにも猶《なお》耳を襲う声はありて、今聞ける君が笑《わらい》も、宵《よべ》の名残《なごり》かと骨を撼《ゆる》がす」と落ち付かぬ眼を長き睫《まつげ》の裏に隠してランスロットの気色《けしき》を窺う。七十五度の闘技に、馬の脊《せ》を滑るは無論、鐙《あぶみ》さえはずせる事なき勇士も、此夢《このゆめ》を奇《く》しとのみは思わず。快からぬ眉根は自《おのずか》ら逼《せま》りて、結べる口の奥には歯さえ喰い締《し》ばるならん。

「さらば行こう。後《おく》れ馳《ば》せに北の方《かた》へ行こう」と拱《こまぬ》いたる手を振りほどいて、六尺二寸の躯《からだ》をゆらりと起す。

「行くか？」とはギニヴィアの半ば疑える言葉である。疑える中には、今更《いまさら》ながら別れの惜《お》しまるる心地さえほのめいて居る。

「行く」と云い放って、つかつかと戸口にかかる幕を半ば掲げたが、やがてするりと踵《くびす》を回《めぐ》らして、女の前に、白き手を執《と》りて、発熱かと怪しまるる程のあつき唇を、冷やかに柔らかき甲《こう》の上につけた。暁の露しげき百合の花弁《はなびら》をひたふるに吸える心地である。ランスロットは後をも見ずして石階《せきかい》を馳《か》け降りる。

やがて三《み》たび馬の嘶《いなな》く音《ね》がして中庭の石の上に堅《かた》き蹄《ひづめ》が鳴るとき、ギニヴィアは高殿《たかどの》を下りて、騎士の出《い》づべき門の真上なる窓に倚《よ》りて、かの人の出《いづ》るを遅しと待つ。黒き馬の鼻面《はなづら》が下に見ゆるとき、身を半ば投げだして、行く人の為《た》めに白き絹の尺ばかりなるを振る。頭《かしら》に戴ける金冠の、美しき髪を滑りてか、からりと馬の鼻を掠《かす》めて砕くる許《ばか》りに石の上に落つる。

槍の穂先に冠《かんむり》をかけて、窓近く差し出したる時、ランスロットとギニヴィアの視線がはたと行き合う。「忌《い》まわしき冠よ」と女は受けとり乍《なが》ら云う。「さらば」と男は馬の太腹《ふとばら》をける。白き兜《かぶと》の挿毛《さしげ》のさと靡《なび》くあとに、残るは漠々たる塵《ちり》のみ。

二　鏡

有《あり》の儘《まま》なる浮世を見ず、鏡に写る浮世のみを見るシャロットの女は高き台《うてな》の中に只《ただ》一人住む。活《い》ける世を鏡の裡《うち》にのみ知る者に、面《おもて》を合わす友のあるべき由《よし》なし。

春恋し、春恋しと囀《さえ》ずる鳥の数々に、耳側《そばだ》てて木の葉隠れの翼の色を見んと思えば、窓に向わずして壁に切り込む鏡に向う。鮮やかに写る羽の色に日の色さえも其儘《そのまま》である。

シャロットの野に麦刈る男、麦打つ女の歌にやあらん、谷を渡り水を渡りて、幽《かす》かなる音の高き台《うてな》に他界の声の如く糸と細りて響く時、シャロットの女は傾けたる耳を掩《おお》うて又鏡に向う。河のあなたに烟《けぶ》る柳の、果ては空とも野とも覚束《おぼつか》なき間《あいだ》より洩《い》れ出づる悲しき調《しらべ》と思えばなるべし。

シャロットの路《みち》行く人も亦悉《またことごと》くシャロットの女の鏡に写る。あるときは赤き帽の首打ち振りて馬追うさまも見ゆる。あるときは白き髯《ひげ》の寛《ゆる》き衣《ころも》を纏《まと》いて、長き杖の先に小さき瓢《ひさご》を括《くく》しつけながら行く巡礼姿も見える。又あるときは頭《かしら》より只一枚と思わるる真白《ましろ》の上衣《うわ》被《ぎかぶ》りて、眼口も手足も確《しか》と分ちかねたるが、けたたましげに鉦《かね》打ち鳴らして過ぎるも見ゆる。是《これ》は癩《らい》をやむ人の前世の業《ごう》を自《みずか》ら世に告ぐる、むごき仕打ちなりとシャロットの女は知るすべもあらぬ。

旅商人《たびあきうど》の脊《せ》に負える包《つつみ》の中には赤きリボンのあるか、白き下着のあるか、珊瑚《さんご》、瑪瑙《めのう》、水晶、真珠のあるか、包める中を照らさねば、中にあるものは鏡には写らず。写らねばシャロットの女の眸《ひとみ》には映ぜぬ。

古き幾世《いくよ》を照らして、今の世のシャロットにありとある物を照らす。悉《ことごと》く照らして択《えら》ぶ所なければシャロットの女の眼に映るものも亦《また》限りなく多い。只影なれば写りては消え、消えては写る。鏡のうちに永く停《とど》まる事は天に懸《かか》る日と雖《いえど》も難《かた》い。活《い》ける世の影なれば斯《か》く果敢《はか》なきか、あるいは活ける世が影なるかとシャロットの女は折々疑う事がある。明《あか》らさまに見ぬ世なれば影ともまこととも断じ難い。影なれば果敢《はか》なき姿を鏡にのみ見て不足はなかろう。影ならずば？——時にはむらむらと起《おこ》る一念に窓際に馳けよりて思うさま鏡の外《そと》なる世を見んと思い立つ事もある。シャロットの女の窓より眼を放つときはシャロットの女に呪いのかかる時である。シャロットの女は鏡の限る天地のうちに跼蹐《きよくせき》せねばならぬ。一重《ひとえ》隔て、二重《ふたえ》隔てて、広き世界を四角に切るとも、自滅の期を寸時《すんじ》も早めてはならぬ。

去《さ》れど有《あり》の儘《まま》なる世は罪に濁ると聞く。住み倦《う》めば山に遯《のが》るる心安さもあるべし。鏡の裏《うち》なる狭き宇宙の小さければとて、憂き事の降りかかる十字の街《ちまた》に立ちて、行き交う人に気を配る辛《つ》らさはあらず。何者か因果の波を一《ひと》たび起してより、万頃《ばんけい》の乱れは永劫《えいごう》を極めて尽きざるを、渦捲《ま》く中に頭《かしら》をも、手をも、足をも攫《さら》われて、行く吾の果《はて》は知らず。かかる人を賢しと云わば、高き台《うてな》に一人を住み古《ふ》りて、しろかねの白き光りの、表とも裏とも分ち難きあたりに、幻の世を尺に縮めて、あらん命を土さえ踏まで過《すご》すは阿呆《あほう》の極みであろう。わが見るは動く世ならず、動く世を動かぬ物の助《たすけ》にて、余所《よそ》ながら窺う世なり。活《かっ》殺生死《さつしょうじ》の乾坤《けんこん》を定裏《じょうり》に拈出《ねんしゅつ》して、五彩の色相《しきそう》を静中《せいちゅう》に描く世なり。かく観ずればこの女の運命もあながちに嘆くべきにあらぬを、シャロットの女は何に心を躁《さわ》がして窓の外なる下界を見んとする。

鏡の長さは五尺に足らぬ。黒鉄《くろがね》の黒きを磨いて本来の白きに帰すマーリンの術になるとか。魔法に名を得し彼の云う。――鏡の表に霧こめて、秋の日の上《のぼ》れども晴れぬ心地なるは不吉の兆《ちょう》なり。曇る鑑《かがみ》の露《つゆ》を含みて、芙蓉《ふよう》に滴《した》たる音を聴くとき、対《むか》える人の身の上に危うき事あり。砉然《けきぜん》と故《ゆえ》なきに響《ひびき》を起して、白き筋の横縦に鏡に浮くとき、其《その》人末期《まつご》の覚悟せよ。――シャロットの女が幾年月《いくとしつき》の久しき間此《あいだこの》鏡に向えるかは知らぬ。朝《あした》に向い夕《ゆうべ》に向い、日に向い月に向いて、厭《あ》くという事のあるをさえ忘れたるシャロットの女の眼には、霧立つ事も、露置く事もあらざれば、沉《ま》して裂けんとする虞《おそれ》ありとは夢にだも知らず。湛《たん》然《ぜん》として音なき秋の水に臨むが如く、瑩朗《えいろう》たる面《おもて》を過ぐる森羅《しんら》の影の、繽紛《ひんぷん》として去るあとは、太古の色なき境をまのあたりに現わす。無限上に徹する大空《たいくう》を鋳固《いかた》めて、打てば音ある五尺の裏《うち》に圧《お》し集めたるを――シャロットの女は夜毎日毎《よごとひごと》に見る。

夜毎日毎に鏡に向える女は、夜毎日毎に鏡の傍《そば》に坐りて、夜毎日毎の繪《はた》を織る。ある時は明るき繪を織り、ある時は暗き繪を織る。

シャロットの女の投ぐる梭《ひ》の音を聴く者は、淋《さび》しき皐《おか》の上に立つ、高き台《うてな》の窓を恐る恐る見上げぬ事はない。親も逝き子も逝きて、新しき代《よ》に只一人取り残されて、命長き吾を恨《うら》み顔《がお》なる年寄の如く見ゆるが、岡の上なるシャロットの女の住居《すまい》である。蔦鎖《つたとざ》す古き窓より洩るる梭《ひ》の音の、絶間《たえま》なき振子《しんく》の如く、日を刻み月を刻むに急なる様《さま》なれど、其《その》音はあの世の音なり。静《しずか》なるシャロットには、空気さえ重たげにて、常ならば動くべしとも思われぬを、只此梭《このひ》の音のみにそそのかされて、幽《かす》かにも震うか。淋しさは音なき時の淋しさにも勝る。恐る恐る高き台《うてな》を見上げたる行人《こうじん》は耳を掩《おお》うて走る。

シャロットの女の織るは不断の繪《はた》である。草むらの萌草《もえぐさ》の厚く茂れる底に、釣鐘《つりがね》の花の沈める様《さま》を織るときは、花の影のいつ浮くべしとも見えぬ程の濃き色である。うな原《ばら》のうねりの中に、雪と散る浪の花を浮かすときは、底知れぬ深さを一枚の薄きに畳む。あるときは黒き地《じ》に、燃ゆる焔《ほのお》の色にて十字架を描く。濁世《じょくせ》にはびこる罪障《ざいしょう》の風は、すきまなく天下を吹いて、十字を織れる経緯《たてよこ》の目にも入《い》ると覚しく、焔《ほのお》のみは繒《はた》を離れて飛ばんとす。――薄暗き女の部屋は焚《や》け落つるかと怪しまれて明るい。

恋の糸と誠の糸を横縦に梭くぐらせば、手を肩に組み合せて天を仰げるマリヤの姿となる。狂いを経《たて》に怒りを緯《よこ》に、霰《あられ》ふる木枯《こがらし》の夜を織り明せば、荒野《あれの》の中に白き髯《ひげ》飛ぶリアの面影が出る。恥《は》ずかしき紅《くれない》と恨めしき鉄色《てついろ》をより合せては、逢《お》うて絶えたる人の心を読むべく、温和《おとな》しき黄と思い上がれる紫を交る交《がわ》るに畳めば、魔に誘われし乙女の、我は顔《がお》に高ぶれる態《さま》を写す。長き袂《たもと》に雲の如くにまつわるは人に言えぬ願《ねがい》の糸の乱れなるべし。

シャロットの女は眼《まなこ》深く額広く、唇さえも女には似で薄からず。夏の日の上《のぼ》りてより、刻《こく》を盛る砂時計の九《ここの》たび落ち尽したれば、今ははや午《ひる》過ぎなるべし。窓を射る日の眩《まば》ゆき迄明《あきら》かなるに、室のうちは夏知らぬ洞窟《どうくつ》の如くに暗い。輝けるは五尺に余る鉄の鏡と、肩に漂う長き髪のみ。右手《めて》より投げたる梭《ひ》を左手《ゆんで》に受けて、女は不図《ふと》鏡の裡《うち》を見る。研《と》ぎ澄《すま》したる剣《つるぎ》よりも寒き光の、例《いつも》ながらうぶ毛の末をも照すよと思ううちに――底事《なにごと》ぞ！　音なくて颯《さ》と曇るは霧か、鏡の面《おもて》は巨人の息をまともに浴びたる如く光を失う。今迄見えたシャロットの岸に連なる柳も隠れる。柳の中を流るるシャロットの河も消える。河に沿うて往《ゆ》きつ来《きた》りつする人影は無論ささぬ。——梭《ひ》の音ははたと已《や》んで、女の瞼《まぶた》は黒き睫《まつげ》と共に微《かす》かに顫《ふる》えた。「凶事か」と叫んで鏡の前に寄るとき、曇《くもり》は一刷《いっさつ》に晴れて、河も柳も人影も元の如くに見《あら》われる。梭は再び動き出す。

女はやがて世にあるまじき悲しき声にて歌う。

うつせみの世を、
うつつに住めば、
住みうからまし、
むかしも今も。」
うつくしき恋、
うつす鏡に、
色やうつろう、
朝な夕なに。」

鏡の中なる遠柳《とおやなぎ》の枝が風に靡《なび》いて動く間《あいだ》に、忽《たちま》ち銀《しろがね》の光がさして、熱き埃《ほこ》りを薄く揚げ出す。銀《しろがね》の光りは南より北に向って真一文字《まいちもんじ》にシャロットに近付いてくる。女は小羊を覘《ねら》う鷲《わし》の如くに、影とは知りながら瞬《また》きもせず鏡の裏《うち》を見詰《みつむ》る。十丁《ちょう》にして尽きた柳の木《こ》立《だち》を風の如くに駈け抜けたものを見ると、鍛《きた》え上げた鋼《はがね》の鎧《よろい》に満身の日光を浴びて、同じ兜《かぶと》の鉢金《はちがね》よりは尺に余る白き毛を、飛び散れとのみ毿々《さんさん》と靡《なび》かして居る。栗毛の駒の逞《たくま》しきを、頭《かしら》も胸も革に裹《つつ》みて飾れる鋲《びょう》の数は篩《ふる》い落せし秋の夜の星宿《せいしゅく》を一度に集めたるが如き心地である。女は息を凝らして眼を据える。

曲がれる堤《どて》に沿うて、馬の首を少し左へ向け直すと、今迄は横にのみ見えた姿が、真正面に鏡にむかって進んでくる。太き槍をレストに収めて、左の肩に盾《たて》を懸けたり。女は領《えり》を延ばして盾に描ける模様を確《しか》と見分け様《よう》とする体《てい》であったが、かの騎士は何の会釈もなく此鉄鏡《このてつきょう》を突き破って通り抜ける勢《いきおい》で、愈《いよいよ》目の前に近づいた時、女は思わず梭《ひ》を抛《な》げて、鏡に向って高くランスロットと叫んだ。ランスロットは兜《かぶと》の廂《ひさし》の下より耀《かがや》く眼を放って、シャロットの高き台《うてな》を見上げる。爛々《らんらん》たる騎士の眼と、針を束《つか》ねたる如き女の鋭《する》どき眼とは鏡の裡《うち》にてはたと出合った。此《この》時シャロットの女は再び「サー・ランスロット」と叫んで、忽《たちま》ち窓の傍《そば》に馳け寄って蒼き顔を半ば世の中に突き出《いだ》す。人と馬とは、高き台《うてな》の下を、遠きに去る地震の如くに馳け抜ける。

ぴちりと音がして皓々《こうこう》たる鏡は忽《たちま》ち真二《まふた》つに割れる。割れたる面《おもて》は再びぴちぴちと氷を砕くが如く粉微塵《こなみじん》になって室《しつ》の中に飛ぶ。七巻八巻《ななまきやまき》織りかけたる布帛《きぬ》はふつふつと切れて風なきに鉄片と共に舞い上《あが》る。紅《くれない》の糸、緑の糸、黄の糸、紫の糸はほつれ、千切《ちぎ》れ、解け、もつれて土蜘蛛《つちぐも》の張る網の如くにシャロットの女の顔に、手に、袖に、長き髪毛《かみげ》にまつわる。「シャロットの女を殺すものはランスロット。ランスロットを殺すものはシャロットの女。わが末期《まつご》の呪《のろい》を負うて北の方《かた》へ走れ」と女は両手を高く天に挙げて、朽ちたる木の野分《のわき》を受けたる如く、五色《ごしき》の糸と氷を欺《あざむ》く砕片の乱るる中に鞺《どう》と仆《たお》れる。

三　袖

可憐《かれん》なるエレーンは人知らぬ菫《すみれ》の如くアストラットの古城を照らして、ひそかに墜《お》ちし春の夜《よ》の星の、紫深き露《つゆ》に染まりて月日を経たり。訪《と》う人は固《もと》よりあらず。共に住むは二人の兄と眉さえ白き父親のみ。

「騎士はいずれに去る人ぞ」と老人は穏かなる声にて問う。「北の方《かた》なる仕合に参らんと、是迄《これ》は鞭《むちう》って追懸けたれ。夏の日の永きにも似ず、いつしか暮れて、暗がりに路《みち》さえ岐《わか》れたるを。——乗り捨てし馬も恩に嘶《いなな》かん。一夜の宿の情け深きに酬《むく》いまつるものなきを耻《は》ず」と答えたるは、具足《ぐそく》を脱いで、黄なる袍《ほう》に姿を改めたる騎士なり。シャロットを馳《は》せる時何事とは知らず、岩の凹《くぼ》みの秋の水を浴びたる心地して、かりの宿りを求め得たる今に至る迄、頰の蒼きが特更《ことさら》の如く目に立つ。

エレーンは父の後ろに小さき身を隠して、此《この》アストラットに、如何《いか》なる風の誘いてか、かく凛々《りり》しき壮夫《ますらお》を吹き寄せたると、折々は鶴と瘠《や》せたる老人の肩をすかして、耻《はず》かしの睫《まつげ》の下よりランスロットを見る。菜の花、豆の花ならば戯るる術《すべ》もあろう。偃蹇《えんけん》として澗《かん》底《てい》に嘯《うそぶ》く松が枝《え》には舞い寄る路《みち》のとてもなければ、白き胡蝶は薄き翼を収めて身動きもせぬ。

「無心ながら宿貸す人に申す」と稍《やや》ありてランスロットが云う。「明日《あす》と定まる仕合の催《もよお》しに、後《おく》れて乗り込む我の、何の誰《たれ》よと人に知らるるは興なし。新しきを嫌わず、古きを辞せず、人の見知らぬ盾《たて》あらば貸し玉《たま》え」

老人ははたと手を拍《う》つ。「望める盾を貸し申そう。——長男チアーは去《さん》ぬる騎士の闘技に足を痛めて今猶蓐《いまなおじょく》を離れず。其《その》時彼が持ちたるは白地に赤く十字架を染めたる盾なり。只の一度の仕合に傷《きず》きて、其創口《そのきずぐち》はまだ癒《い》えざれば、赤き血架《けっか》は空しく壁に古《ふ》りたり。是《これ》を翳《かざ》して思う如く人々を驚かし給え」

ランスロットは腕を扼《やく》して「夫《それ》こそは」と云う。老人は猶《なお》言葉を継ぐ。

「次男ラヴェンは健気《けなげ》に見ゆる若者にてあるを、アーサー王の催《もよおし》にかかる晴の仕合に参り合わせずば、騎士の身の口惜しかるべし。只《ただ》君が栗毛の蹄《ひづめ》のあとに倶《ぐ》し連れよ。翌日《あす》を急げと彼に申し聞かせん程に」

ランスロットは何の思案もなく「心得たり」と心安げに云う。老人の頬に畳める皺《しわ》のうちには、嬉しき波がしばらく動く。女ならずばわれも行かんと思えるはエレーンである。木に倚《よ》るは蔦《つた》、まつわりて幾世を離れず。宵《よい》に逢《あ》いて朝《あした》に分るる君と我の、われにはまつわるべき月日もあらず。繊《ほそ》き身の寄り添わば、幹吹く嵐に、根《ね》なしかずらと倒れもやせん。寄り添わずば、人知らずひそかに括《くく》る恋の糸、振り切って君は去るべし。愛溶けて瞼《まぶた》に余る、露《つゆ》の底なる光りを見ずや。わが住める館《やかた》こそ古《ふ》るけれ、春を知る事は生れて十八度に過ぎず。物の憐れの胸に漲《みなぎ》るは、鎖《とざ》せる雲の自《おのずか》ら晴れて、麗《うらら》かなる日影の大地を渡るに異ならず。野をうずめ谷を埋めて千里の外《ほか》に暖かき光りをひく。明かなる君が眉目《びもく》にはたと行き逢える今の思《おもい》は、坑《あな》を出《い》でて天下の春風《はるかぜ》に吹かれたるが如きを——言葉さえ交わさず、あすの別れとはつれなし。

燭《しょく》尽きて更《こう》を惜《おし》めども、更《こう》尽きて客は寝《い》ねたり。寝ねたるあとにエレーンは、合わぬ瞼の間《あいだ》より男の姿の無理に瞳の奥に押し入らんとするを、幾たびか払い落さんと力《つと》めたれど詮《せん》なし。強《し》いて合わぬ目を合せて、此《この》影を追わんとすれば、いつの間にか其《その》人の姿は既に瞼の裏《うち》に潜む。苦しき夢に襲われて、世を恐ろしと思いし夜もある。魂《たまぎ》消える物《もの》の怪《け》の話におののきて、眠らぬ耳に鶏《にわとり》の声をうれしと起き出《い》でた事もある。去《さ》れど恐ろしきも苦しきも、皆われ安かれと願う心の反響に過ぎず。われと云う可愛《かわゆ》き者の前に夢の魔を置き、物《もの》の怪《け》の祟《たた》りを据えての恐《おそれ》と苦しみである。今宵の悩みは其等《それら》にはあらず。我と云う個霊《これい》の消え失せて、求むれども遂《つい》に得難《えがた》きを、驚きて迷いて、果《は》ては情《なさけ》なくて斯《か》くは乱るるなり。我を司《つかさ》どるものの我にはあらで、先に見し人の姿なるを奇《く》しく、怪しく、悲しく念じ煩《わずら》うなり。いつの間に我はランスロットと変りて常の心はいずこへか喪《うしな》える。エレーンと吾名を呼ぶに、応うるはエレーンならず、中庭に馬乗り捨てて、廂《ひさし》深き兜《かぶと》の奥より、高き櫓《やぐら》を見上げたるランスロットである。再びエレーンと呼ぶにエレーンはランスロットじゃと答える。エレーンは亡《う》せてかと問えば在《あ》りと云う。いずこにと聞けば知らぬと云う。エレーンは微《かす》かなる毛孔《けあな》の末に潜みて、いつか昔《むか》しの様《さま》に帰らん。エレーンに八万四千の毛孔ありて、エレーンが八万四千壺《こ》の香油を注《そそ》いで、日に其膚《そのはだえ》を滑《なめ》かにするとも、潜めるエレーンは遂に出現し来《きた》る期《ご》はなかろう。

やがてわが部屋の戸帳《とばり》を開きて、エレーンは壁に釣る長き衣《きぬ》を取り出す。燭にすかせば燃ゆる真紅《しんく》の色なり。室にはびこる夜を呑んで、一枚の衣《きぬ》に真昼の日影を集めたる如く鮮かである。エレーンは衣《きぬ》の領《えり》を右手《めて》につるして、暫《しば》らくは眩《まば》ゆきものと眺めたるが、やがて左に握る短刀を鞘《さや》ながら二三度振る。からからと床《ゆか》に音さして、すわと云う間《ま》に閃《ひらめ》きは目を掠《かす》めて紅《くれない》深きうちに隠れる。見れば美しき衣《きぬ》の片袖は惜気《おしげ》もなく断たれて、残るは鞘の上にふわりと落ちる。途端に裸ながらの手燭《てしょく》は、風に打たれて颯《さ》と消えた。外は片破《かたわれ》月《づき》の空に更《ふ》けたり。

右手《めて》に捧《ささ》ぐる袖の光をしるべに、暗きをすりぬけてエレーンはわが部屋を出る。右に折れると兄の住居《すまい》、左を突き当れば今宵の客の寝所《しんじょ》である。夢の如くなよやかなる女の姿は、地を踏まざるに歩めるか、影よりも静かにランスロットの室の前にとまる。——ランスロットの夢は成らず。

聞くならくアーサー大王のギニヴィアを娶《めと》らんとして、心惑《まど》える折、居ながらに世の成《なり》行《ゆき》を知るマーリンは、首を掉《ふ》りて慶事を肯《がえ》んぜず。此《この》女後に思わぬ人を慕う事あり、娶る君に悔《くい》あらん。と只管《ひたすら》に諫《いさ》めしとぞ。聞きたる時の我に罪なければ思わぬ人の誰《たれ》なるかは知るべくもなく打ち過ぎぬ。思わぬ人の誰《たれ》なるかを知りたる時、天《あめ》が下《した》に数多く生れたるもののうちにて、この悲しき命《さだめ》に廻《めぐ》り合せたる我を恨《うら》み、このうれしき幸《さち》を享《う》けたる己《おの》れを悦《よろこ》びて、楽《たのし》みと苦《くるし》みの綯《ないまじ》りたる縄を断たんともせず、此年月《このとしつき》を経たり。心疚《や》ましきは願わず。疚ましき中に蜜あるはうれし。疚ましければこそ蜜をも醸《かも》せと思う折さえあれば、卓《たく》を共にする騎士の我を疑う此日《このひ》に至る迄王妃を棄てず。只疑《うたがい》の積《つ》もりて証拠《あかし》と凝《こ》らん時——ギニヴィアの捕われて杭に焼かるる時——此《この》時を思えばランスロットの夢は未《いま》だ成らず。

眠られぬ戸に何物かちょと障《さわ》った気合《けはい》である。枕を離るる頭《かしら》の、音する方《かた》に、しばらくは振り向けるが、又元の如く落ち付いて、あとは古城の亡骸《なきがら》に脈も通わず。静《しずか》である。

再び障《さわ》った音は、殆《ほと》んど敲《たた》いたと云うべくも高い。慥《たし》かに人ありと思い極めたるランスロットは、やをら身を臥所《ふしど》に起して、「たぞ」と云いつつ戸を半ば引く。差しつくる蠟燭《ろうそく》の火のふき込められしが、取り直して今度は戸口に立てる乙女の方《かた》にまたたく。乙女の顔は翳《かざ》せる赤き袖の影に隠れて居る。面映《おもはゆ》き灯火《ともしび》のみならず。

「此《この》深き夜を……迷えるか」と男は驚きの舌を途切れ途切れに動かす。

「知らぬ路《みち》にこそ迷え。年古《としふ》るく住みなせる家のうちを――鼠《ねずみ》だに迷わじ」と女は微《かす》かなる声ながら、思い切って答える。

男は只怪しとのみ女の顔を打ち守る。女は尺に足らぬ紅絹《もみ》の衝立《ついたて》に、花よりも美くしき顔をかくす。常に勝る豊頰《ほうきょう》の色は、湧く血潮の疾《と》く流るるか、あざやかなる絹のたすけか。ただ隠しかねたる鬢《びん》の毛の肩に乱れて、頭《かしら》には白き薔薇《ばら》を輪に貫ぬきて三輪挿《さ》したり。

白き香りの鼻を撲《う》って、絹の影なる花の数さえ見分けたる時、ランスロットの胸には忽《たちま》ちギニヴィアの夢の話が湧き返る。何故《なにゆえ》とは知らず、悉《ことごと》く身は痿《な》えて、手に持つ燭を取り落せるかと驚ろきて我に帰る。乙女はわが前に立てる人の心を読む由《よし》もあらず。

「紅《くれない》に人のまことはあれ。耻《は》ずかしの片袖を、乞われぬに参らする。兜《かぶと》に捲《ま》いて勝負せよとの願《ねがい》なり」とかの袖を押し遣《や》る如く前に出す。男は容易に答えぬ。

「女の贈り物受けぬ君は騎士か」とエレーンは訴うるが如くに下よりランスロットの顔を

覗《のぞ》く。覗かれたる人は薄き唇を一文字《いちもんじ》に結んで、燃ゆる片袖を、右の手に半ば受けたる儘《まま》、当惑の眉を思案に刻む。ややありて云う。「戦《たたかい》に臨む事は大小六十余度、闘技の場に登って槍を交えたる事は其《その》数を知らず。未《いま》だ佳人の贈り物を、身に帯びたる試しなし。情《なさけ》あるあるじの子の、情深き賜物《たまもの》を辞《いな》むは礼なけれど……」

「礼とも云え、礼なしとも云いてやみね。礼の為《た》めに、夜《よ》を冒《おか》して参りたるにはあらず。思《おもい》の籠《こも》る此《この》片袖を、天《あめ》が下の勇士に贈らん為に参りたり。切に受けさせ給え」とここ迄踏み込みたる上は、かよわき乙女の、却《かえ》って一徹《いってつ》に動かすべくもあらず。ランスロットは惑う。

カメロットに集まる騎士は、弱きと強きを通じてわが盾《たて》の上に描かれる紋章を知らざるはあらず。又わが腕に、わが兜《かぶと》に、美しき人の贈り物を見たる事なし。あすの試合に後《おく》るるは、始めより出《い》づる筈ならぬを、半途より思い返しての仕業《しわざ》故である。闘技の埒《らち》に馬乗り入れてランスロットよ、後れたるランスロットよ、と謳《うた》わるる丈《だけ》ならば其迄《それまで》の浮名である。去《さ》れど後れたるは病《やまい》のため、後れながらも参りたるはまことの病にあらざる証拠《あかし》よと云わば何と答えん。今幸《さいわい》に知らざる人の盾を借りて、知らざる人の袖を纏《まと》い、二十三十の騎士を斃《たお》す迄深くわが面《おもて》を包まば、ランスロットと名乗りをあげて人驚かす夕暮に、——誰彼《たれかれ》共にわざと後れたる我を肯《うけが》わん。病と臥《ふ》せる我の作略《さりゃく》を面白しと感ずる者さえあろう。――ランスロットは漸《ようや》くに心を定める。

部屋のあなたに輝くは物の具である。鎧《よろい》の胴に立て懸けたるわが盾を軽々《かろがろ》と片手に提《さ》げて、女の前に置きたるランスロットは云う。

「嬉しき人の真心を兜《かぶと》にまくは騎士の誉《ほま》れ。難有《ありがた》し」とかの袖を女より受取る。

「うけてか」と片頬《かたほ》に笑《え》める様《さま》は、谷間の姫百合《ひめゆり》に朝日影さして、しげき露《つゆ》の痕《あと》なく晞《かわ》けるが如し。

「あすの勝負に用なき盾を、逢《あ》う迄の形身と残す。試合果《は》てて再びここを過ぎる迄守り給え」

「守らでやは」と女は跪《ひざまず》いて両手に盾を抱《いだ》く。ランスロットは長き袖を眉のあたりに掲げて「赤し、赤し」と云う。

此時《このとき》櫓《やぐら》の上を烏《からす》鳴き過ぎて、夜《よ》はほのぼのと明け渡る。

四　罪

アーサーを嫌うにあらず、ランスロットを愛するなりとはギニヴィアの已《おの》れにのみ語る胸のうちである。

北の方《かた》なる試合果《は》てて、行けるものは皆館に帰れるを、ランスロットのみは影さえ見えず。帰れかしと念ずる人の便りは絶えて、思わぬものの鑣《くつわ》を連ねてカメロットに入《い》るは、見るも益なし。一日には二日を数え、二日には三日を数え、遂《つい》に両手の指を悉《ことごと》く折り尽して十日に至る今日《こんにち》迄猶《なお》帰るべしとの願《ねがい》を掛けたり。

「遅き人のいずこに繋《つな》がれたる」とアーサーは左迄《さまで》に心を悩ませる気色《けしき》もなく云う。

高き室《しつ》の正面に、石にて築く段は二級、半ばは厚き毛氈《もうせん》にて蔽《おお》う。段の上なる、大《おおい》なる椅子に豊かに倚《よ》るがアーサーである。

「繋ぐ日も、繋ぐ月もなきに」とギニヴィアは答うるが如く答えざるが如くもてなす。王を二尺左に離れて、床几《しょうぎ》の上に、繊《ほそ》き指を組み合せて、膝より下は長き裳《もすそ》にかくれて履《くつ》の在《あ》りかさえ定かならず。

よそよそしくは答えたれ、心は其《その》人の名を聞きてさえ躍るを。話しの種の思う坪に生えたるを、寒き息にて吹き枯らすは口惜し。ギニヴィアは又口を開く。

「後《おく》れて行くものは後れて帰る掟《おきて》か」と云い添えて片頬《かたほ》に笑う。女の笑うときは危うい。

「後れたるは掟ならぬ恋の掟なるべし」とアーサーも穏かに笑う。アーサーの笑《わらい》にも特別の意味がある。

恋という字の耳に響くとき、ギニヴィアの胸は、錐《きり》に刺されし痛《いたみ》を受けて、すわやと躍り上《あが》る。耳の裏には颯《さ》と音して熱き血を注《さ》す。アーサーは知らぬ顔である。

「あの袖《そで》の主《ぬし》こそ美しからん。……」

「あの袖とは？ 袖の主とは？ 美しからんとは？」とギニヴィアの呼吸ははずんで居る。

「白き挿毛《さしげ》に、赤き鉢巻ぞ。去《さ》る人の贈り物とは見たれ。繋《つな》がるるも道理じゃ」とアーサーは又からからと笑う。

「主《ぬし》の名は？」

「名は知らぬ。只美しき故に美しき少女と云うと聞く。過ぐる十日を繋がれて、残る幾日《いくひ》を繋がるる身は果報なり。カメロットに足は向くまじ」

「美しき少女！ 美しき少女！」と続け様《ざま》に叫んでギニヴィアは薄き履《くつ》に三《み》たび石の床《ゆか》を踏みならす。肩に負う髪の時ならぬ波を描いて、二尺余りを一筋毎《ひとすじごと》に末迄渡る。

夫に二心《ふたごころ》なきを神の道との教《おしえ》は古《ふ》るし。神の道に従うの心易《こころやす》きも知らずと云わじ。心易きを自《みずか》ら捨てて、捨てたる後の苦しみを嬉しと見しも君が為《ため》なり。春風《しゅんぷう》に心なく、花自《おのずか》ら開く。花に罪ありとは下《くだ》れる世の言の葉に過ぎず。恋を写す鏡の明《あきらか》なるは鏡の徳なり。かく観ずる裡《うち》に、人にも世にも振り棄てられたる時の慰藉《いしゃ》はあるべし。かく観ぜんと思い詰めたる今頃を、わが乗れる足台は覆《くつが》えされて、踵《くびす》を支《ささ》うるに一塵《いちじん》だになし。引き付けられたる鉄と磁石の、自然に引き付けられたれば咎《とが》も恐れず、世を憚《はばか》りの関一重《せきひとえ》あなたへ越せば、生涯の落ち付はあるべしと念じたるに、引き寄せたる磁石は火打石《ひうちいし》と化して、吸われし鉄は無限の空裏《くうり》を冥府《よみ》へ隕《お》つる。わが坐《す》わる床几《しょうぎ》の底抜けて、わが乗る壇の床崩れて、わが踏む大地の殻《こく》裂けて、己《おの》れを支うる者は悉《ことごと》く消えたるに等し。ギニヴィアは組める手を胸の前に合せたる儘《まま》、右左より骨も摧《くだ》けよと圧《お》す。片手に余る力を、片手に抜いて、苦しき胸の悶《もだえ》を人知れぬ方《かた》へ洩らさんとするなり。

「なに事ぞ」とアーサーは聞く。

「なに事とも知らず」と答えたるは、アーサーを欺《あざむ》けるにもあらず、又己《おのれ》を誣《し》いたるにもあらず。知らざるを知らずと云えるのみ。まことはわが口にせる言葉すら知らぬ間に咽《のど》を転《まろ》び出《い》でたり。

ひく浪《なみ》の返す時は、引く折の気色《けしき》を忘れて、逆《さか》しまに岸を嚙む勢《いきおい》の、前よりは凄《すさま》じきを、浪自《みずか》らさえ驚くかと疑う。はからざる便りの胸を打ちて、度を失えるギニヴィアの、己れを忘るる迄われに遠ざかれる後には、油然《ゆうぜん》として常よりも切なき吾に復《かえ》る。何事も解せぬ風情《ふぜい》に、驚ろきの眉をわが額の上にあつめたるアーサーを、わが夫と悟れる時のギニヴィアの眼には、アーサーは少《しば》らく前のアーサーにあらず。

人を傷《きず》けたるわが罪を悔ゆるとき、傷負える人の傷ありと心付かぬ時程悔《くい》の甚《はなは》しきはあらず。聖徒《せいと》に向って鞭《むち》を加えたる非の恐しきは、鞭《むちう》てるものの身に跳ね返る罰《ばつ》なきに、自《みずか》らと其非《その》を悔いたればなり。吾を疑うアーサーの前に恥《は》ずる心は、疑わぬアーサーの前に、わが罪を心のうちに鳴らすが如く痛からず。ギニヴィアは悚然《しょうぜん》として骨に徹する寒さを知る。

「人の身の上はわが上とこそ思え。人恋わぬ昔は知らず、嫁《とつ》ぎてより幾夜か経たる。赤き袖の主《ぬし》のランスロットを思う事は、御身《おんみ》のわれを思う如くなるべし。贈り物あらば、吾も十日《はつか》を、二十日を、帰るを、忘るべきに、罵《のの》しるは卑《いや》し」とアーサーは王妃の方《かた》を見て不審の顔付《かおつき》である。

「美しき少女！」とギニヴィアは三《み》たびエレーンの名を繰り返す。このたびは鋭《する》どき声にあらず。去《さ》りとては憐《あわれみ》を寄せたりとも見えず。

アーサーは椅子に倚《よ》る身を半ば回《めぐ》らして云う。「御身とわれと始めて逢《あ》える昔を知るか。丈《じょう》に余る石の十字を深く地に埋めたるに、蔦這《つたは》いかかる春の頃なり。路《みち》に迷いて御堂《みどう》にしばし憩《いこ》わんと入《い》れば、銀に鏤《ちり》ばむ祭壇の前に、空色の衣《きぬ》を肩より流して、黄金《こがね》の髪に雲を起せるは誰《た》ぞ」

女はふるえる声にて「ああ」とのみ云う。床《ゆか》しからぬにもあらぬ昔の、今は忘るるをのみ心易《こころやす》しと念じたる矢先に、忽然《こつぜん》と容赦もなく描き出だされたるを堪《た》え難く思う。

「安からぬ胸に、捨てて行ける人の帰るを待つと、凋《しお》れたる声にてわれに語る御身の声をきく迄は、天《あま》つ下《くだ》れるマリヤの此《この》寺の神壇《しんだん》に立てりとのみ思えり」

逝《ゆ》ける日は追えども帰らざるに逝ける事は長《とこ》しえに暗きに葬むる能《あた》わず。思うまじと誓える心に発矢《はっし》と中《あた》る古き火花もあり。

「伴いて館《やかた》に帰し参らせんと云えば、黄金《こがね》の髪を動かして何処《いずこ》へとも、とうなずく……」

と途中に句を切ったアーサーは、身を起して、両手にギニヴィアの頰を抑えながら上より妃の顔を覗き込む。新たなる記憶につれて、新たなる愛の波が、一《ひと》しきり打ち返したのであろう。――王妃の頰は屍《しかばね》を抱《いだ》くが如く冷たい。アーサーは覚えず抑えたる手を放す。折から廻廊を遠く人の踏む音がして、罵《ののし》る如き幾多の声は次第にアーサーの室に逼《せま》る。入口に掛けたる厚き幕は総《ふさ》に絞らず、長く垂れて床をかくす。かの足音の戸に近くしばらくとまる時、垂れたる幕を二つに裂いて、髪多く丈《たけ》高き一人の男があらわれた。モードレッドである。

モードレッドは会釈もなく室の正面迄つかつかと進んで、王の立てる壇の下にとどまる。続いて入《い》るはアグラヴェン、逞《たく》ましき腕の、寛《ゆる》き袖を洩れて、赭《あか》き頸《くび》の、かたく衣《ころも》の襟《えり》に括《くく》られて、色さえ変る程肉づける男である。二人の後には物色する遑《いとま》なきに、どやどやと、我勝《われが》ちに乱れ入《い》りて、モードレッドを一人《ひとり》前に、ずらりと並ぶ。数は凡《すべ》てにて十二人。何事かなくては叶《かな》わぬ。

モードレッドは、王に向って会釈せる頭《かしら》を擡《もた》げて、そこ力《ぢから》のある声にて云う。「罪あるを罰《ばっ》するは王者の事か」

「問わずもあれ」と答えたアーサーは今更《いまさら》と云う面持《おももち》である。

「罪あるは高きをも辞せざるか」とモードレッドは再び王に向って問う。

アーサーは我とわが胸を敲《たた》いて「黄金《おうごん》の冠《かんむり》は邪《よこしま》の頭《かしら》に戴かず。天子の衣《ころも》は悪を隠さず」と壇上に延び上《あが》る。肩に括《くく》る緋《ひ》の衣《ころも》の、裾は開けて、白き裏が雪の如く光る。

「罪あるを許さずと誓わば、君が傍《かたえ》に坐せる女をも許さじ」とモードレッドは臆する気色《けしき》もなく、一指《し》を挙げてギニヴィアの眉間《みけん》を指《さ》す。ギニヴィアは屹《き》と立ち上る。

茫然《ぼうぜん》たるアーサーは雷火に打たれたる唖《おし》の如く、わが前に立てる人――地を抽《ぬ》き出《い》でし巌《いわお》とばかり立てる人――を見守る。口を開けるはギニヴィアである。

「罪ありと我を誣《し》いるか。何をあかしに、何の罪を数えんとはする。詐《いつわ》りは天も照覧《しょうらん》あれ」と繊《ほそ》き手を抜け出《い》でよと空高く挙げる。

「罪は一つ。ランスロットに聞け。あかしはあれぞ」と鷹《たか》の眼を後ろに投ぐれば、並びたる十二人は悉《ことごと》く右の手を高く差し上げつつ、「神も知る、罪は逃《のが》れず」と口々に云う。

ギニヴィアは倒れんとする身を、危く壁掛に扶《たす》けて「ランスロット!」と幽《かすか》に叫ぶ。王は迷う。肩に纏《まつ》わる緋の衣《ころも》の裏を半ば返して、右手《めて》の掌《たなごころ》を十三人の騎士に向けたる儘《まま》にて迷う。

此時《このとき》館《やかた》の中に「黒し、黒し」と叫ぶ声が石堞《せきちょう》に響《ひびき》を反して、窈然《ようぜん》と遠く鳴る木枯《こがらし》の如く伝わる。やがて河に臨む水門を、天にひびけと、銹《さ》びたる鉄鎖《てっさ》に軋《きし》らせて開く音がする。室の中なる人々は顔と顔を見合わす。只事《ただごと》ではない。

五　舟

「甃《かぶと》に巻ける絹の色に、槍突き合わす敵の目も覚《さ》むべし。ランスロットは其日《その》の試合に、二十余人の騎士を仆《たお》して、引き挙ぐる間際《まぎわ》に始めて吾名をなのる。驚く人の醒《さ》めぬ間《ま》を、ラヴェンと共に埒《らち》を出《い》でたり。行く末は勿論《もちろん》アストラットじゃ」と三日過ぎてアストラットに帰れるラヴェンは父と妹に物語る。

「ランスロット?」と父は驚きの眉を張る。女は「あな」とのみ髪に挿《さ》す花の色を顫《ふる》わす。

「二十余人の敵と渡り合えるうち、何者の槍《やり》を受け損じてか、鎧《よろい》の胴を二寸下《さが》りて、左の股に創《きず》を負う……」

「深き創《きず》か」と女は片唾《かたず》を呑んで、懸念《けねん》の眼を睜《みは》る。

「鞍《くら》に堪《た》えぬ程にはあらず。夏の日の暮れ難きに暮れて、蒼《あお》き夕《ゆうべ》を草深き原のみ行けば、馬の蹄《ひづめ》は露《つゆ》に濡れたり。……二人は一言《ひとこと》も交《か》わさぬ。ランスロットの何の思案に沈めるかは知らず、われは昼の試合のまたあるまじき派出《はで》やかさを偲《しの》ぶ。風渡る梢《こずえ》もなければ馬の沓《くつ》の地を鳴らす音のみ高し。……路《みち》は分れて二筋《ふたすじ》となる」

「左へ切ればここ迄十哩《マイル》じゃ」と老人が物知り顔に云う。

「ランスロットは馬の頭《かしら》を右へ立て直す」

「右？　右はシャロットへの本街道、十五哩《マイル》は確かにあろう」是《これ》も老人の説明である。

「其《その》シャロットの方《かた》へ——後より呼ぶ吾を顧《かえり》みもせで轡《くつわ》を鳴らして去る。已《や》むなくて吾も従う。不思議なるはわが馬を振り向けんとしたる時、前足を躍らしてあやしくも嘶《いなな》ける事なり。嘶く声の果《はて》知らぬ夏野《なつの》に、末広《すえひろ》に消えて、馬の足掻《あがき》の常の如く、わが手綱《たづな》の思う儘《まま》に運びし時は、ランスロットの影は、夜《よ》と共に微《かす》かなる奥に消えたり。——われは鞍《くら》を敲《たた》いて追う」

「追い付いてか」と父と妹は声を揃《そろ》えて問う。

「追い付ける時は既に遅くあった。乗る馬の息の、暗《やみ》押し分けて白く立ち上《あが》るを、いやがうえに鞭《むち》って長き路《みち》を一散《いっさん》に馳け通す。黒きものの夫《それ》かとも見ゆる影が、二丁許《ばか》り先に現われたる時、われは肺を逆《さか》しまにしてランスロットと呼ぶ。黒きものは聞かざる真似《まね》して行く。幽《かす》かに聞えたるは轡《くつわ》の音か。怪しきは差《さ》して急げる様《さま》もなきに容易《たやす》くは追い付かれず。漸《ようや》くの事間《あいだ》一丁程に逼《せま》りたる時、黒きものは夜の中に織り込まれたる如く、ふっと消える。合点《がてん》行かぬわれは益《ますます》追う。シャロットの入口に渡したる石橋に、蹄《ひづめ》も砕けよと乗り懸けしと思えば、馬は何物にか躓《つまず》きて前足を折る。騎《の》るわれは鬣《たてがみ》をさかに扱《こ》いて前にのめる。戞《かつ》と打つは石の上と心得しに、われより先に斃《たお》れたる人の鎧《よろい》の袖なり」

「あぶない！」と老人は眼の前の事の如くに叫ぶ。

「あぶなきはわが上ならず。われより先に倒れたるランスロットの事なり……」

「倒れたるはランスロットか」と妹は魂消《たまぎ》ゆる程の声に、椅子の端《はじ》を握る。椅子の足は折れたるにあらず。

「橋の袂《たもと》の柳の裏《うち》に、人住むとしも見えぬ庵室《あんしつ》あるを、試みに敲《たた》けば、世を逃れたる隠士《いんし》の居《きょ》なり。幸いと冷たき人を担《かつ》ぎ入《い》るる。兜《かぶと》を脱げば眼さえ氷《こお》りて……」

「薬を掘り、草を煮るは隠士の常《つね》なり。ランスロットを蘇《よみがえ》してか」と父は話し半ばに我句を投げ入るる。

「よみ返しはしたれ。よみに在《あ》る人と択《えら》ぶ所はあらず。吾に帰りたるランスロットはまことの吾に帰りたるにあらず。魔に襲われて夢に物云う人の如く、あらぬ事のみ口走る。あるときは罪々と叫び、あるときは王妃——ギニヴィア——シャロットと云う。隠士が心を込むる草の香りも、煮えたる頭《かしら》には一点の涼気《りょうき》を吹かず。……」

「枕辺《まくらべ》にわれあらば」と少女《おとめ》は思う。

「一夜《いちや》の後たぎりたる脳の漸《ようや》く平《たい》らぎて、静かなる昔の影のちらちらと心に映る頃、ランスロットはわれに去《さ》れと云う。心許さぬ隠士は去るなと云う。兎角《とかく》して二日を経たり。三日目の朝、われと隠士の眠《ねむり》覚めて、病む人の顔色の、今朝如何《いかが》あらんと臥床《ふしど》を窺えば――在《あ》らず。剣《つるぎ》の先にて古壁に刻み残せる句には罪は吾を追い、吾は罪を追うとある」

「逃《のが》れしか」と父は聞き、「いずこへ」と妹はきく。

「いずこと知らば尋ぬる便りもあらん。茫々《ぼうぼう》と吹く夏野《なつの》の風の限りは知らず。西東日《にしひがし》の通う境《さかい》は極《きわ》めがたければ、独《ひと》り帰り来《き》ぬ。――隠士は云う、病怠《やまいおこた》らで去る。かの人の身は危うし。狂いて走る方《かた》はカメロットなるべしと。うつつのうちに口走れる言葉にてそれと察せしと見ゆれど、われは確《しか》と、さは思わず」と語り終って盃《さかずき》に盛る苦《にが》き酒を一息に飲み干《ほ》して虹の如き気を吹く。妹は立ってわが室に入《い》る。

花に戯《たわ》むる蝶《ちょう》のひるがえるを見れば、春に憂《うれい》ありとは天下を挙げて知らぬ。去《さ》れど冷やかに日落ちて、月さえ闇に隠るる宵を思え。――ふる露《つゆ》のしげきを思え。――薄き翼のいかばかり薄きかを思え。――広き野の草の陰に、琴《こと》の爪程小《ちいさ》きものの潜むを思え。――畳む羽に置く露の重きに過ぎて、夢さえ苦しかるべし。果《はて》知らぬ原の底に、あるに甲斐《かい》なき身を縮めて、誘う風にも砕くる危うきを恐るるは淋《さび》しかろう。エレーンは長くは持たぬ。

エレーンは盾《たて》を眺めて居る。ランスロットの預けた盾を眺め暮して居る。其《その》盾には丈《たけ》高き女の前に、一人の騎士が跪《ひざま》ずいて、愛と信とを誓える模様が描かれて居る。騎士の鎧《よろい》は銀、女の衣《ころも》は炎の色に燃えて、地《じ》は黒に近き紺を敷く。赤き女のギニヴィアなりとは憐《あわ》れなるエレーンの夢にだも知る由《よし》がない。

エレーンは盾の女を己《おの》れと見立てて、跪《ひざ》まずけるをランスロットと思う折さえある。斯くあれと念ずる思いの、いつか心の裏《うち》を抜け出《い》でて、斯くの通りと盾の表にあらわれるのであろう。斯くありて後と、あらぬ礎《いしずえ》を一《ひと》度《た》び築ける上には、そら事《ごと》を重ねて、其《その》そら事の未来さえも想像せねば已《や》まぬ。

重ね上げたる空想は、又崩れる。児戯《じぎ》に積む小石の塔を蹴《け》返す時の如くに崩れたるあとの吾に帰りて見れば、ランスロットは在《あ》らぬ。気を狂いてカメロットの遠きに走れる人の、吾が傍《そば》にあるべき所謂《いわれ》はなし。離るるとも、誓《ちかい》さえ渝《かわ》らずば、千里を繋《つな》ぐ牽《ひ》き綱もあろう。ランスロットとわれは何を誓える？　エレーンの眼には涙が溢れる。

涙の中に又思い返す。ランスロットこそ誓わざれ。一人誓える吾の渝《かわ》るべくもあらず。二人の中に成り立つをのみ誓《ちかい》とは云わじ。われとわが心にちぎるも誓には洩れず。此《この》誓だに破らずばと思い詰める。エレーンの頰の色は褪《あ》せる。

死ぬ事の恐しきにあらず、死したる後にランスロットに逢《あ》い難きを恐るる。去《さ》れど此世《この》にての逢い難きに比《くら》ぶれば、未来に逢うの却《かえ》って易《やす》きかとも思う。罌粟《けし》散るを憂《う》しとのみ眺むべからず、散ればこそ又咲く夏もあり。エレーンは食を断った。

衰えは春野《はるの》焼く火と小さき胸を侵《お》かして、愁《うれい》は衣《ころも》に堪《た》えぬ玉骨《ぎょっこつ》を寸々《すんずん》に削る。今迄は長き命とのみ思えり。よしやいつ迄もと貪る願《ねがい》はなくとも、死ぬと云う事は夢にさえ見しためしあらず、束《つか》の間《ま》の春と思いあたれる今日となりて、つらつら世を観ずれば、日に開く蕾《つぼみ》の中にも恨《うらみ》はあり。円《まる》く照る明月のあすをと問わば淋《さび》しからん。エレーンは死ぬより外《ほか》の浮世に用なき人である。

今は是《これ》迄の命と思い詰めたるとき、エレーンは父と兄とを枕辺《まくらべ》に招きて「わが為《た》めにランスロットへの文《ふみ》かきて玉《たま》われ」と云う。父は筆と紙を取り出《い》でて、死なんとする人の言《こと》の葉を一々に書き付ける。

「天《あめ》が下《した》に慕える人は君ひとりなり。君一人の為《た》めに死ぬるわれを憐《あわ》れと思え。陽炎《かげろう》燃ゆる黒髪の、長き乱れの土となるとも、胸に彫るランスロットの名は、星変る後の世迄も消えじ。愛の炎に染めたる文字の、土水《どすい》の因果を受くる理《ことわり》なしと思えば。睫《まつげ》に宿る露《つゆ》の珠《たま》に、写ると見れば砕けたる、君の面影の脆《もろ》くもあるかな。わが命もしかく脆きを、涙あらば濺《そそ》げ。基督《キリスト》も知る、死ぬる迄清き乙女なり」

書き終りたる文字は怪しげに乱れて定かならず。年寄の手の顫《ふる》えたるは、老《おい》の為《ため》とも悲《かなしみ》の為とも知れず。

女又云う。「息絶えて、身の暖かなるうち、右の手に此文《このふみ》を握らせ給え。手も足も冷え尽したる後、ありとある美しき衣《きぬ》にわれを着飾り給え。隙間《すきま》なく黒き布しき詰めたる小船の中にわれを載せ給え。山に野に白き薔薇《ばら》、白き百合《ゆり》を採り尽して舟に投げ入れ給え。

――舟は流し給え」

かくしてエレーンは眼を眠る。眠りたる眼は開く期《ご》なし。父と兄とは唯々《いい》として遺言の如く、憐れなる少女《おとめ》の亡骸《なきがら》を舟に運ぶ。

古き江《え》に漣《さざなみ》さえ死して、風吹く事を知らぬ顔《がお》に平《たいら》かである。舟は今緑《みど》り罩《こ》むる陰を離れて中流に漕《こ》ぎ出《い》ずる。櫂《かい》操るは只一人、白き髪の白き髯《ひげ》の翁《おきな》と見ゆ。ゆるく掻《か》く水は、物憂《ものう》げに動いて、一櫂《ひとかい》ごとに鉛の如き光りを放つ。舟は波に浮ぶ睡蓮《すいれん》の睡《ねむ》れる中に、音もせず乗り入りては乗り越して行く。蕚《うてな》傾けて舟を通したるあとには、軽《かろ》く曳《ひ》く波足と共にしばらく揺れて花の姿は常の静《しずけ》さに帰る。押し分けられた葉の再び浮き上る表には、時ならぬ露が珠《たま》を走らす。

舟は杳然《ようぜん》として何処《いずく》ともなく去る。美しき亡骸《なきがら》と、美しき衣《きぬ》と、美しき花と、人とも見えぬ一個の翁とを載せて去る。翁は物をも云わぬ。只静かなる波の中に長き櫂《かい》をくぐらせては、くぐらす。木に彫る人を鞭《むち》うって起《た》たしめたるか、櫂を動かす腕の外《ほか》には活《い》きたる所なきが如くに見ゆる。

と見れば雪よりも白き白鳥が、収めたる翼に、波を裂いて王者の如く悠然と水を練り行く。長き頸《くび》の高く伸《の》したるに、気高き姿はあたりを払って、恐るるもののありとしも見えず。うねる流《ながれ》を傍目《わきめ》もふらず、舳《へさき》に立って舟を導く。舟はいずく迄もと、鳥の羽《は》に裂けたる波の合《あわ》ぬ間《ま》を随《したが》う。両岸の柳は青い。

シャロットを過ぎる時、いずくともなく悲しき声が、左の岸より古き水の寂寞《じやくまく》を破って、動かぬ波の上に響く。「うつせみの世を、……うつつ……に住めば……」絶えたる音はあとを引いて、引きたるは又しばらくに絶えんとす。聞くものは死せるエレーンと、艫《とも》に坐る翁《おきな》のみ。翁は耳さえ借さぬ。只長き櫂《かい》をくぐらせてはくぐらする。思うに聾《つんぼ》なるべし。

空は打ち返したる綿を厚く敷けるが如く重い。流《ながれ》を挟《はさ》む左右の柳は、一本毎に緑《みど》りをこめて濛々《もうもう》と烟《けぶ》る。娑婆《しやば》と冥府《めいふ》の界《さかい》に立ちて迷える人のあらば、其《その》人の霊を並べたるが此気《このけ》色《しき》である。画《え》に似たる少女《おとめ》の、舟に乗りて他界へ行くを、立ちならんで送るのでもあろう。

舟はカメロットの水門に横付けに流れて、はたと留《と》まる。白鳥の影は波に沈んで、岸高く峙《そばだ》てる楼閣の黒く水に映るのが物凄い。水門は左右に開けて、石階《せきかい》の上にはアーサーとギニヴィアを前に、城中の男女《なんによ》が悉《ことごと》く集まる。

エレーンの屍《しかばね》は凡《すべ》ての屍のうちにて最も美しい。涼《すず》しき顔を、雲と乱るる黄金《こがね》の髪に埋めて、笑える如く横《よこた》わる。肉に付着するあらゆる肉の不浄を拭《ぬぐ》い去って、霊其物《そのもの》の面影を口鼻《こうび》の間《あいだ》に示せるは朗《ほが》らかにも又極めて清い。苦しみも、憂《うれ》いも、恨《うら》みも、憤《いきどお》りも——世に忌わしきものの痕《あと》なければ土に帰る人とは見えず。

王は厳《おごそ》かなる声にて「何者ぞ」と問う。櫂の手を休めたる老人は唖《おし》の如く口を開かぬ。ギニヴィアはつと石階を下《くだ》りて、乱るる百合の花の中より、エレーンの右の手に握る文《ふみ》を取り上げて何事と封を切る。

悲しき声は又水を渡りて、「うつくしき……恋、色や……うつろう」と細き糸ふって波うたせたる時の如くに人々の耳を貫く。

読み終りたるギニヴィアは、腰をのして舟の中なるエレーンの額——透き徹《とお》るエレーンの額に、顫《ふる》えたる唇をつけつつ「美くしき少女！」と云う。同時に一滴の熱き涙はエレーンの冷たき頰の上に落つる。

十三人の騎士は目と目を見合せた。

（「中央公論」明治三十八年十一月号）

マクベスの幽霊に就《つい》て

自然の法則に乖離《かいり》し、物界《ぶつかい》の原理に背馳《はいち》し、若《も》しくは現代科学上の智識によりて闡明《せんめい》し難き事物を収めて詩料文品となす事あり。暫《しば》く命名して超自然の文素と謂《い》う。此《この》文素の要用にして操觚者《そうこしゃ》の閑却し能《あた》わざる所以《ゆえん》を述べ、或《あるい》は仮令《たとえ》必須の文素ならざるも、猶《なお》詩壁の一角に拠《よ》って優に科学の包囲を冷瞰したる理由を論ずるは、頗《すこぶ》る興味ある問題にして学徒研《けん》鑽《さん》の労に価《あたい》するものなり。

悲劇マクベス中に出現する幽霊は明《あきら》かに此《この》文素に属するものなり。故《ゆえ》に之《これ》を詳論せんとせば先《ま》ず如上《じよじよう》の問題に明確なる解決を与えざる可《べか》らずと雖《いえども》、茲《ここ》に之を究覈《きゆうかく》するの余地なきを以て略す。弁証は暫《しばら》く措《お》く。一言にして言えば余は窈冥《ようめい》牛蛇《ぎゆうだ》の語、怪癖鬼神《かいへききじん》の談、其《その》他の所謂《いわゆる》超自然的文素を以て、東西文学の資料として恰好なりと論断するものなり。此《この》論を読む者は之を読むの冒頭に於《おい》て、先《ま》ず余の此《この》論断に左袒《さたん》するか、又は之を仮定せん事を要す。若《も》し然《しか》らずして徒《いたず》らに幽霊の登場の可否を擬議思量せば、索然として遂に落処を失せん。

マクベスは功利の念に急なる人なり。想像豊贍《ほうせん》にして詩趣に富めるの人なり。門を出て左《さ》する事一歩、遂に馬首を回《めぐ》らして右する能《あた》わざる人なり。否《いな》右する事を知らざる人なり。精力一代に絶するにあらざるも、豪毅市井《ごうきしせい》の庸児を凌《しの》ぐに足る人なり。後事《ごじ》を商量して一《いっ》己《こ》の康寧《こうねい》を計《はか》るの策に於《おい》て賢明なりと云うを得ざるも、己が目的を達するに自家賦稟《ふひん》の推理工夫を費《つい》やす人なり。其《その》画策の拙其《せつその》経営の陋《ろう》なるにも関せず、天分の考慮を回《めぐ》らし得るの人なり。劇裡悲惨の事皆此《この》性格を回転して発展し来る。主公先天の性亦此鬼哭《またこのきこく》裡の状況に呼応して其全斑《そのぜんぱん》を露出し来る。彼の人を殺すや、三たび。栄耀の夢は枕に就《つ》かざる彼の身を追いて弑虐《しいぎゃく》を現実にするの已《やむ》を得ざるに至らしむ。空中一口の匕首《あいくち》、彼を導いてダンカンの閨帳《けいちょう》為《ため》に紅《くれない》なり。彼は其《その》君を殺す者なり。慈仁なる其《その》君を殺す者なり。其《その》君を殺さんと欲して之《これ》を遂行し得たる者の感果して如何《いかに》。彼は今更に其《その》心の平《たいら》かならざるに驚けり。耳辺に語あり、汝《なんじ》眠る能《あた》わずという。双手《そうしゅ》に血痕あり、湖海万斛《こかんばんこく》の水を傾くるも之《これ》を洗うに由《よし》なきを知る。唯《ただ》彼は眠らん事を要す、又其《その》血を滌《あら》わん事を要す。之《これ》を要するの極《きわみ》之を得るの術《すべ》を講じて進むに路《みち》あり退《ひ》くに道なきを覚《さと》る。地下に眠るの安きを知らず、己が血を以て吾《わが》罪を洗うの易きに就《つ》かざりし彼は、飽く迄も人の眠《ねむり》を奪って眠らざれば已《や》まず、人の血を濺《そそ》いで吾《わが》手を清めずんば已《や》まず。是《これ》に於《おい》てか二度《ふたた》び人を殺し、三度《みたび》人を殺す。

ダンカンを弑して眠る能《あた》わず、故《ゆえ》にバンコーを殺す。バンコーを殺して其手《そのて》益《ますます》赤し、故にマクダフの一族を屠《ほふ》る。首《はじめ》に一歩を誤りたる彼の欲する所は只霊精一点の安慰《あんい》にあり。此《この》安慰を得るの唯一手段として彼の選びしは殺人術なり。彼は此《この》術を講ずる上に於《おい》て、又之《これ》を実行する上に於《おい》て終始一貫して渝《かわ》らざるものなり。ダンカンを殺すの後、バンコーを殺すの夜、大饗の席宴楽の堂に於《おい》て彼《か》の有名なる幽霊は場に上り来る。其《その》現出する事前後二回。後代の学者之《これ》を論評する事審《つまびら》かにして異説亦交《またこもご》も起《おこ》る。或《あるい》はいう前に出づる者はダンカンの亡霊にして後に現わるる者はバンコーの幽鬼なりと。或《あるい》は云う前者こそバンコーにして後者はダンカンなりと。第三者は即《すなわ》ちいう、前なるも後なるもバンコーの怨霊に別ならずと。此《この》一篇の主意は諸家の論弁を批評して、余が幽霊観を演述し帰着し得たる断案を具して、大方の教《おしえ》を乞《こ》わんとするにあり。

今此《この》考案の要領を明かにし、塗抹《とまつ》汚染の弊《へい》を避けんが為に之を三個に区別し、順を逐《お》うて之《これ》を解決せんとす。一、此《この》幽霊は一人なるか、又二人なるか。二、果して一人なりとせば、ダンカンの霊かバンコーの霊か。三、マクベスの見たる幽鬼は幻想か将《は》た妖怪か。第一と第三は単に第二に附帯して生ずべき疑問に過ぎず。此《この》考案の根蔕《こんたい》とも見るべきは、第二に在《あ》って存す。

（一）、諸家の論評中ダンカンを離れ、バンコーを離れて、単に此《この》幽霊は一人なりや将《はた》二人なりやを説ける者なし。従って学者の説を挙げて之《これ》を弁ぜんとする時は勢い第二の問題を犯さざるを得ず。只《ただ》ナイトとシーモアあり、一言之《これ》に及ぶ。ナイト曰《いわ》くマクベスが宴に臨《のぞ》んで、バンコーの在らざるを惜む其刹那《そのせつな》に於《おい》て、バンコーの霊が再び場に上り来《きた》るは、藝術の極致にあらずと。シーモア曰《いわ》く同一の幕に、同一の物が再現したりとて、畏怖の念、悩乱《のうらん》の度をいくばくか高めなんと。是其《これその》幽鬼の何物たるを論ぜず、少時間内に於《おい》て同一の亡魂が両度出現するは美的ならずとの意見に外《ほか》ならず、吾人《ごじん》をして二人の言《げん》に首肯せしめんとせば予《あらかじ》め吾人をして同処に同事を再度繰返す事の非なるを認識せしめざるべからず。而《しか》も吾人は此《この》命題の真なるを疑うものなり。重複を避くるの美なると等しく、重複其物《そのもの》も亦《また》美なる事あればなり。文藝は感興を惹くの具なり。詩歌行文にして感興を催《もよお》さざらんか、重複を避くるも何の益あらん。若《も》し重複あるが為に精彩一段を添え、滋味半臠《はんれん》を加うるを得ば、重複は多々益弁ずるの具にして、文藝の極致時有《ときあり》てか是《これ》に存す。詩に韻脚あるは、一種の意義に於《おい》て重複なり。文に照応ある亦《また》一種の意義に於《おい》て重複なり。修辞に「クライマックス」あり。是亦《これまた》一種の意義に於《おい》て重複なり。小説に主人公あり、女主人公あり。全篇を貫串《かんかん》して出頭し来る。明《あきらか》に一種の重複なり。故にマクベスの亡霊に就《つい》て吾人の考慮すべきは、其《その》重複するや否やの点にあらずして、重複せば感興を毀損《きそん》するや否やの点にあり。今一歩を譲って重複は非美《びにあらず》なりとするもマクベスと亡霊との関係は、純乎《じゅんこ》たる重複にあらざるを如何せん。ナイトとシーモアは只《ただ》亡霊のみを眼中に置く。故に同一の亡霊が再度出現するを見て重複なりと判ず。然《しか》れども此《この》光景の焼点《しょうてん》は亡霊のみに存せざるを如何《いかん》せん。マクベスは劇中の主人公にして、且此《かつこの》光景の主人公なり。満堂の観客はマクベスを中心として視線を茲《この》殺人漢の心意、表情、言語、動作に凝集《ぎょうしゅう》す。もしマクベスの心意表情言語動作にして、第一の霊を見るときと第二の霊を見るときに於《おい》て、寸毫《すんごう》の差異なく、而《しか》して寸毫の差異なき亡者が再現するとせば、是《これ》真の重複なり。去《さ》れども吾人《ごじん》の心意は瞬間に流転《るてん》し、刹那《せつな》に推移す。流るる水の旧時に似て旧水にあらざるが如《ごと》し。尋常茶飯《さはん》裏の生活猶此《なおこの》の如し。況《いわ》んや詩的なるマクベスをや。又況《いわ》んや衷懐平衡を失し危機眼前に逼《せま》る彼の境遇に於《おい》てをや。必ずや彼が心の機微に動きて外《ほか》に揺曳《ようえい》する所のもの或《あるい》は、其《その》程度に於《おい》て或《あるい》は其《その》種類に於《おい》て前後変化の観客に認めらるるものあらん。吾人が全幅の中心として、活画の主人公として凝視諦観する、マクベスの上に如上《じょじょう》の変化ありて、場中の客皆其《その》変化を認め得るとせば、幽霊の重出は単に副景の重出にして、全般の興懐に関する事なし。加之《しかのみならず》其《その》配物なる幽霊の重複すら、無意義の重複にあらずして、焼点に活動するマクベスの心裏に反響する事、新たに異様の幻怪を挿入して一点の凄気を綴るに優ること疑《うたがい》を容《い》る可《べか》らざるに似たり。（第一問に説く所を見よ）若《も》し夫《そ》れ人ありて余に告げて、リチャード三世は十一人の男女を殺して、十一人の霊魂を見たるが故に、ダンカンとバンコーを殺したるマクベスも、亦《また》二人の幻怪を堂中に認めざる可《べ》からずと云わば、答えて云わん十一人の男女は各自の意向に従いてリチャードの枕辺に立ち、マクベスの毒手に斃《たお》れたる三者の二人は、無精にして冥土より娑婆《しゃば》に出で来るを面倒と思いしが為ならんと。

(二)、幽霊の一人にして事足《た》るは、前に述べたるが如《ごと》し。去らば其《その》一人の幽霊はバンコーかダンカンか。是《これ》次に解釈すべき問題なりとす。

千八百三十六年コリアー沙翁《さおう》に関する一書を著《あら》わして、医師フォーマンの記録を公《おおや》けにす、其中《そのうち》千六百十年四月二十日の條に此《この》悲劇に関する記事あり。蓋《けだ》し彼は当夜グローブ座にてマクベスを観、帰って其《その》状況を草したるなり。其《その》一節に曰《いわ》く此夜《このよ》マクベスは大《おおい》に臣僚を会して宴を張り、バンコーも此《この》席にあらばなど残り惜気《おしげ》なる様なり。偖《さ》てマクベスは諸人の為に祝杯を挙げんとて席を立ちけるが、其《その》ひまに幽霊は席に入りて、マクベスの脊なる椅子に坐しぬ。マクベスは再び席に復《もど》らんと振り返りて幽霊と顔見合せ、畏怖《いふ》と憤怒《ふんぬ》の余りバンコーを殺せる事に就きて喋々《ちょうちょう》しければ、諸人も始めてバンコーの此世《このよ》にあらぬを知り、果《はて》はマクベスを疑うに至りぬ。此《この》記録によりて事実上疑問の一半は解釈せられたりと云うも不可なきが如し。去《さ》れども事実は事実なり。劇の興味が事実以外に於《おい》て増減し得るとせば、之《これ》に向って論評を加うるは、批家《ひか》適当の義務にして、且《かつ》フォーマンの記録は単に事実前半を摘出したるに過ぎず、是《これ》に於《おい》てか諸家各自の意見を闘《たたか》わして相下《あいくだ》らず。

第一の幻怪をダンカンとなし、第二の幽魂をバンコーとなす者あり。シーモア及びハンター是《これ》なり。前者云うマクベスの良心を刺戟し、其《その》非挙を悔いしむるものは、慈仁寛厚のダンカンか、将《は》た同輩なるバンコーかと。思うに此《この》説をなすものは吾人《ごじん》の心理作用を知らざるものなり。人《ひと》大事を忘れて小事を念頭に置く事あり。父母の病に走らずして碁に耽《ふけ》るが如し。眼前の丐児《こじき》に半銭を与えて、故郷の妻子を閑却するが如し。半夜火あり汝が家に逼《せま》るとき、汝の意識は此《この》火災の為に占領せらるべきか、将《は》た去年破産せる汝の銀行にあるべきか。火災は一時の害、破産は終生の厄《やく》なり。若《も》し大小を以て之《こ》を論ぜば、両者固《もと》より軒輊《けんち》するの価値なきものなり。然《しか》れども汝の心は此《これ》を忘れて彼に赴くは何ぞ。目前の急なればなり。今ダンカンとバンコーの差は近火と破産の差の如く甚《はなはだ》しからず、而《しか》して眼前の急は両者共に同じ。マクベスの胸裏、大なるダンカンを忘れて、小なるバンコーを畏《おそ》る。是《これ》理の当に然《しか》る可《べ》き所なり。彼又云うマクベスの妖怪を罵《ののし》る語中に if charnel-houses and our graves etc. の語あり。若《も》しダンカンを指《ゆびさ》すにあらずんば此《この》語妥当ならず。ダンカン先に死して今既に墓中の人なり。故《ゆえ》に「墓を出る」云々の文句に適中すれど、バンコーは今死せるのみにて出づべき墓もなく、見捨つべき塚もなし。若《も》し今幽霊をバンコーなりとせば、此《この》句は如何《いか》にして説明するを得んと。此《この》説固《もと》より一理なきにあらねど、要するに文字上の理窟にして、酷評を下せば、言句に拘泥《こうでい》せる訓詁家《くんこか》の説というべし。マクベスは前に述べたる如く詩趣に富める人なり。故に其《その》言語の情に激して噴薄《ふんばく》するや、常に天来の警句となって流出し来る。彼の charnel-house の一語のごときは尤《もつと》も其《その》奇抜なるものなり。墓は常に死と連想せらるるものなり。今死せる者が幽鬼となって娑婆《しやば》世界を彷徨するとき、詩的に之《これ》を形容して墓死屍を吐くという。既に其《その》適切なるを見る。其《その》死屍の葬られたると葬られざるとは吾人《ごじん》の問う所にあらざるなり。単に吾人のみならで之《これ》を口にするもの自身の問う所にあらざるなり。且《か》つ此《この》思想たる沙翁に在って珍奇ならず。「ハムレット」中に

"The graves stood tenantless, and the sheeted dead
Did squeak and gibber in the Roman streets"

なる句あり。去《さ》れば既に死したるものの幽霊を漠然と、「墓より出で来る」と云えりと見て不可なきが如し。彼又云う、マクベスの夫人に告ぐる語中に If I stand here I saw him なる言あり。夫人は此《この》時未だバンコーの死を知らず。知らざるものに向って単に him と云う、何等《なんら》の意義なし。故此《この》 him なる名詞は夫人の共謀して弑せる、ダンカンに外ならずと。此《この》説又事機に通ぜざるの論なり。人を見て法を説くは日常談笑の際にのみ行わるべき法則なり。即《すなわ》ち吾人《ごじん》が言語の方便を用いて其《その》意思を人に通ずるときわが言語の対手《あいて》に了解せられ得るや否やを考え之《これ》を斟酌《しんしやく》し之を撰択《せんたく》し得るの余裕ある場合にのみ適用すべきものなり。咄嗟倉卒《とつさそうそつ》の際は、人唯己《ひとただおの》れのみを顧慮するに過ぎず。念頭一微塵《いちみじん》の人に関するあるなし。

焉《いずく》んぞ他の吾を解すると否とを問わんや。昔《むか》し一友あり、英人某《なにがし》と争う。争うとき彼の片言隻辞《へんげんせきじ》を聞得《ききえ》ず。而《しか》して彼は平生此《へいぜいこの》英人の授業を受け、日々其《その》講義を筆記せる男なり。見るべし此《この》講師は平生の手加減を忘れて驀地《ばくち》に吾友《わがとも》に吶喊《とっかん》したるを。今マクベスの場合如何《いかに》と考えよ。彼は平生のマクベスにあらざるなり。情緒惑乱し心胸《しんきょう》鼓動す。彼の脳漿《のうしょう》は沸々として声をなす。是《この》時にあたりて直《ただ》ちにバンコーを指してhimと云わば夫人は之《これ》を解し難かるべしと、冷静に分別を回《めぐ》らし得るの理あるべからず。否《いや》夫人の解し得べからざるhimなる語を放下《ほうげ》するが故に、彼の心裡の反響と見るべき此《この》唐突の一語が、一段の趣味を附加《ふか》し周囲の状況と映帯《えいたい》の妙を極《きわ》むるにあらずや。且《かつ》不可解は秘密を意味す。秘密は時あってか猛勢なる文学的結果を生ず。吾人は狂人の啽囈《たわごと》を聞きて解する能《あた》わざるに苦しむ。解する能わざると同時に其《その》解する能わざる辺に於《おい》て、一種道《い》う可《べか》らざる悽愴の感を生ず。深夜人静《しずま》って万籟息《ばんらいや》むとき、忽然隣床に臥《ふ》する者呵々大笑《かかたいしょう》す、吾人《ごじん》は其《その》何の意たるを知らず。只此《この》何の意たるを知らざる底《てい》の笑裡《しょうり》に、無限の鬼気あるを思え。マクベスが他に解し難きhimなる言を、当面錯過の瞬間に口外するは、彼の心状を発露するに最も適当なる方便なり。又之《これ》を口外したるが為《た》め呆然たる傍人《ぼうじん》の心に反射して、一種の薄気味悪き感を起さしむるも亦《また》、作者工夫の一端と見るべし。

ハンターの第一幽霊を以てダンカンなりとなすの理由も亦《また》、charnel-house云々の句に存すれば、重ねて之《これ》を論ぜず。第二の幽霊を以てバンコーとなすは、マクベスが幽霊に向って Or be alive again, and dare me to the desert with thy sword と云えるに由《よ》る。彼《か》れ云う此《この》句によりて推測すれば、平易温厚の王者にあらずして悍驕《かんきょう》傑張なる武士の怨霊と思わると。余は固《もと》より双方の幽霊を以てダンカンにあらず、バンコーなりと主張する者なれば、是《この》説を駁《ばく》するの必要なきに似たりと雖《いえど》も、単に此《この》句より推して、此《この》結論に達するは頗《すこぶ》る薄弱なりと云わざるべからず。マクベスは生けるダンカンに戦を挑むにあらず。生けるダンカンは寛厚の長者なり。去《さ》れど如何《いか》に君子の幽霊なればとて、温風の如くに出現するの道理なし。少なくとも自ら手を下したるマクベスに然《か》く見ゆべきにあらず。従って刀矢の家に生れたる男子が、之《これ》を麾いて剣光の下に雌雄を決せんとするは必ずしも不可なきに似たり。余故《ゆえ》に思うハンターの説は、第二の幽霊をバンコーたらしむる上に左迄《さまで》の功力なしと。

以上の二家に反して第一をバンコーとし、第二をダンカンなりと思惟《しい》する者をナイトとす。第一の論拠は twenty trenched gashes on his head を蒙《こうむ》って斃《たお》れたりと傳《つた》えられたる、バンコーにマクベスの句中にある twenty mortal murthers on their crowns と云う文辞が善《よ》くあてはまると云うにあり。要するに是《これ》も亦《また》言句の議論に過ぎず。去《さ》れど単に之《これ》を以てバンコーなりと論断するの大早計なるは勿論なれど、此《この》断論を鞏固《きょうこ》にする上に於《おい》て、多少の力なしと云う可《べか》らず。彼の第二の理由に至っては容易に首肯し難きものあり。其《その》大要にいう。初現の幽霊と再現の幽霊に対する態度の上に於《おい》て、マクベスの言語に変化あるを見る。既に其《その》言語に変化ある以上は、同一の幻怪に対するものと断定し難し。彼の初霊を見て驚怖せるを咎《とが》めて、君も丈夫ならずやと夫人の語りたるに答えて、「然《しか》り而《しか》も豪胆《ごうたん》なる丈夫なり、鬼を戦かしむる者を熟視するからは」と云えり。然《しか》るに第二の幽霊に対しては'Avaunt! and quit my sight!'と云い、'Take any shape but that'といい、又は'Hence, horrible shadow!'と云う。凡《すべ》て是《これ》傾倒激越の辞にして、之《これ》を前段に比するに、一層の熱気を加う。是《これ》第二の幽霊は第一よりも獰猛凶悪なるが為《ため》ならんと。之《これ》を弁論せんには、再び心象の推移なる問題に入らざるべからず。ナイトは動き得る幽霊を見て、動き得るマクベスを見ず。心的にdynamic《てんてい》なるマクベスは嘗《かつ》て彼の眼中に入らざるなり。吾人《ごじん》は両個の幻怪を此《この》光景上に点綴し得ると同等の容易さを以て二個のマクベスを描写し得る事を忘るべからず。故に他の理由ありて、此《この》幽霊は一個にして二個にあらずと断論し得るときは勢い動く者はマクベスなりと云わざる可からず。而《しか》して此《この》中心点たるマクベスの動くは副景たる幽霊の動くよりも劇全画の生命を活動せしむる点に於《おい》て、功果《こうか》あるは勿論なり。去《さ》らばマクベスは此《この》活人画裡に如何《いか》に動き、如何《いか》なる丹碧《たんぺき》の彩華によりて、順次に之《これ》を色どりしか。余思うにマクベスの変化は流水の低きに就くが如く、楓葉《ふうよう》の秋を染むるが如く、自然の理を極《きわ》めたるものなり。人あり髪を引きて汝《なんじ》に戯る。汝微笑して過ぎん。頃刻の後彼又汝の髪を引く。汝笑う事をやめて渋面を作らん。三度四たびに至って汝憤然として起ちて彼を撲《う》たん。彼の汝に戯るるや其《その》動作に於《おい》て其《その》程度に於《おい》て、前後毫《ごう》も異なるなきなり。然《しか》れども汝の微笑は変じて渋面となり、遂に殴打となる。是《これ》動く者彼にあらずして汝に在るなり。マクベスは固《もと》より斗大《とだい》の胆を有する空世の偉人にあらずと雖《いえど》も、其《その》英挺悍励の気、優に尋常一様の鈍瞎漢を抜くに足る。故に其《その》幽鬼に対するや常に畏怖と憤怒の間に彷徨す。彼は己れの殺戮《さつりく》せる旧主旧友の影を、髣髴《ほうふつ》裡に認むるを怖る。而《しか》も同時に彼等の己れを侮蔑し、其《その》死屍冷骸を動かして敢《あえ》て、わが面前に出で来るを憤る。彼の第一幽霊を見るや、畏怖の念憤怒の念に勝る。其《その》去って再び来るや憤怒の念畏怖の念に勝る。一たび消えたる亡者を送りて、胸中の波瀾《はらん》正に収まらんとするに臨みて、又前と同じき亡者に接す。亡者はマクベスをして瞬時の安心を得せしめんが為にことさらに退却し、漸《ようや》く安心を得んとするとき又急に起って其《その》虚を衝《つ》く。是《これ》最初より退却せずしてマクベスを睥睨《へいげい》するよりも皮肉なる遣口《やりくち》なり。飽く迄も彼を愚弄《ぐろう》せる手段なり。勇悍気を負うマクベスの如きもの、此《この》幽霊の態度に対して、憤恨痛激の辞なきを得んや。彼の第一の幽霊に対するよりも、第二の幽霊に向って切歯罵詈《ばり》の語多きは正に是《これ》が為なり。而《しか》も同一の幽霊が随意に来り勝手に去り、思うままに彼を嘲弄するが為なり。故に余はナイトの説に反して、変ずる者は幽霊にあらずして反ってマクベスなりと断ず。

両個の幽霊を以て共にバンコーなりと認むる者あり。ダイス及びホワイト是《これ》なり。ダイス云うstage directionは元来単に俳優の注意の為に設けたるものなり。故に若《も》し沙翁をしてダンカンとバンコーと両人の亡鬼を登場せしむるの計画ならしめば、最初より混乱の憂《うれい》なき様明記すべき筈なりと。余は是《これ》に対して然《しか》あるべしと云うの外《ほか》、一辞を附加する能《あた》わず。ホワイトの説に至っては、諸家の評論中尤《もっと》も耳を傾くべきものと思惟《しい》す。曰《いわ》くマクベスの心を苦しむるものはバンコーに外ならずして、幽霊の出現するはマクベスがバンコーの事に説き及ぼしたる後にあり。第一の幽霊のバンコーなるや疑《うたがい》を容れず。第二も亦《また》同人なる事明白なり。マクベスのバンコーを殺すや、遠く時日を隔てず従って当時彼の心を支配するものはバンコーなり。且《か》つ彼は衆人の疑念を晴さんとて殊更《ことさら》にバンコーを過賞せる際に、幽霊の突如として現るるに由って然《しか》るべしと。ホワイトの説簡にして要領を得たり。余は大体の上に於《おい》て、其《その》説に同意するに躊躇せざるものなり。今之《これ》を詳論せんとす。

バンコーの怨鬼は唯彼がマクベスに謀殺せられたりという単純なる理由によりて、形をあらわすにあらず、若《も》し是《これ》を以て幽霊の出るに相当の理由なりとせば、ダンカンの怨霊も亦《また》同等の権利を以て登場濶《かつ》歩し得る筈なり。去《さ》れども沙翁はバンコーの怨鬼を出す前に当りて、周到なる用意を整えたり。少なくとも余の目に映ずる悲劇マクベスに於《おい》ては、単なる殺虐以外に興味多き心理上の手順を踏めりと思う。マクベスの三個の凶漢を使嗾《しそう》して、バンコーを途《みち》に要撃するや、バンコーは当日の夜会に臨まんとして城外迄馬上にて乗り付けたる折なり。城内にては謀殺の主人宴を張りて大《おおい》に群臣を饗《もてな》す。群臣を饗するのマクベスは、凶漢の既に己が命を果し得たるや否やを知らず。心中の煩悶《はんもん》知るべきのみ。而《しか》して其《その》煩悶の焼点《しょうてん》はバンコーにあるや言を俟《ま》たず。宴既に開く。刺客来《せっかくきた》りて戸外に立つ。マクベス其《その》面上に一点紅《くれない》あるを認めて曰《いわ》く'Tis better thee without than he withinと。彼は当夜の宴にバンコーの顔を見ざるを欲し、且其《かつその》策の成れるを聞きて、漸《ようや》く安堵の思《おもい》をなす。苦悶の雲正《まさ》に収《おさま》る。宴既に開く。マクベス立ってバンコーの座にあらざるを惜《おし》み、衆に向っていう。

"Here had we our country's honour roof'd
Were the graced person of our Banquo present;
Who may I rather challenge for unkindness
Than pity for mischance."

是《これ》明かにバンコーの此席《この》に来り得べからざるを予想して、其《その》心事を倒《さかし》まに放射せるものなり。此時《この》に当って彼の念頭は固《もと》よりバンコーを離れず。而《しか》もバンコーを再び見るの虞《おそれ》なきを信ず。而《しか》して殊更《ことさら》に堂上の臣僚を欺瞞せんが為に、彼が欠席せる為切角《せっかく》の興味を殺《そ》ぐを呶々《どど》す。是時《これ》に当りて幽霊あり音なく室に入り、声なくしてマクベスの椅子に坐す。とせば、其《その》幽霊は彼が副意識の下に埋没せるダンカンの幽霊と見るべきか、将《は》た寸時も彼の念頭を離れざるバンコーの幽霊なるべきか。事実は暫《しばら》く措《お》く。之《これ》をダンカンの幽霊とせば興味の頓《とみ》に索然たるものあらん。充分に諸人を瞞着《まんちゃく》し得たりと信じたるマクベス、又万々バンコーの此《この》室に入るの道理なしと思いつめたるマクベスが、己れの席に復せんとして振りむけば、居るべからざるバンコーが居るべからざる己の椅子に冷然と端坐しつつあるを見て、悚然《しょうぜん》たる寒慄の念は、マクベスより伝染して一般の観客に電気の如く感動を与うべきなり。友を殺し了し臣を欺き了したりと自惚《うぬぼ》れたる彼は、劈頭《へきとう》第一に幽霊より翻弄せられたるなり。

幽鬼既に去って波瀾《はらん》漸《よう》く《や》収まる。マクベス思えらく今度こそ安心ならんと。再び先の瞞着手段に訴えて云う、

"I drink to the general joy o' the whole table,
And to our dear friend Banquo, whom we miss;
Would he were here!"

と。彼の念慮は、猶《なお》バンコーを離れざるを見るべし。彼剛腹なる猶《なお》臣僚を愚弄せんと欲するを見るべし。而《しか》して其《その》他を愚弄せんと欲する裏面には、一点得意の気あるを認め得べし。

得意の気僅《わず》かに機微《きび》に発する時、忽然として其《その》鼻梁を挫《くじ》くの幽霊は再び登場し来るなり。マクベスの憤怨知るべきのみ。余は如何《いか》に之を解釈するも、再度の幽霊を以てダンカンと思議する能《あた》わざるなり。以上は余の第二問に対する解決なり。

(三)、最後に解釈すべきは、マクベスの見たる幽霊は幻怪とすべきか、又《ま》た幻想とすべきかの問題なり。客観的に真物《ほんもの》の幽霊を舞台に出すを否とするに就て二説あり。一は此《この》幽霊は独りマクベスの目に触るるのみにて、同席の他人の瞳孔に入らざるが故に、何人《なんぴと》の眼にも映ずる実物を場に登《のぼ》すは、当を得たるものにあらずとの考《かんがえ》なり。クラーク、ケンブル、ナイトの諸人之を主張す。一は此《この》幽霊たる単にマクベスの妄想より捏造《ねつぞう》せられたる幻影の一塊に過ぎざるを以て、之を廃すべしとの意なり。第二の幽霊に就てハドソン之《これ》を固持す。第一の説は理に於《おい》て妥当なるも、之《これ》を廃したりとて感興を引くの点に於《おい》て必ずしも実物の幽霊に勝らず。屢《しばし》ば云える如く、此《この》劇の中心はマクベスなり。マクベスに対する観客の態度はマクベスと列席する臣僚の態度と同じからず。吾人《ごじん》は此《この》中心点なるマクベスの性格の発展を迹《あと》づけん事を要す。故に吾等観客はマクベスの臣僚よりもマクベスに密接の関係ありて、又彼等よりも一層マクベスの心裏《しんり》に立ち入るの権利を作者より与えられたるものと仮定して可なり。吾人の劇を観るや、劇を観るの前に当って予《あらかじ》め此《この》仮定を認識せるものなり。故に此《この》点より論ずれば一座の人に見る能《あた》わざる幽霊が、観客の眼に入りたりとて不都合なき訳《わけ》なり。又第二説に対しては余は下の如き意見を持す。文学は科学にあらず。科学は幻怪を承認せざるが故に、文学にも亦《また》幻怪を輸入し得ずと云うは、二者を混同するの僻《へき》論《ろん》なりと。去れど文藝上読者若《も》しくは観客の感興を惹き得ると同時に、又科学の要求を満足し得んには、何人《なにびと》も之《これ》を排斥するの愚をなさざるべし。唯《ただ》単に科学の要求を満足せしめんが為に詩歌の感興を害するは、是《これ》文藝をあげて科学の犠牲たらしむるものと云わざる可《べか》らず。マクベスの幽霊は科学の許さざる幻怪なるが為に不可なるにあらず、幻怪なるが為に興味を損するが故なりと云わざる可らず。科学の許す幻想なるが為に可なりと説くべからず、幻想とせば幾段の興味を添え得るが為に可なりと論ずべし。而して此《この》光景にあって実物の幽霊を廃するときは、劇の興味上何等《なんら》の光彩を添えずして、却って之を減損するの虞《おそれ》ある事前に述べたる如くなれば、余は此《この》幽霊を以て幻怪にて可なりと考う。若《も》しくはマクベスの幻想を吾人《ごじん》が見得るとし、其《その》見得る点に於《おい》て幻怪として取扱って不可なき者と考う。第三の問題に関して今少し詳論の上明暢《めいちょう》なる解決をなさんと思えど時日乏しくして遺憾《いかん》ながら其《その》意を得ず行文思想共蕪雑《ぶざつ》なり読者推読あらん事を希望す。（十二月十日釈稿）

（「帝国文学」明治三十七年一月十日）

漱石幻妖句集

（東雅夫・選）

◆明治二十八年

此《この》枯野あはれ出よかし狐だに

河豚汁《ふぐじる》や死んだ夢見る夜もあり

あんかうや孕《はら》み女《をんな》の釣るし斬り

冬木立寺に蛇骨《じやこつ》を伝へけり

湧《わく》が淵《ふち》三好秀保大蛇を斬るところ

蛇を斬った岩と聞けば淵寒し

詩神とは朧夜に出る化《ばけ》ものか

◆明治二十九年

春大震塔も擬宝珠《ぎぼし》もねぢれけり

元日に生れぬ先の親恋し
恐ろしや経を血でかく朧月《おぼろづき》
枯野原汽車に化けたる狸あり
齒ぎしりの下婢恐ろしや春の宵

神仙体　十句　三月『めさまし草』

春の夜の琵琶聞えけり天女の祠
路も無し綺楼傑閣《きろうけつかく》梅の花
屋の棟《むね》や春風鳴って白羽の矢
蛤《はまぐり》やをりをり見ゆる海の城
霞《かすみ》たつて朱ぬりの橋の消えにけり
どこやらで我名よぶなり春の山
大空や霞の中の鯨波《とき》の聲
行春《ゆくはる》や瓊觴《けいしょう》山を流れ出る
神の住む春山白き雲を吐く
催馬楽《さいばら》や縹渺《へうべう》として島一つ

海嘯《つなみ》去つて後《あと》すさましや五月雨
一つすうと座敷を抜《ぬけ》る螢かな

◆明治三十年

或夜夢に雛娶《ひなめと》りけり白い酒
菫程《すみれほど》な小さき人に生れたし
泳ぎ上り河童驚く暑《あつさ》かな
蝙蝠や賊の酒呑む古舘《ふるやかた》

◆明治三十一年

子は雀身は蛤のうきわかれ
秋の暮野《や》狐精《こせい》来《きた》り見えて曰《いは》く

◆明治三十二年

冬ざれや貉《むじな》をつるす軒の下

梅の花貧乏神の祟りけり

梅の奥に誰《たれ》やら住んで幽《かす》かな灯

紅梅や物《もの》の化《け》の住む古舘《ふるやかた》

雲を呼ぶ座右の梅や列仙伝《れっせんでん》

梅の精は美人にて松の精は翁《おきな》なり

魚も祭らず獺《かはうそ》老いて秋の風

時雨《しぐれ》ては化《ばけ》る分福茶釜かな

◆明治三十五年

霧黄なる市に動くや影法師

◆明治三十六年

雲の峰雷を封じて聳えけり

◆明治三十七年

子羊物語に題す十句（抄）

三

骸骨を叩いて見たる菫かな

五

小夜時雨《さよしぐれ》眠るなかれと鐘を撞《つ》く

九

人形の独りと動く日永《ひなが》かな

◆明治三十八年

『一夜』より

蓮の葉に蜘蛛下《くだ》りけり香を焚く

◆明治三十九年

花の影、女の影の朧かな

正一位、女に化けて朧月

春の星を落して夜半のかざしかな

海棠の精が出てくる月夜かな

◆明治四十年

月今宵もろもろの影動きけり

障る事ありて或人の招飲を辞したる手紙のはしに

時鳥《ほととぎす》厠《かはや》半ばに出かねたり

蓮に添へてぬめの白さよ漾虚集《えうきよしう》

雷《かみなり》の図にのりすぎて落《おち》にけり

◆明治四十一年

まのあたり精霊《しやうりやう》来たり筆の先

編者解説

東　雅夫

このほど双葉文庫で〈文豪怪奇コレクション〉と銘打つシリーズを始めることになった。第一弾が本書『幻想と怪奇の夏目漱石』で、来月には第二弾として『猟奇と妖美の江戸川乱歩』が刊行される。

第一弾・第二弾の売れ行き次第では、続刊もありそうな雲行きなので（笑）、こちら方面がお好きな方は、ぜひとも応援を賜りますよう、よろしくお願いいたします。

さて、世に文豪と称えられる巨匠は少なくないが、面白いことに、かれらの文業を眺めていると、その多くが怪奇小説とか幻想小説と呼ばれる分野に好意的であることに気づかされる。戦後の例を挙げるなら一九七〇年頃、三島由紀夫が若き澁澤龍彥を相手に、泉鏡花や内田百閒、稲垣足穂といった作家たちの幻想文学を称揚してやまなかったことなどが（詳しくは平凡社ライブラリー『幻想小説とは何か　三島由紀夫怪異小品集』参照）想起されよう。

それどころか、みずから好んで、この分野に筆を染める巨匠も少なくない。しかも、さすがは文豪と呼ばれるだけあって、その中には名作佳品も数多いのだ。

私自身が関与してきた印象では、文豪と呼ばれる作家のうち、少なくとも二人に一人は、その種の作品を手がけており、文庫本一冊に収まる程度の作品を遺した作家も少なくないように感じられる。

日本の怪奇幻想文学史において、文豪たちの果たしてきた役割は、とても大きなものがあるといえるだろう。

本書の主人公――夏目金之助（本名）こと「漱石」もまた、近代日本を代表する文豪の中の大文豪であると同時に、そんな「知られざる怪奇幻想作家」の一人なのだ。

慶応三年（一八六七）一月五日（新暦では二月九日）、金之助は、江戸・牛込馬場下横町（現在の新宿区喜久井町）の町方《まちかた》名主・夏目家に、八人兄姉の末子として生まれた。生後ほどなく他家に養子として出され、親たちの都合で養家と実家を往還する、不安定な幼少期を過ごしたという。本家の長兄たちが相次ぎ早世したため、明治二十一年（一八八八）に、夏目姓に復している。

第一高等中学校で同窓となる正岡子規との出逢いを一契機として文学に熱中、漢詩文や句作に励む。帝国大学英文学科を卒業後、英語教師として愛媛や熊本に赴任していた漱石が、本格的に小説家を志すのは明治三十八年（一九〇五）、三十八歳の時だった。その前年、俳誌『ホトトギス』を主宰する高浜虚子の依頼により、『吾輩は猫である』の原稿を執筆した漱石は、三十八年一月から『ホトトギス』に同篇を連載、これが大変な評判を呼ぶこととなる。翌年には、もう一つの初期代表作『坊っちゃん』を、やはり『ホトトギス』に発表。そして明治四十年（一九〇七）、朝日新聞社の求めに応じて小説家として専属契約を結び、一切の教職から身を退くことになるのだった。

漱石が病没するのは大正五年（一九一六）だから、作家としての活動期間は、わずか十年余に過ぎない。その間に、すでに名を挙げた初期の二大名作や、『草枕』『虞美人草』から『こゝろ』『明暗』にいたる長篇群を書き継ぎ、いわゆる「紅露逍鷗」（尾崎紅葉・幸田露伴・坪内逍遙・森鷗外）の後を承ける大文豪として名を成したわけだ。

漱石が教職を棄て、作家を目指した背景には、明治三十三年（一九〇〇）から三十五年にかけてのロンドン留学と、帰国後の東京帝国大学英文学科での講義——それぞれの挫折が影響しているように思われる。

もっとも留学体験に関しては、発狂を疑われるほどの神経症の悪化（その一端は本書所収の「夢十夜」「永日小品」中の幾つかの作品にも反映されている）といったデメリットの一方で、当時の英国で流行していた世紀末芸術やスピリチュアリズムに触れることで、みずからの文学的営為の核心に迫る端緒を得るなどのメリットもあったことを忘れてはなるまい。

一方、東京帝大での講義については、前任者である小泉八雲ことラフカディオ・ハーンの名講義——異邦の若者たちに文学への情熱をそそぎこむ営為の数々があまりに素晴らしく、また大学サイドによる一方的な解任（日本人教官の採用を優先）に、学生たちの批判も少なくなかったことが、後任となった若い漱石を苦しめる結果となったらしい。

これについては漱石自身が〈小泉先生は英文学の泰斗《たいと》でもあり、また文豪として世界に響いたえらい方であるのに、自分のような駆け出しの書生上《あが》りのものが、その後釜《あとがま》に据わったところで、到底立派な講義ができるわけのものでもない。また学生が満足してくれる道理もない〉（夏目鏡子述・松岡譲筆録『漱石の思い出』）と、弱音を漏らしている（漱石とハーンの奇縁については、『漱石山房記念館だより』第四号に小生が寄稿した「おばけずきの奇縁」を御参照いただきたい）。

また真偽のほどは定かでないが、華厳滝に投身自殺して当時大変な話題を呼んだ、一高生・藤村操《みさお》について、自死の直前、漱石による英語の授業で叱責されたことが影響しているのでは……という説が出たこと、また自死の後に一高の寮で、操の幽霊が出没すると噂になったこと等が指摘されている（漱石のリアクションについては後述）。

さて、以上のような点を踏まえつつ、以下に収録作について知るところを記してみよう。

◆鬼哭寺の一夜／水底の感

共に新体詩である。漱石の短篇・掌篇は数も少なく、怪奇幻想方面の作品は、誰が選んでも似たようなセレクションになりがちな弊がある。そこで今回は一計を案じて、巻頭に新体詩を、巻末に「漱石幻妖句集」を配してみた次第。

「鬼哭寺の一夜」は、明治三十七年（一九〇四）頃に書かれたもの。タイトルといい内容といい、後年の「一夜」や「夢十夜」へと繋がる女人幻想が横溢する重要な作品である。能の世界に通ずるような結構を有する点も、注目に価しよう。

「水底の感」は同じく明治三十七年の二月八日、寺田寅彦に宛てた葉書の余白に記されていたもの。「藤村操女子」とあるが、操の自死に影響されて書かれたことは自明だろう。漱石は『吾輩は猫である』や『草枕』でも、この件について触れている。

◆夢十夜／永日小品（抄）／一夜／吾輩は猫である（抄）

漱石の幻想的作品といえば、誰しもが名を挙げるのが「夢十夜」だろう（初出は『東京朝日新聞』一九〇八年七月二十五日〜八月五日）。あまり指摘されることがないのだが、本篇はお盆の時期に執筆・発表されている。しかも明治四十一年といえば、元日に泉鏡花の幻想長篇『草迷宮』が書き下ろし刊行され、夏には鏡花を中心とする〈化物会〉が向島で開催、文壇では小品文の名手として鳴らした水野葉舟を中心に〈怪談研究会〉が結成され、葉舟と友人の佐々木喜善（後の『遠野物語』の話者）が柳田國男の家を訪れて〈お化話の会〉を開いていた時期にあたる。こうした文壇における怪談ブームの動向に、漱石が無知であったとは考えにくいだろう。

「夢十夜」の好評を受けてか、『大阪朝日新聞』は翌年の一月〜三月にも「永日小品」と題する掌篇連作二十四篇を掲載している（『東京朝日新聞』には、その中から十四篇を掲載）。その中には「蛇」や「心」のように〈夢〉という枠組とは無縁に超自然の怪異へ肉迫する作品も散見され、門人となった内田百閒や中勘助の〈夢小説〉の試みへと受け継がれてゆくことになる。

単発で発表された「一夜」（初出は『中央公論』一九〇五年九月号）も、夢とも現《うつつ》ともつかない〈女人幻想〉の世界を描いた異色作である。

そもそも小説の処女作にして代表作となった長篇「吾輩は猫である」の中にも、漱石のこうした〈おばけずき〉気質は、あちこちに仄見えていた。本書にはそれらの中から、有名な「首縊りの松」をめぐる一段を採録している。

◆琴のそら音／趣味の遺伝

こうした漱石の〈おばけ趣味〉を、より直截に体現すると考えられるのが、「琴のそら音」（初出は『七人』一九〇五年五月号）と「趣味の遺伝」（初出は『帝国文学』一九〇六年一月号）の両作品である。そこには、欧米で当時流行していた心霊主義《スピリチユアリズム》の影響が顕著に認められる。特に「琴のそら音」の冒頭に登場する〈この忙しい世の中に、流行りもせぬ幽霊の書物を澄まして愛読する〉学徒・津田君は、一時期の漱石本人の似姿であると断じて差し支えなかろう。

漱石の幽霊現象への関心は、作品的には英国から帰国後の一時期に限定されるが、それ以後にも、たとえば次のような証言が存在している。

〈その晩はこわい話ばっかりしましてな、とうとう、先生が幽霊ちうもんはあるお云いるやおへんかいな、こんなえらいお方がお云いるのどすよって、ほんまにあるもんかしら思いましたえ。先生とお君さんとあたしが、こう膝を突き合して、夜通しそんなこわい話ばっかりしたんどす。よう覚えまへんけどそんなお話の中ででも、たんとええ事を聞かしておくれやしてな〉（梅垣きぬ「漱石先生」より／十川信介編『漱石追想』岩波文庫所収）

これは祇園の〈文学芸者〉として知られた〈金之助〉こと梅垣きぬ女の回想。作家として名を成した後にも、霊界への関心が衰えていなかったことを窺わせる、貴重な証言といえよう。

◆倫敦塔／幻影の盾／薤露行／マクベスの幽霊に就て

作家としての出発の年となった明治三十八年（一九〇五）、漱石は「猫」の連載と並行して、留学中の見聞を活かした一連の作品を各種の雑誌に発表している。すなわち「倫敦塔」（初出は『帝国文学』一九〇五年一月号）、「幻影の盾」（初出は『ホトトギス』同年四月号）、「薤露行」（初出は『中央公論』同年十一月号）である。

一見、紀行文の体裁をとりながら、英国の歴史小説家エインズワースのゴシック小説『ロンドン塔』の趣向などを大胆に取り入れた稀代の怪作「倫敦塔」、アーサー王伝説にもとづく特異な短篇ファンタジーというべき「幻影の盾」と「薤露行」――これらは留学体験を経て初めて形になった作品群といって間違いなかろう。古雅な文章が、今となっては災いしてか、あまり読まれることがないのが残念でならない。

これらに先立つ明治三十七年（一九〇四）、漱石は『帝国文学』一月号に、論考「マクベスの幽霊に就て」を発表している。こちらは右の小説作品に輪をかけて難解な体裁ゆえ、今となっては顧みる者も少ないが、〈所謂超自然的文素を以て、東西文学の資料として恰好なりと論断する〉きわめて先駆的な論考として、心ある読者を得られると信じて、あえて本書に加えた次第である。ちなみに漱石は『文学論』の中で、『オトラント城綺譚』をはじめとする英国のゴシック・ロマンスにも言及している。これは小泉八雲の東京帝大講義と並ぶ、本邦最初期の先例として貴重なものといえよう。

◆漱石幻妖句集（東雅夫・選）

漱石は盟友・正岡子規の影響もあって、特に子規の存命中、多くの俳句を作っている。その数、およそ二千六百——本書にはその中から、特に幻妖の影ただならぬ作品を厳選収録してみた。後の新体詩や小説作品へと続いてゆく〈怪奇幻想作家〉漱石の原風景として、御賞味いただけたら幸いである。

最後になったが、本書の刊行にあたっては、編集部の平野優佳さんの御高配を賜わった。

また装丁については、旧作『夢十夜』からの図版転用を御快諾くださった版画家の金井田英津子さん、今回も素敵な体裁を御用意くださった装丁家の大路浩実さんに、お世話になった。資料面で的確なアドバイスを頂戴した、漱石山房記念館の今野慶信さんと亀山綾乃さんにも、満腔の謝意を表したい。

本書には、今日の観点からすると、偏見や差別的、及び考慮すべき表現が含まれておりますが、本書収録の作品は執筆当時の時代を反映しており、その制約から逃れられない、また、削除改変することが差別意識の解消にはつながらない、との観点から、底本のままとしました。よろしくご理解のほどお願いいたします。

（編集部）

双葉文庫

ふ-32-01

文豪怪奇《ぶんごうかいき》コレクション

幻想《げんそう》と怪奇《かいき》の夏目漱石《なつめそうせき》

2020年11月15日　第1刷発行

【著者】
夏目漱石《なつめそうせき》

【編者】
東雅夫《ひがしまさお》

【発行者】
箕浦克史

【発行所】
株式会社双葉社
〒162-8540 東京都新宿区東五軒町3番28号
［電話］03-5261-4818(営業)　03-5261-4831(編集)
www.futabasha.co.jp（双葉社の書籍・コミックが買えます）

【印刷所】
大日本印刷株式会社

【製本所】
大日本印刷株式会社

【カバー印刷】
株式会社久栄社

【DTP】
株式会社ビーワークス

【フォーマット・デザイン】
日下潤一

ISBN978-4-575-52420-8 C0193
Printed in Japan

双葉文庫